QISHANG BAXIA

七上八下

王诵/著

中国文史出版社

图书在版编目(CIP)数据

七上八下 / 王诵著. - - 北京 : 中国文史出版社,
2022.2

ISBN 978 - 7 - 5205 - 3324 - 9

Ⅰ. ①七… Ⅱ. ①王… Ⅲ. ①长篇小说 - 中国 - 当代
Ⅳ. ①I247.5

中国版本图书馆 CIP 数据核字(2021)第 221069 号

责任编辑：牟国煜

出版发行：**中国文史出版社**

社　　址：北京市海淀区西八里庄路 69 号院　邮编：100142

电　　话：010 - 81136606　81136602　81136603（发行部）

传　　真：010 - 81136655

印　　装：廊坊市海涛印刷有限公司

经　　销：全国新华书店

开　　本：720 × 1020　1/16

印　　张：19.5　　　字数：277 千字

版　　次：2022 年 2 月第 1 版

印　　次：2022 年 2 月第 1 次印刷

定　　价：66.00 元

方寸里七上八下，如咬生铁橛子；没滋味时，切莫退志！

——宋·大慧宗杲禅师《大慧普觉禅师语录》

目　录

第一章　乏　鸟

一记猛烈而有力的撞击声，击碎了章岘阁的晨梦。

昨晚一下子就卖出两幅画，也是高兴，喝多了酒，比以往任何时候都多，以至于那撞击声最先击碎的其实并非是梦，而是酒。酒花四溅的时候，梦才开始破碎。他猛地睁开眼睛。散碎且又旋转的画面晃过，一只精致的拖着浅灰色影子的日式吊灯映入了眼帘，微微摆动，发出“沙沙”的声响。恍惚间，魑魅幽见。他偏偏头，看了看窗子。

阳光透过宽大的玻璃窗照进来，明亮而又暖和，迎着看，耀眼炫目。

部分意识仍停留在梦的情景里，现实与梦恰巧又发生了些许统一，以至于他神志迷乱，弄不清自己是在梦里还是已经醒来，弄不清自己身处何处，弄不清此时此刻的自己究竟是肉身还是仙体。时空如同穿越却又凝固了一般。他闭上眼睛，强烈的眩晕感却如过山车般接踵而至，时而上、时而下，围绕着一团光，仿佛坠入了另一个世界的门。他又不得不且慌乱地睁开眼睛，之后，就像明白了什么，翻过身子，把阳光留在了身后。眼前是块随眼球转动而转动的褐色斑块，仿佛一片玻璃纸，含含糊糊地存在，含含糊糊地遮挡，脱也脱不掉。他开始透过那游动的斑块在视野内观察，很快，他就辨识出几件熟悉的东西：先是衣柜，再是一幅画，而后是门，再而后……这不是自己的家嘛！他气恼地在自己凌乱的头发上扯了一把，头发带动了头皮，也带动了神经，他感受到了现实。屋里时而静，时而又被扫过窗櫺的风的呼哨搅乱。他的心随风起落，随风跌宕，仿佛波浪中找不到彼岸的小船。当目光再次转在那随风晃动的浅灰色的影子上时，忽地一种发瘆的感觉涌上来，堵在喉头，仿佛有只无形的手扼在脖子上，令他窒息。他试着摸了摸脖子，触碰到一个硬实的凸起物，在不是十分光滑的皮肤下随唾液吞咽上下滑动，就像不听话的小球。愣怔片刻，他想到了“喉结”这个词。

口干难耐，接连吞咽了几口唾液后，眼前即呈现出一杯水的形态，但那是孤立的，显然有悖现实。现实该与小白一同出现，只是这还不是完整的；完整的，小白身后还应当跟着葫芦儿，摇晃着尾巴，对自己射出讨好的目光。没有，这些都没有，甚至那杯水也虚化了，化为了乌有。他盯着敞开的屋门和通过其所能看到的寂静的内廊，深邃的瞳子显得既空洞又简单，如同染色的玻璃球，缺少内涵。他本能地干咳了一声，随后，便在漫无边际的纷乱的意识里找寻不知道要找寻的什么头绪，直到水的概念再次形成，他才惊异地发现，那一声咳竟然没有任何效果：小白没有出现，就连葫芦儿也没有出现。他再次咳了一声，用足了力气，但结果依旧。

他咕哝地骂了句什么，与风声相和，仿佛低亢的呻吟。

章岘阁的词汇和他的面容一样，很干净，以至于他经常被当作某种典范，但这往往又被看作是缺少人情味、脱离实际、不真实的表象，如同完美无瑕的女子，由于太完美了，太超凡了，反而为人质疑。对他来说，说脏话和咕哝一句韵格相似的古诗没有两样，含糊不清里，风雅依旧，只是这时面容会严肃一些，有型，但略显单薄的嘴唇抿得很紧。其实，这才是他最具性格的造型。

之后，他喊了声小白。

大清早，葫芦儿就闹着出门，小白看不得它那可怜又闹腾的样子，况且她了解它，知道它要去和“女友”会面，而自己也要去关怀一下它的“女友”，给它带点好吃的，顺便见见她的“亲家”。通常，在这个时段，她们和它们总能在小区当间那株百年树龄的香樟树下相遇，她和“亲家”说话，它们则绕在她们脚前卿卿我我、耳鬓厮磨。一天里，这是一段美好的开始。但今天，就像招惹了邪气，注定这美好要出现瑕疵。在她关门时，一阵儿过堂风吹过，猛烈地，门就关上了，连带出巨大撞击的声响。她吓了一跳，咚咚震响的心脏简直都要蹦出来了。在那声音起落的瞬间，她第一时间关注了葫芦儿的安危，第二时间关注了她的丈夫——他在睡觉，他会惊醒吗？她想回屋看看。但葫芦儿已经扒在了电梯门上，嘤嘤狞叫，焦急抓挠，那急切可怜的样子让她的心无可挽回地倒向了它，凝脂般的手指无可选择地按亮了箭头向下的按钮。

葫芦儿丢了。

葫芦儿出了门洞就撒欢地跑出了她的视野，她追着它消失的方向吁吁带喘地跑过去时，已踪迹全无。她带着焦急的心找遍了小区的所有角落，甚至闯入男厕，引起一阵唏嘘。她凄厉的呼唤声唤起了门卫老王的恻隐之心而一同与她寻找。她给“亲家”打了电话，给吴美绎打了电话，给高其昌、小楚，甚至给那个从来看都不看一眼葫芦儿的张昆仑也打了电话，她的心仿佛漂泊在大海的中央，任何一件漂浮的物体，哪怕是一根草芥，也被视作可以借助的希望。啊！葫芦儿、葫芦儿！你到底在哪儿？当焦虑变成绝望，当关怀变成毫无意义的询问，她想到了她的丈夫，他或许会有办法。目光越过老王那肥大的脑袋投向自家的窗户，那么高，那么远，在阳光下那么清晰，云影投在上面又慢慢揭去，仿佛帷幕慢慢打开。她看到了风。于是，心里咯噔一下，忽地就想到了那一声撞响：他会否受此搅扰？会否已然端坐在画案前等着自己？正常的，必然如此。然而，昨夜有些特别，她又不能完全确定。她打消了给他打电话的念头，决定马上回去。他离不开她的照料，他已“失去”生活自理能力。焦虑、失落、迷茫，未能影响到或是降低了那份牵挂。她权衡再三，最终为放弃寻找葫芦儿找到了两个承载了全部希望的理由：葫芦儿会自己回来；葫芦儿会被认识的人撞见送回来，奇迹总会出现。在门洞口，她对老王的热心表示了感谢，并婉拒了他搀扶送她回家的好意。疲惫地在电梯间等电梯的时候，手机响了，是昨晚在家里吃饭的陈总。他和葫芦儿没有关系，此时，无关葫芦儿的电话她一个也不想接。然而，电话又响了起来，还是陈总。无奈于他的执着，她接通了电话。陈总告诉她，昨天缺的画款已打到了卡上，让她查收，另外，他想再要一幅章大师的画，但想和她商量一下价格的问题。无论心里是怎样的乱法，这样的电话也没有不好好说的道理。电梯间里的信号断断续续，无法正常通话，她又折回来，她要去外面继续他们的通话。然而，当防盗门刚刚开启了一条缝隙，一只小白狗就拱了进来，扑在了她的腿上。葫芦儿！奇迹出现了。短暂的眩晕，让她无法判断眼前发生的是幻觉还是真实。她的心融化在失而复得的幸福中，已然忘记电话还处在通话中。

毫无疑问，找回葫芦儿该归功于陈总这个时机恰当的电话。她都不敢想象，如果这电话再晚打进来一分钟，或早打进来一分钟，将会是怎样的结果。她一口答应了陈总折价的请求。但当她把钥匙插入匙孔拧动门锁的时候，当防盗门锁开启发出的咔嗒声传入耳鼓的时候，理智慢慢地开始恢复，她开始为自己草率的表态感到懊恼不已，因为陈总要的那幅画，昨天刚刚完成，出不出手，岘阁还没有发话，自作主张，被否定了该怎么办？她看了看抱在怀里因受惊吓而一脸蒙的葫芦儿，纷乱无着的心无可抗拒地融化在温暖而又伟大的母爱中。她果决地拉开了屋门，她要用最好的哈尔滨红肠抚慰葫芦儿。这太要紧了，其他的，放放再说。

昨夜，起了风，由急而缓。章岘阁酒酣入眠，不知风疾，也不知风徐；凤箫笛响，玉宇琼楼，弄袖如水，浅歌声里笑粪土；霓霞云裳，万紫千红，来兮去兮，不知今夕是何年——好一场清梦。醒来，碧空万里，残云一抹。若是他能起来，看一眼窗外风光，兴许会生出另一番心境。楼下那排美丽了许久的银杏树，黄叶落尽，光秃秃的仅剩下一副灰不溜秋干瘪的枝干；一池（他认为人造河面就是一个大水池）河水，波光粼粼，接天连地，霾雾里觅终寻头。这一天，或于悲秋。

章岘阁原名章建歌，号老骚。“建歌”是他老爸给的名字，是建设者之歌的意思。建歌成人后，自认名字上的历史痕迹过于清晰，也缺少儒雅腕儿的范儿，遂自作主张更名为章岘阁。本以为是同音不同字的高明之举，身份证、户口本改就之后，他的中学语文老师指出、纠正：岘读 xiàn，非 jiàn。读音相近，舌头根子一转即转了过来，却也波澜不起，声息悄无。费事儿的倒是有些个老友，纠正了若干次方使到位。

他曾经跟着这位语文老师学习书法。老师教的是四指握笔法，其他学生一学即会，唯独他出格得特别——用三指不说，而是用拇指、中指、无名指，留食指、小指高高翘起成一个兰花指样。老师说尽了吐沫星子，敲肿了他的食指，帮他一个指头一个指头地蜷起，握笔，松开，放下，再握笔，又回到老样。最后，也懒得管他了，随你去吧，写好就行。怎奈，字儿也随了手形，歪歪扭扭，翘曲伸展，似兰花折曲，似在体又不在体，气歪了老师的脖子。

老师当笑话讲给他的老师，他老师老姜独辣，不但没以为好笑，还索来功课赏阅。认真阅罢，淡淡地从嘴缝里冒出一个“骚”字儿，也未做多余评价，只收了那功课放入包中，说回去再看。老师以为他老师迂腐，不置可否，唯“骚”字儿记得清爽。

第二日，在身后看他勾连曲画，心里又冒出那“骚”字儿，便脱口而出：“你也算创了一‘骚’体！”老师一言，岂能与他人等同，不出几日，便落下个“小骚”的外号。

章岘阁四十来岁成名，在京城是位要得开的人物，商号、酒肆、重要场馆不少地儿都有他的墨宝。他从鸟体书里演化出来的“鸟骚”体独具一格。不过，这说法背地里别人才敢说，当面儿都随了他的说法——章骚体。他原来也给自己起了几个号，叫来叫去都不如意，还是他那个语文老师给他出主意：既然以“骚”为体，何不就叫老骚，由小骚到老骚，一字儿之变，既有劲道又见历史，无形中透着少年才俊的意思，如何？老师的话脉络清晰，岘阁自不待说，允。他本与“京西一把刀”吕章京为忘年好友，请了一顿酒，搭上一张自己手书的四尺整张《庐山谣寄卢侍御虚舟》的字儿，人家便当面操刀刻就一方“老骚”，字体苍遒，直追汉魏，亦字亦画，与章骚体珠联璧合，堪称一绝，至今仍是他时常加盖的宝玺。只是，他的号只用不说，所知者不过老友旧谊而已。

老师现在已是他的粉丝，在他面前早就没了老师的体尊，虽无折颜逢迎，却也是鞍前马后地跟着在台面上时时走动。没法儿，他需要他那个平台。

老师是见到他老师的墨宝有了他这个学生的笔韵之后，才发现了他的不寻常之处。

小白是他爱人，全名许小白，过去叫许丽红，他为她改了名，取字画格调里“小白一处景万千”的意思。葫芦儿是只白色吉娃娃小狗，家中儿子辈排行老二，昵称二儿子。因长得圆润，像葫芦，故名葫芦儿。葫芦儿原来占着“小白”，要改爱人的名字，便让它让了出来。他爱人说他是巧骂人，不愿意改，无奈，他拗得可以，也不管她愿意不愿意，径自这般喊，最后，她也只可从了。

通常，一声“小白”，家里便活动了起来。这是他每早最惬意的事。今儿？

昨天，清供在案头的那盆香菖蒲，蔫巴十来天后终于“寿终正寝”。虽然心里早有准备，可事儿真的来了，也难免唏嘘慨叹，不能自已。上个月还绿油油的一丛，不知是着了风还是着了热，说不行就不行了，时也，命也。他多半日默语静思，茶水不念，饮食不进，只面对石盆，面对那一丛枯草，长一声短一声地叹气，那状况，仿佛动一动便要天塌地陷。

小白对他那玩意儿向来无可无不可，不过遇见此状却也懂得配合。她去拉上除去照在那桌案上的半扇光外的所有窗帘，让光仿佛聚光灯一样照在那石盆上，于是，那草便凸显了出来，便如赋予了新的生命形式。她不懂侘寂之说，也不懂一花一世界，但她懂得他，懂得如何满足他，懂得满足他即意味着懂得了一切。但总有些她不能懂得的东西，仿佛心头的一片荫翳，时常让她手足无措。她急速地看了眼已处在暗影里、团缩在太师椅里的他，犹豫了一下，又把窗帘拉开了些，让光照在了他的脚上，照在了星级酒店白色的棉拖鞋上。相对于其他，她更在意他的存在。时间嘀嘀嗒嗒带着光影转动，而那枯草下的影子犹如时针，也随着慢慢走动，由短变长，又由长变短，最后消失在石盆的后面——阳光走出了它们的世界。他看见了飘浮的粉尘，看见了时间的走动，刹那间，仿佛就像看见了生命的过往，由生到死，由死而重生。他叹了口气，回头用目光寻找小白；小白却已站在了窗前，随那一声叹，拉开了窗帘，霍然，屋里亮堂了起来。

这盆菖蒲供养了多少年，他就画了多少年，一直不满意，一直不能达意，这般却又去了，难道就这样缘尽情了了吗？他不甘心。光再次照亮了那枯草也照亮了他自己，在那粲然明亮的瞬间，他看到了一种新的生命的形式，那仿佛于年代里、在粉笔末的尘埃里、在美绎的目视下、在小楚涂鸦般的绘画里、在流星划过的夜空，倏然绽放的生命。

小白等了一会儿，看他没有再发出任何指示，也不像要发出指示的样子，便去了厨房。她要给鸡蛋羹加温，保证他随吃随用。鸡蛋羹对他来说不是最喜爱的，但却是最方便、最及时、最易留存的，总能在他有胃口时第一时间呈现，而那温度也是最恰当的、最适宜的，这是伺候了他多年总结出来的经验。至于他最喜欢的丝瓜海米荷包面，她也备了原料，只要他能耐得一会儿饥饿，十分钟也能吃上，只是烫嘴，吃得急，要烧坏食道。他父母的身体出问题都在食道上，有家族基因，所以，在饮食上、吃饭习惯上要加以注意——他是家里的天，天塌了可不行。秋晚季的丝瓜多汁甘甜，乃上品中的上品。李老板庄子里种的丝瓜罢园，昨天才送来一箱，但丝瓜要出锅即食，不宜停放，不然，黑乎乎的，变了色，先就没了相。他看不得那样。她在茶和咖啡之间犹豫了片刻，最终还是选择了茶，即使已经倒掉了两壶，但凭经验断定，并非选项错误，而是今日确实有别于往常，原因即在于那盆枯草。她探出身子，目光越过灰暗的客厅往画案那儿瞅了瞅，见他几欲起身，却又颓然坐下，惊得紧忙抱起在脚头抓扯鞋面的葫芦儿，手指按在它鼻子上，轻吁一声。关键时刻——他即将开始创作。

构思阶段，通常如此，看似不动，实则百流汇集，不确定哪一刻积水成河，便拍案而起，有诗而吟，有画而画，挥洒恣意，到唤一声“葫芦儿”时，即是佳作有成，待下来，需缓释情绪，慢慢描写，如和风徐徐，巧做穿插。葫芦儿特耐烦这一声唤，即便神经松弛得若风筝坠落，也会在那声召唤里，如脱兔一般蹿蹦到他脚下。案头上常年备有小吃，是他喜欢的，也是它喜欢的，他会与它分享。

他站了起来。

她看了下表，下午一点半。

没有拍案，也没有吟诗，身子倚在案檐上垂眼沉思片刻，便拈笔在手，饱浸清水，沥干，带少许墨，缓急有度，于宣纸之上或虚（飞白）、或实（实笔）、或中锋、或侧锋，歪歪扭扭地画了一个石盆（宣纸，墨汁，小白提前已备好）。意尽，笔收，一个有力的“呵”字从丹田间爆破而出。葫芦儿在小白怀里眯眼看了看他，吁一口气，又呼呼地睡了，它知道，这一声无关吃食。小白没提防，被惊得一抖，才拿起的一碗碧螺春溅出来，烫得慌忙放下，落盘时，却未发出任何声响。她甩掉手上的水珠，懊恼地在葫芦儿屁股上轻轻地拍打了两下。此时，他已换了支净笔，笔锋朱砂，笔侧赭石，蘸饱了，略顿，吸气，恣意间，于石盆上添就一丛枯败的菖蒲。

“唉！”

一声叹，时间仿佛凝固了一般。

小白要给他端茶送水，看到这情景，犹豫了一下，轻轻地坐在了餐厅的椅子上。

其实，经过此番发挥，体内的水分似乎也被蒸发去了，正自口干舌燥，只是，画面还需处理，根本无暇顾及。他换回墨笔，掂坠在手有时，才缓缓地在汝瓷钵里蘸了水，又沥干，像是随意又像是认真地皴了几笔，放在了一侧。

“来吧！”

目光仍停留在画面上，嘴里却缓缓地滑落出这两个字儿来，仿佛说话，仿佛叹息，那不尽胸臆仿佛也在这一声里吐了出来。

葫芦儿最懂得这一声，即使不唤“葫芦儿”，但听音节，但观气象，便知是在唤它。它拧巴一下屁股，挣脱了小白，连蹿带蹦，就匍匐在了他的脚下。如果一切正常，该有一块美食从天而降。它仰望着上方，两个玻璃球一样的大眼忽闪着异样的光芒。它看到了那双魔幻般能为它带来美味的最具吸引力的双手交叉地背在身后，有力地伸直、攥起，再伸直、再攥起，最后，慢慢地垂下来，一只沾染了墨汁的手指微微痉挛似的颤抖，像蠕动的蚕。这是令它沮丧、不会给它带来任何快乐体验的状态，它要离开。然而，他却弯腰把它抱了起来。他要与它一起赏读那新作。葫芦儿只关心它要关心的东西。在桌子的远角处，它看到了一包形态色彩俱都熟悉的包装物，那才是它所爱，是它终极所想。然而，他却坐回到太师椅里，给予它无关紧要的抚慰，伴随短促的呼吸。

他的目光，始终没有离开画面。

上次家里的花狸猫丢了，也曾有过这般情形，小白见怪不怪；看他一时没有再动笔的意思，倒了一盏茶过来，说道：

“饿了吗？我把蛋羹端来？”

“蛋羹？”他脑子跑着题，点点头，“行。”

小白才转身，却又被他叫住，

“算了，”他说，“现在没胃口。”

小白白了他一眼，心知是脑子跑着题。“那——来点开胃的，想吃什么？我去做。”

“不必了。”他仍看着画面，有些不耐烦，“还有别的事儿吗？”

“张老师给你打了几个电话了，要不要回一个？”

“哪个张老师？”他猛然转过头。

“还能哪个张老师——张昆仑。”

“哼，又想来讨字儿的吧！”他接过茶水，一口饮了。

“他留了言，说有个陈总在‘一品楼’为你备了食宴，还备了重礼，你看？”

“憨子，那是飨宴，xiǎng 的飨。给你说过多少遍，不认识的字儿甭说出来。”他略皱眉头，埋汰了一番，看小白一副无所谓的样子，又觉无益，摇摇头，歪着嘴，发出一个“嘻”字后，脑子便集中在了正题上。此时，他也想起了陈总是哪一位，沉吟片刻，摇头说道：“这个老张真没意思，这么大年纪了，还静不下来，出入必定带个‘保镖’。让他们来家里吧，外面的饭实在吃不了。哎，告诉他，吃荤的自带，家里只有素食。”

“中，我给他说。”小白一笑，也不理会他那一番埋汰，她只说正题。

“另外，叫一下老高，今天诗思蹇塞，这幅画配不上句子，叫他来聊一聊，不定就打开了。哦，忘掉了个关键人物——吴美绎回上海了没有？”

“美绎昨天还通过话，应该没走吧。”

“最好没走，不然你一个人也忙不过来。”

“离了吴美绎地球就不转了？太小看人了啦！”

“好啦，忙去吧。”

小白好笑地白了他一眼，要去，却又似想起了什么，停下来，说：“是不是也叫一下小楚？他好久没有来过家里了。”

“不必了，他们那儿位不定还要带人，趁这机会……”下面的话他不想说，没意思。

小楚是章岘阁多年的朋友，为他们这个新家出过不少力，原本是家里的座上客，但有一段时间，不知为什么他就开始疏远他了，有一两年时间没在家里出现过。这让小白很过意不去，也感到疑惑，但她也不好多问，心里嘟囔一句“看你还要耍什么鬼名堂”，便按他的吩咐去打电话、做准备了。

他没事儿地发阵子呆，眼仁儿聚住时，又落在了画面上——画面已基本干透，墨色轻重恰到好处，好极。他放下葫芦儿，用那支带墨的笔，又调和了些许湖蓝，蘸足了水，淋淋洒洒在画面上，吐一口吐沫上去，出乎预料，那雪花斑并未如期呈现。再要吐的时候，已然明白过来，如此已是枉然——嘴里缺盐少油，哪儿来的效果！不过，无甚大碍。

背身儿是一块毡墙，毡下衬的有铁皮。他把画慢慢揭起来，移到毡墙上，用两个无名指灵巧地抠过两块磁铁压在两个画角，那画便稳稳地贴敷在了上面，退到远处，上下看了几遍。

不错！出了张精品。

葫芦儿该喂了——回过头来，看到脚头翘首以待的葫芦儿，才意识到。

京城风光的那几年，挣下了不少产业。为了起居方便，他在二环内买了套三居室房子；考虑到将来叶落归根，在家乡洛城也买了两套，一套自己住，一套留给儿子。前几年，儿子要出国，自己也厌倦了在外的生活，索性就把京城的房子卖了。那是学区房，自然卖了好价。安顿儿子的八百万换了美金，除去花销，余下的存在了银行，专款专用。装修这边的房子又花去一百多万，两下里正好是圆吃圆，一点儿不剩。这边的房子在新区，当年花白菜价买下的，楼上楼下四室两厅加起居间，一模一样的两套，他们这一套在顶层，楼中楼，屋顶还套着两间大屋兼一处漂漂亮亮的露台。但，楼下给儿子那套去年也给卖了。儿子要在美国买别墅，他们去看了，很满意，不过，售价也好。回来后，收拾收拾家底儿，卖了房子，正好又是圆吃圆。近些年，字画市场萎靡不振，来钱不易，他猛然有了为钱发愁的感觉。

张昆仑是早年艺校的同学，算得上旧时相识。只是他落魄低潮时，向来也没有见过这人，有了名气，就不知从何处冒了出来，谈旧说故，拉扯得不是一般的近乎，如同一向相与甚好的身边人。他是个大嘴巴，逢人即吹嘘他知道的那点事儿，什么一恋是谁、二恋是谁、“老骚”从何而来等等，似乎这样揭底儿才能抬高他自身的那点儿身价似的。这种人，最没意思，若不是他收存了自己几幅艺校时期的作品，几张艺校时期的青葱照，恰这些个又是编写自传所急需的最佳图像资料，不然，哪个也不会与之闲扯瞎兜答来着。他的艺术鉴赏水平有限，却喜欢胡批乱讲，什么唐伯虎再世，徐渭重生，八大山人五代传人——我即是我，和他们有甚干系！说他“喜爱”自己的作品是抬举他，说他求名求利才最贴合实际。他只知道讨要字画，还说最看得起之类的屁话，却不知盗亦有道。要画，凭什么？凭那一张嘴吗？我章岘阁不说名满天下，叫响洛城也不算过分，什么时候落到人家来求画就是被看得起的地步？想被你看得起的画家有的是，可以去找他们嘛！随便他们轻贱自己，我这儿，不行。不想与他纠缠，让小白与他协商，以画易画，换他手里那几幅收藏，条件由他开，哪晓得，他竟是一个“溜光锤儿”，尽自讨画，不开条件。

还是如了他的意。可拿来的影印件上却盖了“昆仑存印”，题写了“昆仑收藏”四个字，带某年某月某日云云，位置紧要，P图也没法P。这究竟算什么人吧！

要说他一无是处也不实际，这几年，他确实没少帮自己卖字、卖画。他这人，脸皮子厚，善交际，社会上朋友圈子广大，加上又重拾旧艺，捡起笔也画个画儿，却是商界、政界、艺术界几头转悠得自得如意，有时候还真是不能小瞧了去。近些时间彼此联系得不多，今天突然来找，且带着那个陈总——想必陈总下决心买画了。

这个张昆仑！

老高也是艺校的同学，全名高其昌，年龄长他几岁。他则不同，清高淡泊，无求无欲，闲来与自己品茗小酌，谈诗论画，遇到转不过来的句子，与他略思即可回转，是个不显山不露水的奇人。家里的花花草草一半儿由他照料。两人或品茗，或小酌，每得佳句，自己伏案挥毫，而他则去摆弄那些花草，他罢了，他也罢了，相得益彰。不过，再好，谁还能没点儿毛病。他那毛病就是没时间概念，你若不撵他，他便能一直坐下去，不分昼夜。给他讲“端茶送客”那点儿官场礼仪，他懵懂得如学子一般。要说也怪不得人家，两人不时端茶、喝茶，哪能分辨出哪一次是请茶、哪一次又是“送客”。喊小白给高老师端茶，他就真的在那儿等着喝茶，还问：“又是什么好茶？”最后，还是小白，她出来说：“高老师，时间不早了，你俩的话一天两天也说不完，改天再说，可以不啦？”闻言，他即慌乱地看表，然后说：“是、是、是，都这个时候了。那个——”停顿一下，却又像是忘了，又说，“一打断，又不知道刚才说到哪儿了。”喝一口茶，使劲儿想。一般想起来还会接着说，想不起来便会起身，说一句：“折柳千枝，终究别去。”告辞了。如此，如同撵人，章岘阁面子上觉得过意不去，便客气了一次：“小白，你睡你的觉，别管我们。”谁知闻听此说，他竟信以为真，又坐回来，还说：“就是，丽红，你该睡觉睡觉，我们再说一会儿。”之后章岘阁再也没敢客气过，而是随小白，说："是啊，是啊。"

他很喜欢自己的作品，和张昆仑不同，他是真心的喜欢。交往了这许多年，可谓惺惺相惜的莫逆之交，但他却从不向他讨要字画；主动送过他两幅，之后他就再也不收受了，还说：白索之物定然轻之，若要即购，非而不为。这也使得自己对他格外敬佩。一次家中喝酒，借着老酒遮了脸，私下里找小白商量：没钱，花市场价买不起，看老朋友面子，一万块钱，求一幅彩墨荷花。小白告诉了他，他当时就乐了：哪能要老哥的银子，拿走得嘞。可他认真得不是一般的认真，不收钱，就坚决不要。最后，拗不过，收了五千块钱，才算圆了他的梦。由此以后，对他的敬重尤为甚之。

场面的事儿，章岘阁不大热衷，平时除了在家里写写画画，摆弄摆弄花草，就是在公园里遛狗散步，偶尔也会叫几个同路中人小酌吟咏。风光后的平淡，也算轻松惬意。一晃儿，"归隐"故里也有三四年了，因为他这点儿习性，以至于很多人都以为他仍在京城。若是市里有重要人物邀请，他也会赴邀前往，不过，席面上酒不过三杯，话不言旧事儿，陪着坐到底，再随便画两张花鸟，如此，就算是完了差事儿。通常的，尽你摆下多牛的宴席，他也不会为之所动。

其实，能来家里吃饭的仅有两种人，一是同道中人，二是来买字画的老板。

同道中人，如高其昌。

来买字画的老板也不是都留饭，提前约好的，又要请他出去吃饭的才会留下来；多数的，一杯清茶便打发了。

章府家宴的品位但从讲究程度上来讲，即使"一品楼"也难于和其相提并论。

几乎所有人都不理解他为什么要在家中摆宴请客。劝他出去吃，他都以肠胃不适推辞。其实，这其中的因由也只有他自己最清楚，无外乎三个意思：一是为记述体《岘阁嚼根录》收集素材，提炼精华；二是刷存在感，借卓尔不凡，延续自己在绘画界的影响力；第三嘛，比较难以启口——还不是因为对吴美绎的那份牵扯不断的情愫。

葫芦儿吃了几片肉脯，挣脱开，找小白去了；他自己也吃了几片，喝了两盏温茶，一时百无聊赖，歪头望着那盆菖蒲又发一阵子呆，昏昏然，欲睡还醒。

这时小白已打完电话，轻步过来，看他没有睡着，便汇报道："老章，和他们都联系过了，昆仑和陈总等你电话等不着，直奔咱家这儿来了，一会儿就到；陈总要拿画，昆仑那里还是老规矩，给他返回去两成，短信里说好了。老高要晚会儿，学生去接他，他要等他们，他们可能三个人。"

小白身后跟着摇头晃脑的葫芦儿，这样的画面让他很不爽。

"哎，跟你说话呢。"小白看他不说话，只是发呆地看着葫芦儿，提高了音量。

"喊啥咧！我不是听着嘛。"

"咋样?"

"你办事我放心。"

"吴美绎还没有去上海，我叫过了，她一会儿就过来。"吴美绎和小白是再要好不过的闺蜜，上海人，做得一手绝顶禅菜，现如今在上海一家知名度很高的禅菜馆挂着头牌大师；她只接受私人定制，有事则去，无事便闲散在家。时机赶得巧，有请必到。

"嗯。"

"晚上做哪儿样菜?你定一下，好去准备。"

"葱丝香干、烧椒茄子、酸黄瓜、炝汁芹菜、荆芥蛋皮儿、冰水豌豆苗。不，炝汁芹菜还是改成醋汁的好，秋季，少吃辣，多吃酸。热菜就要两个：清蒸大黄鱼、火腿鹅蛋盅。汤一道：发菜银鱼羹。最后，一人一碗丝瓜海米汤面。"

"中，"小白转身要去，忽然又想起来，"陈总带了阳澄湖大闸蟹，要不要上?"

"要上，凉了再上。热的有气味。"他扫视一眼屋中藏书，皱了皱眉，交代道。

章岘阁最引以为豪的就是客厅里摆放的藏书，具体有多少册，恐怕他自己也点不清——一墙到顶的香樟木书架摆满了，地上箱子里外也堆放的都是，甚至，与书房贯通一体的客厅里的红木沙发上也被碑帖、画集占去了一多半，枯荷、焦蓬、乌木、岩柏点缀其间，陶罐、白瓷三两个，淡香萦绕，那般形式，俨然书籍博物馆一般。打进京起，他就爱到琉璃厂遛弯儿，吸引他的没有别的，唯有旧书摊儿上的书籍：线装的、“文革”前的、“文革”的、理论、小说、书帖、字画、字典等等。总之，喜欢了就买。后来就像上了瘾，即使价格已高得离谱，看上了，该下手时一定会下手，如此，每年收入的近半数都花在了这上面。小白为此可没少和他生气。其实，那个时期买入的，都是不可多得的精品中的精品，有些已是价值连城。高老师来家里最喜欢在客厅相连的落地玻璃窗封闭了的大阳台上喝茶、说诗、聊天、读书，那里有一张茶桌、两张藤编椅子、若许绿植，坐得其间，下望河水，内沁书香，惬意之至，每每乐不思蜀。

客厅里还有三样东西抢人眼：一幅齐白石的四尺《事事如意》，一幅李可染的《万山红遍》，一幅吴冠中的钢笔速写山水。前两件，别人都说是真品，他说是高仿；后一件，人家都说是仿品，他却说是真迹。真真假假，视听混乱。私下里，他对高其昌说：树大招风，免得家里招贼。

平时家中待客，所备之菜看似极为简单，其实哪一道都是下足了功夫的硬菜。就说这道清蒸黄鱼：选料要选浙江产的两斤以上的冰鲜大黄鱼，宰杀洗净，上盐、姜丝、黄酒，裹上酒糟，放在冰箱保鲜室里腌制三天，吃前冰水浸泡去除一些咸味儿，然后划出斜花刀，撒火腿丝儿、姜丝儿上笼蒸十五分钟，出锅，拣出火腿，再把浓缩过的蒸鱼汁儿浇在其上，放葱丝，浇少许热油，摆一个萝卜花儿，妥了。再说芹菜，用料只用当地土芹菜的芯儿里浅黄的那几根，浇开水烫过，转冰水冷脆，这是关键；其余，浇什么汁子则是根据季节、客人来定，从无定式。一般一个素食料都有不少于三样的做法，样样都是应时的法子。主人是大师级画家，在菜相上也绝不会输人半分，牡丹、玫瑰、菊花，甚至小的槐花、榆钱儿、薰衣草都会用来点缀盘面儿。再说得多便要抄书了，有空讨一本《岘阁嚼根录》读一读，不明白处，自然会明白。反正吃过“章府（章府是外人说的，他本人从来没有这样讲过）菜”的，你若没有发自内心地赞叹，怎么说呢，那你不是土鳖，也是土驴。不是要说脏话，情绪到了这地步，不这样表达，真就不知该咋说了。

小白换了新茶，公道杯添满，抱起葫芦儿塞到他怀里，说：“你先看着它，跟着我没法干活。”

他自失一笑，一手抱紧了葫芦儿，一手点着它鼻子说道：“你个傻蛋儿，她不要你了吧！呵呵，走，我带你去遛遛弯儿。”他站起身，感觉口渴，便就公道杯喝了一口，烫！他怨愤地看了一眼往厨房去的小白，想要发脾气，却忽然感觉腹内空空，一瞬儿，饥饿感涌上来，便已无法自持，想起蛋羹，跟着也去了厨房。

出了小区大门便是滨河公园，此时，斜阳正好，人带影动，他牵着葫芦儿沿着慢道晃悠悠走了七百五十步，又于开阔处远眺、浅吟、低啸了一番，胸膈间那般因伤逝而生之郁闷之气已然荡然无存。他想到了某个古人，一个不确定的某个古人，临崖望水，衣袂飘飘；他想到了“登高壮观天地间”这句诗，但又觉得这诗离他很远，很陌生，不能和此时的他融为一体，而“无边落木萧萧下，不尽长江滚滚来”似乎要贴近一些，但与眼前的水又相去很远，这般似静态的水如何与“滚滚来”相提并论？“大江东去”也是这般情形。“落霞与孤鹜齐飞，秋水共长天一色”似乎要接近一点，但当他看到对岸游人如织，远处一架大桥横架南北，车辆川流不息便又泄了气——一股涌起的诗思随着一声叹息，便如潮汐般退了去。他看了一下时间，忽然想起案头那盆逝去的香菖蒲和那幅新作，心头不免一紧——万不可被他们看去了，且不说枯败为不祥之气，单就让他们知道了立意何来便不应当。他想打电话回去，可摸了下衣兜，发现手机也未曾带。一阵烦躁，但接着就平静了下来——要见，恐怕已经见到了，想得再多也是无用；再者，小白不定也已收起，有七成把握如此。就是让他们见了……总之不好。他决定立刻返回。

家里头，吴美绎和小白在厨房里忙活，却没见张昆仑和陈总的影子，他挂记在心的那盆菖蒲也已不在画案上，显然，小白已给收了起来。他回头朝门口的地上看了看，一双老北京布鞋、一双鞋帮子上带着仿佛混凝土凝结物的黑皮鞋整齐地码放在鞋架前面，不用问，人已经到了，只是人呢？站在玄关处，他纳闷地向屋里巡视，刚想到他们或是在楼上，张昆仑的说笑声便从二楼上传了下来，一会儿，四只穿着酒店棉拖鞋的脚也出现在楼梯上。他咳嗽了两声，告诉他们，主人在此。二楼是卧室、书房，属于私密区，原则上是块未经允许不得进入的地方，但连着书房的还有个露天平台改造出来的阳光房，种了花木、稀有香草、蔬菜，算得家中一景。张昆仑熟门熟路，想是带人去上面参观了。只是，像这样私闯乱跑的情形，之前真还没有出现过。他抱着葫芦儿不悦地站在当地，直到张昆仑哈下腰，圆脑瓜子从吊顶边缘侧着露出来，和他打招呼，他才松泛了一下，抬抬手，示意他们随便。

“好好好，主人回来喽，主人可回来喽！嗨呀，你都不知道，陈总进门就被你这儿的阵势打蒙了，问我东问我西，我知道啥？这不，我带他楼上楼下都参观了，单等你回来给他讲解嘞。”张昆仑笑得像弥勒佛一般，边往下走边说道。那圆脑瓜子像是被挂在了滑轮上，向前移动着也慢慢地立直，直到他身子完全直起来，又下了一个台阶才脱离开来。

“这么快就到啦！想要有一会儿哩。”他淡淡一笑，“呵，陈总很精神嘛！久日不见快认不出了，想必春风得意。”

“咳，大师就是大师，一下就看出来了。”陈总要比张昆仑高出一头，探头探脑，早想搭讪，听他一说，便挤到前头来，“您的电话总打不通，这不，就拉着张老师一起来了。”

“电话？哦，是给您留过。老张了解，我从来不带电话，所以老是出状况。上次，一位市领导给我电话没有接，专门又派了秘书来家里找……见了面，好不愿意。”

“罗市长那次，是吧？我也听说了。”张昆仑歪着头，像欣赏一件宝贝似的，看着他说道。

章岘阁含义不清地颔首一笑，接着前面的话对陈总说：“创作的时候最怕打搅，所以手机都放在了静音上。以后有什么事情，留言，或者打小白的电话。”

“是的，下午就是打的白老师电话。”陈总说。

“什么白老师，不知道别胡叫。”张昆仑划拉一下陈总的衣袖，笑着说道。看他仍是一脸疑惑，便解释道：“人家叫许小白，不姓白，姓许，叫许老师才对。”

“代号而已，何必斤斤计较。”章岘阁指指仍抱在手上的葫芦儿，歉意地笑了笑，“我先把它收拾住。老张，你带陈总先去喝茶，一会儿就过来。”

“好好，我们去喝茶。”

章岘阁折回到门口换了拖鞋，把葫芦儿锁到起居间，又到了卫生间方便过，洗洗手，整理整理被风吹乱的几缕长发，脸上补一点水，看看满意了，出来先在厨房门口交代了一番，这才来到茶台前。主人位置给他留着。张昆仑坐在对面，陈总坐在侧面一个红木镶金丝楠木面儿的春凳上，见他过来，都忙起身。“不必客气!”他和陈总握握手，“不好意思，刚才抱着狗，手上……哈哈。”松开手，又看张昆仑，“你来泡茶，今天怎么这样客气。”

“你不发话，谁敢坐您的宝座。”

“语不惊人死不休。昆仑兄，您什么时候能把话说得客观一些，好吗？好像我不坐，这就不能坐人了似的。”章岘阁虚让一二，见张昆仑坚辞不受，便也不再客气，先自坐了，准备着茶具，又说道，“朋友新近送来的顶级乌龙，一万一斤，也不知道好在哪儿了。你们尝尝。”他看陈总弯腰勾背地在那春凳面上找稀罕，便暗自一笑，说：“金丝楠木镶面儿，算不得好东西，坐吧。”

“这凳子太高级了，看着心里都咚咚的，不要说坐在屁股下面了。”陈总往下坐着说道。

他低头泡着茶，兰花指起落间已是茶香四溢。

“金丝楠是这几年才兴起的，说实在，我不甚喜欢，颜色太亮，过于张扬，与文道质朴之气相左。好在只镶了个面儿，还算含蓄。将将就就，算个家什。”

“陈总，快别说吧，一会儿大师就该笑你土帽喽！”张昆仑眉开眼笑地说道，“章大师这屋里，墙上，地上，随便挑一件出来就能换一车皮这玩意。舍本逐末喽，哈哈！”

“咳，头次见嘛！”陈总自嘲地一笑，“这不是刘姥姥进了大观园

眼花缭乱了嘛。”

说话间，章岘阁已把冲泡出的茶水存入公道杯，各自分一盏，礼节性地一让，说：“喝茶。”

“好茶好茶！”张昆仑东张西望不知在瞅什么，手却摸在了茶盏上，端都没有端起来，就随口赞道，“满室茶香。”

章岘阁撇撇嘴，不屑地一笑，端起了茶盏。

“哎，你那幅谁的《春江水暖鸭先知》怎么不见了？”张昆仑一本正经地突然问道。

“崔子范崔老先生的？”

“是是是。”

“省博物馆借去展览了。”章岘阁瞥一眼张昆仑，“怎么想起来问这个？”

“有个朋友来问，出这个价，卖不卖？”张昆仑张开一个巴掌，在眼前晃了晃，“五百万。”

“老张，你也是明知故问。”章岘阁顿了一下，脸上倏然泛起一层红润，“当年在京城受崔老垂顾，我才有了今天。感念之情犹在，睹物如见故人。这是他赠我的画，别说不缺钱，就是缺了又怎么可能拿出去卖钱呢？”

张昆仑端起杯子，点了无数个头，“老同学，这一点，我得向你学习。”

“学什么呢，共勉吧！”

他低头看看茶盏，象征性地呷一口，含了片刻，才慢慢咽了下去，而后放下杯子，客气地问陈总：“觉得怎样？”

陈总喝了一大口，也如他那样含了片刻，又如同漱口似的，呼呼啦啦一阵子才咽了下去，“好茶！香、糯、韵、回甘俱佳。极品！”

行状粗弊，评语却还雅致。章岘阁笑着又问张昆仑："老张，你呢？"

"品茶，我是外行，你们说好就好，你们说不好就是不好，我得向二位学习。"

章岘阁慢慢地把目光从那二位脸上移开，转向了窗外，俯察之下，暮色黄昏，华灯初上，清秋万里，烟波浩渺，不免心生感慨，于是，有感而发："好凉一个秋呀！"缓缓道来，却有空灵之声。

"不算太凉！"陈总接话道，"刚才还出了一身汗。"

跑题太远，章岘阁没接他的话，只是对着窗子轻轻地吁了口气，转回头时，看着沸腾的烧水壶，淡淡地问道："陈总，说说，最近有什么好事？"

"好事？"陈总愣了一下便活泛起来，"好事当然有了，这不正要给你汇报嘞。"他像端酒的样子端起茶盏，却又被烫得无法忍受，紧忙放了下来，茶水溅出，洒在腿上，"看俺这没出息样子，见到大师就慌神了！"他在裤子上拨拉了一下，自嘲地笑了笑，"在郝局那里刚接了一个大项目，前几天的事情。这还是托您的福啦！"

他为他抽了两张纸巾，递给他，"和我有什么关系？我可什么都没做。"

"当然有关系啦！"他接过纸巾后团在了手里，"上次和郝局一起吃饭，您替俺说了不少好话，不是这样，真不好说这项目要花落谁家嘞。"

他做出惊愕的样子，摇摇头，看张昆仑。

"陈总这几年的发展势头都快赶上李老板了。市里的大项目，他做了近一半，有本事，有能耐，不是一般人。"张昆仑又抽出几张抽纸，帮陈总敷在溅湿的裤子上，"这几年，李老板的精力都在开发上，不然，他要出手，你可能就凶多吉少了。他可是章大师的铁粉，那几年至少在大师这里求了十几幅的画，可给他使了大劲儿嘞！"他忽然压低了嗓门，"这方面，你真的要向他好好学习，用好了，四两拨千斤。"他拍了拍陈总，"学着点。"

章岘阁微笑着听他说完，便把头扭向窗外，好像这话和他没有一点关系似的。

这时，陈总下意识地掏出香烟，张昆仑看见了紧忙制止：“这儿不敢吸烟，把大师这屋子书点了，把你公司全卖掉也不够赔的。”

“听他胡说，哪里值钱。”章岘阁又转回头，笑着说道。

“对不起、对不起！习惯、习惯。”陈总忙收起香烟，“活这么大还从来没有见过谁家有这么多的书呢！书架上也是，桌子上也是，箱子里也是，地上也是，这一架架、一垛垛的，哪年哪月才能看完呢？那边柜子上锁的，我看都是线装本的古书，鉴定过吗？肯定价值连城吧？”

章岘阁似乎已经听惯了这类“俗”问题，他仰面一笑，靠在椅背上，摆出一个很闲适的 pose，“书这东西，有用了便好，没用了便是一堆废纸。当年心血来潮不问贵贱买回来，其实一半儿都没有读过。那一架线装本，看得最多的是《随园食单》，却是本菜谱。投了那么多，末了，落在了吃上头，这价值该怎么计算？鉴定不鉴定，其实对我来说没有实际意义，既不拿去换钱，也不想拿去显摆；自己留着，能看多少算多少。最后还是看孩子，他感兴趣了就留着，没兴趣了，卖了也行，捐给国家也行，到那时，我就管不了了。”

陈总似是而非地点点头，好像听明白了，又好像没听明白。

“听听，听听，啥叫大师，这才叫大师呢！哎，老同学，你准备捐赠的时候，能不能先让我来挑两件？你不稀罕，我可稀罕！”张昆仑连连点头地说道，“老同学的境界非常人能比。你说这一屋子东西，少说也值五千万，说捐了、不要了，就捐了，就不要了，敬佩！敬佩！但是，还是刚才那句话，你不缺，我缺。真有那天，给你这老同学留一点，权当我鞍前马后追随你应得的酬劳，中不中？不过，要说到钱，我还真得夸夸大师的人品。前几年字画市场火爆，大师的字画有多少卖多少，按说，像这样的情况该不该遵循市场规律也涨价？可他就是不涨，说要等等看，等什么？后来我才知道，原来是等他的恩师，等人家涨价。长江后浪推前浪，一浪更比一浪高。老同学的浪头早就盖过他了，不说超过他的定价，接近总是可以的吧。不，人家不涨，他就是不涨。人家（字、画）定价四万、八万每平尺，他就定价一万八、三万八一平尺。陈总，你知道这是为啥啵？”

陈总摇摇头。

“不及老师一半嘛！仁义，懂得感恩。我老张自叹不如啊！”

张昆仑说罢，仰望天花板长吁一口气，仿佛沉浸在某种美好的事物当中。

“是是是。”陈总频频点头附和，想要还价的想法已然全部打消，“大师的人品，有口皆碑。”

“你以为！”

喝了两泡茶，章岘阁对家中所藏做了简单介绍。张昆仑就势把话题引入了正轨，

“听丽红（张昆仑仍这样叫小白）说，晚上高其昌也要来？陈总，我看趁他们没来，你把画先挑一下，让大师给你落款按印。一会儿人多，耽误事儿。”

“对对，我也这样想。”陈总随着说道，“大师，这次我要求的是幅中堂。领导家里新近装修的房子，等着用。我不懂画，您帮俺拿拿主意——这位领导正处在提拔的关键点儿上，要暗含高升的意思。你看……”

“一路连升。”章岘阁随口点了题，“我的彩墨莲花，老张知道……”

“当然知道，”张昆仑眉毛一扬，说道，“大师的彩墨荷花可是一画难求。那几年等着要画的，门槛都快踏破了。但你不知道，大师这人，越是好卖的画越是不画，为啥？气傲呗，嫌俗呗，不想当印钞机呗。你不知道他把我气的，恨不得弄瓶药毒死他。当然，这都是玩笑，我哪敢把咱们的国宝害了。陈总，你哪儿是不懂，是太懂了，上来就扣住大师的腰眼子了。老同学，我看这样，陈总不是外人，让丽红找一下，看看有没有现成的，就算给老张一个面子，把这个忙给帮了。”

“早年画过这类题材，有没有现成的，真不好说。一会儿让她找一下，如果没有，《马上封侯》也不错。”他淡淡地说道。

“不行不行，必须是《一路连升》。”张昆仑一副不满的样子站了起

来，“丽红、丽红，那边儿放放，先来帮大师找找画儿。”他对着厨房吆喝道，大有你不过来他就要过去的样子。

章岘阁和陈总对视一笑，好像都已习惯了张昆仑的这副做派。

“张老师呀！”小白在围裙上擦着手，步伐不紧不慢地从厨房里过来，“你说你都这把年纪了，咋还是个响马脾气，惊天动地，楼顶喊塌了你可要赔！”

“没问题，我带着专家嘞！别说楼顶了，就是楼塌了也没啥。”张昆仑开玩笑道，“不是怕你听不见嘛！”

“哎，给你讲明白了，我耳朵好得很，而且是超级的好，往后音调降低一度，哈！”她和张昆仑配合过多笔销售，熟门熟路，言语尺度拿捏得自然到位——弹压了他的势焰，又套得了近乎，面子、交情两下兼顾。她来到画案前，变戏法似的拿出一双白手套，边往手上戴着，边问道：“找啥？”

“《一路连升》，哦，《马上封侯》也给找出来。”

要出手的画作都由小白整理了单独存放，数量不多，找起来也不难，只一会儿便铺在了画案上，

“过来看吧！”她招呼道。

仨人过来看时，有两幅画：一幅涂金彩墨荷花，下面生根儿，上面冲出去，一蓬荷叶下立着一只白鹭；一幅青绿山水，云雾缭绕，流水瀑布，青松绿柏，半山一处平台，隐约坐着个石猴，山下一位仙风道骨的老者骑着马儿在山道上往上攀行。

“两幅都很好，都喜欢，就是不知道选哪幅好啦！”陈总左右端详有时，啧啧称赞道。

“陈总喜欢，都拿走不就得了。”张昆仑适时说道，“郝局那里你也安排一下。”

“身上带的钱不多，怕……”

“我当家，先拿走，改天送来。”

小白瞥了张昆仑一眼，又看章岘阁。章岘阁低头沉思，一副入画的模样。若是反对，他就会开始评画；不表态，即是同意了。俩人早有

默契。

“行。张老师都说了，哪敢不给面子。”小白借势给了张昆仑一顶高帽。

“与人方便，与己方便。”张昆仑看陈总，“陈总，你看，这样还中吧?”

陈总略微犹豫，便点点头，吐出一个“中”字。

这时，葫芦儿突然在房间里叫了起来，接着门铃也响起来。

高其昌到了。

高其昌带了两个年轻人，一个叫吉道梵，是拜在他门下的学生，看似性格腼腆、不善言辞，进来门，道一声好就什么也不说了；另一个叫宋擎，性格跳脱，介绍到他，问过好，又说了一大堆仰慕敬佩之类的套话。他是吉道梵的朋友，一道去高其昌处玩耍，便一起带来见世面了。他俩一个写诗、写字儿，一个弹琴、作曲。高其昌介绍：都是人中翘楚。

人已到齐，可以开宴了。章岘阁招呼了一声，大家便随他一起往餐厅而去。

底层是开敞式布局，除去门口一间起居室，余下房间能打通的都打通了，各功能区域没有明确的划分。餐厅连着客厅，客厅兼做书房连着工作室；客厅和餐厅之间由过道和一张背向的三人红木沙发和一罐硕大的风干莲蓬荷叶分开；客厅和工作间由半副珐琅架分割。一头书香四溢，一头烟火缭绕，却是雅俗共赏的布局。

高其昌和章岘阁在不分主次的席位上相互谦让了一番后一起坐下。张昆仑挨着章岘阁坐下，陈总挨着他一侧；两个年轻人挨着老高，依次坐了。酒已斟满，茶已到七。看大家坐稳了，章岘阁蜷起右手放在嘴边儿，轻咳一声，说：“本来，陈总已有安排，我又给叫了来，实在不好意思！这些年，很少出去吃饭，不合口是次要的，主要的是肠胃不行了，一点吃不好就要闹肚子。上次，他们一定要叫我，在那个什么宾馆吃了顿饭，结果回来就不行了，闹腾了半个月，最后，住院打点滴才算止住，真的怕啦！好在陈总不是外人，打乱了您的计划，想必不会生我的气吧？”

“哪儿会呢！”陈总忙说。

“章府家宴是谁想吃就能吃上的？高兴还来不及呢，还会生气？这没外人，老同学，你就甭客气啦！”张昆仑一本正经地说道，“都说我们老张家的‘大千宴’了不得，但再了不得咱也扒不上，和咱没半毛钱关系。章府家宴可是眼前的，看得着、摸得着、吃得着，说不了就是将来的大千宴，这要是错过去了，岂不是人生一大憾事！哦，对了，听说大师正在整理菜谱，叫《岘阁嚼根录》是吧？赶紧，赶紧整出来。我可给你放出风了，好几位领导单等着求一本呢。”

“哪有那么快！虽说是菜谱，但也是文章，马虎不得。”

“是啊！”高其昌接过话，“《伤心凉粉》《菠菜烧豆腐》这两篇，我昨天已拜读，确实好。若把它们说成是菜谱那真是辱没了文章。”他面含讥讽地说罢，歪头向厨房里看了看，淡淡一笑，“亏得是你，换成了别人，恐怕她们二位这一关就过不去。王国维所谓‘独上高楼，望断天涯路’您有了，‘衣带渐宽终不悔’也有的，‘蓦然回首，那人却在灯火阑珊处’竟然也让你独占了去，好啊！”

“其昌兄所言极是，大师，我们可翘首以待啦！”张昆仑就像是听明白了一样，拿腔作势地点点头，说道，但接着就转了话题，“你们知道啵，香港拍卖会上，张大千一张手书的菜单就拍了两百多万，啧啧，神奇吧！就那么随便写的纸片片儿，就这么值钱。当年拿走菜单那人恐怕现在做梦都在笑嘞。哦，今晚的菜单在哪？我可提前说了，归我啦，谁也不要和我争。”

高其昌不屑地白他了一眼。

“你呀，喝酒吧！”章岘阁说道。

“喝酒可以，这事儿先说住了。”张昆仑胸脯一腆，转身对着厨房大声说道，“丽红，咱可说定了，今儿这菜单，必须交给我。”

“好，我一会儿写了交给你。”小白从厨房里探出身子来，说道。

“不行不行，我只要大师的。”

“呵，想要，改天给你写一张。”章岘阁一笑，“今天是临时安排，所以，没有菜单。”

“中！大家给我做证，说了不算可不行。”

章岘阁已被他顺杆子抓鸟好几次，这次又被他抓个正着，心里虽是不快，却也没有带出来。他摇摇头，笑着对高其昌，说：“你看这几年，昆仑兄这嘴上功夫，越来越不得了了，我都快应付不来啦！”

高其昌颔首一笑，却未吐一言。哼，俗不可耐！

“呵呵，其昌兄，老张纯粹就是个俗人，这些年承蒙二位同窗关照，才没有俗得掉了渣去，老张谢谢啦！所谓近朱者赤、近墨者黑嘛！”张昆仑对高其昌挤挤眼，就像摸透了他的心思，调侃地说道。

高其昌看他一眼，平淡得如同没听到他说话。

“真是对天生的冤家！”章岘阁心中一叹，却也不想再在这上面费口舌，举起酒杯，邀大家碰过，率先饮了。

“咋样？酒没问题吧？”放下杯子，张昆仑便问道，“陈总的酒，来路都很正。”

“本来没事，让你一问，倒像是有事了。”章岘阁开玩笑道，“酒很好。”

“那是，谁不知道大师这嘴，刁得很，敢往你嘴里掺假，不是自讨没趣！”张昆仑像得了头彩，咧嘴笑了起来。

“经销商是张老师的朋友，靠得住。”陈总说。

“好啊！有机会了，也介绍我认识一下。”章岘阁说。

“你又不买酒，认识他干吗？”张昆仑问道。

章岘阁道声玩笑，又端起酒杯，“今天我们也算有口福。吴姐正好从上海回来，还没有回去，就把她请了过来，不然，今天这桌菜就不是这般景象了。”他用欣赏的目光浏览了一遍桌面，却不提开宴的事，“现在，她可是大忙人，想吃顿她的手艺，简直就是奢侈的事情了。”

“吴姐可不是一般人物，那可是上海滩挂着头牌的禅菜大师。她主厨的饭菜，一桌下来没有二十万，谈都不要谈。就这也不是有钱就可以吃上的，要提前预约，不等上一年半载，休想吃到嘴里……”

“这么厉害？”陈总表示出疑问。

“这么厉害？不信是吧？等会儿吴大师来了你问她，再不行跟她要个电话，去订一桌试试，看我老张瞎说了没有。去年，哦，大概也是这个时候，我在上海安排个活动，提前俩月在吴姐那儿订餐，结果，你们猜怎么着？排到十个月以后了。最后，还是吴姐帮忙协调给加了一桌。你们想，这是多大的面子。等会儿吴姐过来，我定要敬她三杯。”

章岘阁心生疑惑，想要问，还没有开口，张昆仑已转移了话题，邀他就菜品做个介绍。

这本就是该有之题。章岘阁也不推辞，微微一笑，便娓娓道来，由品评到养生，再掺入某个相关的典故，最后举出《红楼梦》美食时，众人如醉如痴，仿佛已然置身于大观园了。这般兴趣正浓的时候，他却戛然而止，“咳，这是开会呢，还是吃饭呢？吃菜吃菜。”连连催着大家动筷子。

陈总夹了几口菜，对比着“一品楼”大夸特夸了一番，又敬过章岘阁酒后，说：“大师，下午等你回话的时候，我约了几位领导，这会儿都在那边呢。如果方便了，一会儿去见个面？咳，要是让他们知道我俩来你这儿了，非骂死俺俩不可。”说罢，抬手看了看手表。

“是，人家一听你要参加，啥事儿都推了。”张昆仑眉头紧锁，像是受了多大的委屈。

“实在对不住，实在对不住，”章岘阁连连赔了不是，“这样，今天就算了，改天我组局，一起吃顿饭。”

“好、好，”陈总激动地扬起了眉毛，“大师，只要你能到场，其他的，我来安排。”

这时，吴美绎来上菜，随她一声“打婆子螃蟹”，一盘红艳艳叠放紧密的大闸蟹便呈现在众人眼前。惊叹声才起，香气即至，又是好一阵赞叹。

“咳，还没入口，好听话就让你们说完了。”章岘阁面带十足的惬意，“吃水不忘挖井人。我们一起来敬陈总一杯，谢谢他为我们提供了这么好的螃蟹。来，干一杯。”

为了达到“惊世骇俗”的效果，章岘阁为章府家宴刻意设计了几道压轴大菜，这道“打婆子螃蟹”便是其中之一。但这又是道季节菜，一年里头难得做一次。

“‘巨实黄金重，蟹肥白玉香。尘埃离故国，诗酒寄他乡。若乏西来使，何缘致洛阳。’岂非说的就是这盘螃蟹。”高其昌感慨了一番，又说，“何谓‘打婆子螃蟹?’”在他身上，文化大于一切。

“这里有两段民间传说。”章岘阁谢过分发完吃蟹小工具的吴美绎，说道，“袁枚袁子才在浙江任上时，微服私访，吃到此菜……”

“袁枚是谁?”张昆仑插嘴道。

“袁枚?”章岘阁被问得一愣，“就是写《随园食单》的那位。”

张昆仑依然是副懵懂的样子。章岘阁也不再理会，接着说道：“他惊异于螃蟹的味道独特，便询问烹饪方法。主厨是家财主家的老婆子，口说比画如此这般讲清楚了之后，袁枚计算了一下，料钱竟是螃蟹十倍以上，他随口玩笑了一句：你这老婆子真该打，如此奢侈。你想，他那身份何其矜贵，从此就有了这名字。再有个说法，说是螃蟹上来后，袁枚发现每只螃蟹都少了条腿，觉得奇怪，便询问缘由。主家也奇怪，以为是婆娘没有绑紧蟹腿所致，讪讪干笑，曲解敷衍。当时还有两位专门请来风雅的陪客，对此习以为常，借着有酒了取笑，惯常如此。主家挂不住，唤来婆娘责问。偏那婆娘是个伶牙俐齿、不怯场的主儿，见了袁枚，施过礼，便说：你道这螃蟹，虽是一锅里做出来的，但俱是活物。肚量大的，喝足了汤汁，味道自然最好；肚量小的，浅尝即止，味道便要差一些，少不了不同。今天有贵客来，为让贵客吃到最好的那只，只得揪下一条腿儿品嚼，如此分拣清楚，最好的便在顶面，想必已为取用。袁枚何许人呀，话里话一听就明白，若他也去挑剔挖苦，岂不就成了那‘肚量小’的一类。顺势儿致了谢，又大加赞赏后问主家，此蟹何名?主人说，花雕螃蟹。袁枚略一思忖，说：如此美味，却没有响亮的名字，我看，不如借着你家婆娘的美意，就叫‘打婆子螃蟹’如何?若她今日说词不周，下来必定少不了一顿棍棒！此时，袁枚亮明身份，举座哗然。名字就是这么来的。”

“这道‘打婆子螃蟹’收录在《食单》吗?”高其昌问。

“里面倒是有煮螃蟹的做法，但简单了些。”章岘阁说，“怕是袁枚吃到这道菜时，《食单》已经成书，不好添进去了。”

“哦，”高其昌像是明白了似的，“你倾向于哪种说法？”

“传说而已，只可听听。不过，有一点注定无疑——做法真的奢侈。”章岘阁迎着众人好奇的眼神，肯定地点点头，“要想达到极致，就少不得这‘奢侈’二字。”

“给我们讲讲，怎么个奢侈法。”张昆仑说道。

“做这道菜有两大要点，也是奢侈点。第一，螃蟹先要用烧酒泡两小时，让它喝饱酒，吐净脏东西。当然，茅台最好。第二，再放入泡过香料的花雕酒里再泡半小时，吐出未吸收的白酒，喝进黄酒，下来，原汁煮十分钟就可以了。”

“她们不会把陈总拿来的花雕煮螃蟹了吧？”张昆仑突然问道。

“不好说。”

“饕餮呀！”张昆仑眉头皱得像个线团，“你知道那一坛子酒多少钱？六千块呀，二十年的女儿红，比这螃蟹要值钱多啦！服气，服气，我真服气啦！”

“昆仑，别可惜啦！”章岘阁给大家分着螃蟹，说道，“就是没有陈总这坛酒，她们也要用家里的，虽然没有陈总的好，但也有三四千吧。螃蟹性寒，黄酒温热，二者互补，脾胃才舒服。”

“喝掉不行？”

“昆仑兄的格局怎么一下子就变得这样小了，不应该呀！”

“好啦，我不说了，这就给上纲上线啦。”张昆仑咧嘴一笑，“得，不说了，吃。”

此时，空气里已然弥漫着浓郁的螃蟹的香气，章岘阁早已闻到，他看看家藏书籍，心里多多少少生出些懊恼。最后一次，以后坚决不能吃这东西了。他在心里暗下决心。想起上次也下过这样的决心，不由得轻叹一声。

“大师，您……”章岘阁的样子正好落在了陈总的眼里，于是问道。

“呵，我享受不了这东西，他们都知道。”

“咳，以为您有什么不得劲嘞！”

“我有什么不得劲儿？”章岘阁面带诧异，“我在想《红楼梦》里有段有关螃蟹的诗句，怎样也想不起来，于是……”

“应该是这段吧，”高其昌放下已经大卸八块的螃蟹，清清喉咙，说道，“‘持螯更喜桂阴凉，泼醋擂姜兴欲旺。饕餮王孙应有酒，横行公子却无肠。脐间积冷馋忘忌，指上沾腥洗尚香。原为世人美口腹，坡仙曾笑一生忙。’这是贾宝玉名下的。”

“对对，就是这一段。高兄，好记性。黛玉和宝钗的还能来吗？”

“来不了了，来不了了，这还是前两天看《红楼梦》诗汇看到的，觉得应时就记下来了，再多的，也记不住。”高其昌谦逊地说道。

“嗯，记得坡仙诗云：‘不到庐山辜负目，不食螃蟹辜负腹。’想来，这也是好东西。”

“好东西你为啥不吃？”张昆仑瞥他一眼说道。

“吃有吃的道理，不吃有不吃的道理。”章岘阁也瞥了他一眼，“胃寒，克化不了。”说罢，没理会张昆仑抛出的胃病妙方那一套，转过头，对高其昌说：“其昌兄，墙上那幅菖蒲，看见了吗？”

“刚才就已经看见了，八大也不过如此。”高其昌已经猜到了那盆菖蒲的结局，只是当着眼前这些人不便多问，他往那面毡墙上看了看，“不过，成就了一幅精品，似乎也值得了。”

“人生若只如初见，何事秋风悲画扇。”高其昌的回答，很对章岘阁的胃口，他点点头，“一时半时还找不到诗情。作画易，作诗难，诗画同境更难。今天想了一天，一点儿头绪都没有。”

“既是这样，也别将就，”高其昌看看和陈总交头接耳的张昆仑，“还是先把酒喝好，有了酒，不定诗就来了。你看张兄，已经不耐烦了。”

张昆仑猛地坐直身子，打个哈哈，说道：“你俩跟打暗语一样，我们一句也听不懂。其昌兄说得好，先把酒喝好，酒喝好了，诗就来了。诗酒、诗酒，没酒哪有诗。陈总，你知道啵，高老师可是我们艺校生里的诗仙太白，半斤下肚，诗如泉涌，等会儿，你就能见识到他的风采啦。”

陈总慌忙起身敬酒。

一会儿，热菜上齐，两瓶茅台也见了底。酒意阑珊，正是作诗的好时候。

老高和吉道梵先去看画，小白来桌子上“凑趣儿”，章岘阁借机让了位置，也来到毡墙前。老高背抄着手凝神看画有时，见他过来，沉吟片刻，说：“空、寂、玄、幽，一幅高妙的禅意画，太好啦！我想了几句，往画上一放就显得弱了，这诗，真的不好题。”高其昌长吁一口气。

随他一气长吁，章岘阁心头一动，有顷，拍案说道：“有啦！”他快速取过一张素笺，提笔，字不断意地写道：

花凋蜂淡迹，人去拂轻尘。
只道夜空寂，残笔写花枝。

写罢，长声吟咏两遍。

高其昌、小吉看他写罢，已齐声叫了好，待他吟咏罢，更被其风采倾服，又鼓起掌来。

小宋看这边热闹，撇开找他攀谈的张昆仑，也跑了过来。

“只是‘残’字似乎太揪心了，改为‘枯’字，或许更好一些。”等了一会儿，高其昌说道。

“枯——”他沉吟片刻，心知要比“残”字好，可心劲儿拧着，一时也未认可。片刻，灵光一闪，提笔划掉“残”改为“倦”，顺带，又把“写”也改成了“抹”，掷笔念道：“倦笔抹花枝。”

“这一改大不一样。”高其昌赞许道，“天壤之别！”

“由静而动，味道却有天壤之别，且‘倦’字正映出‘百无聊赖，寂寞无行处’般的孤寂状态。”小吉说道，“后一个‘写’改用‘抹’字，却似拨弦儿，跌宕起伏，一叹三咏，层层跟进，迭次攀升，粲然一幅空境幽远的画面。老师语‘空、寂、玄、幽’竟被道出了极致，好！”

“是，好！”小宋附和道。

开始听小吉做评，章岘阁还在暗自喜悦，可末尾听他又拉上了高其昌，心里别提有多别扭——说到底还是人家的学生。不过，别扭归别扭，脸面上一点儿也不会带出来，否则，岂不成了肚量小的那类。好吧，且让我做袁枚之举，“小吉果然是高老师的高徒，这一番评论，见地就不同寻常，日后若再得精进，前途定然无量。”语调平淡，似看画，又似看砚台，末了，在高其昌脸上扫了一眼。

高其昌眉眼低垂，看着那素笺低声吟咏，似入定了一般，对他说的那些一点儿反应也没有。这也是章岘阁预料到的结果。

吉道梵讪讪一笑，表示了感谢。

“好诗、好诗，仔细推敲，居然不能再动一个字。”高其昌接着吉道梵的话音，又点头又摇头地说道。

“啥好啊？”张昆仑撺掇着把那边交易完成，也跑过来，凑趣地问道，“光听你们在这边儿说好，到底是啥好呀？”

“啥好和你也没关系。”张昆仑一过来就搅了章岘阁的兴趣点，他没好气地对他说道，“我们在说诗好，和你有关系吗？”

“怎么没关系？我是来买诗的。”张昆仑夸张地胸脯一腆。

“呵，昆仑这口气，可真不小！”

高其昌冷笑一声，看也没看张昆仑，拿起那张素笺背过身去。

“口气大口气小，是我的事儿，卖不卖是你的事儿，这样总行了吧。来，老同学，趁着这会儿兴致好，把这两幅画的款题上。”

“这两幅——”章岘阁沉吟片刻，“小吉，想想，看有没有好句子？”

“方才，我已看过。”吉道梵也没有客套，“这一幅山水题：风轻云淡，捷足远眺，山上层层桃李花。这一幅用杨万里的句‘接天莲叶无穷碧，映日荷花别样红’即可。”没留任何余味。

何必多此一问！本就是自己肚里的句子，倒让他说了出来。章岘阁心里百般不是滋味，想要翻出新意，脑子里却是一片空白。这时，正好陈总也围了过来，便顺口问道："陈总，你感觉如何？"

陈总半半拉拉拣着听到了几句，被问得一头雾水，便看张昆仑。张昆仑又学了一遍，学跑了调子。

"那个句子里的'捷足先登'好，这个'接天莲叶没有边儿'好。好，就写这两段。"陈总分别点着桌案上的两幅画，点头说道。

"让陈总这样一点化，竟然生出别样趣味来。好，就写此题。"

章岘阁拿过一支斑竹长杆长毛羊毫笔，略带墨汁，字不断意，一气写就，看时，果然把"捷足远眺"改为"捷足先登"，把"接天莲叶无穷碧"改成了"接天莲进无穷碧"，俱是漂漂亮亮的章骚体行草，末了均落款：戊戌年仲秋草堂舍人岘阁写之。

他放下毛笔，看着画面舒一口气，有一会儿才淡淡地说："献丑了。"

"哎哟！老同学这笔字，真的是锦上添花！"章岘阁话音方落，张昆仑即赞道，"不过，这字龙飞凤舞，实在难认，劳您大驾，再写个注解，方便陈总。"

"应该。"章岘阁点点头，看吉道梵，"小吉，这就交给你了，肯否略作笔墨？"

好大的脸面，吉道梵欣然领命。

"妙笔生辉！妙笔生辉！"陈总迎着章岘阁询问的目光，满意地说道。

"妙笔生辉"显然用得不是地方，他想纠正，却又觉得无益，便看了一眼张昆仑。

张昆仑似乎领会了，马上做出了回应，"像老同学这样的字画，真是世上难寻，顶级的……"章岘阁却不在意他说了什么，转过身，看吉道梵写注解，一手漂漂亮亮的董体。就此，他正想和高其昌调侃两句，却听张昆仑在焦急地吆喝小白："丽红，丽红。"一品楼还有一场，他要赶时间。

"喊啥哪，我不是在这儿嘞。"许小白抱着一个靛蓝蜡染小布袋，在张昆仑身后回道，"幸亏是水泥顶，不然还不让你给喊塌了。"

"咳哟，咳哟，没看到你在后边。赶紧，赶紧，大师的印章。"

"多赶紧?"她脸绷着，但眉眼却是笑的，"别狠催，盖错了，你们还得再跑一趟。"说着话，已转到章岘阁身边，指指那幅山水，"先盖这一张?"

"两张还不都盖上？剩下的，明天给你转过来。有我在，你怕啥?"张昆仑说道，"大师，你说，中不中?"

"昆仑，你错会她的意思了。"他笑着说道，"来，章给我。"

小袋子里放了六七枚印章，他先挑出来一枚"章岘阁"方印、一枚"笑人间"闲章，想了想，觉得不妥，又把"笑人间"换成"一架春风"。这才在要盖章处垫上一块软橡胶垫子，握起章，在印泥盒里一阵慢慢击打，蘸饱了，看看，调整一下方向，依次重复，盖了。

看他盖罢最后一个印，大家才舒缓了精神。老高说："又添一色!"吉道梵说："恰到好处!"陈总一连声地说"好"。小宋微笑不语，张昆仑似有所期待。

放下章，接过小白递来的软布，慢慢地擦着手，目光在画面上游动有顷，方说："好了!"

"这就好了?"张昆仑做出不解的样子，"给那个章也盖上嘛!"

"哪个?"

"'老骚'。字画界的行家都认你这枚章，有没有，可错着大劲儿嘞。"

"胡扯。"

"胡扯啥？求求你，盖上吧!"

他被纠缠得没有办法，只好拿出那枚"老骚"印章，比画比画又放了下来，"陈总，听我的建议，送人中堂，这个章还是不用为好，毕竟能懂这个'骚'字儿的人不多，被曲解了不起好作用，你看——"

"咳，章大师，欺负我们没文化是吧！你这个'骚'是马上蚤，'假舆马者可致千里'说的不就是这事儿，多好的寓意！打着灯笼都找不到，您就别藏着掖着啦，赶紧，赶紧给人家盖上吧！人家陈总诚心诚意来求画，你总不能还留一手吧!"张昆仑一本正经地说道。

章岘阁盯着张昆仑，好一会儿，才吃透了他的这番释义，只是他也是第一次听到“骚”字儿还有这样的解法——成人之美，寓意确实不错，用到这里也算恰到好处。但真的就如他所说吗？这个张昆仑，真真假假，谁知道又要的什么花样。最后，自失一笑，再看陈总。

“方便了，就盖上。”陈总慌忙说道。

……两个朱红印戳分别盖在了章岘阁印的下面。

这个张昆仑，葫芦里不知道都装了些什么，一会儿在上海二十万吃禅菜，一会儿一坛酒就六千块，净在那儿瞎掰——蒙得住别人，还能蒙得住我？章岘阁躺在床上，脑子里像过电影一样，把昨晚的事儿过了一过，到了这里，忍不住吁出一口气，自言自语地说道。

“一日一省吾身”，这是他每天起床前必修的一门“功课”，即使眩晕、反胃依然，但这并未影响他理顺关系、关注细节、深度思考。只是，在他想到应陈总的请求临时改动的那两个字时，心里就生出个灵醒：这是干什么嘛，太随便啦，古人成句怎么想改就改了，传出去岂不落人笑柄。下不为例。好在是能认得自己字儿的人有限，到时，谁问起来再解释回来，含含糊糊，不见得就能怎么样。至于小吉写的那张注释，也大不必介意，毕竟不是自己写的，灵活对待就是了，况且，人家也未必保存。想到这里，又长吁了一气。

昨晚喝了近四瓶酒，也是高兴——画一幅精品，得一首好诗，出手了两幅画——忍不住勾起了酒兴。回来坐下接着喝，喝好酒！一瓶家藏二十年的茅台，分成六下，大家一口就干了。太冲动了，仅那瓶酒就值一张三尺斗方，关键是喝一瓶少一瓶，可惜、可惜！昆仑和陈总好像丝瓜面也没有吃，墨印一干，收起画就走了。走就走了吧，他两人坐在那里确实也有碍自己和高其昌几个说诗论画。倒是最后那瓶酒不应该打开，一时乘兴；小白像是也拦了，可自己坚持要打开，还骂了小白“信球”，吴美绎在一旁笑得咯咯的。其实，吴美绎不笑，怕也就把酒瓶子交给小白了，让她一笑，又来了兴致。小白说得对，“多大年纪了？”是啊，多大年纪了！哪能和年轻人再比，即便“老夫不减当年勇”，可毕竟到年龄了，要注意养生了。

他摇摇头，似乎已不那么难受——酒还行。看来陈老板是个实诚人。

老高有眼光，他这两个学生的确很优秀。那个小吉说的“酒肉饱口腹，诗书解尘忧”很有哲理，很有意境。不过，这样的句子出自他口，似乎显得有些倦气，年纪轻轻的，哪来那么多“尘忧”？而且还要去“解”？怪不得老高那样喜欢他，合着他的脾性来着。不管怎么说，还是优秀的，下回有机会了，劝他多读读东坡、稼轩的诗词、文章、豪气，浸染浸染或许就会好些。那两句若是换成坡仙，该又如何？“肉是酒引子，酒为诗先生。”呵呵，坡仙哪会这样子作诗，笑话，笑话。小宋看起来跳脱不甚稳重，肚子里却很有东西。自己在琉璃厂收回来的那把古琴才摆到台案上，他看一眼便识得那上面的断纹是梅花断，前后看了，竟然还识得是宋代官琴，琴也弹得好极。后生可畏啊！奇怪了，是谁让把古琴拿出来的？他翻了一个身，入眼看到一本《艾青诗集》，立刻续上了片儿：自己要朗读艾青《我爱这土地》，要配乐，老高说小宋可以，自己发话“请”出的那琴。他笑了笑，拿起那本书随便翻开，恰好是那页《我爱这土地》，他轻声地吟咏起来：

假如我是一只鸟，
我也应该用嘶哑的喉咙歌唱：
这被风雨所打击的土地，
这永远汹涌着我们的悲愤的河流，
这永无止息地吹刮着的激怒的风，
和那来自林间无比温柔的黎明……
然后，我死了，
连羽毛也腐烂在土地里面。
为什么我的眼里常含泪水？
因为，我对这土地爱得深沉。

到最后，嗓音似咽似读，卧室里笼罩着悲怆的气氛。不知道什么时候他开始喜欢上白话体诗歌，有时画幅人物，会用一句题在画面上，自感新意十足。但多数时候，题的仍是古体诗句子。

昨天，很晚，自己应该不止一遍地朗读，不止一遍地泪流满面，为了诗吗？应该是为了诗吧！不过，也不排除是为了别的什么事儿。他们都说自己醉了，或许真醉了。

小白说：鸟乏了。

“鸟乏了？”他反复玩味这句话，想弄明白小白说这话的意思，这么着，两眼却吧嗒吧嗒地打起架。“我是一只鸟……我死了……”坚持又读了几行那诗，随之睡着了，手拿着书，很紧地拿着，到最后也没有松手；一滴泪水从眼角流出，流在枕头上，印出一个湿的圆点，一会儿就干了，没有留下任何痕迹。

葫芦儿来屋里看过他，听到他匀实的鼾声，便去了。小白也来屋里看了看，把书收起，仍放在他枕边，便退了出去，出去时，轻轻关上了屋门。

大师需要好好休息。

方才遛狗时，陈总把余下的钱都打了过来，而且留言，想折价要他昨天看到的那幅新作。这个她做不了主，要等大师定夺。

《乏鸟》附件：《岘阁嚼根录》二则

伤心凉粉

机场候机厅，一对恋人久久相拥。

其实这只是计划内的短暂别离。女孩要去纽约接受入职培训，不出意外，半个月，顶多就是半个月，就会回到他身边。然而，不知为什么，女孩心里总有种说不清楚却又不愿多想的感觉，仿佛一松手，他就会消失，消失在她熟知的那个世界，而自己却只能在远处、在很高很高的地方远远地看着他，看着他模糊为一个固定的影子。这感觉时而强烈，时而消失，在他们重复的拥抱分开时产生、消退。她为强烈的恐惧感困扰着，甚至都想放弃这次出行。如果男孩做出一点哪怕是为了别的事情即使再勉强的理由挽留，她都会改变主意留下来——她不能失去他，在她的世界里，没有什么比他更重要了。然而男孩最后一次与她深吻，便松开了紧拥着她的双手，她能感觉到那滑过她胯部的手是那样的迟滞，能感觉到手指似要脱离时带动她裙摆传递的战栗，能感觉到手和手的距离仅仅是指勾的间隙，她甚至能感觉到那手的热量如流星一样炙热，但他却没有做出她想要的任何举动，或是说出一个带有否定意义的单词。她这样注视着那男孩，往后退了一步，身后是检票口，机场已多次催促登机。

他和她一样，也有那种别离的感觉，当手指脱离开她裙摆的那个瞬间，那感觉突然就被放大了，好像马上就要发生一样。但他否定了自己，他将那感觉定义为自私的、控制欲的表现，甚至觉得可笑。他深爱着她，他也知道她深爱着他，他能清楚地体会到她的爱。相爱怎会轻易分离。

她又退后了一步，向男孩挥了挥手，手举得很高，仿佛向着远方。他们相距得那样近，以至于这样的挥手让男孩产生了误解，以为她是向身后的什么人挥手。他回头看了一眼，只这短暂的时间里，女孩已转过身，向检票口走去。

他在心里默念了无数个“嗨”无数个“等等”，眼睛盯着她的背影，手心攥出了汗水，只要她回过头，或仅仅是个要回头的动作，他就会喊出来。然而，没有。马尾辫的辫梢，仿佛钟摆一样随着她似乎没有迟缓、没有犹豫的步伐左右平均摆动，犹如在释放快乐的密码。她消失在了玻璃甬道的尽头。

男孩的回头被女孩误解为厌倦了的表现：送走她，他或许有其他事情要做，或许约了一场棒球赛，或许还有别的女孩……一瞬儿，她脑子里就出现了多个她能想象得到的画面；一瞬儿，那种悲戚的感觉就涌上了心头。她想落泪，却又不想让他看见自己落泪的样子，于是，紧忙转过了身子。她知道，只要再停留一会儿，自己的泪水将会打湿他的肩头，那样，她都不敢确定，还能否实现这次出行。她尽量地走出快乐的步伐，但她又多么希望听到他在身后说一声什么，哪怕只是说：嗨。她的耳鼓已经调整在仅仅可以辨别得他的声音的范围，努力在麦克风、背景音乐、道别的交响中检索，然而，直到她明白他已经看不见自己而掩面哭泣的时候，她仍在努力地检索。

那天是九月十一号。

三个小时后，当飞机撞向世贸大厦的那一刻，她突然想到，其实宿命里的安排，一个指尖的触碰或许就能改变。在那紧迫的情况下，在有限的时间里，她想把那感觉讲给他听，但她所能做到的，只是给男孩发去一条简短的只有一个单词、一个符号的信息。

飞机起飞后，男孩被一种莫名其妙的感觉笼罩着而不愿意离开机场，莫名其妙地等待，莫名其妙地徘徊，莫名其妙地坐在候机厅听着耳机播放一首又一首忧伤的音乐，真的是莫名其妙。最后，他臆想到，她乘的那班班机会因某个事件而折返，而他就等在机场。这一定是个让她惊喜不已的场景——在她走出出口的瞬间，看到他站在她面前。然而，他却等来了一条短信：一个带问号的 why。之后……

“9·11”后的那个秋天给我的印象是湿冷多雨。那段时间又是待在重庆的安居，巴山烟雨，传说中的图画就在眼前，尤为加重了这种印象。阳光仿佛成了奢侈品，要等，要观察，要抓住任何一个可能稍纵即逝的机会，即便是含含糊糊地扫过。于是，我和小白好像总是遥望着远方，每当有阳光穿出低矮的云层，哪怕只是一束的样子，小白也会冲进房间把被子抱起来等在门口，只要那一束阳光投射在院子里，哪怕就是几分钟的时间，也要把被子晾晒起来——失望很多次，但有一次，就兴奋不已。北方人耐不得潮湿，尤其耐不得潮湿的被褥，观念里，潮湿即意味着关节炎之类的风湿病——那可不是什么好毛病。房子是朋友长租下来的，专门用来招待南来北往的朋友。他住在重庆，很少过来，钥匙交给了我们，任由我们在此自由消遣。日常生活起居却没人可指望，需要我们自己打理。房子在镇子的高点上，现在已记不得是哪一处了，但有一点记得清楚，就是在阁楼的窗户里可以俯察如鱼鳞一样梯次向下的房子的屋顶，越过屋顶，是涪江一段远去的江水。我和小白常常守望在那里，一支香、一壶茶、一窗景色，而阳光总是出现在远处，照亮一栋或几栋屋顶，然后是古树，再往后，便随江水漂向了远方。

那时候的安居，美食、小吃已经十分丰富，但我最属意的还是那家凉粉铺子。很小的一个门面，很小的一个招牌，小到你都不以为是个铺子；一条不算深的狭窄的廊道连到里面，一个年轻的戴眼镜的女孩守在里面，幽暗的光线里映现出她的轮廓，然后投放在后面临江的吊脚楼的窗户上，像一张剪影。那天为了避雨，蓦然间，我发现了这铺子，发现了那女孩和那幅剪影，即使那廊道窄得好像只有侧着身子才能行走的样子，我还是毫不犹豫地拐了进去。起初没有注意，及至进到了里面，才在回头招呼小白的时候发现，其实两边的墙面上还挂了许多照片，有黑白的，有彩色的，强烈的年代感，相对呼应，仿佛一段时光隧道。

铺子里面却别有洞天：一间十四五平米的房子，除了被柜台、操作台挤去了一部分外，还放了三张方桌，一张靠在窗户下面，涪江的江水从下面流过，流水声塞满了整个房间。因为已过了吃饭点儿，加上游客稀少，店里没有其他食客。

凉粉是豌豆粉儿，口感软糯，不像红薯粉那样软劲滑溜。我们先要了一碗，全然是因为用了人家的空间所应表示的谢意，随后又要了一碗，这一碗是因为好吃。我和小白饮食清淡，很少吃辣口，但入蜀不吃辣就没法吃饭，几天下来，不吃辣反而不行了。不过，她家的辣味儿又达到了一个新高度，碗里不但有红油，还有小米辣，不排除还有酸辣椒之类的东西，入口后就感觉“轰”的一下，天灵盖仿佛要炸开了一样，多层次的、多辣源的辣味顷刻间充斥了口腔、胸膛，而且整个人的感官仿佛也被调动了起来，锣鼓喧天，鞭炮齐鸣，噼里啪啦，炸开了锅。才吃去一半，便满头大汗，鼻涕眼泪一把抓，一副惨不忍睹的样子。

“太辣了！”自带的餐巾纸消耗完，我借着要餐巾纸来调整自己，“不过，很好吃！”在柜台前，我对那女孩说道。

“不辣，哪个还叫伤心凉粉！”

起初她在电脑上忙着什么事情没有理会我，但刚转过身，就听她在我身后这样说道。她的语调很和缓，仿佛廊道那端一框雨幕里发出的那样，带着淡淡的忧伤。这名字，这语调，雨幕，江水，俨然一幅深刻的伤心的场景。

“伤心凉粉？原来这就是伤心凉粉！”

我正在其间回味，小白已惊奇地接过话去。

入川以来，听朋友们不断提起这道美食，但一直无缘品尝，那天竟然在不经意间、在不知所以的情况下一饱了口福。其实，不但是小白感到惊奇，就连我也感到十分惊奇，因为那种得来全不费工夫的感觉，再加上又是在这样一个情形下意外发生，的确是只能用惊奇来描述了。我俩交换了一个惊奇的眼神一起看那女孩时，这才注意到，她始终是淡淡的，好像生意和客人根本不是她该关注的事情。她趴在柜台上，面前是台笔记本电脑，盯着屏幕的眼睛好像只在递纸巾时向上瞟了一下。

之后的七八天时间里，我几乎每天都要去吃一碗她家的凉粉，有时是嘴馋，有时纯粹是信马由缰走到了她家的铺子前面，好像那儿也有其他的什么东西吸引着我。究竟是什么？我没有刻意去想，但那一窗江水烟雨肯定是吸引我的主要原因之一。不知不觉，我和那女孩也成了老熟人。她还是那样在电脑上忙活着她的事儿，我很少去打扰她，“伤心”过之后，欣赏一阵儿风景就告辞了，偶尔她也和我聊一会儿天，话题主要是艺术和文学，基本上都是她说我听。有一次，她说她正在翻译一篇有关“9·11”的故事，她说只是开头就很感人，她说如果我能等她翻译完后再走，她愿意与我分享。我说，我一定等你完稿后再走。

我兑现了承诺。临走那天，趁着小白收拾行李的空当，独自去了凉粉铺子。那天，依旧下着雨，只是很小，像一层雾；她坐在门口的屋檐下，双手抱着小腿团在一个小凳子上，偏头看着向下而去的石条路的尽头，一动不动。一条雨水形成的小溪在她脚下缓缓流过。

“营业吗？”我站在她前面，等了一会儿，看她仍是不动，便和她打了招呼。

“呵，走神了。”

她像是猛然从睡梦里醒来那样，慌忙起身，一连声地把我往里面让；我看她了一眼，发现她的眼睛红红的，像是刚刚哭过。女孩子的眼泪莫问来往，来有来的地方，去有去的归宿——一丝愁绪，一片纸巾，便是一个轮回。我跟着进去，看到案板上仅有很小的一块凉粉，以为生意好，卖剩下了这么多，便夸她。她却苦笑着摇摇头对我说，铺子已经盘了出去，明天就要回家了。我想，她之所以不干了，无非是生意不好的缘故，所以就未加思索地说，不好干就不干了，一个女孩子，本来就不容易。我说，今天吃过凉粉，听过你的故事（头天她告诉我这天可以完稿），“伤心”留下来，就走了。她显出诧异的神色，重复了一遍我的话，就在柜台里忙活了起来。一会儿，她一手拿了一碗凉粉、一手抱着电脑过来坐在了我的对面。那天，她的话匣子一下子就打开了，也不管我爱听不爱听，尽自说她自己的；我边吃凉粉边听她说话。其实，她讲的内容，我也很感兴趣，因为那正是我一直想问却又没好意思开口问的问题——小白和我私下里曾假定了几个可能，罗织了几个故事，来解释一个女孩子独自守着一间看起来又不怎么挣钱的铺子的缘由，尤其她本来就不像生意人，反而更像文艺女青年。

她说，她不是安居人，在安居或者和安居一样的古镇开一个铺子是她多年的梦想，就在她的梦想最为炽热的时候，遇到了她的男友，他也有这样的梦想，于是，他们就为了同样的梦想来到了这里。在这里，他们一起度过了一段宁静而又缠绵的日子。然而，一个下雨的日子，他走了，他说有事，慌慌张张，甚至没有带任何随身物品就走了。他不让送他，让她守在铺子里，他说顶多两天就会回来。她从窗户上看到他出现在码头，而后上了小客轮，客轮从窗子下面经过时，他向她挥了挥手。后来，他就消失了，没人知道他去了哪里，好像从人间蒸发了那样，没有原因，没有结果，连猜测都无从说起。她说，她在这里已经等了他一年，守着铺子，守着“伤心”。

我看着去水，她看着来水，沉默地坐在窗子两端。我想，如果拼接我俩视野里各自看到的画面，且要保证完整，那么衔接其间的便是那碗伤心凉粉了。不知什么时候我已停下了筷子，而一块凉粉仍挑在筷子上，直到一股潮湿的、凉意浓重的江风刮进来，才注意到自己这如同摆设的样子。我自嘲地笑了笑，放下了筷子，而后，看看她。她仍看着窗外，好像看着一段往来。

我问她为什么不去找他。

她沉默良久，才带着淡淡的苦笑对我说："我和他除了电话没有其他任何联系方式。他是谁？从哪里来？到哪里去了？时至今日我才领悟到，柏拉图的人生三问竟然如此的寻常，竟然从开始就伴随着我们，从来到走。"

我们都陷入了沉默。我的目光在她凝眉的脸庞上停顿了一下便又投向了江面。远处的江面被厚厚的雨雾遮蔽着，像是另一个世界的出口、入口，神秘而又富有想象。但柴油机的轰鸣声却清晰可闻，一会儿，一条小客轮由远及近带着隆隆的声响缓缓驶来，渐渐地，船艏已颇为清晰。

"来船了……"我脱口而出。大约我还要说些让她开心又能活跃气氛的话，但直到客轮从窗户下面驶过也没有说出来，因为我不知道该说什么好了。

"看了一年啦！"她的视线追着客轮，有一阵儿才不无幽怨地说道，"大的、小的，哪怕是一条木筏驶过我都要看，就在这儿，探出身子，如果他在船上，我要让他第一眼就看到我，看到我守望在这里。然而我都成为一道风景了，他还是没有出现。那条带走他的船，日复一日地往来，船上的人日复一日地来往，只有他却像江水一样，去了就不再回来。"

"好在，你也要回去了。"

她突然笑了起来，"是啊，明天。明天，这儿就只有故事了，我的故事，所有人的故事。只是，怎么也没有想到苦味却是这里最后的味道。"她打开了笔记本，荧屏的光投在她消瘦的脸上，两个蓝色的光斑映在眼镜上，遮住了她的眼睛，我发现，她的确是个很有文艺范儿的女孩。"剩下了几个苦瓜，全部榨了汁。你注意了吗？凉粉的苦味，我特别加重了，所以今天全部免单——苦与人分享，哪还能收钱。你看那桶里，倒掉了很多，有人受不了这苦味。”她接着说，“其实，苦，是另一种别致。之前没有发现，现在发现了，却是落幕时分——热热闹闹的一出戏，临到结局，才蓦然明了，那些最热闹的，顶不过只是为后来铺垫的过板儿。”

其实，我一开始就吃出来了那股浓郁的苦味，但我的感觉随着她的故事的进展而进展，故事里的苦味仿佛代替了我的味蕾，那苦，更苦，以至于碗里的苦味就被掩盖了。不过，再往深处一想，那故事里所有的味道不就是这一碗伤心凉粉——酸甜苦辣咸麻诸般味道的集合，而藏得最深的，却是这突然明朗了的苦味。

之后，她读了说是她翻译的那段“9·11”的故事，也就是本篇开始的那个故事。她的声调柔美中带着沙哑，仿佛电影里的旁白，契合画面，清晰而富有感情地描绘了一个令人伤心的场景，尽管也时常被难以抑制的哽咽打断。有一会儿，我猜想，故事应当是她的手笔，翻译之说或许只是幌子，为的是提供引证，提升故事的真实度，因为，我看到的女主人公，更多的是个中国姑娘的形象，如果再具体一点，觉得更像她本人。最后她又再次强调说，这是“9·11”后美国同学传来的故事，英文版，才翻译完，才定稿。她说她觉得这故事和她，或者也可以说和她的伤心凉粉是一个味道，满满的麻辣酸甜苦涩咸。

雨停时候，我和她道别，她送了我一瓶自制的辣椒油、一瓶花椒粉，她说这是伤心凉粉的精髓，让我带回家里，如果想要“伤心”了，有了它们便有了“伤心”。她还写了个调料方一并交给了我。

在家里，小白照方子做了一次，酸味太重。美绎也照方子做了一次，甜味太重。我亲自指导又做了一次，寡淡得很，更别说安居那味道了。

烹饪要术：

伤心凉粉少不得对味儿的辣椒油和花椒粉。花椒粉好办，买来上等的大红袍打成粉即可，但对味儿的辣椒油就难办了，不是有了好辣椒就可以实现，还要有好的配方和方法。所以，一开始我就遇到了难题——辣椒油讲不清楚。热心的、其中不乏四川的朋友为我提供了很多配方，照着去做，结果差得很多（与那女孩子所赠相比），久而久之，厌倦情绪生出来也就放弃了研究。其实我倒是次要的，主要是美绎和小白，她们两个被油烟呛得不堪忍受，早就怨声载道了；我打了退堂鼓，正好也如了她们的意。只是，辣椒油讲不明白，其他的说得再多也感觉黯然失色。我想起那女孩子送我秘方时那淡定的样子便明白过来，真正的秘密其实是在辣椒油里，那些个油盐酱醋糖不过是一般的通常，包括那一勺子苦瓜汁。原本我是要为她保守秘方的，现在看来已经没有什么意义了，因为关键的还掌握在她那儿。何况，那份心情也不是什么人都具有的。秘方如下：

原料：豌豆凉粉、花生碎。

作料：辣椒油、花椒粉、藤椒油、小米椒碎、生抽、老抽、醋、糖、盐、鸡粉、香葱碎、苦瓜汁各少许。

做法：豌豆凉粉切成七毫米厚长方条，加入花生碎及作料拌匀即可。

经验分享：泼油辣子趁油热时加入少许炒熟的黄豆粉和白酒，这样能提高香度，而且很适合凉拌食品；苦瓜汁是有待商榷的一味调料，因为有时候特和味儿，有时候又特伤味儿，不是每次都好，究竟什么原因，很难说得清楚，有待探究。

菠菜烧豆腐

疫情略宽，京城圈儿老友云游至洛，尽地主之谊，名吃、大餐饕餮三日，脾胃俱道疲乏。其乏一，如同在京；其乏二，地方名吃不对胃口；其乏三，呼前拥后，不胜其烦。我提出家中寒饮，皆欢愉不胜之致。

前些日子，美绎去了上海，她不在，“章府家宴”实则虚无。小白的厨艺撑不起这么大的场面。但事儿赶到这儿了——他们要来，美绎要去——天底下不尽是正好、合拍的事儿，缺憾难免如影随形。好在这几位我也了解，尽是嘴上功夫，到了台面上都弱得很，糊弄一下，凑合着就过去了。再说，小白的厨艺这些年进步很大，虽说比不上美绎，但与常人比，也可谓了得了。如果拿那些酒店里的菜品比较，小白或许还要胜出一筹（这段话是小白要求加上的，我基本认可）；再者，紧着拿手菜上，想必也是很好。

打算得都好，只是况外的“菠菜烧豆腐”的安排却平白生出了“是非”。

我不否认，这是早已被科普了的、有争议的、存在有健康问题的一道菜肴，单就提到名字便已让人倍感不适，何况还要吃进肚子里去。也怪我虑事不周，脑子沉浸在那般往昔岁月，沉浸在往日的自信当中，情怀所动，却忽视了是小白掌厨。

小白精心烹制的菜肴，大获赞誉。

然而，“菠菜烧豆腐”上来后，那些赞誉忽然间就显得无足轻重了。在短暂的沉寂里，我预见到将有事情发生。虽然从品相上看，这是小白烧这道菜烧得最成功的一次：白色的豆腐，绿色的叶子，红色的尖椒，煸为黄色的蒜子，恰到好处的火候，俨然是一幅图画。但这已然不重要了，重要的是它可能造成的后果。有会儿去卫生间出来，小白拦住我，问我还要不要上这道菜。我说什么来着？照单办事。也真是，早不问晚不问，偏偏得了灵感，刚刚成了诗句的时候来问，你们看：酒如流溪落小潭，气似幽兰听雨轩……应景、调侃十足的句子，本当浮一大白，可这么着就打断了，下两句，没了！在这儿我就要说两句小白了，本来自己能拿主意的事情非要来问我，明摆着菜已够吃，机动处置就得了，这可好，伤了我的诗思不说，还况外听了一番奚落。你说，划得着嘛！

一位朋友就色彩夸赞了一番，而后话锋一转，于某个制高点上发起了首轮批讲，末了，规劝加警示地说道：“少吃为好，绝对有害。”

预料的事情正在发生，我做了颇具情怀的引导，无济于事。

另一位朋友从理论的角度为他做了批注。他说，菠菜烧豆腐的原罪是菠菜中的叶酸和豆腐中的钙质的不幸相遇，它们相结合产生了一种有害于健康的物质，假如这种结合物不幸进入了人体内，便会使人产生不适从而危及健康，据说，结石类的疾病即由此而生。他讲到菠菜时，就用筷子从底儿翻一下菠菜，讲到豆腐时，便翻一下豆腐，手口统一，如同置身于解剖学的讲座。他的语速缓急有度，他的目光阴郁而自信，并不时于大伙首肯的面孔上骄傲地扫过。

一位从不发表品鉴言论的朋友大约受到了鼓舞，他举出了一件致死案例来强调菠菜烧豆腐的不可食用性。最后，他说，这是传闻。

即使是传闻，照样使得所有人，包括我在内，都生出那种毛骨悚然的感觉——才经过新冠肺炎的恐吓，所有可能引起健康问题的事物都会引发联想继而造成心里不适，不管它真的是这样，或者听说是这样，再或根本不是这样，都如蝴蝶的翅膀，于偶尔的一次扇动中，在遥远的太平洋上掀起了波澜。

五十年前，我还是个孩子，在一本生活杂志上看到了菠菜烧豆腐有害健康的文章，当时我就冲到了厨房门口。奶奶和妈妈正在准备午饭。妈妈一手拿着锅铲、一手端着盆菠菜，豆腐煎出的香气已无法局限在狭小昏暗的空间而向外飘溢，令人垂涎欲滴的味道；奶奶在往簸箕里拾馒头，一个一个，圆面朝上。我大声地向她俩宣告了我的发现。妈妈迟疑片刻，淡淡一笑，菠菜随之倾倒在锅里；奶奶或许听进去了，她看看我，又看看锅里已经搅和在一起的菜蔬，似乎想说点什么，却什么也没有说，转而，也是淡淡一笑。她俩的笑容天壤之别，但笑意却幽然相合。那天午饭，我一口菜没吃，我为她们对我的轻蔑而绝吃、抗议，大约和这几位朋友的表现完全雷同。好像过了两三年，这道菜竟然也从家里的餐桌上悄然退出了——妈妈做出的决定。这是她为数不多的拿手菜之一，但她接受了来自生活杂志的教育，她用野蘑菇来形容它。对人而言，世界上最不好掌控却又最有力量的东西可能就是教育，只要假以时日，即使再根深蒂固的观念也能予以改变。我为最终的结果沾沾自喜，因为，这改变是我发起的。

或许正是这样的一个经历，才使得那些所谓的有害的成分竟然混合了情感的因素，每思愈念，最后却放大为一件牢记于心的事物。但我依然对此保持着否定的态度，依然用否定的态度参与对往事的回忆，直到美绎的一顿饭让我幡然醒悟。

有一年春节，美绎帮我做年夜饭，她和小白安排的菜单，不知出于什么考虑，她们竟然把这道菜也搬上了餐桌。如果用惊诧来形容我当时的心情恐怕是最恰如其分的了。我看了看美绎，想要在她的表情里找到某种寓意，但除了悠然自得，其他什么也没有。

“怎么了？”美绎看到我举箸不定的样子，觉得奇怪，便问。

“这——”

“这个什么呀！你要是不吃，我们可开始了。”

小白不客气地动了筷子。我在美绎的催促下半推半就地也动了筷子。久别重逢的味道对我来说太有吸引力了，我本来想做做样子，点到为止，面子给了美绎就行，可尝到了甜头就由不得自己了，不停地往碗里划拉。大家齐动手，最后竟如抢食一般。

“有那么好吃吗，都吃成这样？”

美绎去厨房一圈儿回来，看到仅剩下汤汁的空盘子，惊异地瞪大了眼睛。

“吃成这样了，自然是好吃。”

在大家一致请求下，美绎又烧了一盘，但第二盘的口感似乎要差一些。回碗饭菜似嚼蜡，吃嘴精都明白这道理，差一些，本来也属正常。我惯性地夹起一块豆腐后，却感觉没有了胃口，又放下，便想到了前面要说没说出来的那些话，于是从健康问题开始，老生常谈了一番。末了，手指点着剩了半盘菜的盘子沿儿准备点题的时候，却看到美绎皱着眉头在看我，大有再说一句就要翻脸的意思，样子很冷，仿佛冰冻了一般。她很少这样，我竟然就傻呆呆地闭住了嘴。

“我看您是吃饱啦！”她特别在“您”上加重了语气，“三聚氰胺吃过没有？苏丹红吃过没有？现在怕了这个？真搞不懂，你是找碴呢，还是没话找话说？”

“是啊！”小白也加入了进来，为美绎帮腔。

那天，高其昌也在，但我从来不指望他帮我说什么，即使他帮了我，她们也未必能听得明白他那套引经据典、说古论今又加上之乎者也之类的调调。况且我也认可了美绎的说法，岂止三聚氰胺、苏丹红，还有抗生素残留等等，想一想，不论哪样东西对人体的危害都要超过这点钙化物所造成的影响。但让美绎这样奚落，多少还是觉得面子挂不住，于是就说："不错，您说的都对，但能排除一项算一项，不好吗？"我也用加重了语气的"您"字儿称呼她——以其人之道还治其人之身嘛。

"好啊！但你已经吃进去了这么多该咋办？赶紧去医院洗胃吧！去，赶紧去！"美绎被气得扑哧一笑，继续奚落道，"老章，小心一点不算错，但小心过头了就是找事儿了。我和小白前前后后忙活了几个小时，没听你问声辛苦，倒在皮毛上生是非，太不像话了吧！一会儿就把人整得心里堵堵的。喝酒！"

"呵呵！"

有美绎这现成的说法，其实驳斥他们毫不费力，但问题是，这话我不能说。显而易见，他们的脑筋仍旧停留在固化了的程序里面，没有与时俱进，想要驳倒他们也不是一句话两句话的事儿；人家是客，我是东家，东家不悦，客人还能怎样？肯定是皆大不欢喜。小白若是能把这话道出来，再由我其中撺掇掂对、拾遗补阙，最为恰当，但她就是说不来。当然，即使她能说得来，也未必说得好——她口才不行，说不好会扩大化。一顿欢宴，文人骚客，毒和健康不能成为主题。

一位频频首肯的朋友在讨论终结后首先动了筷子，他夹起一片黯然失色的菠菜叶子在蹙成一团的眉头前晃了晃，而后送入口中，而后再次首肯。我可以肯定，这迟来的首肯只是为了帮我挽回面子而已。失去最佳温度的佳肴与失去温度的虚情相对于失去温度的首肯，既渺小又无趣。

小白在一旁尴尬了一阵儿后就去了厨房，临时请来的两个帮厨不熟悉环境，笨手笨脚，她还要时刻招呼着她们。不管小白爱不爱听他们说的那些话，这最后的首肯对她或许是一个安慰。美绎不稀罕这个，她向来不会在一个虚伪的首肯里提取感动，她只关心盘子里剩菜了没有，这是她判断真伪的唯一标准。那天若是美绎在，断然不会出现这样的结果。第一，美绎的灵活性决定了她会在适当的环境下做出适当的选择，她会根据场面的热度来决定哪道菜能上，哪道菜不能上；第二，美绎比小白讲究，她会根据食材材性的变化做出适当的技法上的调整，味道上去了，一俊遮百丑；第三，美绎不会任由他们指指点点，禅菜大师的身份搁在那儿呢，敲一下锅铲就把他们敲扁了。然而，这都是“若是”。

当然，美绎烧菜讲究的程度也是有口皆碑，这道菜或可作为案例。首先，煎豆腐：长方形的两个面儿既要煎得黄，又不能煎得太黄，掌握在八成以内、三成以上，过了俗，轻了平淡，讲究常规里求变化；色温以渐变为佳：由浅褐而黄，再而浅黄，至奶黄，像染出的晕，正经里透着不正经。这既是色彩的把握，也是口感的把握，唯有如此，方能最佳。其次是选材。美绎只在春节前后才愿意真心实意地做这道菜，因为只有在这段时间里，才有那种经过霜雪、叶厚味甘的趴地黑菠菜，这是这道菜的精髓所在；她仅用叶子（菜根、梗子也是一道时令菜，另解），祖母绿的叶子油亮有型，混搭进煎过的豆腐，黄绿相互衬托，色温温和，仿佛越调，温润入骨。这儿暂且加入个个人批注——孔子曰：不时不吃。吃要讲时令，用要分时节；讲究时令，讲究的不单是养生，讲究的还有味道，也是文化，是基于生活的哲学思考。

李老板园子里种的菠菜，上羊粪，浇井水，不打农药，专人照料，属上品里的上品，极佳。他乃有心人也。一次，一起吃饭，不知谁附庸风雅夸赞“秋波”，一时没有领会，随口接了一句“冬菠”为佳，他便记在了心里，年年种植，年年春节应时供给，几筐子，多得不得了，不要也不行。家里消耗有限，其实一大半都送了人。美绎近水之便，得到的最多。她要带一部分到上海去，她的“一菠三吃”惊世骇俗，是她年夜饭里的重头戏，其中出彩之处，当然是这带去的冬菠菜了。今年闹疫情，情况特殊，初三，禅菜馆关门歇业，美绎就返了回来，带去的菠菜几乎没有派上用场——那边人喜欢嫩口，当地的嫩菠菜大行其道。北方菜性南方人懂得的不多，美绎不上手，别人就要当垃圾处理了。才子还得遇佳人嘛！没有美绎，再好也是枉然。初五两家人小聚，美绎亲自料理，菠菜烧豆腐我吃了一半，美绎看我吃成了这样，开心得和我碰了好几杯白酒。她是从上海“逃”回来的，心头笼罩着阴霾，她开心，大家便都开心。

小白做不好这道菜，跟着美绎不知学做了多少遍，到头来还是抓不住精髓所在。她说我挑剔，我说她不上心；夸两句美绎，她就劝我去和美绎过。艺术家最怕“结住壳”，“结住壳”就意味着艺术生命的终结。小白，“结壳”了。

菠菜赠美绎，赠的不是东西，是认同、是情感、是文化，不是值不值钱那类俗念所能懂得的。

京城那几位来得不是时候，菠菜不是季节，又是小白料理，我没解释，即使解释了又有什么意义呢！他们鉴赏不了。

烹饪要术：

主料：菠菜二百克去根洗净，嫩豆腐二百克，切二乘四厘米、厚八毫米长方片（豆腐软硬适中，太软易碎，太硬口感差，以能成形为佳）。

作料：大蒜三粒拍裂，干辣椒三个（自选），姜丝少许，菜籽油、盐、干虾籽少许。

做法：豆腐片煎黄，蒜瓣、姜丝、干椒煎出香味，加入菠菜、盐、干虾籽，快火微烧四十秒出锅，装盘即可。

经验分享：即烹即食，口感最佳。

平常四件事儿，衣、食、住、行。说到吃，就免不了家长里短、高低好坏地解说、品评，平常事儿就要说平常话，这也是没有办法的事情。但凡事要把握个尺度，不能伤了人心，伤了人心，下来的事情就不好办了。这篇文章因为有涉及小白的负面评论，完稿后，征询了她的意见，没想到她很不以为然，她说虚构是文学胎里带的德行，要不然就不是文学了，她说由我自便。但午饭，她先“自便”起来：只烧了一道菜，而且还忘了放盐，晚饭更不要说了，把中午没吃完的菜加了一点盐，热了热，桌子上一摆，招呼没打就出门去了，很晚才回来。问她干啥去了，她说她去找吴美绎了，她说她和吴美绎商量过了，让她搬过来和我们一起住。人家有自己的家，这不是胡闹嘛！第二天，美绎来家里做了回和事佬，又烧了几道好菜，把我头天亏空的营养补了回来。她看了我写的文章，竟然笑得花枝乱颤。有什么好笑的，不就是夸了你、贬了小白嘛，至于吗？

第二章　七上八下

我、我的艺术

2008 年，我的生活被悄然降临的坏运气给搅乱了。先是代表了我所有荣耀并为之付出了近二十年心血的画廊因亏损严重难以为继而关闭，接着，又因无视妻子的规劝，贪图所谓的高息而被骗去几乎所有积蓄，岳父母相继离世。妻子精神几近崩溃，我整日借酒消愁。我们一向默契和谐的关系被搅乱，指责，争吵，互相攻讦，直到有一天，她突然平静下来，平静得犹如一潭静水，一纸离婚协议书也摆到了我面前。那时我才意识到，我正在面临一场严峻的中年危机。我努力纠正、努力维持，虽然保住了婚姻，但她也提出了不啻雪上加霜、不啻破裂的附带条件：带儿子去加拿大读书。根本无视我们的经济状况，根本无视我希望她留下来再创业的请求。

“去你的吧！”她说，“我们不会等你把这点儿家当也赔净了。”

我卖掉了四幅珍藏的字画先送走了儿子，又卖掉了一块老玉为她凑足路资。

她走的那天，狂风肆虐。裹在她头上的一条红头巾被风掠起，打着旋儿，如精灵般地飘过枯叶盘旋的街道，飘过青砖灰瓦的屋脊，消失了。她徒劳地撵过街道，一腔愤恨地返回来时，一截枯枝忽地从天而降，砸在地上，砸得粉碎。一段确定无疑飞溅向她的碎片被我机敏的小腿挡了下来。疼痛迫使我蹲下身子揉摸伤处，向她展示一块青紫的伤痕。我歪头看向远处，在沉默中希望等来一次温存的关怀，然而，一如她眼里熟悉的仿佛就是矫揉造作的表演，被忽略了；她尽自抱怨天气、抱怨修理厂低劣的商誉、抱怨他们未能按时修复我们的车子，径直坐进了出租车，手握车门拉手，对着我身后的房子、我们家的方向，用加重的显然也是为了让我听得清楚的语气，说道："简直受够了！"那厌恶的眼神、冷漠的语气仿佛一枚炸弹顿时燃爆了我的神经，顿时血灌头顶，"我也受够了！"我猛地站起身，愤怒地吼道。那是多么凄厉绝望的吼声，风为之停止，人为之扭曲，世界为之失却了颜色。我惊愕于自己的威力，愣在了当地。她也愣了，但随之就猛地拉上了车门，乘车而去，全然忘记盛放护照的背包还遗留在我的身上。

那晚，我酩酊大醉，在一家不算高档的洗浴中心裹着散发着荷尔蒙超量残留的被褥挨到天明。毫无理智发泄性的消费，刷净了银行卡上本来就所剩无几的余额，瞬间一贫如洗，导致很长一段时间，我都必须在爹娘那里忍着絮絮叨叨的关怀，混吃混喝。自那以后，或者说在此之前便已形成的自卑感左右了我的行为，让我离群索居，自我封闭，活在了仿佛只有文学和绘画的世界里。这样，我度过了一个春秋。

第二年，我一如既往地沉浸在孔子、庄子的思想世界里，迷失在塞尚、凡·高绚烂的色彩中，但我却越来越看不懂自己，看不懂自己的绘画。我无法把思想和绘画融为一体——画面单调平淡，缺乏层次。毫无疑问，它们是分离的，就像被山脉分隔开的两条河流，只有汇入大海方能融合。而大海又是那么遥远。

春节前一周，我还在苦恼于我的艺术，天气预报预报了一场雪。

说实在的，听到这场预报，我竟然慌乱了起来，竟然望见那无尽的过往的情愫，缱绻其中，浮想联翩。我仿佛透过雪幕望见了 H，我的同学，一个捉弄了我两次的女人；也望见了那杯觥交错的景象，那事业"辉煌"时期的欢愉；望见了那围绕在身边的曾经的朋友——逢雪时日，BB 机便会高频率响起，被含蓄地询问"煮酒鉴飘雪"是否照旧进行……然而，时过境迁：H 虽与我同处一城，却人如杳鹤；那些巧立名目的聚会，因已无力承担花费而告终止。人家组织的宴会因不甘屈居配角儿，言不配位，招人反感，连被请的机会也寥寥无几。我看到了孤独——不是人性的选择，却是我的选择。不过，我已决定在这个下雪的日子放纵一次自己，无论是组织者或是被组织者。我为自己做了美好的打算。

但天气却给我开了个玩笑。

那天头天，天阴得很重，气温骤然下降，好像正如预报的那样将迎来一场期盼中的雪。我枕着美好的打算酣然入睡，做了梦，梦里都是久违的朋友。但清晨醒来，简直就不敢相信自己的眼睛了——该有的雪未见，不该有的朝霞却映在了窗户上，仿佛时空转换——现实的在梦里，梦里的在现实。我像被针戳破的皮球，慢慢泄气，慢慢地软塌下来。整个上午我都在宣泄那可怜的怨气——卫生间蓄积的气味、房间里酸臭的棉袜、低劣的防盗门门锁、小区的阳光、马路上喇叭长鸣的车辆、小吃店冷硬得像石头一样的水煎包、对我不管不问新交的女友，都成了抱怨的对象。然而，阳光并不因为我的抱怨而收起触角，依然以固有的方式宣示其主宰的地位。午饭过后，它更把触角夸张地伸在了小区当间的花圃上，毫不客气地劈出一片暖洋洋的场地，然后，仿佛无声地喊道："来吧，我接受你们的朝拜！"于是，一个，两个，三个……最后竟有十几个之多的老人带着小马扎扎成了堆儿。他们用晒暖的方式明示了自己的虔诚——所有人都把头低在肩膀下面，不言不语，就像真的在进行一场宗教仪式。我两次从他们旁边走过。第一次，我佯装无睹，但心里已明白无误地在燃烧着烦躁的如干草一样的情绪。第二次，我知道，我如果不把燃烧产生的烟雾释放出来，我将会因此而发狂。于是，我装着发现了什么重大问题的样子，突然停下脚步，犹如踩了刹车，带着前冲的力量。一只熟睡中的小狗被我惊醒，夹着尾巴跑开了，在很远的地方狺狺狂吠。一位大娘抬起头，怨愤地看我一眼，嘴里嘟嘟囔囔地不知说了点什么，招招手把那小狗召唤到了身边。小狗狗仗人势，叫得更凶了，嗓门嘶哑，看上去都要岔气过去似的。但，即使这样，也只是引起了两三位大爷的注意，他们抬起头，用奇怪的眼神看了看我，而后，又恢复了原貌。

“同志们，”我等小狗安静下来后，便带着调侃的语气，抛出了句该是他们熟悉的词汇，想勾起他们的兴趣。但换来的只是几对白眼。小狗又叫了两声，像漏气的小喇叭，和着外面马路上传来的汽车声。

“大爷们，大娘们。”我又说。

我踱步到圈子中间，停下来，忽然觉得脑子里空荡荡的，一片空白，计划好的发言竟忘得干干净净。“那个——”我拖着长音，想要理出个头绪，但没有。不过我也意识到，这样一言不发地站在他们中间一定很可笑、很怪异，于是，我装着系鞋带，磨蹭了片刻，起身后踱着方步到了花圃旁，在砖砌水泥花池的台面上猛吹一气，吹起一团薄薄的尘雾，也吹出一片看似干净的台面。我踟蹰片刻，坐在了上面。阳光照着脊背，暖洋洋的。我已理清了头绪。

“同志们！”我说。

坐在我正面的几位大爷迎着阳光，仰着油亮放光的面颊，盯着我看了一阵儿，便又低下了头。但这已表明，他们注意到了我，这就足够了。

“大爷们，我给你们提个建议，”我夸张地模仿着某个著名相声演员的腔调，故作严肃地说道，“你们能不能拉开点距离，就像孙大爷和李大爷那样，对，就像他俩那样。”

没人搭理我。

“好吧，你们不愿意动，我也没办法，这是你们的事情。不过，有话说到前头，将来要是有事了，可甭怪我没跟你们说过。”

即使依旧没人搭理我，但并不影响我演讲的欲望，我还是自顾自地就冬季传染病防范知识给他们做了深入浅出的科普，特别强调了他们这样聚堆儿晒暖的危害性及带来的严重后果，危言耸听地恐吓他们，说某某小区已经出现了问题，言辞凿凿。有位大爷哼了一声，站起身就走了，看上去很生气的样子。这时，我也意识到玩笑开得有些过头，便紧忙调整，改口大谈起晒太阳的好处来，尤其是对老年人的好处。

“晒太阳补钙，超过喝牛奶。”我草草地收了场，心头忽地痛快无比。

“小楚，你小子今天没吃饭吧！”孙大爷站起身，拍了拍屁股上的尘土，说道。

孙大爷是唯一从头到尾仰着头听我讲完全部的人。他坐在大杨树枝条投下的暗影当间，不时地随着光影挪动位置，不时地抬起眼皮露出发红的眼白瞅我一眼，那故意放大的动静，故意露出的眼白对我的影响不可小觑，我压缩了发言。显然，这也正是他想要的结果。孙大爷性情古怪，认死理儿，这一点我非常清楚。我看了看他比平时还要红的脸蛋，咽口唾液，用比刚才低得多的语调，就像做了亏心事却又不甘认错那样，仰起头，说道：“吃了，一顿没少。”我拉开鸭绒衣拉链，在额头上抹去一把汗。

“哼，那就是吃饱了，撑的。”

他脸更红了，红得发紫。孙奶奶给我使了个眼色，指了指他的后脑勺。孙大爷有严重的高血压症，医生开过药，他一次也没有吃过。

就算我吃饱了撑的吧，我可不想招惹他。

我带着“吃饱了撑的”的感觉，一肚子窝囊地回到家里，报复性地吃了一整包夹心饼干，喝净了两瓶农夫山泉，在沙发上，在桌椅上，在马桶上，在床榻上蹉跎到天色灰暗，最后停留在阳台上，透过玻璃窗看着街灯点亮，看着城市沉寂的迹象显现。这时我忽然发现，我竟然失去了一个绝佳的获取绘画素材的机会：下午的那些人，那些脸谱，那些形象岂不是最好的表现生活的场景；孙大爷高昂起的倔强的头和那些把头勾在怀里的大爷形成的对比，简直把性格都写在画面上了。然而，我却因为情绪，错失了。

“如果明天还是这样，一定不能错过。”我自言自语地说道。

去年冬天，我曾尝试过画这种题材，画了满满一速写本，但我却很不满意，感觉很僵硬，没有灵魂，于是就放弃了。我似乎已找到了当时之所以放弃的原因，因为没有抓住人物的性格特征——等同于没有灵魂。而那本速写其实也没有留下来几张，因为，大爷大娘们不想把他们的形象留在我的本子上，向我要画，我便大大方方地分发给了他们。之后，这些画的一部分便变成了碎片出现在了垃圾池里，和着剩饭烂菜叶子。我去倒垃圾时看见了。那东西别人不会在意，但我却很敏感，由一片便看到了很多片，无须验证便可断定，那是我的被肢解了的、撕碎了的作品。不过，我倒也没觉得什么，倒觉得这是它们最好的归宿——不被喜欢的东西，还能有什么比这更好的归宿呢？

晚上九点多钟，在饥饿和寂寥的共同作用下，我想到了小酒馆。

其实这本来也是我这天的计划之一，只是因为无雪才搁置了。现在必须赶紧动身，不容迟缓，否则必定吃闭门羹。可冤家路窄，我连蹦带跳地跑下楼，冲出单元门洞，迎面却撞见了孙大爷。他披着棉衣，背抄着手，孤零零地站在路灯下，内里的红秋衣像一团火，燃烧在两根木头桩子上。

“能画就画，画不成就算咧，强扭的瓜不甜！”

我以为他没有看到我，便想从暗影里快速溜走，谁知才走出去两三步，就听他这样说道。我不得不面对他，何况那“吃饱了撑的”的窝囊气仍充斥在胸。我折转过去，本来嘛，不做亏心事不怕鬼敲门，我怕他什么！我站在了他面前，但却要侧脸对他，因为他那缺齿的口腔散发出的仿佛混合了臭豆腐的味道，让我避之不及。

他之所指，跟我正要去的那家小酒馆有关。那还是三四年前的事情，那时我已恢复画画有一段时间了，提高得很快，尤其是人体，所以特别愿意在这上面动心思。

一天在小酒馆喝酒吃饭，目光迷离间，竟然在老板娘身上产生了想法，凭着我们交情深厚，想也没想，便提了出来。

“给我画写真？哈哈，好啊！说话算数？”

她站在柜台里，用她那沙哑的、如同多收了百元大钞一样的大嗓门，笑着喊了出来。她的笑声熄灭了除去我头顶以外所有的灯管，我像个小丑，赤裸裸地展示在众目睽睽之下；我眨巴着眼，傻呆如偶，竟然接不上一句话。

胖子老板弄明白写真和画光身子其实是一个意思后，便用他特有的杂合了冷哼的腔调笑话我，说我看着老实，其实一肚子花花肠子。我说喝多啦，开玩笑嘞。为这事儿，有一阵儿，我都不愿意再踏进小酒馆一步。直到一次从小酒馆门口经过（好像也是故意的），老板娘在里面看到了我，追出来，硬把我拉进了店里，给我道了不是。她说她确实不知道写真和画光身子是一个意思，责怪我直截了当地说画光身子不就得了，指责我故意绕弯子才闹出了误会。我说我没有绕弯子，是你不懂艺术才闹出来的误会。她说你想咋说就咋说，到头来不就是脱光了让你画嘛！说吧，啥时候？多大的事儿吧！

不知孙大爷从哪儿听说了这件事，但凡晚上见我出门，便要猥琐、嬉笑地问一句："咋？去找人家画光屁股像？"有时还凑近了，用肩膀扛我一下，"画好了，让我也看看。"有两年，他也常光顾小酒馆，和老板娘也很熟稔，他牛铃一样的眼睛掩饰不住他的想法，即使他在她面前规矩得都令人生笑。本来，和我开个玩笑实属正常，但他私下里还四处传播，闹得街坊邻居尽人皆知，害得我有一段时间去小酒馆都跟做贼似的，小心翼翼，观察仔细了才敢进去，害怕碰见熟人，被他们笑话。妻子为我平息了事态，"呵，是吗？我老公真有眼光，那真是一个难得的模特。"她让所有人都感到了迷茫，包括我。她是艺术专业的高才生，理解我，懂得我。"该去还去，大大方方地去，别没事儿也弄得跟有事儿似的，不是贼也是贼了。"一次，在小酒馆门口绕圈子，被她看见，便打电话给我，奚落了我一顿。

过去了几年的陈芝麻烂谷子的旧事，他竟然还挂记在心，我当即不客气地回击了他，那真是痛快淋漓，多年的积怨一泄而出："你问这干吗？想看人家光屁股？你去找人家说嘛！自己没胆，尽在这里瞎嘀咕，有意思吗？"说完，也不等他说什么，我便径直而去，心里痛快极了。但路上就开始后悔，觉得不该这样对他，他毕竟是老人了，而且还有高血压症，万一有个三长两短，我可就跳到黄河里也说不清了。我在小酒馆里喝酒的时候还在这样想，特别是看到有辆救护车从门前呼啸而过的时候，我的心就像被抓了一下，猛地一紧。

第二天下了雪，我没有看见孙大爷，接下来我也处在伤痛中，也没在这上面多想。直到三天以后，我在好久未见的疑问中打听，才知道他得脑梗住院了。孙奶奶说得清楚，就是下雪的那个晚上。

年三十那天，我带着深深的歉疚去医院探望了他，他的情况比我预想的要好。他躺在病床上，即使言辞不清也还在絮叨他的儿子，说他把他扔到医院就不管了，是个不肖子孙。陪在一旁的孙奶奶听他这样说，气得直跺脚。她替儿子圆了场，说他在外面要账，为他挣住院费，还不知道啥时候能回来过年呢，说着，就用衣服袖子抹起了眼泪。生活不易，活生生的写照。孙大爷大概也听懂了，停止了絮叨，喘了几口大气，闭目歇息，嘴角一行口水顺着脸颊流到了脖颈。我想帮他擦去，但刚刚抽出一张纸巾，还没有显露意图，他却又说了话，问我画了没有。虽然表述含糊不清，但我只是脑筋转了一下便猜到了他之所指。为了让他高兴，也为了将功补过，我说画了。他立刻睁大了明显已经不太好使的眼睛，要看。于是，我用签字笔在一张废纸上笔意含糊地画了个简笔的女人裸体，举在了他面前。他笑了，笑得很满足。我也笑了，但我是笑他。病房里的人都笑了，他们笑我俩。孙奶奶气歪了鼻子。我把画随手放在了床头柜上，在一堆儿药瓶子当间，很扎眼。

第二天晚上，也就是大年初一的晚上，我在父母那儿吃饭喝酒，回来得很晚，前脚才进家门，孙奶奶后脚就找上了门。她让我再画一张那画，她说，那张她给撕了，他不愿意，闹情绪。她说这话的时候，脸颊红红的，不好意思似的，但旋即就变了脸色，开始絮叨，说孙大爷老不正经，没脸没皮，一把年纪了还喜欢看光屁股女人，不是看他生病，非给他一个大巴掌不可，看他那脸还是不是脸啦！她骂得痛快，却不知道把我也捎带了进去，但我并不生气，反而很高兴，因为被人欣赏本来就是件值得高兴的事情，何况还是喝饱了酒，人生正适意，别说是孙奶奶了，就是孙姥姥我也不会生气。我正正经经地用炭笔在速写纸上又给他画了一张，带着真挚的情感，但我刻意夸张表现了腰身和臀部的比例，让人物显得更性感、局部更突出——我想气气孙奶奶，谁让她一直用看贼一样的眼神盯着我呢。我把画交给她的时候，她脸上的褶子就像丹霞地貌一样堆积了起来，直到叹了口气，手指戳了我的脑袋才平展开来。后来，他儿子给那画装了框，挂在孙大爷的卧室。他儿子高屋建瓴，认为这画胜过一剂良药，为此还请我喝了顿大酒。孙大爷见到我就拉我去家里看，竖大拇指夸赞我。其实，我也在心里对自己竖起了大拇指，那种随意的感觉真的很美、很独特，但我当时并不认为好，因为，太简单、太容易了，专业性太一般了。直到若干年后，当我再次用这种手法表现人体、表现我的绘画思想时，才意识到，其实这才是我、我的艺术。只是，那灵感的源泉却是来自另外一个人。也是到了那时，才惊异地发现，孙大爷其实是为数不多的真正懂我、懂我的艺术的人。

我 的 家

我家处在古城区与老区的交接带上。从我家出发，向西，跨过一条马路，属于古城区之后建立起的新行政区，比古城区新，比新的新区老，现在通常都叫它老区。我来自那里。某种程度上说，我的一部分仍属于那里，因为我的父母还居住在那里，我每周至少要去探望他们三次，顺便蹭顿饭吃，但附带的，也要耐下心来听他们唠叨唠叨我的生活，听听他们对我未来的期许和担忧。向南，横穿一条马路、一条河流，是新城区，我要讲的故事大部分都发生在那里，那里有我一位重要朋友——章岘阁章老师，名声显赫的艺术大师。但近几年，我们却很少见面，他很忙，我必须得到他的邀请才能见到他，在他有限的闲暇里，我偶尔或为补充才出现在他的圈子里，我喜欢这种可有可无的存在形式，因为我也很忙，我为孤独而忙。向北，要走很久，经过多个迂回，才能走出城区，那里有座不应该称作山的山，因为风水绝佳，历代皇子皇孙达官贵人以及他们的女人们的尸骸不出意外地都埋在了下面，堆起了无数个很大的土堆。当然，平民百姓也抱有同样的期冀，也看上了这块风水宝地，只是他们的坟堆要小，小到不值一提。如果说那山像鲸鱼长满了疖子的脊背，那大坟堆就是大疖子，小坟堆就是小疖子了。从小到大总要有个过程。我家只有餐厅的那面窗朝东，在那里向东眺望，灰色的青瓦屋顶像鱼鳞一样，一个挨着一个延伸到很远很远的地方，仿佛没有尽头。天晴的时候，可以见到一座灰色的城门、一座灰色的塔耸立在很远的地方，当只有一束阳光照在那儿的时候，我仿佛看见有位古人在那下面久久伫立。后来那儿立了块碑，记录了这个时刻，后来这块碑成了他的化身，接受士子们的祭拜。晴朗的日子，我会门户洞开，任由北边的风裹挟着尸骸的气味在室内驻留，与他们曾经用过的器皿再次相逢；任由带着青铜味的风从东边刮来，穿过房间而后融入西边的钢铁时代；南面是新时代的开始，它的风偶尔也越过阻挡它的楼房刮入我的房子，于是，就产生了某种轰鸣的声响，此时我便手足无措，不知如何应对。但我多数时候都会紧闭窗子，把四面八方的风挡在外面，因为我发现这时的我特别真实、特别唯我——绘画、写作、和偶尔造访的女友做爱——在性体验中观察自己、凝视自己，在文学和绘画中提升自己、磨炼自己。我是如此热爱我的房子，却是在居住了十几年之后、妻子出了国之后，我才发现。

孙大爷是我家所在单元的义务看守员。他家在一楼，我家在顶层。他用捡来的碎砖瓦块在单元门口堆砌了一个根据讨来或是捡来的花草的规格而时常变动形态的台子。每天天一亮，他都会出现在那儿，修修剪剪，然后欣赏，然后再修剪。于是，他手里总离不开一把普通的家用剪子；于是，剪子仿佛就有了生命，咔嚓、咔嚓，从早到晚，那些偏离了设想的枝叶，哪怕只是刚刚冒出的嫩芽，便在那看似优美的往复运动中轮番零落。他的时间几乎都打发在了那儿，除非刮风下雨。他长了一双牛铃一样的眼睛，布满了血丝，看上去令人生畏，还有那把剪子，俨然门神的模样。他自诩侦察兵出身，武艺超强。他的警惕性很高，进出单元的陌生人无不接受他的盘查，即便有些盘查是多余的，也引发了一些不满，但小区内频发的盗案，化解了这种不满。事实证明，他的作用不可小觑。只是，他对来我家造访的女友的盘查则带上了故意刁难的性质，从年龄大小到什么关系、从所来何事到停留多久，无所不问，往往能纠缠一二十分钟，导致几位女友都对我敬而远之。如果仅是这样也就算了，问题是，他的“警惕性”有时到了令人发指的地步——他还尾随女友到我家门口，耳朵贴在屋门上偷听我们的动静——被 H 敏锐察觉，抓了个现行。这是发生在 2009 年的事情。那年，H 的丈夫病故，她处理完后事回到家乡正值春暖花开。那天，我受孙大爷所请，与他正在欣赏他的杰作——一株开了一朵大如盘口的白色的牡丹花时，接到了她回来后打给我的第一个电话。我邀请她来家里坐坐，来看看我的房子、看看我的艺术、看看我的收藏。邀请正中她的下怀。她说她正想来看看她心目中的“土豪”的生活，然后再看看我这个老同学。她气息微喘，仿佛激动得喘不上来气似的。我也很激动，挂掉电话，什么也没有说，便以最快的、我所能达到的极限速度返回家里，我要用最快的速度把卫生打扫出来，给她一个美好的印象。我定然激动过头了，竟然疏忽了孙大爷，没有给他留下哪怕一句赞美的话。H 大约是在附近给我打的电话。我才收拾干净客厅，还没来得及收拾其他房间，她便敲响了屋门。

她毫无例外地遭到了孙大爷的盘问，她带着一肚子从他那儿带来的情绪，进来门就开始絮絮叨叨地吐槽，说我竟然有这样一个令人厌恶的邻居；一个落在茶几上的唐代白瓷小罐子成了她手中的道具，从这边挪到那边，随着情绪的起伏而变动位置。那是我很喜欢的一件价值不菲的藏品，我担心她会打破它，于是，便向她身边靠拢，以便择时收起我的宝贝。她向后坐直了身子，拢了一下头发，状似观察一个图谋不轨的男人那样看了我一眼，而后目光就落在了屋门上，有一会儿都没有动一动。受她这怪异的举动影响，我的目光也随她转了过去。门上光秃秃的，任何新奇的东西都没有。我“扑哧”一声笑了出来，就想笑话她干吗这样装神弄鬼。她对我做了一个止言的手势，而后放下手里的罐子，站起身，蹑手蹑脚地摸到了门口，扒在猫眼上向外查看，整个过程就像抓小偷的黑猫警长。我调笑 H 的话和孙大爷的惊呼声几乎一起响起，接着孙大爷的身影就出现在洞开了的门外。他手里拿着一盆兰草，说来给我送花。我被代表着君子品性的兰草所迷惑，拒不接受 H 看得清楚的说法。那天，我们闹得不欢而散。但没要几天，我就相信了 H。因为，孙大爷为这盆兰花又专门来家里给我传授养花知识，从上午九点讲到午饭时分。孙奶奶上上下下跑了三趟来叫他，最后一趟，实在气不过了，孙奶奶便对我说：

“小楚，你把那盆破草还给他，不然，到天黑他都不会走。”

我把兰草交给了孙奶奶，他便站起身，跟在孙奶奶的后面出了门。下楼时，直到他们下到了一楼，我还能听见孙奶奶唠叨他的声音随着上升的热空气飘浮上来，说他老昏聩了，明明自己喜欢，却要充大方送人，不是昏聩了是什么。

我主动向 H 说明了情况。她好像并不在意，只是给我了一个“傻”的评语。

其实，在此之前，我就已怀疑过他，只是根本不会想到他能真的这样做。事实上，他就是这么做了，而且，早就对我表明过他这么做了。

“厉害!”有次，我送女友回来，他面带猥琐的笑容对我竖起大拇指，这样说道。那时我就纳闷，他是怎么知道我“厉害”的？我的“厉害”从未对人说起，女友更不会了。我站在单元门口目测了一下他的耳朵到我家窗户的距离，怀疑他长了一双顺风耳。

即使他龌龊到了这种地步，我还得原谅他。房子里的那些数量可观的古玩字画需要这样一个可靠而无须支付成本的义务门卫，得罪了他，就意味着失去了他，我承受不起由此可能产生的后果。即便房子安装了最好的熊猫牌防盗门加两道白铁皮包裹的入户门，所有窗户都加装了螺纹钢防盗网，俨然一座坚固的牢房，但作为动态的考虑，他依然是一道不可或缺的安全屏障。

他家的房子是他儿子的，儿子在新区买了新房，腾出了这套让他和老伴孙奶奶住。

我，包括小区里最早入住的居民，都为曾拥有这里的房子而骄傲。因为它曾代表了我们这个城市一个时期的富人区兼能人区的形象，即使到了今天，它在我们这辈人心目中的地位依然和当初一样，没有改变，即便它已没落得不成了样子。现在，仍会有人因我住在这个小区而跟我攀谈：“呵，你在那里住呀！是最早入住的那批吗？你知道当初住进去的都是些什么人吗？”这还要问吗，我当然知道这里都住着什么人。

我常常会想起当初的那些邻居，回想起当时的一些场景，想到最多的，自然是孙大爷的儿子。他儿子是一家贸易公司的老板，那些年生意做得很大，他经常请我和几个要好的邻居去“一品楼”吃早茶，若是赶上他刚做成笔大生意，心情激爽、兴致来的时候，便大手一挥，替在场的所有人埋单，根本不管认识不认识，他说，这叫“千金散去还复来”。跟他同行，简直太有面儿啦！其他邻居虽然不及他的实力，但单凭夜晚停在院子里的小汽车的数量和档次，就可以判断出他们也是非同寻常的人。某种意义上说，入住这里等同于入住了一个生意圈，我在其中受益不浅——几乎一半以上的邻居都在我的画廊里买了画或者工艺品——有的确实需要，有的纯粹关照。

邻居见面一般都会打招呼，如果是对档的，还会站在花圃旁，或者某棵梧桐树下谈论一番生意经，当然，国家大事、国际风云也是必不可少的话题。这都为晚上聚餐做好了铺垫。当时，在我们小区周围聚集了一大批风味独特的高中低档饭店，但凡做得好一点的，生意就十分火爆。但在确定拥有这房子之前，我们却是不折不扣的竞争对手。

商品房初期开发的那些年，供应量有限，而且绝大多数还是定向开发，能够面向社会的实在有限，尤其高品质的，更是凤毛麟角。我们小区就属于这凤毛麟角。小区原计划要盖八栋楼，因出了拆迁问题，最后仅盖了四栋。二百余套房，被一千多户购房者盯着。为了弄到购房指标，大家各显神通，据说有的还是省领导给打的招呼。开发公司的老总和我是多年的老朋友，画廊的老主顾，一次我为帮他搞到一幅一位如珠峰式的人物的画作，陪人家喝酒，喝到吐血住院才搞定——我们的友谊经历了时间与生命的考验，他顶着压力给我留下了这套房。

就当时来说，能住上这样的房子，不仅是财富的象征，也是社会能力的表现，是身份地位的标签，是不得了的荣耀。因为我们都是最后的胜出者，所以彼此看对方总少不了夹杂了那特有的敬佩的眼神，是敬佩对方，也是敬佩自己。房子、小汽车和孙大爷的儿子替我们贴上了富有的标签，而之前的竞争又为我们描画出了“能人”的模样。

但时过境迁，当年的原住户搬走的搬走，把房子租出去的租出去，留下的已不足百分之二十，而且还有相当一部分把房子留给了父母或者留给了孩子，真正像我这样的，恐怕连百分之五都不到。当年的那些荣耀，早已面目全非。不过，它也即将走完自己的历史旅程，因为就在前不久，我已收到了拆迁通知，等待它的将是灰飞烟灭，而作为它的主人，我却可以获得一笔丰厚的拆迁补偿款，这足以让我部分恢复往昔的荣光。不论我是如何地热爱它，但“大势”谁又能改变呢。

H

H是我的大学同学，我们班的班花，人长得特漂亮，漂亮得让人窒息。我曾给她递过一张折成纸鹤的小纸条，自创了一首示爱的诗向她表明心迹。我们班只有我和她是本市户口。得天独厚的优越条件，仿佛梦幻的画面：身边的所有人、所有的事物都是灰色的，而只有我俩身披异彩，即使还在相望，但那光彩却已把我们连接在一起。相爱，似乎天经地义。我信心满满，甚至有意疏远她，有意在她面前摆出高傲的样子。但很快，我发现，我的信心其实充满了不成熟的幻想，充满了主观方面的臆想。临近期末，不知道我为什么会在那样的日子下定了决心，抑或仅是担心接下来漫长的假期里将会有不确定的事情发生，抑或被急切牵手的欲望所驱使，抑或只是为了抢占先机，总之就在那样一个阴郁、寒冷、灰蒙，空气仿佛凝固了一般的下午，我义无反顾地选择了向她表白。在上课必经的由我主办的宣传栏前，我以更换板报为幌子，心情紧张地等待着她的出现。天是那样的冷，而我已汗浸内衣。终于，她出现了，迈着轻盈而富有节奏的步伐，像个黑色的精灵。上帝呀！她竟然是一个人，这真是天赐良机。当她就要从我身后经过时，我像突然发现了她一样，叫住她，说了句无关痛痒的什么话，便把那纸鹤递给了她。那纸鹤落入她手的那时刻，就不知怎么了，我忽然发现，我正在丧失那曾经不可一世的优势——周围的一切不知为什么都有了颜色：蜕去老皮的梧桐树像士兵一样披着嫩绿的军装分立两列，在路旁盯着我；一旁经过的若干个女生投来的好奇的眼神竟然来自那黑色明亮的眼睛，她们的笑靥也有了颜色，红色的唇，明皓、洁净的齿。我的目光游弋在那突然显现的色彩和她羞赧得通红的脸颊上，多么希望她尽快展开纸条，尽快给我一个不论怎样的结果。然而，她只是把纸条在手上翻转地看了两遍，而后用一个飞扬的眼神扫过我燥热也肯定通红的脸，揣进了黑呢子大衣口袋，“你这人，真逗。”她说这话时，手还在大衣口袋里插着，我能想象出她娇嫩的手指在里面捏弄纸条的样子。我的心随想象而剧烈跳动。

“还可以，”我说，“你回头一定要看。”

“行。”她对我点点头，莞尔一笑，走了。

下午，整整一堂课，我的视线几乎都停留在她的背影上，她梳理头发的样子，与同桌说话时的神情，都被我揣摩是否与我和我的纸鹤有关。而我最注意的还是那只插在衣兜里的手，好像一时不曾离开，我把这理解为重视、紧张，或者类似的什么情绪上的反应，根本没想到，她其实是在想着如何作弄我。

课间休息时，她不知在什么时候用了什么方式把纸鹤放进了总爱和我凑近乎、总爱坐在我旁边并被冠以“男同桌”雅号的S的衣兜里。上课时，他发现了它，当他还在课本的遮挡下琢磨它时，我就意识到将有什么事情发生了。但我保持了淡定，因为我预留了后手，仅在那纸条上写了一首诗，别的任何多余的话都没有，假使求爱失败，她拿给别人炫耀，也不能完全说明我在追求她，我可以说只是写了一首诗让她看，让她提提建议，我要在宣传栏上发表。不过，这样原封不动地出现在别人的手上，而且是“男同桌”，这般对我的作弄远远超过了我设想的最坏结果，简直到了难以容忍的地步。我做好了被“男同桌”羞辱的准备。

“你搞什么名堂?”

他打开纸鹤，盯着那诗默读了不知有多少遍，才从不可思议的猜想中醒悟过来——他认出了我的笔迹，锃亮的脑门上青筋直跳。

“开个玩笑。”我淡定地说，“怎么跑到你兜里了?”

“你问我？难道不是你干的?”

他把纸条挼成了一团，打开窗户就扔了出去。一套动作干净利落，我都来不及阻止他，况且，我也不能阻止他。

这时，我发现H在捂着嘴偷偷地笑，那高兴劲儿，就像捡了十块钱。

窗外下起了小雨，晚饭过后飘起了零碎的雪花，到了午夜时分已是漫天大雪。室友中不知谁在睡梦中醒来，抱怨寒冷，接着手电筒亮了，一阵敲击床帮子的声音过后，所有人都醒了。我第一个做出了回应，因为我本就为白天的事情半梦半醒，间歇性的心悸搅扰着我，任何一丁点动静都会使我打开眼睛。有人倡议，喝两杯抵御严寒。全体室友一致赞成，我更是赞成，受伤的心还在流血，需要酒的抚慰。在手电光的催促下，全部室友六人每人兑了一块钱，凑足了酒资。我和另一位室友自告奋勇担当起去校外买酒的重任，为此我俩分别赢得了四个温暖的拥抱，然后打开窗户，借助一条系了五六个疙瘩的麻绳驾轻就熟地到达地面，冒着满天飞雪翻越围墙，敲开了一家小卖铺的门。我俩带回了两瓶二锅头、两包五香花生米，还有一瓶酒在再次翻越围墙时与室友一起从墙头上滚落，打碎了。好在厚厚的积雪保护了他，他喘息了一阵就恢复了正常。但我们想要再次进入寝室的时候却遇到了麻烦：那四位室友在等待中屈服于瞌睡虫的骚扰再次入眠，无论多少个小泥块敲打在玻璃上都没有反应。无奈之下，我不顾可能砸破玻璃的后果，团了一个结实的雪球抛在了窗户上。“砰”的一声响过之后，手电筒的光斑出现在窗玻璃上，随之窗户也打开了，绳子放了下来，可是我俩的手脚已被冻僵，加上鞋底上沾带的雪皮，根本没法顺绳子攀爬。不过，室友们还是为我俩想出了办法，他们收回了绳子，绑了一个结实的套环后又放了下来。我俩就像被吊装的货物，一个一个被分别拉了上去。我紧紧地抱着酒瓶，就像抱着对婴儿，小心翼翼，肩膀超过了窗台，才如英雄似的，把酒举着交给了他们。

“酒是温的!”有人惊奇地说。

“拿好，别打了。”我趴在窗户上，盯着他们拿酒的手，说。

在一个小蜡烛头的照耀下，花生米下酒，我们喝到了天亮。我们都喝大了。住在我下铺的后来娶了教学模特的室友，由当时还是禁书的《查泰莱夫人的情人》引出了当时还是比较严谨的爱情话题，这使我想起那个被“男同桌”扔到窗外的纸团，于是，我宣布，我的爱情丢失在雪地里，我要找回。他们哄笑了一阵儿，或许是我坚毅的表情勾起了他们的兴趣，便起哄似的跟随我离开了寝室，离开了宿舍楼，踏着雪，迎着凉爽而洁净的晨风，踉踉跄跄地穿过一段梧桐树的长廊来到了教室的窗下。当我从雪地里扒出那个被雪水完全浸湿的纸团高高举起的时候，他们把所有准备好的雪团都砸在了我身上。我高举双手，像神一样迎着他们，没有躲避，没有告饶，我紧紧地咬着牙关等最后一颗偏离的雪团从我头顶飞过，我用大声却带着悲怆的声音喊道："爱情——"他们安静了下来。再次被惊起的寒雀扑打着翅膀打落了枝头的积雪，周围一片寂静，我仿佛听见雪和雪相逢的声音，"当爱情到来的时候，没有什么可以阻挡，没有什么可以改变，没有什么可以停止我走向你的步伐……"我一遍又一遍高亢地朗诵着我的诗，泪流满面。室友们就像遇见了什么意外，愣愣地看着我，雪团从手里滑落。"爱情——"我推开来搀扶我的室友，拼出全力、歇斯底里地大声地再次喊道。我的声音在校园里回荡，他们紧随的声音也在校园里回荡。男生宿舍的窗户打开了，女生宿舍的窗户也打开了，爱情，回响在校园的上空。

一个音乐系的女生喊哑了嗓子，后来，她成为了我的妻子。

隔了一天，晚自习的时候，H 把我叫到了操场上。积雪融化，气温骤降，寒冷主宰了一切。她仍穿着她的那件黑大衣，一条红色的围巾裹在她的下颌上，看上去更加可人。下午我才领到一个以扰乱学校教学秩序为名的严重警告处分，这个处分等于预告了我的毕业分配将遇到麻烦，好的单位将不会接纳我——虽然这还是三年之后的事情，可经验告诉我，起码这是个不良的因素。我的心在冰点上浮动。她叫我的时候，我都不敢相信这是真的。我迎着她肯定的目光，慢慢站起身，像踩着海绵垫一样在众目睽睽之下跟着她走出了教室，我的心也渐渐转暖，仿佛炙烤在电炉丝上。我期待一个美好的开端。我们沿着炉渣跑道默默地走了一会儿，在一处明亮的水洼前停了下来，水洼里映着灯光，映着寂静，隐隐约约映着一条红围巾。她对我说对不起，而后便向我解释，说她确实不是有意弄丢了纸条；她说她没想到我的诗写得这样好，夸我是个有才华的青年，一定能找到一个比她还漂亮、还优秀的女朋友。我说我明白你的意思，只是我不愿意放弃。她笑了，她说我不是她想找的人，她想找的人不是我这样子，希望我能理解她、尊重她。她伸出手要和我握手，我拒绝了。我邀她陪我一起走一走，她同意了。我们沿着跑道没再说一句话，默默地走了无数圈，我的大脑里涌现出许多散碎的诗句、壮烈的词汇，天空、海洋、大地、电闪雷鸣，但我无法把它们组织到一起，因为我的心又已开始变得冰凉，只是我很想这样走下去，踩着渐渐结霜的炉渣跑道。

我的诗名正言顺地有了寄主，只是她并不真的喜欢。我成了“名人”，她却是主角。

之后，她有了一段恋情，是我们邻校的男生，不好好读书，在外面做生意，而且还不止一个女友。那段时间，她经常旷课，只在考试的时候才出现在教室里。据说，她在帮男友做生意。其实，那时我已开始恋爱，不太关注她的事情，但“男同桌”却特别愿意为我操劳，有时旷课几天去打听她的事情，回来后向我汇报，替我愤愤不平，让我觉得，他简直是病态了。不过，我还是在他的怂恿下找 H 谈了一次，告诉她她所面临的问题。她异乎寻常地平静，甚至还飞扬了一个同那天一样的眼神，

“你还有这闲心？”她说。

“我要对你负责。”我说。

“谢谢，”她先是潇洒地做了一个 OK 的手势，接着又把伸直的手掌一平一竖顶在一起（后来知道叫暂停），“以后就不劳您费心啦！”

她转身向一旁的路灯走去，这时我才注意到，那里不知什么时候站着位留着披肩头，穿着喇叭裤，即使夜晚也戴着大墨镜的黑衣男人。他向她挥了挥手。梧桐树的长廊，盘虬的枝条，却未在路上投下一道影子。她加快了脚步，及肩的黑发上下飘动。

她的这段恋情大约维持了一个学期。但之后，她依旧旷课，同桌依旧及时向我透露信息。她在一家私人老板那儿打工。

大学毕业后她就嫁给了那个老板，之后随他一起去了南方。她走之前请我和“男同桌”去她家吃了顿饭，直到那时我才知道，原来他也

是她的追求者，他默默地矢志不渝地追求了她三年。这样的安排无疑是最好的安慰，两颗受伤的灵魂需要天使的抚慰。只是，我是形式上受伤，而他是内容上受伤；我伤的是面子，他伤的是心灵。她的新家安置在古城区一条很深很深、缺少路灯的巷子里，我俩按照地址索引一路问到门口，拍响了门环。她开的门。门豁然打开那一刻，深秋的风穿过她身后漆黑的门洞，释放出锁闭的古兰香水的味道；一只黑蝴蝶盘绕着她翩翩起舞。那头，灯火阑珊。

在客厅里我们见到了她的丈夫，一个面容清癯、个头中等、身材偏瘦的中年人。他穿着暗红色的丝绸睡衣，腰系围裙，袖管挽得很高，拎着一把仿真手枪迎接了我们。虽然他热情有加，但在没弄清那枪真假之前，我还是紧张得手足无措、口齿僵硬。直到 H 提醒他，他才想起来给我们解释，而后把枪收进一个精致的皮枪套内。不过，他也由此打开了话匣子，给我们讲那枪原型的威力，讲那枪的高贵，最后在枪套上取下一颗真子弹捏在手指上给我们展示。我觉得他应该是个古板的人。

一开始，就像我感觉的那样，他表现出许多古板的一面：每次用筷子之前总要在桌子上磕一下，求得端头平齐；为一盘偏咸的菜重复强调失手的原因；持久的机械性微笑。但三杯酒下肚，他就显出了轻浮的一面。

“屎人，你就是那个屎人!”

H 刚刚再次深度介绍完我，他就兴奋地指着我，大笑着说。

“什么屎人——诗人。”H 笑着瞥了他一眼，然后替他解释道，“他从小在南方长大，诗、屎不分，你可别生气哈!”

他也跟着解释，但接着又说：“H 说，你的声音很有穿透力，就像穿甲弹一样，‘砰’炸翻了整个学校。”他张开双臂画出一片好大的环境。

我苦笑着摇摇头，不知道怎样接他的话为好。

“今天炮弹没装引信，炸不了。”H 咯咯笑着，说道，“好啦，你换个话题吧，我去烧菜。”

H 的厨艺很好，就连回锅肉这样的餐馆大菜她也会烧。每上一道菜我们都要夸赞一番，而最起劲的还是她丈夫。他的夸赞也向其他方面引申。

“真的没有想到，她能看上我。我初中毕业，跟大老粗一样，而你们，太优秀了，大学生，天之骄子，我怎么能和你们相比。”他显露出遗憾的表情，给我俩的酒杯里添上他珍藏了十年的五粮液，我俩已喝了无数杯，而他只喝了一开始的那三杯。“不过，”他抱起双臂靠在椅子里，“如果没有我，你们就要展开竞争，而且是势均力敌的竞争，这样，你们还能做好兄弟吗？肯定做不了的，这方面我很有经验。所以，当战争进入胶着状态时，获利的永远是第三方，就像两次世界大战中的美国，看准时机，最后出手，抢得了全部战果。”

“拉倒吧！”H 在厨房里探出身子，“楚同学早就有女朋友了，你可不要胡说。”

“呵呵，原来是这样。”他和“男同桌”碰了杯酒，“没当上美国佬，却当上了加勒比海盗。”

她丈夫是个战争迷，吃饭期间他都在谈论战争，古代的、近代的、现代的，凡是我们问及的，他都能讲清楚来龙去脉及结果，特别是中东战争，他能把交战各方使用的大小轻重武器型号、哪国的产品都讲得清清楚楚，等到从他们家出来的时候，我满脑子都充斥着战争的硝烟。不过，在战火暂时熄灭的时候，他也讲 H，讲她的好，讲她的美貌，讲他那完整而又甜蜜的心。我猜想，他的世界里，一半是硝烟，一半是 H。

“这酒真好！”

“男同桌”一晚上唯唯诺诺没说几句话，而且总是颤抖，仿佛精神已被战火和 H 妖娆的笑容摧毁，即使灌入足量的酒精也无济于事。但和他们道别后，走到一处路灯下，他就用十分清晰、稳定的男中音说了这话。他的身子一直在摇晃。我支持了他的看法。

“我们一起喊出来吧。”他说。

“什么？”

“爱情。”他趔趄了一下，手扶在了墙上，“就像学校下雪的那个清晨。”

上学期间，我俩分属不同的寝室，但他所在的寝室距教学楼最近，理论上讲，最容易听到我们那喊声，所以，他事后对我说，他绝对是第一个打开窗户响应的人，他带动了他们寝室，乃至带动了整个寝室区。他一共对我说过三次。最后一次，因为我问了他一句“你图的啥”便激动起来，嘴角肌肉痉挛地跳动，仿佛情绪就要失控的样子。我还要用这话来劝慰他，但话到了嘴边，想起他执着地追求了 H 三年，就改成了“为什么”。

他不满地盯着我看了片刻，而后仰起脸，长叹一口气，说：“你看，这雪。”他似乎一下子就醉得不行了，顺着墙根要往地上出溜。我去搀扶他，却被他一把推开，接着，他就像突然获取了什么意外的力量，撒丫子向巷子口跑去。我追了上去。

“爱情——”

在巷子口，在忽然开阔了的空间，我俩在碰撞中停下踉跄的脚步，竟然不约而同地喊了出来。他对着天空，我对着走过的巷子。我的声音软绵绵的，像是他的回音。

小 酒 馆

1

“楚老师，找个女人好好过日子吧，不能再东一棍子西一榔头啦，看都弄成了啥样子。我可提醒你，刚才的那个，不中。”H 打了通电话便急匆匆地离开了。她刚刚离开，老板娘便凑过来，皱成一团的眉头写满了担忧，写满了不中意的情绪。我想了想，她们根本没有接触，甚至连一句话都没有讲，怎么就下了这样的结论？“为什么不能是她？因为她漂亮吗？呵！你不会——”她被我说乐了，她说：“你想哪儿啦！女人看女人才不看脸蛋呢，只看对不对，人对了，啥都对了，一头猪也能当成梅花鹿。”她捋了一下头发，收起月牙一样的眉眼，神态蓦然严肃起来，“你媳妇出国了两年，你疯了两年，照这样下去，早晚要被废掉。

不是嫂子说你呢，这两年你看你哪儿还有个人样，胡子拉碴，衣衫不整，就这样，还今天带一个明天带一个，我看哪一个都不是过日子的主儿。不是，也不会把你弄成这个样。你和你媳妇一个在国内一个在国外，整年整年不见面，这样子下去，我看早晚也守不住，还不如早点离掉算了，老这么吊着不是回事儿。”

我经常光顾这家酒馆，十余年吃下来，和老板娘竟然吃成了亲人，她讲的话我都当作亲人才会说的掏心窝子话来听，所以，我并不介意她说了什么，而只在意她是否说了真心话。但那天她的话太真心了，太叫人无法接受了，乃至我大汗淋漓，于是，我便在她家的那部老空调上找毛病，说出了一大堆刻薄的话。她调低了温度，但也笑话我虚火太旺。

上午，H 受我邀请，第二次光顾我的房子。我们就着两根火腿肠、一盘炒鸡蛋喝了瓶五粮液，之后蓦然发现，我们竟然沿着时光隧道回到了二十年前，回到了那个阴郁的下午。她接过我的纸鹤，羞赧地打开，羞赧地阅读，她被文字的光环所打动，以至于喃喃有声，她的头勾得很低，几乎勾进黑呢子大衣的领子里，而那仿佛天籁的声音也从里传了出来：“我同意！”即便是那么细微、那么含糊，但依稀可辨。即刻，春天来了。我把她揽入怀中，疯狂接吻，倾注了仿佛一个世纪的力量。我们旋转着倒入一片野菊花盛开的草丛，惊起一群蝴蝶，那里散发着古兰香水的味道。

“见鬼！”下午四点，她回到了现实，忽然坐起身子，看着我们的裸体说道。

“我喜欢你，不，是爱。”我的声音有些沙哑。

她颓然地倒在了我身旁，没等我安慰，就拉过一条凉被遮盖在身上，被子的一角隔在我们中间，她狠狠地把它掖在身下，就像在课桌上画分隔线一样，而后，眼望着天花板仿佛陷入了悔恨的沉思。我们沉默地躺了一会儿，当我侧身看她的时候才发现，她在无声地啜泣，泪流满面。看到她这样，我顿时手足无措起来，我不知道该做什么，但却说了最不该说的话，“对不起！”

“谁要你对不起了，是我贱，是我对不起你！”她终于哭了出来，

“为什么会是这样！为什么会是这样！”她喃喃有声，身子随哭泣而抽搐。

我默默地陪着她，不敢发出任何声响。

约莫二十分钟，她终于流尽了那内容含糊的泪水，平静了一会儿，猛然掀开被子扑在我身上，在我的肩头留下了一圈青紫的咬痕，之后捧起我的脸疯狂地亲吻，接着吻遍了我的全身，甚至不放过一个脚趾。我简直惊呆了，竟然产生出一丝恐惧的感觉。我被动地配合着她，直到我再也支撑不起她的疯狂。她汗津津地溃颓在我身上，喘出的热气弄湿了我的脖颈。我动了动被她压得有些麻木的身子，想要让她下来，她却突然问我，愿不愿意娶她为妻，她说她经过这么多年才发现，我才是她一直深爱的人。我为她拢起湿漉漉透着青色的长发，看着她，她依然那么漂亮，岁月时光除了在眼角上留下两条细小的眼纹，几乎没有留下任何痕迹。这不就是我要找的爱人吗，我还要等待什么？我就要说出来“我愿意”的时候，不知怎么就想起来那个被同桌丢弃的纸鹤、想起远在加拿大的妻儿，前者让我迟疑，后者让我良心不安。于是，我说，我考虑一下。

“好吧！你可以好好地考虑。”

她坐起身，俯看着我，给了我一个那在记忆里永远都抹不去的飞扬的眼神，之后，便开始穿衣服，速度之快就像往身上披被单。我只穿了条短裤追上她，挡在门口，向她道歉，向她承诺，向她哀求，最后，我都被我自己的真诚所打动，流下了眼泪。我们紧紧地相拥，直到黑夜完全降临。

“我饿了。”她说。

她的手指在我的后背上轻轻地摩挲，催促我似的，而后停在一个脂肪痘上。

“呵，我们午饭都没吃。”我说，“这儿有家小酒馆，卤肉特好，只是环境差一些。”

“卤肉？太好啦！”她打开灯，“有大肠吗？”

当我告诉她是全猪宴后，她高兴得几乎要蹦起来，催促我赶紧穿衣服、赶紧出门，她说她已经急不可耐了。我以为她一定会吃得很多，于是点了满满的一个拼盘，但实际上，她仅吃了两三口就放下了筷子，之后，打了个电话就走了。

这是发生在2010年夏天的事情，五个月后才是冬天。

小酒馆全称叫“胖子酒馆”，因为店面很小，通常都叫它小酒馆。它与我们家在同一条大街。出了小区大门右拐，经过一家自动售货的情趣用品商店和一家有位漂亮女老板坐镇的同样是情趣用品商店，就到了一家终日叮叮咚咚的不锈钢加工店，下来是两家夫妻理发店、一家卖假货的小超市和一家后来生意火爆的涮牛肚铺子，看到招牌上只有“胖子”俩字发光的那个门脸很小的小店，就是了。搬到这边住以后，我就发现了这家店，就成了这里的常客。那时，画廊生意如日中天，我几乎天天都泡在各种各样名目繁多的宴请中，但我最中意的还是他们家，有时在外面应酬过，但要经过这里，定然驻足留恋几许，也或填补些肠胃孔隙；而激起我食欲和兴趣的并非全是美食，还有老板娘的热情，那妩媚动人的笑容仿佛摄魂的烟尘，飘浮在心头，挥之不去。至于环境，好像也是近些年才对悬挂于屋角的蛛网、桌椅油腻的包浆和掉瓷的餐具上挑剔地注意到，仿佛之前根本不存在似的。

胖子老板是个拿腔作势的人，说话慢条斯理拖着长腔，三五个字的一句话往往也要加入个清晰的嘬牙花子的声响，若是有事向他求教，定然少不了两个。他长我两岁，我尊称他为胖哥，他尊称我为楚老师，偶尔也叫我小楚，叫我小楚的时候必然是喝了酒且为什么事情争论得不愉快，降维打击。他手艺好，酒量大，待人也算真诚，心情好的时候凑凑合合也算个酒伴。

老板娘的酒量更大，但除非她想喝酒，才偶尔露峥嵘。她身形宽大，一脸喜相，即使生气的时候眉眼也挑得高高的，弯弯的两眉半月，影罩一对流盼；她沙哑低沉略带嘶吼般的烟嗓，不论高声还是低语，都仿佛在传递着一种奇妙的气息，让人瞬间激发出致幻的荷尔蒙而于非洲大草原上游荡。她很会聊天，风闻逸事、家长里短、物价高低、生老病死、黄道吉日，只要你能开个头，她就能接上来，而且见解不落俗套；尤其胖子老板不在之时，风花雪月、打情骂俏、遮遮掩掩的荤段子，花样繁多。和她聊天，实在是最美妙不过、最接地气、最放松的休息方式。她漂不漂亮？我好像一直都没有准确的判定。有时候觉得她特别漂亮，有时候又觉得不怎么漂亮，就像某种奇妙的存在，居然随心而定。这大概就是艺术，或者艺术的视角吧。章老师说，艺术的特性就是它的不确定性，不论美的还是丑的，都能放进来，都能交融在一起。我深信不疑。我常常把她想象得像花儿一样漂亮，想象她的裸体，想象那上面的细节，想得腿都不受自己控制的时候，便现身在小酒馆。但每次都会发现，现实总比想象骨感，总在现实的具象中把想象搅得一团乱麻。然而，我却乐此不疲。我相信艺术，相信艺术的力量能够把它们统一起来。

那次，H 从小酒馆离开后，整个秋天我都在寻找她。我打了无数个电话，她都推说在外地、在忙，最后，电话也关了机。直到三个月后，好像是立冬那天，她突然给我打来了电话，约我晚上吃饭。说实在的，接到她的电话，我的反应居然很平淡，没有出现十分热切的劲头，即便心头也突突地跳了一阵，但很快就平静了下来。在找不到她的那段日子，我冷静地思考过，认真地分析了她的行为，发现她身上有许多不确定的、难以捉摸的东西：她在南方的那些年都干了什么？她真实的状态究竟是怎样？她为什么要躲避我？我突然感到，她竟然是那样的陌生、那样的遥远，就像当年那样，看上去那样近、那样一致，但实际上却那么远、那么难以触及。这样的思考越是深入，我们相距得就越是遥远。秋天大概总是这样，既让你有所收获，也让你有所反思。我对她已不抱什么幻想。

按照我的要求，吃饭地点由一品楼改到了小酒馆——我就是想给她耍点个性，告诉她，我不是一个可以随意受她摆弄的人。然而，现实告诉我，宿命里，我必将受她摆弄——我想到她不会一个人来，但没有想到，和她一起来的竟然是“男同桌”，一个利用我隐瞒了三年痴情的令我衷心鄙夷的男人，那次在H的新房吃过饭分手后就再也没有见过面。他带着伤痕回了内蒙古的老家，听说开矿发了大财。

“嘿，哥们儿！”

那天，我为了尽到地主之谊，刻意提前到小酒馆安排了饭菜，预留了最肥腻的大肠头，当然也少不了和老板娘开几句荤素搭配的玩笑，之后选择在离柜台较远的一张桌子面对店门坐了下来。店门开开合合，客人进进出出，我仿佛宠物狗一样守望着她出现。其实，我的守望在超过约定时间二十分钟后就已出现了动摇，开始焦躁、愤怒，甚至要放弃。我不知为什么，突然地产生出一种预感，觉得可能要再次被她捉弄。我拿出手机，想打电话给她，问她是何用意，但强烈的渴望相见的欲望说服了我，让我又收起了手机，在委屈中接受等待的事实。这时，就听有人喊了这一声，接着一瓶茅台蹾在了我面前，再接着是瓶五粮液。我抬起头，还在怀疑来者认错了人感到莫名其妙的时候，他已摘掉了帽子，露出锃亮的大脑门，“来吧，让我们拥抱一下吧”，他向我有力地张开双臂。一股巨大的张力扑面而来，先是悬挂在他脖子上飘荡着的金光闪闪的大号金链子震荡了我，接着是他那身全套的“阿玛尼”震荡了我，最后，即使我已在他锃亮的大脑门和谀媚的笑容上辨别出是他，但那肥胖臃肿的体态仍让我怀疑我的眼睛——他就是曾经的那个身形敦实的“男同桌”？他自称是某集团公司的老板，身家过亿。

H去泊车晚到了一步，在她坐在他旁边之前，男同桌坐在我对面，在他吹出的花样繁多的烟圈里展示了他非凡的事业成就，两张注明了他身份的精美的铂金名片算作礼品送给了我。“知道这一张名片多少钱吗？”一会儿的工夫，他就报销了两根高档的中华牌软包香烟，每根只吸一半便掐灭了扔在地上，而第三根业已夹在手指上，“一千八百八十八。哥们儿，兄弟够意思吧！”

“这也叫够意思？”我不乏揶揄地说，“起码送一套房给我吧。”

“可以，但有个前提，”他看上去很认真地跷起大拇指向身后指了指，这时，恰好H推门进来，“跟我在这边新注册的地产公司干三年，工资照发，外加别墅一栋。”

“小气！再加一辆奔驰。”H仿佛一只轻灵的蝴蝶翩然而至，闪耀着奔驰车标的钥匙串在她手指上旋绕，那人、那钥匙上闪耀的光亮刹那间改变了她周边的所有，成为灰色。

“怎么样，这样的条件不会也打动不了你吧？”

她的笑容依然妩媚，她的容颜依然靓丽，她的身子在铁灰色西服的修饰下线条更加纤长优美。我痴痴地看着她，对她露出了傻傻的微笑。

“别笑，”她说，伴着那飞扬的眼神，“小心你同桌不愿意哈！”

“呵呵，我可没有那么小气。”他替她擦过凳子，拉着她的手让她坐在了旁边，他俩的手交叉握在一起，他俩的臂膀也重叠在了一起，“笑两声也笑不走你。”

“哈哈，那可不一定。”她给了他一个同样的飞扬的眼神，收起了车钥匙，“楚的杀伤力你可不敢小瞧喽。”

“是吗？讲讲。”他眯着眼睛强装笑脸，又吐出一个漂亮的烟圈，仿佛胜利者发出的信号，在她脸上炸开了花。

无须多问什么，无须多说什么，唯有喝酒。我故意选择了从来不喝的茅台酒，他也接受了本是为我准备的五粮液，我俩对着瓶子吹掉了半瓶酒，而他几乎也包圆了一盘大肠头，赞不绝口。这时我也注意到，H自始至终没有动一筷子大肠头；荤菜，她只吃了两条猪耳丝，其余的便是在一盘醋熘豆芽上挑挑拣拣，一根一根地掐头去尾，挑那脆嫩的身段入口。于是我问她，怎么没有吃大肠，你不是喜欢这一口吗？她诧异地看着我，就像看着一件奇怪的东西，有一会儿才说：“你听谁说我好这口？”我的大脑里一下子充满了富含酒精的血液，但我还是愣怔了片刻，目光从男同桌脑门上一块闪亮的光斑上移开，再次看了眼H后，便双手抱起酒瓶高举过顶，对着大张的嘴巴使劲摇晃，酒从如同得了前列腺疾患的特制瓶口断断续续地流出，流进嘴巴，流进喉咙，流进胸腔，我要让那火辣辣的感觉麻醉我、征服我，让我倒下，或是爆发。

我倒下了。

他说：“这就是生活！”

我说：“去他妈的生活！”

这是我能记得的我们最后的对话。我还记得男同桌扒拉了我的头，弄乱了我那天刻意修剪的发型，我无力对抗。最后的记忆是他当着我的面亲吻了她的脸，我用尽全力向他劈空挥出一掌……

小酒馆打烊锁门时老板娘叫醒了我，我睁开眼睛，晃晃脑袋，还好，我还能控制自己。“这酒真好！”我说。但我即刻意识到，我重复了男同桌当年说的话。

“再好也得悠着点，如果不是酒好，今晚就得把你扛回去啦！”

“生活就像一部电影，在这儿放放，在那儿放放，一样的故事，一样的场景，只是看电影的人不同罢了。这他妈就是生活。”我说。

老板娘诧异地看着我，目光里充满疑惑，“酒醒啦？”

“醒啦，该醒啦。”

“好，既然醒了，嫂子就得说你了。那次我是怎样说的，是不是说这女人不行？现在怎么样，我说对了吧？嫂子看女人向来不含糊。赶紧撒手吧，她不是你盘子里的菜。”

“嫂子，”我不能抑制地哽咽了一声，便一头扎在桌子上，如失控的洪水那般号啕大哭起来。我不知道我为什么而哭，但我就是想哭，就是想痛痛快快地哭一场。我借着老板娘安慰我的手，一头扎进她的怀里，双手紧紧地抱着她那已经发福得厉害的腰，在她“男儿有泪不轻弹”的安慰声里愈发伤痛得不能自已。直到胖子老板来到了跟前，用他那油腻得失去了本色的皮鞋踢了踢我的脚，而后说：“行了，大老爷们儿的，哭两声就行啦！”

我被他们夫妻二人一左一右搀扶到酒馆门口，谢绝了他们送我的好意，独自向家里走去。我努力想走出稳定的步伐，走出直线，但显然无法做到，我甚至在那家涮牛肚店的门口因为看到一个独自端坐的黑西服女子，像极了 H 的身影，向她挥了挥手而险些栽倒。我扶在一棵树上站稳了身子，再向店里看去时，那女子却消失了，难道是幻觉？我疑惑地猜想。这时有人拉了拉我的衣袖，一个黑衣女子站在我身后，正是刚才看见的那女子。灯光昏暗，我依稀辨得是这街上那家计划生育情趣用品店的老板娘，她多次向我招徕生意。

“谁是H？认错人了吧？没事，认错人就对啦。”

她搀扶起我，在她家店门口停了下来。紫色的灯光透过玻璃门照出来，带着浪漫的感觉隐约照亮了我俩。她穿着和H几乎同款的服饰，黑衣开敞，内衬的白色紧身罩衣修饰出一对丰满的乳房，微微抖动，仿佛要跳出来似的。

“谢谢！”我指了指小区门口，“前面就到家了。”

她紧紧地拉着我，又往门口靠了一步，“慌啥，到店里坐坐。”

“干吗？”

目光在她厚施粉黛却不失妩媚的笑脸上扫过，脑子似乎也变得清醒了许多，我向左右看了看，人影稀少，我不无小心地问道。

“给你看点好玩的东西嘛！”

她贴了上来，乳房贴在我的臂膀上，那样的柔软，那样的暖人。脑子里轰地热了起来，酒精再次涌上头顶，瞬间，我便解除了所有戒备，还主动地替她拉开了玻璃门。就在这时，我却迎面看见从柜台里忽然冒出位面相狰狞的黑大汉，他慢悠悠地站起身，握紧的硕大的拳头上凸显出两个同样硕大的金戒指，就像拳击指环一样透着丝丝寒意。时空仿佛一下子就凝固了。

“想要啥？”

他把手指弄得咔吧咔吧响，眼皮子下面露出半圈贼亮的眼白。

“你有啥？”

我故作镇静，但也只是维持了数秒钟，因为我听见身后的卷帘门哗啦哗啦地一阵响，路灯的黄色光消失了，霓虹灯的炫彩消失了，消失的还有那女老板，她不知以怎样的身法脱离了我，从外面拉上了卷帘门。光线暗了下来，纯粹的粉紫色的光加重了那狰狞。我的头皮开始发麻，四肢也僵硬起来，甚至感觉有股暖流湿润了我的内裤。

“我是这院儿的，邻居。”我在磕碰的齿唇间挤出了这几个字。

“我知道，我认识你。”壮汉不耐烦地说道，而后从柜子里抱出个纯白色的纸盒子放在柜台上，粗得像小红萝卜一样的手指轻轻地点了点，“好东西！”他露出了一丝笑容，但那牙齿却是黑的，带着熟猪肝的气味，“水货。”

“今天没带钱。”

“没事儿，明天送过来就行。”他暖暖地瞥我一眼，弯下腰，神秘地对我说道，“你靠近点。”他把盒子打开了一条缝，然后向里面指了指，“你摸摸。”

“我——”

“放心吧，吃不了你！”他又皱起了眉头，一道寒光闪过。

“我——”

“你看你！”他直起身子，很无奈地摇摇头，而后他不知采用了什么身法，转眼之间就站在了我的身边，正好挡在了我唯一的退路上，我的头发“嘭”的一下竖了起来，感觉发根都在冒热气。“说是好东西就是好东西，咱们是邻居，还能骗你不成?”他捧起盒子送到我面前，“摸一下就想摸两下，不信，你试试。”

我被他逼到了墙角，我知道，要想摆脱他，最好的办法就是服从他。我问他，我能打开盖子看一下吗？他对我摇摇头，从带着坏笑的嘴角里吐出两个字：“不行。”这时，我也稳住了心神，心说他要是想对我下手早就下手了，也不会等到现在，也没必要耍什么花样，因为，毫无疑问，我就不堪称为他的对手。于是，我摸索着把手伸了进去。

“啊呀！”我惊叫一声，像触电一样抽回手，感觉摸到只软体动物。

“半夜三更，小点声。”叫声方落，女老板便从卷帘门下面拱进来半个身子，埋怨地看我一眼，警告我俩道。她本来还要退出去，可看到我肯定已是狼狈得一塌糊涂的样子，摇摇头，便拱了进来，然后，彻底拉闭了卷帘门。

“没摸过咪咪?”女老板来到近前，掀开盒盖，“看你也不像，咋就跟雏一样。”

我还在刚才的那一下触摸中惊恐得无可名状，此时，随女老板的指尖定神去看，也看清楚，那盒子表层放着的是一对制作精美的乳胶乳房，浅米色的乳体，褐色的乳晕，颤巍巍，仿佛真的一样。我苦笑地看看他俩，他俩也在不乏嘲讽地笑看着我。我说：“咋是那感觉，又软又黏糊，没把我吓死。”

“你再摸摸。”女老板说。

说实在话，我很想再体验一下，但我还是加了小心，害怕再摸这一下就会中了他们的圈套而被讹，这类套路太多了。比方说，你摸过之后他就说给弄脏了啥的，逼迫你买下；再者，当着他们的面儿，尤其是女人的面我咋好意思下手呢。所以，我只是装着要摸的样子在那上面比画了比画，说我还是有点害怕，收回了手。

“这都害怕啦？摸我屁股的时候可没见你害怕。”她笑着瞥了我一眼，把盒子放在了柜台上。显然，她夸大了事实。

我惊恐地看看那壮汉，壮汉也在看我，那瘆人的目光让我避之不及，即便他背对的是个摆满了花花绿绿包装盒的玻璃展示橱柜，即便那盒子上的女人的裸体是那样柔美，但那寒彻骨髓的感觉依然清晰，何况还有他故意弄出的咔吧、咔吧的指关节错动的响声。

“你过来。”女老板招呼我道。

我顺从地站在了她旁边。她身上有股雪花膏的味道。

“这是充气宝宝。”女老板拎着盒子里的东西连那对乳胶乳房一起拿出来，抖开，一个塑料人体的形状就全部展示开来，然后招呼那壮汉，“黑子，充气。”

“别充了。”我赶忙拦住，“这东西我用不上。”

“用不上？”女老板扫了我一眼，而后温柔地替我理顺了被男同桌揉乱的头发，“跟姐还不说实话，你把姐当傻子了是吧？姐不傻。姐叫你来，给你介绍这好东西，就是知道你能用得上，不然，这街上的人都不叫，咋专门叫了你呢？”她左右端详了一下，那眼神充满了关爱，仿佛亲人一样，“今天喝了不少吧？看你走路那样子就知道。”

我感动得想落泪。

“你吧，姐知道，媳妇去了国外，也算是王老五啦，唉！女人落单了不容易，男人也一样。这么好个男人咋就落到了这步田地，你媳妇咋就能舍得下你。”她又为我理了一下头发。

我惊恐地看了她一眼，“你咋知道俺媳妇去了国外？”

“我不但知道你媳妇去了国外，还知道你刚被那个女的给耍了，还知道你家在哪门哪栋，还知道你是艺术家。姐干啥的!”她接过壮汉递给她的充足了气的充气宝宝，检查了一下，塞到了我怀里，“姐是及时雨，姐知道哪儿的庄稼需要浇水，哪儿的苗儿要遮阴，哪儿的花儿要施肥，姐干的就是这事儿。”

晚上一点多钟我回到了家里，我带回了那个充气宝宝。我不确定究竟是什么原因让我做出决定买下了它，或许我本来就需要，或许是那壮汉瘆人的目光和故意弄出的咔吧声影响了我，或许是那女老板的温情，即便我对此并不敢抱有幻想，也或许四千元的价格恰好接近于那两张铂金名片的价值，如同白得一样，或许还有酒精的作用。但有一点肯定是关键的：它的那双眼竟然映透着飞扬的眼神，像 H。

2

拉走孙大爷的救护车从小酒馆门前呼啸而过的时候，我已独自喝下了二两烧酒，在孙大爷那儿得到的那种解气且又矛盾的快意随着逐渐上升的酒温也开始慢慢地挥发，慢慢地进入到了另一种状态。但凡属意于一件事物，往往都是理性与感性高度统一的结果，感性如果强于理性，便趋于感官感受，而理性大于感性，则趋于精神的感受。熟悉的暖意，温馨的时光，乃至对过往的回忆，感官的感受仿佛已然成为这家店所不能分割的一部分，甚至超过了饮食本身。那晚我急慌慌赶到小酒馆，推开覆满冷凝水的玻璃弹簧门，瞬间就被店内火热的场景弄蒙了头，几个喝了酒而且都是大嗓门的客人围坐在一桌残羹剩饭旁，不知和胖子老板正在争论什么，面红耳赤，有来有往，不分高下。胖子老板站在外围，手里倒拿着个大铁勺，边说边比画，以一敌十，轮番迎战，那认真劲儿，就连我进来都没顾得看一眼。我站在一旁听了一会儿也听明白了，原来这帮人是在考证胖子老板的厨艺

倾尽所见所闻来和他打嘴炮，什么“片儿川”“乌冬面”“煮锅盖”等等等等——吐沫星子一会儿就淹没了全中国。本来嘛，客人喝了酒，显摆一下见识，也不是什么大不了的事情，你点个头，就过去了，两下

里都好，这是店家该有的基本功。可这胖子这回不知吃了什么犟筋药，问啥会啥，而且还带着明显的卖弄、显摆的口吻，让我看，言外之意就是，吃不起，问球恁多干啥咧？话只差说到明面上了。最后惹得一位剃光头、戴大金链子的大汉拍桌而起，问他，生吃猴头、火烧珍珠港会不会做？若是会做，明天就来订一桌。胖子马上就问人家，说话算数不算数？眼看两下里越说越不靠谱僵持到了那里，再这样下去，不定就要干起来。老板娘及时出现了。她手里拿着条黑黢黢的抹布，扭着腰身笑呵呵地来到桌前，给每人添上一杯酒，道了声“各位老板”，又劝着他们把酒喝了，才又说：“你们甭太高看这死胖子了，他那点手艺还是从他爹那儿学来的，让他翻个花样比登天还难。你们说的那几道菜都是五星级大酒店里的高档菜，说起来容易做起来难，一般人哪能做得了。俺知道你们都是为店里好，让俺把品种做齐全好光大生意，心意领了。改天过来，给俺带个高手教教这个死胖子，让他学会了，想吃不就有了。”我在旁边也帮着说：“你们说的那些菜都要提前几天备料才可以，这时候也是巧妇难为无米之炊。”老板娘回头看我一眼，像是才看见我似的，给我使个眼色，便连推带撵地把我弄进了厨房，嘴里一连声地对我说：“要吃啥，赶紧跟胖子说，不然就要关火了，关了火可就啥吃的都没有啦。”她又转回去，不知使了啥魔咒，就听着外间一声哄笑，就听那大汉的声音说道：“中，那就来份糊涂面，我们哥儿几个尝尝，看看地道不地道。”

“没问题。”老板娘答应道，接着就听她对厨房里喊，“胖子，来份糊涂面，油水加足了。”

我从厨房里出来顺屁股就坐在了柜台前的那张桌子上。一来离那帮人远一些，二来也是多年的习惯——只要是我独自过来，只要这张台空着，它都是我不二的选择。这位置还有个先天优势，就是和老板娘聊天特方便，她做她的生意，我喝我的酒，片刻闲暇都不会浪费。那起“写真”事件便发生于此。老板娘收了那桌的饭钱后就去了后厨，不知是要回避那桌客人，还是在后面忙，进去后就没有再露面，直到那帮人吆吆喝喝地走了以后，我也把手机上能看到的内容看了个遍，半醉半饱的时候，她才一掀帘子，出现在了厨房门口。她掐着腰，靠在门框子上，皱着眉头对着外面看了有一会儿，这才回身取了个大塑料盆走了出来。她经过我旁边时，也不知是跟我说话，还是自言自语，絮絮叨叨、嘀嘀咕咕的，但我一句也没有听明白。我追问她在说啥，她却像被叫醒了一样，看着我发了阵儿呆，而后哈哈一笑，便忙活起来了。这时，一股酸腐的体味夹带着浓浓的油烟味飘进了我的鼻腔，这是胖子老板身上特有的味道，即使他的动作很轻微，但我也知道，他已坐在了我对面。我转回头，看了看他。桌面上多了两个小菜、一瓶酒，不远不近摆在了我俩正当间的位置上——这样摆设的寓意很明白——他要请我喝酒，先这么勾引我一下。但我却突然来了情绪，脑子一热，站起身，收了手机，端杯一饮，而后，喊了声“老板娘结账”。

“慌啥咧?”胖子老板只嘬出了半个牙花子，便被我打断了，他一皱眉头，用他那肉泡子小眼睛狠狠地盯着我，问道。

“吃饱喝足了，还不赶紧滚回家睡觉?”我说。

“也不差这一会儿。”他对我露出一个笑脸，讨好似的。

“楚老师今天是咋咧?”老板娘也过来挽留我，“你看，胖子专门给你收拾了俩小菜，都是你爱吃的。”

此时我也看清楚，胖子老板摆在桌子上的那两盘小菜，一盘是脆烧小肠，一盘是油炒焦酥花生米，都是胖子招待朋友时才做的拿手菜，之前享用过，知道其中的美妙。我本来就没有尽兴，只是觉得被冷落了心里不痛快才想离开，至此正是回心转意的好时机，但就这样子坐下来，显然太没面子了，于是我拿出一副莫名其妙的样子，问：“有事?”

“先坐下。”老板娘瞟我一眼，“站客难打发。”

我随着老板娘在我衣服袖子上那轻轻的一拽扯就势坐回在凳子上。我刚坐稳当，胖子老板却又站了起来，他看我在看他，便指了指空调机，说声“太热了”，便要过去关机。我制止了他。这是个不好的开端，之后倒上酒，话还没有进入正题，顶杠倒先开始了。我们从那盘脆烧小肠说起，我说那是盲肠，他说不是，我说就是，他说他收拾了十来年猪下水还没有听说过猪有盲肠，我说现在不就听说了。之后说到了天气预报，说到了预报的那场雪。没想到，他吐槽天气预报，很有水准，有数据，有实例，滔滔不绝，我连附和的机会都没有。但，我却可以借机可劲儿地享受美味。

“胖子，你说话有正题没有?”老板娘离得老远，喊道。

胖子老板黢青的脸上蒙了一层油，仿佛刚刚炒完菜的铁锅，发着灰蒙蒙的光。他瞥了老板娘一眼，眼睛眨巴眨巴，好像一下子就想起来了什么事情，他在自己脑门子上拍了一巴掌，一脸憨笑地连连解释，说自己把话说跑了题，然后，端起酒杯，邀我碰杯。

“难得胖子哥这好口才。”我端起酒杯，边说边回头看老板娘，“挺好的嘛，怎么就不在正题上了?”

她刚收拾完一张桌子，端了盆碗筷正走到我身后。她好像也认同我的说法，但她表示认同的方式很特殊，浅浅地一笑，兼带微微地摇头。而此时，我更注意的却是她额头上坠下的一缕头发，遮在眼上，仿佛画家刻意描绘的凌乱，生动得让人心乱。

“咋了?”

或许是我的表情太过僵硬，她愣了一下，瞥我一眼问道。

“哦，你今天的形象真的太特别啦！如果……”我的目光随着她移动，想说这是难得的题材，却又想到那次“写真”事件，便收住口，心虚地看了眼胖子。没想到，他也在看我，眼睛眯着。我俩眼神相碰的瞬间，好像彼此都做错什么事那样，紧忙回避，而后默契地碰杯，喝酒，之后，似乎就已坦坦荡荡。

“一天来几桌这样的客人，也真够糟践的!”我没话找话地说道。

“干的就是这买卖，嫌麻烦，就不干啦!”胖子撇撇嘴，“这算个啥，上次有几个……”

“这些天见过高老师吗?”老板娘在厨房门口挑着帘子问我道，打断了胖子。

“高老师?”我装出回忆的样子，想了想，“见过一面。”

“哦。”

“怎么了?”

“不怎么。”她带着欲说还罢的样子，放下帘子，“你让胖子跟你说。”

“前两天，高老师在这儿，哭了一场。”接着老板娘的话音，就听胖子突兀地说道。

“高老师？他？”

我诧异地瞅他了一眼——很难想象，得有多大的压力才能让高老师这样的人精神崩溃到这步田地。

他狐疑地瞥我一眼，“你不知道？”

高老师就是高其昌老师，我的酒友加文友，和我一样，都是这家小酒馆的铁杆粉丝。他住得略远，错一条街、两个路口。那些年，我们经常相向相遇在门口，互道一句“来啦”，就像到自己家一样，透着主人般的口吻，然后争先为对方拉开店门。高老师不太讲究饮食，属于那种有理论、没口感的吃才，我觉得，他之所以也对这家酒馆饶有兴趣，很大程度上源自于精神的需求，我则兼具物质的需求。然而，这种偏题的粉丝大概更纯粹，所以，他受青睐的程度竟远远超过我，俨然老板娘眼里的大红人——但凡高老师在场，老板娘有事儿没事儿便会凑过来，陪着喝两口，说两句玩笑话，即便埋单的是我，荣宠却集于他一身。高老师长我将近十岁，留着花白胡子，给人一种仙风道骨的感觉。在他面前，我的年龄优势竟然没有任何实际意义。每次我都不得不屈就为旁观者，侧目老板娘那崇拜的眼神在高老师身上往来流漾，那种发自内心的真实的流露方会显露的眼神。那时，我心里就会泛起一股酸溜溜的嫉妒的感觉。

要说我和高老师认识还得益于老板娘从中撺掇，不然的话……当然，认识是早晚的事情，只是这样的认识更富有故事性。

很多年前，一个下雪的日子，也在这家小酒馆，我俩并排坐在相邻的两张桌子前各自喝着自己的孤酒。他的桌子上是一碟卤水猪耳丝、一碟花生米、一头大蒜、半瓶酒；我的桌子上是一碟卤水猪拱嘴、一碟花生米、一头大蒜、半瓶酒。酒瓶子上都有一张标志着老食客和其归属权的白色小标签，相同的品牌，稍有差异的只是卤水部件不同。显然，我们都为彼此相同的爱好所吸引，目光在对方的桌面上扫过时，都停留了一段让对方感到注意到了什么的时长，及至目光相遇，他严肃地对我点点头，我微笑着对他点点头。老板娘去上菜，从我俩中间经过时，捕捉到了这个镜头。她像是忽然想起一件最不该忘掉却忘掉了的事情那样，猛地站住，懊悔不已地一拍大腿，仰起身子，胳膊伸直了，点点我，又点点他，“你看、你看，早该让你们认识了。”说完，又想起来手上还端着菜，一笑，“等会儿啊！”给身后的一桌上过菜，又拐回来，在偏近高老师那边一点，拧着转了半圈，站定，面对我们，似明白又不明白地皱眉凝视，一本正经地强调了她的理由。其实理由很简单：同道中人。“你俩，一个写字的、一个卖字的，真是天造地合的好搭档。”我们彼此相互再打量，正如她所说，在彼此的眼神里，我们都看到了一个类同于自己的自己，仿佛两个久违的老友相遇在异国他乡，既有意外，也有惊喜。我们相互凝望，最后，用有力的握手完成了那无可比拟的情感释放。高其昌的大名我早有耳闻，并非是因为他的名字与某书画名家的名字雷同，而是因为他在本市书画界是位响当当的人物，影响力很大，我一直有心结交；而我对他来说，肯定也不会陌生，因为我开的画廊赫赫有名，本市书画家少有未闻，毫不夸张地说，书画家们没有不想和我交朋友的。我和他是对等需要的彼此，也就是老板娘所说的“好搭档”。那一刻，我俩同时将饱含感谢的目光投在了老板娘笑得灿烂如花的脸上，直到她露出羞赧的潮红。我俩凑成了一桌，我做东，又加了两道热菜，三杯两杯老酒下肚，互道了衷肠。原来他和我一样，都是被朋友放了鸽子而于风骚的日子里落了单。他是朋友请他，我是我请朋友，却是最好不过的错位相遇。

自然地，我们成了好朋友。他借助我的平台卖出不少字画，而我在销售他的字画中也获利颇丰。他给我介绍了许多本地的和外地的书画名家，其中就包括后来成就非凡的顶级书画大家章岘阁章老师。说实在的，其实以我的情况根本不会把当时还是无名之辈的章老师看在眼里，但高老师一直向我推荐，说他如何如何有才华，如何如何具有潜力，为了促成我们见面，高老师甚至都带着哀求的语气和我说话了。看高老师的面子，我答应和他见面，见面地点就选在了这家小酒馆。我很好奇，像高老师这样的已具影响力的人物，在我们这个城市里居然还有让他佩服的人。

不管是为了给高老师面子还是出于好奇心，那天，我刻意提前十分钟到了酒馆，然而，没想到的是高老师比我到得更早。我刚推开小酒馆的玻璃门，就见他站在柜台旁，举着手，带着僵硬的笑容和我打招呼，好像早就准备好了似的。他这样和以往判若两样的作风弄得我心里扑通扑通的，好一阵子没有适应过来。但很快他就恢复了，不过我能看出来他仍有些拘谨——一只手攥得紧紧地放在胸前，眼神飘忽不定，好像实现了某件心里挂念的事情却仍有什么没有放下的样子。我很奇怪，于是便在站在柜台里的老板娘脸上寻找答案。这时我才发现，她的脸上竟然也挂着相同的不尴不尬的笑容。

“呵，怎么这样？是不是正在说我的坏话？”我用手指点了点他俩，然后带着开玩笑的口吻说道。

“咋会呢！”高老师不自在地说道，“是说你了，但——”

“呵，就说了又咋样？”老板娘把话抢了过去，她拿出一副准备吵架的架势，但嘴角却挑得高高的，红润的脸颊上贴着一个小酒窝，“天王老子呀！”

且不说她的话锋如何，单就她半嗲半恼的样子就已让我不知如何了，而且，她接着就给我使了一个眼色引导我去看高老师。其实，即使她不给我使眼色，我也看得清楚：高老师一副心不在焉的样子，和我们说着话，眼睛却始终盯在店门口。我立刻想到，我刚才进门前把玻璃门当镜子照了照自己的尊容，很随意，不是有意的，更不会像女孩子那样，但如果刚才他、她也这样像摄像头似的盯着门口，那么，即使再不起眼的动作也难逃过他们的眼睛。一个大男人如此臭美，人家不笑话才怪呢！

“呵，你们，”我带着猜透答案的笑容用手指点了点他俩，“偷偷看我的笑话。”

老板娘对我眨巴眨巴眼，而高老师就像没听见一样，看着门口，很专注，没注意到我同时也在和他说话，更没注意到点他的手指。太不正常了。我奇怪地把目光再次转向老板娘，想要在她脸上找到答案，但她却对我做了个鬼脸，翩然而去，那样子明明白白地写着，她什么都知道，但就是不告诉我。我被他俩气得露出一个苦笑。

高老师性格保守内敛，一向不温不火，这副魂不守舍的样子，与以往大相径庭。

不知是故意的还是确实有事耽搁了，章老师比约定的时间晚到了将近半小时。高老师魂不守舍地害怕他迟到，可他偏偏就迟到了，而且还不是十分八分那么一会儿。这期间，高老师就像代人受过的小青年，天真地给我解释，天真地替他揽过，还着急地几次跑到店外迎候。最后，就连胖子老板都看不过去了，说姓章的是个啥球大的人物，高老师请也敢迟到。胖子老板既是替我说话，也是替高老师说话：我是他的大主顾，高老师是他敬重的人，我们受了委屈，就像他受了委屈一样。其实，我倒也不是太在意，因为借此我便可以和老板娘多聊一会儿，身子靠在柜台上，左腿盘在右腿上，脚尖随着语调在地上打着节拍轻轻敲击，而眼睛也可以轻松自然地盯在她碎花围裙裹出的唯美有型的腰身上，开个半荤半严肃的玩笑，再惬意不过了。那时，老板娘还是个年轻媳妇，身上散发着那种迷人的成熟的气息，她笑成月牙一样的眉眼是我永远看不够的风景。现在回想起来，若不是有这样一个因素调节，恐怕一开始我就会给他脸色看——不把高老师看眼里是你俩的事，但不把我看眼里，就太过分了。

“认识不是主要的，主要的是我们在认识中能够相互了解；而了解也不是主要的，主要的是我们在了解中能够学习什么、提高什么。我不相信‘三人行必有吾师’，但我相信和对的人在一起永远都是对的。”

章老师来后连句歉疚的话都没有说，就径直坐在了面向店门的主客位置上，我和高老师左右相陪。或许是我对他的傲慢产生了反感，或许仅仅就是看不惯，做出了什么轻慢的举动，好像也说了句灯光太暗之类带有怨气、指桑骂槐找碴儿的话。他一开口就说了这番指向很明显既是教导我又是开导我的话。那天他穿了件月白色的短夹克，一条褐色丝绸围巾随意搭在脖子两边，内衬深灰色卫衣。他那时还是短发，发质非常好，微微卷曲，带着光亮，整体给人一种严谨却又倜傥风流的感觉。他出现在门口的时候，几乎吸引了所有人的目光。我注意了一下高老师，发现他一下子就变得轻松了，甚至轻松得过了头，笑容都变成了那种傻乎乎的样子。虽然章老师的气度在他推门进来的那一刻就震动了我，但我的情绪也已被他不守时、拿大的做派所控制，不由自主就表现了出来。要知道，我那时也是个非常骄傲的人，我的身后有一大群所谓的画家、书法家以及领导、企业家、老板排着队要请我吃饭，因为我是他们艺术需求的终极解决者：画家的画只要能进入我的画廊，便意味着能卖个好价钱，而且能很快出手；领导、企业家、老板可以在我的艺术指导下买到合适的，甚至是最为紧俏的几乎任何大师的作品。我的眼光、我的渠道、我的能力，有口皆碑。图方便，也是为了给高老师省点钱，是我定下来的在胖子酒馆吃饭。不然，像他那样的“小人物”，即使安排到“一品楼”，我还要考虑去不去呢。

他说话的时候目光沉静而深邃，但语气却恬淡随意。

现在，我很庆幸当时没有继续和他发生碰撞，否则，必然要失去这个亦师亦友的好朋友。

就在他说完这段话、我们眼波相交的时候，我就清楚地感觉到，我对他的看法已经发生了转变，已经开始不可逆转地崇拜他了。接下来，他又就绘画笔墨、绘画思想、艺术潮流做了一番阐述，最后也谈到了当时最为时髦的人生话题。无论哪方面，他的立意都很高，仿佛于高处俯瞰众生。

此后，我们仨一个月便要聚会两三次，地点基本上都放在了这家小酒馆，当然，都是由我来做东。章老师的酒量最大，高老师次之，我最差，陪着喝吐了两次，我就被关照了起来，几乎到了只有作陪的份儿了。这样子过了两三年，直到有一次我喝多了酒，借着酒劲儿劝章老师迎合市场改变画风，聚会就戛然而止了。章老师决绝的态度让我始料不及，但这也提醒我，让我认识到，我们之间绝不是喝几顿酒就可以拔升为兄弟或亲密朋友那样的关系的，我们之间只可能保持在亦师亦友的层面上，即便我对此心有不甘，但事实摆在那儿，我与他学识上的差距是永远横亘在我们之间的沟壑。所以，从那以后，我也在提升自己上下起了功夫，读书、写作，及至后来捡起画笔开始画画。我就想成为像他那样的人。

当时，章老师的作品并不为市场看好，销售极为困难。我虽然做了很大努力，甚至不惜消耗一部分人脉，但几年下来也仅卖出去了四幅作品。这样的业绩就好像没有实实在在给他帮忙一样，心里过意不去，便个人出钱把余下的几幅画都买了下来，想宽慰一下他，没想到，他根本不领情，还说我有眼光，做了件最对的事。后来，他的话得到了验证。字画市场红火的时候，那几幅画的市值加起来有四五百万之巨，即使后来市场不景气，也卖出了近两百万的好价钱。孩子、老婆在国外的开销几乎靠的全是这笔钱。不过，如果说他信心十足，也未必，因为那时他在画作上落的都是“许里舍人”的款，而不是后来的直截了当的本人大名“岘阁”和实际使用的“老骚”字号。那正是扬名立万的时候。我曾为此给他提出建议，他却一笑了之，还作诗“误做丹青人，许里无人知”解嘲。章老师行事低调，不爱在圈子内兜答，所以，他的这段“灰暗”人生所知者不过寥寥数人。章老师成名，是进京后的事情。

两个月前，高老师家出了状况。儿子高小旺想换大房子，张口跟当爸的他要钱，他拒绝了，为此父子俩闹得不可开交。据说儿子要拿走他收藏的一件藏品，他拦着不让，儿子一怒之下把个汉代的陶罐给踢了，高老师提出断绝父子关系，动静闹得很大，连在京城的章老师都亲自打电话来过问此事。事情出来后，我和高老师也见过一面，是在朋友的一个画展上，他作为受邀嘉宾参加活动。他仍是那样不温不火，看我用询问的目光看他，他还问我有什么事，泰然自若的，就像什么事也没有发生一样。一般都认为，我和高老师的私交最好，甚至都说我们好得就像一个人，其实，我心里清楚，远非如此。打个比喻，就像有张窗户纸，我们但要走得太近，它便横隔在了当间，稍远便又消失，捅又捅不破，去又去不掉，仿佛必然的存在，既现实又缥缈。比方这件事，我打心眼里想给他帮助，可他却一直回避我，好像就怕我知道一样——能去京城找章老师诉苦都不愿给我吱一声；能到小酒馆哭一场，都不愿找我说说话、喝顿酒。我比章老师不如，但比胖子总还要强些吧！想想那些热络的岁月，竟然如过眼烟云。

我没有理会胖子老板的疑问，就此也不想和他有过多的交流，于是，我在盘子里划拉了一粒花生米夹在筷子上。这时，就听得身后的玻璃门咯拗、咯拗响了几声，伴随着袭来的凉风，一个瓮声瓮气的声音问道："还有肉夹馍没有？"一听就是那家情趣用品店的黑子。我没有回头，我不想看到他那张脸，当然，也是想回避那张脸。胖子老板斜了眼门口，摆摆手，说啥都没了。放着生意不做，太过瘾、太解气了，我瞄了胖子老板一眼，真没想到，他竟然还有如此"豪侠"的一面。花生米落入齿间的时候，我听得玻璃门又"咯拗"了一声。我猜想黑子已经走了，便侧过脸瞄了眼门口，没想到黑子还在，正隔着玻璃门侧脸往里瞅，好像也在瞅我，一圈眼白在荧光灯管的照耀下，清晰可见。我慌乱地扭回头，心头突突直跳。

"你真的不知道？"胖子老板不解地盯我一眼，而后看了看门口，站起来又坐下去，"你们认识？"他问道。

"大概知道一点儿。"我避重就轻地说道，"为小旺？"

他点点头，"买房子，钱不够，为这闹别扭。"

"就为这？"

我脑子里仍旧萦绕着黑子的那张令我不安的脸，忍不住又回头看了一眼：门口黑洞洞的，一道汽车灯光急速地滑了过去。

"肯定不止这。"

"高老师想出货？"我猜道。

如果连这样的事情都不找我了，这朋友也真做到头了。我心里一阵阵地别扭。

胖子老板好像存心要吊我胃口，他撇撇嘴，慢悠悠端起酒杯，邀我碰酒的样子，但等我也端起杯子，他却自顾自地喝了口，嘬出几个牙花子，然后，若有所思地拿着酒杯把玩，那架势就像是说你说对了，又像是说根本不对，显然是故意给我样子看。我被他弄得又好气又好笑，计较也不是，不计较也不是，于是，干脆也自饮一口酒，放下杯子。目光越过他那油亮的胖脑门，落在柜台里面货架上的一块高老师亲手所书“吃好喝好吗事都好”的牌匾上，动也不动——我也给你做个样子看看。

一次和章老师、高老师在小酒馆聚饮，酒酣之时，我心血来潮，提议给他家店里送块牌匾，得到了他俩的一致赞同，当即敲定了内容，后由高老师执笔写就，我给装裱后送了过来。牌匾原来挂在我选定的一处醒目的墙面上，后来钉子掉了，保护画面的塑料薄膜摔破了，框架也松动了，胖子老板就把它转到了现在的位置上。字还是当年的字，意思也是当年的意思，颜容却不是当年的颜容：油烟熏黄的纸面上覆盖了一层灰，一片巴掌大的蜘蛛网从墙角连到了框内，仿佛是要将那牌匾抓牢了似的。事后我回想了一些细节，才注意到，其实胖子老板对这件事的态度好像一直都不温不火，说了些模棱两可意思含糊的话，譬如该写“诚信为本”“宾至如归”这类的字儿；说我整得太俗，没文化。也就是说，一开始他对这事就有看法，有自己的观点，这样的归宿倒像是如了他的意，乐得如此似的。当然，要把责任都推给胖子夫妻也未必客观，因为包括我们在内，新鲜劲儿一过，也极少有关注，乃至发现这个变动的时候，已经是半年以后的事情了。当时的热情有多少，后来的失望就有多少。这样的结局谁又能想得到呢？高老师为这事儿没少埋汰我，说我多管闲事，人家不稀罕偏要让人家稀罕，还贴着钱往上送，结果落个没意思——我们的心血，打狗的包子。高老师把话说到这份儿上，可说是难听透顶了。我知道他是为自己的作品遭到如此待遇心生不满，可他就是不愿意明说，绕着弯子来说我，希望我能去纠正。我试着跟胖子说，他说就放那儿吧。我说你们不稀罕我拿走，他说送东西哪有想送就送、想要就要的。我跟老板娘说，老板娘也是这些话，顺带还调侃我不像男人。不过，她也立刻行动了起来，用鸡毛掸掸掉了上面的浮灰，然后说：“这不就妥啦！”这件事让我领悟了“人各有志岂能强求”这话的深刻含义——自己喜欢的，未必人人都喜欢，强扭的瓜不甜。

时间可以淹没一切。时间一久，高老师好像也不太计较这事儿了，有时不经意间注意到了那牌匾的悲惨境遇，就笑呵呵地拿我调侃，多余的话也不多说。章老师为这事很生气。有一次他从京城回来，我提议去小酒馆故地重游，章老师连想都没想就否决了，“是那家摔了高老师的字儿还有理的酒馆吗？算了吧！”我当时建议写“吃好喝好便是神仙”，章老师参酌为“吃好喝好吗事都好”，为此他也付出了“心血”……

我回忆我的往事，他拨弄他的花生米，我们有一阵儿都没有说话。这时，老板娘从厨房出来去倒垃圾，看到我俩这样，没好气地说道：“你俩憋着气儿不吭声，是咋啦？没喝到位？还是喝多啦？”然后就走了过去，“胖子，高老师的事儿，你和楚老师商量商量，他办法多。”语气就像在批评两个不认真做作业的孩子。我笑着撇撇嘴。

“俺这不是在说着嘛！”胖子老板眉头舒展一下，夸张地放下筷子，然后，讪笑地对我说道，“是吧，咱们在说着嘛！”

胖子老板有句人生格言：点透不说透，才是好朋友。就是点到为止的意思。但他非但做不到，而且还走了样——说话吞吞吐吐，绕弯子，倒像是反应迟钝，顾虑太多。

“酒就这样了，有话赶紧说。”我看他又拿起了酒瓶子，便催促道。

他瞥我一眼，晃晃酒瓶子，那意思好像是说，先把酒喝好了才好说话似的。

他拿的是我的酒瓶，我不客气地接了过来，然后，把余下的酒都倒在了他的酒杯里，又要拿他的黑瓷酒瓶，他拦住了我，说里面也没了，问我要不要再开一瓶，我说不用了。再开一瓶算谁的呢？我在心里嘀咕。

“甭磨叽了，有话赶紧说，不然——”我看了看时间。

“这两天，咱俩一块儿请高老师喝顿酒？”他白我一眼，“章大师不在，就剩下你能和他说上话了，好好劝劝他，这样下去可不中。”

“嫂子这么能说，让她劝劝。”

“她？不劝还好，越劝越糟糕。”

“咋会呢?”

“咋不会!”他喝了口酒，压低了音调，说，“哪壶不开提哪壶。本来劝两句就完事儿了，可好，又提到小旺炒股那事儿上去了，这不是……”他使劲摇摇头，像是要甩掉什么似的，“结果……”

高小旺炒股赔钱不在少数。高老师为给他填平亏空，出手了一批颇有价值的藏品，折合起来有百万之多。买主是我帮他找的，所以情况还算了解。那都是他的心头肉，交给买主的时候，我注意到他眼里噙着泪花，手颤抖得厉害。事后，他请我喝答谢酒，我问他为什么不出手他收藏的章老师的那幅彩墨荷花图，仅此就五十多万，顶上一半的数。他说，那幅画是章老师的早期画作，送给他的，他要为他保存着，将来用上了，再交给章老师。当时，我为高老师高古的气节一连浮了三大白。

“小旺这孩子一点儿也不体谅他爹的苦衷，这样由着自己可不行。”我说。

“唉！从小娇惯成了这样。”他说，“要啥给啥，现在说不给了，能行嘛!”

“真想不到，高老师会这样娇惯孩子。”我说。

“老来子，放谁身上都娇惯。”

高老师快四十岁时才有了这个儿子。我们认识的时候，孩子已经七八岁，高老师常带出来一起吃饭。孩子看上去很乖，其实特别犟，要干什么的时候就一定要干，谁说也不行。我们的酒宴经常被他搅得七零八落。

“填过炒股的窟窿，高老师手里恐怕也没有多少存货了。”我说，“高老师的家底我还是了解的。”

胖子老板“嘻”了一声，又白了我一眼，好像责怪我见识低浅一样，“有没有家底咱俩说了都不算。人家的家事，咱们没必要知道。不过，据我所知，高老师还有干货没有露出来。”下面的话好像不太好说，停顿了一下，才压低身子，说：“小旺过来说，高老师那儿还有干货，藏在了他姐姐那儿——两幅，最少两幅章大师的画——这回闹腾，就为这事儿。”

“即便有，就一定要卖掉？小旺是不是太过分啦！”

“有事了嘛。”胖子老板坐直了身子，“那东西留在手里不换成钱，有啥用？”

他这话简直要把我气晕过去，我喘着粗气，正要怼回去的时候，就听老板娘在我身后说道：“胖子，你要是话说不到正点儿上，就去里面干活。一肚子泔水，张嘴就往外冒尸气。”说着话，已走了过去，留下一阵凉气。

“对，”我说，“胖子，不是我说你，别看你对高老师敬若神明，其实，你连他一个小手指头都没看懂，不，一根汗毛都没看懂。你就活在你的大铁勺里了，根本不知道人活着不但要吃饱，还要吃好，吃出名堂来，吃出境界来。”我故意提高了嗓门，好让老板娘听得清楚。

“我看你俩是半斤对八两，孙悟空遇到老猢狲，没一个能说到正点儿上。”老板娘果然听得清楚，声音隔着门帘传了出来。

胖子看起来很受用这话，他咧嘴一笑，哈一口酒气，说：“高老师这事，难为的不在钱上，是在理上——说一千道一万，那两幅画不该放到闺女那儿去。没这一条，咋说咋对；有这一条，咋说咋不对。”

“为什么不能放在闺女那儿？”

我想说放在家里不定哪天就让儿子偷走卖了，话到了嘴边，觉得不妥，又咽了回去。

胖子老板大概觉得我太不可理喻了，皱着眉头盯我一眼，有一会儿才说：“儿子就是儿子，这一点要是抖搂不清楚，其他的，说也是白说，不是这样，小旺这孩子也不会这样闹腾。这不，媳妇那边也加茬儿进来了，孙子抱回了娘家，横竖不让他们老两口见。这下可好，七寸被人家拿住了。”

“这也太过分了吧！”

“过分不过分，不是咱说的。小旺媳妇娘家这回加上劲儿啦！一把手拿出来五十万，话说得明白，这边出不够这数，就让孩子改姓，改姓人家的。”他叹口气，“有句话，我说出来你可能不爱听。要那画干吗？卖掉不就完了？这事儿办了，真差一点，大伙给帮一把，添些，不就过去啦？今天给你说这些，就是想让你劝劝他，啥舍得舍不得的，先把眼下的事儿度过去再说。想见孙子，不这么着，不中。”车轱辘话，又转了回去。我想想，如果不给他好好上一课，他为此还不知道要纠缠到什么时候呢。

“你想得太简单了，主要是你不懂艺术，更不要说境界了。”我说，“高老师是什么人？能像你想的那样，为了升斗米粮就失去了精神吗？不会的，他不是那样的人，他把那两幅画看得如自己的生命一样，逼他卖掉，等于卖他的命……”

“你打住。”胖子老板打断了我，“你说的那一套俺不懂，但俺知道没了命就啥也没有啦，啥也没有啦！你知道吗？”

我困惑地瞟他一眼，觉得面前的他简直就是个冥顽不化的动物，和他讲道理实在没有什么意义可谈。于是，我说：“人没了精神，行尸走肉而已，活又何益？”也不知道这句话起了什么作用，总之，他的眼神儿开始变得空洞，仿佛被抽空了一样。他终于垂下了拿腔作势的头，有一会儿，才听他叹口气，语音沙哑地说：“俺说的是他儿子小旺的命。”他停顿了一下，“小旺来这儿找他婶（老板娘）帮忙劝他爹，哭得头直往墙上撞，撞出了血。孩子那边也不容易，眼看日子就快过不成啦！谁知道，这边跟高老师还没说两句呢，他哭得比他儿子还要凶，岔过气了。”

我也低下了头，看着脚下油腻腻的地面，竟然不知道说什么好了。毕竟，人命关天。

过了一阵儿，胖子老板叹口气，说：“这事儿也就是对你说了，你要是没法劝就算了，千万不能到外面说，高老师那人要面子，伤不起。”

话说到这种地步，如果还要坚持我的观点就显得太过分了。我摇摇头，叹口气，答应了他，但我也留出了余地：“试试看，不敢肯定能说动他。”

“咱俩一起。”

“不必了，我自己方便说话。”

回家的路上，脑子里始终萦绕着胖子老板最后给我透露的一件发生在很多年前的事情。那时，我已站起身准备打道回府，他把我生拉硬拽地叫住，让我听他说最后几句话，他说他把话说清楚了，我就知道是怎么回事了，是非曲直都有缘由。

他叙述事情的能力很差，讲得十分凌乱，我帮他梳理了一下：小旺的媳妇叫小慧，是小旺大学时的同学。俩人上学时就开始谈对象，但断断续续、时好时坏。小旺死活相中了人家，追得紧，非人家不娶；小慧却不冷不热，三心二意。直到小旺领她去过他们家后，事情才有了转机——高夫人一个小招数解决了大问题。小慧来家里那天，家里做了精心布置，明眼处摆出几件有分量的藏品，虚掩上储藏室的门。高夫人轻描淡写地显摆了一下：那个五十万，那个四十万，那个更是无价之宝，就连一件不起眼的小摆件也值几千块。小慧以自身的财务特长不动声色地便计算出了他们家的家底，那是让任何人都会感到心动的数字。在小慧决定嫁给小旺之初，她心里就建立起这样一种概念：只要要用钱，卖两件藏品就得。

我不知道当年高夫人是怎样给她家的藏品标价的，但很显然，胖子老板，包括小慧，可能都不知道这几年收藏品市场的真实情况，也不知道藏品市场多数时候都是有价无市，而且越急于出手，成交价越低。

“你当那是猪圈里的猪，想卖就能卖的?”我疾步从那家情趣用品商店那粉紫色的旖旎的灯光里走过，没好气地自言自语地说道。

“又喝美啦!”

这时，忽然有人跟我打招呼，瓮声瓮气的，就像熊大叔一样，吓了我一跳。黑子不知从哪处犄角旮旯里闪现出来，挡住去路。他头戴滑雪帽，在毛领子竖起的军大衣里露出大半张憨傻的脸，腮帮子鼓胀着，手捧肉夹馍大快朵颐。

“还行。”我挥挥手，应了一声，便从他让开的道上走了过去。

“哥，那东西好用吧?”他在我身后喊道。

“不知道，送人了。”我头也没回地说道，加快了脚步。

我的文学

其实，我的文学仅仅停留在代人画集写序的地步。我并不喜欢这类文字，因为，它如同新八股，讲套路，讲技巧，不需要激情，不需要内涵，只要辞藻华丽，语句高妙（从别处抄来组合的也成），翻来覆去把好话说尽，即是一篇好文章。这显然和我一直追求的人生格调相去甚远，甚至令我唾弃，但看在钱的分上，我又不得不热爱它。因为，每敲入一个字符，便意味着我有了两毛钱的收入；尤其是在整段整段剪贴的时候，我的心就像泡在蜜糖里，甜滋滋的，仿佛回到了从前那段事业兴旺的时期。有段时间，我的生活几乎就要靠它来维持了。有些事情真的不是喜欢或是不喜欢就能决定的，就像季节，由不得你来挑选。不久之前，我于此的“事业”更是达到了极致。

大学时期，睡在我下铺的那位室友，这些年绘画技艺突飞猛进，在京城站稳了脚跟。他要搞一个回顾展，特别找到我，让我替他写一篇将来署名某位大家的序，出了十倍的大价钱，但前提是必须写出水平来，用他的话说，就是要前无古人、后无来者，惊天地、泣鬼神，语不惊人死不休那类的才好。他说我最了解他，一定能写得好。我欣然接受了订金和一幅他创作的作品，约定三个月交付。但两个月过去了，文章还停留在回顾阶段，认识和总结阶段还是一片空白，这时我才发现，这笔稿费并不像先前那样来得轻松自如，因为即使我挖空心思、绞尽了脑汁，却怎样也跳不出久已习惯的写作套路，写出来的东西别说水平了，就连凑合都谈不上。在煎熬中，我也清楚地认识到，此时唯有激情、灵感附体，才会有新的思路，才能有高水准的文字呈现。我努力去创造激情，努力去寻找灵感，不放过任何一件可以激发出灵感的事物。我的心犹如被堤岸束缚的暴涨的河流，澎湃激昂却又循规蹈矩，把能量耗费在固有的模式上——我期待在某个点上找到缺口，豁然一片新天地。

大概一个月前，对面那栋楼和我家窗户正对的那户人家新近租住了一位女房客，她时常于灯光下无所顾忌地展示她曼妙的身姿，她从未拉闭过窗帘，她把那屋当成了舞台，她是唯一的演员，而我则是藏在黑暗中窥视的无聊的观众。每天，几乎在固定时段上，能看见这样的一幕：灯光和她总是同时出现在那面窗子里；她有件很漂亮的红色鸭绒衣，穿透黑暗的距离，那红色愈发显得鲜艳，飘起的衣摆如风一样轻灵，旋着消失，旋着展现；她的身姿是那样的曼妙，颀长而柔软，仿佛仙界的舞者，每一个律动都摄人魂魄。但我却看不清她的容颜，那相隔的距离模糊了视线，模糊了急切的心灵。为此，我曾构思一篇关于“距离”话题的文章，但始终没有完成。因为我还没有从那种新八股的习惯里挣脱出来，还不能很好地把内心的情感组织为优美的文字。即便为此不胜其苦，但我也发现，这其实就是激情与灵感生成的最好源泉。每当夜晚，我独自迥立在窗前，视线穿过盘虬卧龙般的树木的枝条望向那窗户的时候，那种距离感、那种期盼所带来的精神触动，顿觉文思如涌，仿佛提笔成文的样子。比方说，序的开篇那句：“当代，艺术家、艺术探寻者们都不可避免地于高维度的掘取中遭遇不同程度的压抑的、困苦的、焦灼的来自于思想本原的纠缠，来自于折叠了的距离的判断……”就是来源于我对那女子朦胧容颜的揣摩，可以说，就是我心的阐述。我喜欢这样的感觉。

与胖子老板的谈话和与黑子的遭遇定然触动了我的神经，或者也有酒精的原因，我回到家后竟然兴奋异常，没有一丝睡意，于是，索性泡了一壶酽茶，理所当然地，也是习惯性地坐到了桌前，整理了一阵儿文稿，当感到文思蹇塞、饥饿感袭来的时候，我去找来包方便面站在了窗前。我可以肯定，当时主观上我并非是要在那对面的窗子里找寻灵感，因为我早已注意到那窗子黑着灯，而这本身就已失去了找寻的本来意义。我记得清楚，我的心里其实一直在为高老师的事情翻腾，想着他那五十万该怎样解决，想着他儿子高小旺那固执任性的面孔，及至联系出小酒馆的老板娘，我的思绪才像是跳了出来。因为我在黑暗中豁然间发现了一条奇妙的视觉路径，穿过黑灰色光秃而曲折的大杨树的枝条，那窗，竟然以某种奇特的方式呈现了出来。不！我已不以为那是面窗，那是舞台，就和我先前看到的那样，那女子旋转在舞台之上，她在舞，她在变换着她的服饰，在展现着她曼妙的身姿，她甚至还为我展现了她诱人的胴体，而那红色的羽绒，仿佛云霞霓裳，映红了那窗里的世界。一片枯黄的树叶被风遗忘在枝头，伸在我的窗前，伸在我的眼前，抖动着，它是那样的突出，那样的清晰、激烈、富有节奏，仿佛另一个舞台与它同动同舞。那是风的节奏。

我重新回到桌前，文思如涌。

不知过了多久，当即将为那篇序收尾的时候，窗子外猛然传来一声好像是遭遇了某种意外而发出的女人快乐而又不羁的笑声。但之后就静了下来，静得异乎寻常。我看下表，凌晨四点。这个时间点上出现这样的笑声，无异于一个触簧，瞬间触发了我疲惫的神经。我神经质般地转过头，神经质般地把目光盯在紧闭的窗帘上，神经质般地找寻、猜测那个声音的原意。在寂静中，在充满想象的等待中，眼前竟然浮现出这样一个画面：一个红衣女子从两扇错开的铁制门框间的缝隙钻入，锁扣挂住了她的衣服，她慌乱地挣脱，以致铁门哗哗作响……警卫老王醒了，职责所在，他起身查看了外面的情况——脸几乎贴在窗玻璃上，眼神迷离，目睹了那一切的发生和结束。当然这只是推演出的画面，惯常而无聊的放松方式和写作人神经质的条件反射促成了这些画面的呈现——许多构思往往来自于此。不过，当画面将要消失变得模糊的时候，我却发现，我的推演存在着许多逻辑环节上的遗漏，比方说，她因何笑得如此欢快？她因何身着红衣？顿时，所有推演都因此而变得黯淡无光，了然无趣。我为此懊恼，甚至之后的很长一段时间都在为此懊恼。因为我若去查看了原委，那时我就会发现，外面下了雪，或许能看见她——那个灯光下的女子，和她与雪一同构成的风景。然而，这些，都错过了。

我 的 梦

我的梦里经常会出现一些稀奇古怪的无法用文字描述的东西。比方说，生僻的字符，怪异的生物，现实中根本无法组合到一块儿的物件和一些根本没有见过的食物。因为无法描述，便无处搜寻答案，更无经验可谈。但我相信，它必是要在生活中给予某种启示才出现在梦中，即便我根本解读不了它的含义；不过，我会用抽象的绘画暂时记录下来，记录产生的过程，既是创作，又可备忘，留作将来慢慢品嚼。通常的耳熟能详的事物，我按五行把它们分成了类，按经验对应结果：梦到水，意味着要发一笔小财，或是有一场艳遇；梦到土，接下来必定是一段平淡无奇的时光；梦到金属，一般都没有什么好事情，最好几天内不要出门；梦到树木，多数情况下是为某种事物所困，需要想办法去解决；梦到火，则将等到一场宴请。当然，我也做春梦，于是，那充气宝宝便派上了用场。而那天的梦几乎涵盖了以上所有的事物，金木水火土、稀奇古怪的东西轮番出现，仿佛压缩了一生所有经历过的或是即将经历的，如保存不善的影像带着马赛克一股脑播放了出来。而我最待见出现的水的概念却和马桶联系到了一块儿，水箱里的水不停地注入，没有任何声响。

那晚，梦里没有一片雪，但雪却悄然地下了起来。

七上八下

1

因为熬夜的缘故，我第二天起得很晚。说实在的，那种完成了一件久拖不下的任务后，突然放松下来的心情真的舒服极了，整个人就像被卸去了骨架一样，软烂无力，若不是膀胱的张力已将达到极限，真不知道还要在被窝里赖上多久。但即使这样，我还是把尚能记得的梦里的情景品味了一番，之后便以最快的速度冲向了卫生间。在马桶前，最后的那段梦境却得以重现，仿佛仍在梦中。或许这就是梦的魅力——偶尔预兆现实。只是张力泄去，热量大约也被带走了，我居然接连打了几个寒战，直觉凉意袭人。我找出很久未穿的睡袍，在正常工作的暖气包上试了温度，怎么也没想到窗外已然是一个冰天雪地的世界。我奇怪于不同于往常的寂静，打开窗帘欲看究竟，猛然，我被扑面而来的白色的光亮映照得几近睁不开眼睛。“呵，原来是这样啊！”当我目睹了眼前的景象，于内心粲然激荡中发出一声感叹。下雪啦！在我未曾预料的时候，雪已装扮了一个崭新的世界。

呵，我倏然明白了昨夜那突起的笑声：想必是她滑倒了，或是险些滑倒，想必那时雪已铺满了一地。她像舞者一样，出现在路灯下，打了个旋儿，又滑出了灯影。我突生悔意，竟然错失未睹。我下意识地看了看她那窗，出乎意料，那窗居然拉上了窗帘，褐色的帘子，银白色的窗框，窗台上积着厚厚的雪。我忽然生出一股惆怅。

那么，惆怅也是一种感受，能否写入文章？我坐在了书桌前，打开了电脑，但我却无法进行写作，因为，显然我的心还在窗外的世界里跳动，纷乱无着。我想到了 H，想到了那曾经的欢宴的时刻，也想到了为爱情喊哑了嗓子的妻子，当高老师的面孔浮现出来的时候，我知道，我其实根本不在创作状态。于是，我又回到了窗前，飘雪依旧，但我却不能享受其中，因为，我脑子里一直在盘算着该与谁联系，该与谁一起度过今晚这良辰美景，但直到最后也没有得到结果。我拿起昨晚遗忘在窗台上的那包方便面晃荡至客厅，倒在了沙发上。

我在沙发上瘫卧着，遗忘了时间，陪伴我的，是王国维的《人间词话》，一本读了无数遍却又不知读了些什么的书。我不喜欢那说教的语气，但却喜欢那上面的文字，喜欢那种不动脑筋的感觉，这真是再好不过的瞌睡药了。我昏昏沉沉地又睡了一觉，直到被一阵急促的电话铃声吵醒。电话是高老师打来的，他约我晚上聚会。接到他的电话，那种惊喜和意外简直都无法形容了，因为我正好也要找他，而目前他也是我唯一的最对脾胃的酒友加文友；再者，高老师向来不组织酒宴，即便他也喜欢这类活动，甚至是这类活动的核心，但他绝不会是组织者，有时碍于推不掉的情面代人传个话，代得最多的还是章老师。莫非，章老师回来啦？

“好啊！是章老师回来了吗？”我兴奋地说。

“章老师？咳，没有没有，他没有回来。”

高老师的声音多数时候都是那种波澜不惊的样子，缓缓的，像吟咏明清诗人的格律诗，没有起伏，没有抑扬顿挫，但只要提到章老师，便会产生一个起伏。我觉得，他就是他的春药。

“太遗憾啦!”我说，“这样的美景，这样的雪，有他在，不知多好!”

那些年，不只是下雪，就是下雨的日子，我们也会聚在一起喝酒聊天。对我们来说，雪和雨仿佛就是一道最好的佐酒佳肴，最好的喝酒理由，最奇妙的聊天噱头——诗、词、文学、艺术，顷刻间便生机勃勃。

“是呀，是呀!”他说，“有雪无梅意沉沉。”

我说：“那也不至于吧，不是还有我嘛。”

他顿了顿，似乎在体味我的话意，又像是有什么不好说的话，一时半时不知道从哪儿说起，他连说了两声对后，才听他说到了正题上。原来他是替一个叫李三宽的大老板来约我，具体什么事情他也说不清楚，但他也说，地点在郊区，且去“窗含西岭千秋雪”一番，也不辜负了这良辰美景。我支持了他的观点。他说一小时后有车来接我。

我原本还要问李三宽是谁、找我有什么事情之类的问题，可想想，真的没有必要。第一，既是他找我就是他请客，这就省去了一笔开支，这也是我来回盘算的因素之一，而且是最主要的因素；第二，就我的能耐，无非给人画幅画、写篇文章这点本事，问不问，其实没有一点意义。于是，便要挂掉电话，但就在这时却听他突兀地说道：“小楚，晚上注意下形象。这两年，你太不讲究了!”停顿了片刻，又说，“其实也没有什么大不了的，楚老师凭的是才华，形象不形象的，也算不得什么。”

我感到阵阵脸热，“咳，高老师，您就别说啦，我注意就是。”

客观地说，这两年我确实不太讲究，一是本来就不善打理；二是不大出门，见人少，慢慢就不注意了；三就是高老师说的，心气高，哪把那身行头当回事儿了。有一段时间，我总爱拿魏晋名士扪虱的典故来解嘲、拔高自己。有次，一时冲动，也是喝多了酒，当着别人的面儿在身上搓出段油灰条给人展示，惹得唏嘘一片。当时高老师也在场，他什么也没有说，既没有参与挖苦、嘲讽，也没有参与规劝，置身事外的样子。我很快就后悔了，便在高老师那儿找台阶下。他说我可以同宋人王安石平起平坐。王安石可不是一般的人物，举座骇然。

高老师刻意提醒，想必晚上的事情很重要。

电话挂掉以后，一阵忙乱：先是脱光了去卫生间冲澡，发现电热水器还关着，淋浴头出来的水简直就和冰碴子一个样。打开热水器，等着加温，又不得已穿上衣服，之后在客厅沙发上一堆儿不知是否清洗过的衣服里挑出了一身行头，但我也注意到了室内某种浓郁的味道，那是门口的鞋袜以及茶几上堆积的没有及时清理的残羹剩饭，还有不知多久没有打扫过的卫生间所散发出的混合气味，当然也不排除暂时忽略了的衣服上的味道。突然间，我感到自惭形秽。

我倒在沙发上，在某种悲凉惆怅的情绪中发了一阵子呆，最后唉声连连地再次站在了淋浴头下。当温热的水淌过头部又流向指尖的过程重复了数遍之后，我便忘记了那些不如意的事情，而记忆也如身子一样一下子松展开来。我突然记起了李三宽，那不是胡子画家画展上认识的那位李老板嘛，很有意思的一位老板，一位艺术爱好者。我说怎么一提到他的名字便觉得似曾相识。

2

说到李三宽，便不得不提及那位连名字都叫不上来的胡子画家的画展。那年画廊已开始亏损，处在半关闭状态，妻子在店里支撑，我在家闭门思过。叫不上画家的名字并非完全是记忆的问题，而是因为他的名字十分拗口，需要很认真地拧着舌头才能读出来，不易读，自然就容易忘掉。况且，我对他也没有多少好感，没打算交往，记不记得他的名字又有什么意义呢。名字是名字的事儿，形象是形象的事儿，两下倒也互不干涉。他用心修剪出来胡子却是别具一格，为他赢得了不少眼球，毫无疑问，于此拔升不少影响力，所以很多年后，他依然被人们时常提起。我们形象地称他为胡子画家。据说，当时他也请了高老师做嘉宾出席开幕式，还搬出了章老师。不知为什么，高老师没有答应。

李三宽是他的同乡，一位极有实力的企业家，是他出资赞助举办的画展。

我敢说，本市自个人开办画展以来，胡子画家的画展开了“奢靡”风气的先河：他租用了本市最大、租金最高、用于公共性活动展出必须经领导批示才可以启用的展厅；开幕式还特别邀请来几位重量级画家和社会名流为其站台捧场，其中就包括大名鼎鼎的章岘阁老师；模特经纪公司派来了二十多位漂亮的模特，红旗袍穿插点缀。当然，组织工作也相当到位，仅开幕式当天，参加的观众就多达五六百人，人头攒动，填满了展厅。这样的水准，别说是放在当时条件下，即使放到现在，想要达到，好像也不是一件容易的事。我用我的标准来评价，就是盛况空前。

我“莅临”现场，是因为章岘阁章老师的特别邀请。章老师是我非常敬慕的画家和老师，虽然我和胡子画家并不认识，而且他的画风（我在宣传平台上看到过）也不是我喜欢的那一路，但我还是欣然前往，因为这是难得的与章老师会面的机会，除此之外，恐怕也没有其他的可以吸引我的了。

章老师进京后，我们很少联系。但他只要回来，就必定拉我作陪。

我不太喜欢那种过于热闹熙攘的环境，另外，也是不想和熟人碰面，所以有意等到开幕式结束有一会儿后才迎着离场的观众进到展厅。在展厅中央，章老师被围在人群中间和人说话。我远远地看到了他，于是，便在最近的一面展墙前停下来，装出看画的样子瞄着他，人少了后，我才过去和他打了招呼。有近一年时间没有见过面了，激动的心情真是难于言表，以至于上来说过的话转瞬就不知道说的什么了。他仍是那样洒脱，富有魅力，举手投足间，即使不起眼的动作，都像是为语言做的修饰，恰当而富于感染力。

“小楚，刚才没有看见你，以为你不会来了呢。”他撇开最后几个和他攀谈的人，转向我，上下审视了一番，然后说道。

“怎么会呢！”得到这样大的一个面子，忽然就飘忽了起来，“早来了，在门口，没进来。”

“嗯？”

“啊，是这样，”我愣怔一下，紧忙解释道，“人太多了，门口挤得密不透风，所以……但您的讲话我还是全听到了，真的是太精彩了，太……”

我讲的是实话，没有刻意奉承的意思。他的讲话由“食色性也”引入，在“大道至简”上结束，逻辑清晰，诙谐睿智，精彩纷呈，特别是在另外几位发言人大话、套话的映衬下，更显得格外地有高度，让人耳目一新。我记得他刚开始发言，声音刚刚传入耳鼓我便被吸引了，便开始向门内挪动，但门口堵得水泄不通。为了听得更清楚，我往里挤的时候，斜挎在身上的皮革挎包硬角顶了前面一位男学生模样的人的后腰都不知道，人家用手阻隔，我才发现。他的讲话赢得了热烈的掌声，热烈的程度如同当红明星谢幕的情形。我为此闹了一身热汗，又退出来，透透气，隐约听了两三个人的发言，开幕式就结束了。

他盯着我笑了笑，打断了我，“你呀！”他用手指点了点我，“我现在越来越摸不透你的脾气了。眼光高啦？心劲儿换啦？不愿与我等俗辈接触啦？呵呵，你别摇头，我看是。”

头天，章老师给我打电话说有这么一个画展，叫我今天过来，我随口回绝了他，说已看见相关的宣传品了，没什么看头。可听他说他要来，我立刻就表态要过来。他这样说，多少都和这有关系，只是语气带着些不讲道理的味道。

“咳，当时不知道您要参加，不然怎么敢说那样的话。”

他愣了一下，好像不明白我所指何事那样，之后，笑着摇了摇头，“我说嘛！小楚即使变了，也不会一下子就变了。大概有一年没有见面了，真快呀！子曰：逝者如斯夫。时光流逝，如山川涌流。”他凝视着我，眼里飘过一丝哀怨，“小楚，这两年，你变化很大！让我看，你的变化表现在两个方面，而且是相对立的两个方面，有积极的，也有消极的。积极的，是你爱好学习，致力于完善自己；消极的，是你身上的烟火气越来越少了，似乎还有些孤傲。想当隐士是吧？这可不好，我们毕竟都是群体动物，需要在群体中才能找到温暖。俗的事物依然是我们赖以生活的基础，脱离是要具有一定条件的。当然，人各有志，你要这样子，谁又能怎样？说实在，你开画廊那些年的那股活泛、积极、阳光的劲儿才是我眼里的最完美的小楚。咳，你看我，见了面怎么就来这么一通，不会不高兴吧？我是急呀！急着想看到你早日步入正轨。”有几个观众围过来，他瞟了一眼，更换了语调，“通常，我们可以由着自己的好恶做出人生的各种选项，但对待艺术问题也是如此的话，就有欠妥当。道理很简单，艺术之所以谓之艺术，正是因为其本身有许多超出我们认知的，甚至是非意识的东西在里面。有时你认为是好的，却又不被认可；你认为差的，却又被捧到天上去了。为什么？因为艺术问题始终跳不出‘悖论’这两个字，没有标准，却又为标准劳神。你可以为自己设定一个标准，但不能据此轻易地排斥、否定别人，因为你面对的是艺术问题。”虽然没有明确所指，但让别人看来，针对的就是我，就好像我刚才说过有关的话题一样。我瞪大眼睛想要辩解，但他却没有给我机会，“等一下，我知道你想说什么，我替你说了吧，是不是‘不想被强奸人意’？呵呵，我猜对了吧！这是你过去的口头禅。‘不被强奸人意’当然是对的，但不能过于偏执。大千世界洋洋大观，戴了一副滤色眼镜去看，如意的便好，不如意的便差，那不就轮到你去强奸人意了？”他突然停顿下来，看了看周边，就像刚刚发现还有其他人存在一样，歉疚地对我一笑，“为艺术辩论，真的是件很伤脑筋的事情，原因就在于此。”

从我们认识，他就是这种谈话习惯，我早见怪不怪了。我始终认为他采用的是借喻的方法，需要一个假定的对象来撑起他习惯了的表述逻辑，我不过是被荣幸地选中且经常拿来使用的一个，而非有其他方面的含义。但以往的情况都是面对熟人，大家相互了解，不至于产生误会，像这样在众目之下，且都是陌生人，真还是头一次，关键的，还是在别人的画展上来讲这类敏感的话题，可想而知，当时我所处的窘境真的是不舒服极了。但我仍旧像以往一样装出若无其事的样子，按照老习惯给予力所能及的配合——在要点、语气加重点，做出摆明自己态度的形体动作，比方说点头、微笑、偶尔一两个看似无奈的摇头。我故意放大了那些动作的幅度，以此巧妙地强调了他所指的那个人并不是我，而是其他的什么人。但是没人注意我，他们只关注他，随着他的话题展开，微笑或者沉思，再或者报以热烈的掌声。

“艺术可以争论，但前提是对事不对人。”他转脸对两个胸前别着小红花的男士点点头，继续说道，“画展的目的是展示自己，而参观画展的目的恐怕仅欣赏是不够的，还要有所收获，当然也允许有所批评。”

“章老师，您讲得太好啦！高屋建瓴！我们年轻人缺什么？缺的就是您这样高深思想内涵。您刚才的发言已经让我深受启发，现在，又听您这样更加详细的解说，怎么说呢，振聋发聩，好像也只能用振聋发聩来形容了。我有一个不大不小的请求，请您在百忙之中抽出时间为我们年轻人开一个大讲堂，讲讲您的人生感悟，讲讲您的艺术道路，讲讲您辉煌的艺术成就，为我们年轻人指明一条前进的道路，好吗？我们期待已久啦！”胡子画家，戴小红花者之一，连声称是之后，便这样讲了一通。我注意到，当时在场的人包括章老师好像都把目光集中到了胡子画家的身上，准确地说是集中在了他修剪得极为别致的胡子上去了。对照户外巨幅广告，不用问，就知道来者何人。另一位戴小红花者即是李三宽。

印象里，章老师从来没有搞过讲堂、讲座之类的活动，尽管我对此很期待，也很好奇，但我知道，胡子画家所请，他一定会予以拒绝。

结果也确实如此。章老师微笑着摇摇头，对胡子画家做了一个终止的手势，而后说道：“画展很成功。形式、氛围都没有问题，作品也准备得很充分，值得艺术界的朋友们来参观学习。既是这样，再来搞个讲堂什么的，恐怕就是画蛇添足了。”他看了我一眼。

“怎么会呢！章老师，您虚怀若谷的风范太令人敬佩了，您就是我们的榜样，您就是我们的方向，聆听您的教诲是我们巴望不得的事情。我再次代表家乡艺术界的朋友们向您发出邀请，给我们讲一堂吧！”

胡子画家机敏快速的回应令我望尘莫及，但在佩服他的同时也心有不平，因为打他过来，几乎就没怎么平静地听过章老师说话，他要么前后左右地跟人打招呼，要么把目光投向别的地方，眼里满是期待、困惑和迷茫，我猜，他大概是在等什么重要人物出现，所以，章老师说话的内容他能隔三岔五地听进去三分之一就算不错了。但他上来就能说这么一通，好像什么都明白、什么都知道似的。章老师曾带着不满的眼神瞟过他几眼，虽然都遮蔽在微笑之下，但依我对章老师的了解，那已是很严厉的谴责了。也就是从这开始，我对胡子画家就产生了看法。我轻轻地摇了摇头，说心里话，这只是本能的反应，但恰好与胡子画家横扫过来的寻求赞许的目光相撞，他毫不客气地回馈予我一个很明显的鄙夷的眼神。

“是这样，市里还有个安排没法推托，不然，我也想和你们——主要是你们年轻人交流一下，这对我来说也是个难得的学习机会，但身不由己，时间不允许。”

“咳，太遗憾了，您知道这种失之交臂的感觉对我们来说有多难受。”

章老师两手交叉叠放在腹前，仰头侧目，若有所思地对胡子画家点点头，嘴角却带着一丝不明含义的笑容，“会有机会的。”

胡子画家回避着章老师的眼神，连声说：“太遗憾了，太遗憾了！”

这时，章老师不知出于什么想法，突然想起来给我和胡子画家做了介绍，但样子却像是处于情形所迫不得不走这程序那样，他用最简单的字数组合，仅在我俩的姓名上各自提取出来一个姓，再加上一个“小”字，连带两个分别的目视就算完事了。而后，不等我俩有所表示，他的注意力就放在了李三宽身上，“这位是?”他问胡子画家。

“哦，章老师，我正要给您介绍呢，”胡子画家紧忙说道，“李总，李三宽，我的老乡，好大哥，咱市里数一数二的大老板，搞开发搞建筑。这次画展全靠他鼎力相助。”又对李三宽说：“这就是你仰慕已久的章岘阁大师。”

李三宽像是惊愕于什么事情发生那样，猛然睁大眼睛，张开嘴，发出一个无声的“啊”字，定格了几秒钟，之后，把一直握在手里的手机揣了几下揣进衣服兜里，慌乱得就像懵懂胆小的小伙子。他笨拙地迎着章老师和他握手的手，双手紧紧握住，痉挛地摇晃。他的手粗大健硕，那种包裹力，那种摇晃的幅度，想必不是滋味，我都替章老师感到不舒服了。然而，章老师似乎并不在意，那富有魅力的微笑依然自然地写在脸上，没有一丝扭曲。他本来要比章老师高半头，但他却把腰弯得很低，低到需要仰着头，以至于上翻的眼皮在额头上挤压出三条很深的皮褶子，就像写上去的“王”字儿，面带憨厚朴实的笑容。我觉得他的样子不免有些夸张，很好笑。他的体形很强壮，方面阔耳、浓眉大眼、阔鼻大嘴，加上板寸的发型，猛一看像是军人，但仔细看了，又看不到任何一点儿军人的气质。他那天西装革履、一身名牌，手腕上缠绕着好几圈大珠子檀香木手串，将袖口顶起一层褶子，显得怪里怪气的。撇开胡子画家的介绍不说，单看他这身装扮就是个地地道道的暴发户。但我也注意到，他好像对他的那身服饰也很不习惯，一会儿把袖子挽起来，一会儿又捋了下去；一会儿系上衣服扣子，一会儿又给解开，很不自在。总的来说，他当时给我的印象属于木讷僵板且缺乏灵活性的那类人，但通过后来的接触发现，我看走了眼，他其实是个诙谐幽默、善于交际、非常知道如何藏蔽自己优点的人。我开画廊的时候，曾经接触过许多他那个行业里的大老板，性格大多骄恣张扬，与他相比，真的不可同日而语。

“嗯！同乡如斯，你可以高枕无忧了！”握过手后，章老师说道。话是对胡子画家说的，但显然是在赞誉李三宽。

“那是、那是。”胡子画家连声应和道，“我们老乡都以三宽哥为骄傲。”

“很有意思，‘宽’字儿好像就是为成功人士打造的，但凡名字上有的，便不是一般人。在京城有位艺术家朋友，名字上也带个‘宽’字儿，叫——”手指在太阳穴上点了点，好像真的想不起来了，“看我这记性，不说了，有机会的话，我一定介绍你们认识。你们的确有很多相似的地方，貌似即神合，你们认识了必然会成为好朋友。到时候可不要忘掉我这个‘大媒人’喽！”

李三宽脸上乐开了花，一连声说了几个“中”；他的样子颇为诚恳，还带着那种迫切的劲头。他肯定和当年我初次见到章老师的情况一样，上去就被他的魅力所折服，以致手足无措。他抬起双手又想握手，随之，好像又意识到不妥，于是“咳”了一声，做了一个自责的表情，收回手，遮掩地拨拉拨拉棱角分明的寸头，说：“俺这名字是俺爹求村里的算命先生给起的。先生说我命里八字有财，就是出处窄，所以给俺起名叫三宽，也就是心宽、体宽、路子宽的意思。其实啥宽不宽的，都是领导、老师们看得起，给往上拔，不着，别说三宽，十宽也不行。俺媳妇说俺这名字土得都掉了渣了，叫俺改了，俺训刮了她一顿。爹给定的名字，想改就能改？俺呀，粗人一个，不懂艺术，但——”他站直了身子，“不懂不代表俺不喜欢，而且是十倍、一万倍地喜欢。大师，如果您不嫌弃俺是个粗人，往后让俺多跟着你跑跑，没别的，就是想多向大师学习，沾些大师气儿。”

章老师带着鼓励的眼神听他说完，点点头，然后说：“人人都是艺术家。艺术本身虽有特定高贵的一面，但同时也有大众的一面。你说你不懂艺术，其实，你就是艺术家，而且还是不一般的艺术家。你从事什么职业？建筑。建筑是什么概念？城市艺术，雕塑艺术。城市建设离不开你们，离不开你们的大艺术。在场的诸位，哪个能与你相比？”

“咳，俺那是依葫芦画瓢，照图施工，这也算艺术？”

“当然算艺术！别看这依葫芦画瓢，看他们谁能做得了。”

我和胡子画家同时摇摇头。很难看出章老师是在与他调侃还是在给他戴高帽子，因为他的语气就像位长者和年轻人讲话，看起来那么亲切，那么平易近人。

“哦——”李三宽像是突然明白了似的，“看俺这脑瓜子，咋就想不到这顶上呢！章老师，你提醒得太好啦！俺要把您的说法也给弟兄们普及了，让他们知道，俺们干的这行不比别人低，不比别人差，是艺术家，是……”他一手握起拳头，一手做出敲打锤子的样子，“城市的雕塑师。”

章老师被他形象的表演逗乐了，他点点头，笑着对我说：“小楚，你是研究范宽的专家，你觉得我们这位‘宽’和范宽有无相似之处？”

我姓楚，实际上小不了章老师几岁。他叫我“小楚”是习惯，也是为了表示亲切，主要也因为我天生一副娃娃脸，常常给人留下年纪轻的印象。其实，怎么称呼我倒无所谓，而且场面上他一声“小楚”出口，像现在这样，自我感觉也是件很有面子的事儿；就是有些时候让那些刻意要弄出点事儿的人听去了，觉着他大气、我孩子味儿，偏要往皇上、太监那关系上混搅（根本的差别在于带不带尾音那个“子”字），就让我无法接受了。章老师也不想留这个口孽，只要有外人在，他就特别注意这方面的把控——尾音低沉，不绕，不做作。私下里就不好说了。

范宽是北宋山水画三大名家之一，有一段时间，我特别着迷于他的作品，曾和章老师在一起做过多次探讨。问到这方面，自然是熟悉的话题。不过，范宽的画像是近代人根据文字记录想象描摹的，缺乏一定的真实性，其中深浅，章老师也应该明了，而他却把这样的话题留给我来说，显然是要留出说话机会给我，我不能没有下文。我装出认真打量的样子，仔细地看了看他，“呵，您不说，还真是没有注意，的确有很多相似之处。”尽可能顺着章老师的意思，“范宽可是顶级的大家……”

“好、好、好，你这小兄弟，可不要拿俺开玩笑，我啥样，我还能不知道！今天这身行头就是为这画展才置办的，你们看，不知道像个啥，尽出洋相。不是让他们一帮人给俺灌迷魂汤灌晕了，俺才不会穿嘞。”他自嘲地掂了掂衣服对襟，接着却说，“章老师，范宽是谁？能介绍给俺认识吗？加上北京的那个宽，仨宽，俺们整个桃园三结义。”

闻言，众人皆是一愣，但看到他认真的样子，便轰的一声笑了起来。

“三宽哥，我可真服你啦！”胡子画家笑弯了腰，他拍着李三宽的后腰说。

章老师也随着笑了笑，摇摇头，没说话。

“李总，您可能不知道，范宽是宋代的著名画家，死了几百年了。您的想法恐怕没法实现。”我尽量使出严肃认真的语气，说道。因为在这种场合下，这样喧闹，的确不是很合适的事情，尽管胡子画家也在场。

“咳！这都出的啥洋相吧！”李三宽眉头一皱，苦笑着说道。之后，手指放在嘴上，做了个小声点的手势。

章老师赞许地看看我俩（我感觉是赞许），之后，像是突然想起了什么似的，看一眼时间，说：“好吧，就这样了，下来还有件事情要办，就不在这里搅扰了。就此别过。”他用毋庸置疑的眼神看看胡子画家，然后和他握了握手，看看周围，就要离开。

从他俩过来后，不时有观众围拢过来，经方才这阵说笑，又吸引来了一批，说话的工夫，前前后后已围了两三圈。有的仅是旁听凑热闹，有的手里拿着胡子画家的画册，拿着笔，跃跃欲试，想找章老师签名留念，见他要走，便纷纷递了上来。

章老师微笑着一一婉拒。

“这样、这样，”胡子画家见状，慌忙拦在前面说道，“章老师还有事儿，这会儿不便给大家签名，而且……这样，我那里有章老师签过的画册，一会儿我给你们拿出来分了，行不行？好了好了，大家都散了吧、散了吧，谢谢、谢谢！”

李三宽也客气地帮着劝散观众。

这期间，章老师像是在想什么事情，低着头，一句话没说。直到观众散去，胡子画家旧话重提，再次来挽留他，他才如释重负一样和他再次握手，说了通不客气、后会有期的客套话，但意思却明明白白：得走。

“章老师，你看，是这样，”胡子画家好像很为难、很紧张的样子，一只手在另一只手上使劲地搓揉，“中午在一品楼已经安排好了午饭，金老师，几位市里的领导，还有那几位画家都看您呢，您走了，恐怕他们也不会留下来。那边，能不能——”

“我一会儿和老金打个招呼，帮你解释一下。你们不要受我影响。我确实脱不开身，再找机会吧。”

“您先等等。”胡子画家像是突然想起来什么似的，紧忙掏出手机，拨打起来。

这时，章老师像是看见了熟人，朝我身后挥了挥手。我回身看，美协名誉主席老金满面红光、神采奕奕地带着我也认识的两位本市画家已经到了身后。他们和胡子画家、李三宽一样，胸前都别着带有“嘉宾”字样飘带的小红花。胡子画家显然是给他打的电话，见他出现，激动地收起电话，握双拳做了一个有力的加油的动作。

老金用手在我胳膊捏了捏，算打了招呼，便和章老师握了手，又和李三宽开了句什么玩笑，而后就集中到重点上来，“章大师，在那边我就听到你说要走，真有事？还是看不上我们这帮老伙计？你呀，听我安排，哪儿都别去，我特地为你备了瓶三十年的老茅台，怎么样，够意思吧！”他在我后背上拍了拍，“楚老板也有一阵子没见过了，多好的机会，你可不能扫了大家的兴哟。”

老金行政出身，半道出家习学绘画，画有水平，但讲话却一直是大大咧咧的，总感觉和他的身份不相搭配。

“实在抱歉，看见这么多老朋友也想留下，但今天确实有些特殊。”章老师对那两位画家点了点头，而后看起来很为难的样子，嗫嚅片刻，才带着歉意的微笑，说，“是这样，罗市长那儿有个安排，刚才还打电话过来催，我现在恐怕就得马上过去，如果他那边没有什么重要的安排，我再回来，您看行吗？”他看看胡子画家、李三宽，“实在是身不由己。”

“罗市长？”老金狐疑地看了一眼章老师，狡黠地一笑，掏出手机，装着要打电话的样子，“我现在就给他打电话，帮你请个假。”

章老师没说什么，微笑着做了个请便的手势。

“呵，玩笑、玩笑，给我一百个胆儿也不敢打这个电话。”老金笑呵呵地收起手机，向前一步，握住章老师的手，“真要有事儿，我也拦不住你，总有机会的，是吧？”

章老师笑着摇摇头，用力地握了握手，说了几句客套话，而后说让我送他，叫我和他一起离开。老金也不再挽留，安排胡子画家和李三宽送我们。这时，又来了三个胸前别小红花的，又是一阵儿挽留、一阵儿推谢。我出面催促，这才得以脱身。胡子画家和李三宽跟在后面，快到门口时，章老师回身拦下他们，说让他们招呼好其他客人，稳住场面；他送，动静太大，会耽误时间，反而不好。胡子画家遵从了，但李三宽却紧跟一步，上来说要派车送我们。章老师说有车，李三宽说那就送我们出去。

章老师愉快地答应了，他指了指大门侧面的一堵展墙，“那面的作品还没来得及看，我们过去看看。”章老师再次吩咐胡子画家，“你千万不能跟过来，不然，怕是有一会儿也走不了。”两人再次握手，再次道别。

说是看作品，其实是找一条尽量不与人正面相撞的通道。章老师面对画面走走停停，看上去很认真，但却没有一句评语，到最后两幅，根本看都没看，就走了过去。我和李三宽紧跟其左右，他停，我们也停；他走，我们也走，就像两个文武护法。

“好的艺术必然是由灵魂搭建起来的。”出来展厅，章老师放缓了脚步，“从今天的作品里我看到了一颗走向自然、放松的灵魂，同时也看了一股充满激情的奔涌的血液支撑起来的顽强的生命体系所带来的强烈的冲击力。就艺术而言，这是灵魂，是精神所在。当然，也得承认，尚有一些有待提高的地方，但大的框架性的问题都已解决，假以时日，必有所成就。小楚，你认为我说的有道理吗?”

听话听音，这番话怎么听都像是刻意说给李三宽的，至于他为什么要这样，目的是什么，我连想也没想，因为这些都和我没有一点关系，我尽管假装认真听就好了，但他却又停住，转问起我来。我没有准备，随口说：“您讲的这些，我一时半时还消化不了。但‘好的艺术必然是由灵魂搭建起来的’这句话我很赞成。只是，艺术家的天赋也很重要。”

话一出口便觉不妥——看起来是支持了他，但实际上却是在顶，好像也是故意要顶杠：首先，他不该当着胡子画家和那么多人的面无端地批讲我，即使我知道那是假定，是语言习惯，可别人谁又知道？他们也会这么想吗？肯定不会，他们肯定以为我给你嘀咕了什么小话，你为了主持正义才那样说。我感到憋屈。其次，既然前面已说过“后生可畏”了，那就照着后生可畏的观点说下去好了，何必又上升到精神层面上来，而且又加上去了一大堆冠词来修饰，太过分了。再者，我确实也认为胡子画家是个只善于模仿且缺乏天赋的画家，我眼里的胡子画家和章老师话里的胡子画家概念相左，抛开精神实质来谈看法，肯定也无从谈起。

章老师扭头看我一眼，一时没有说话，低头快步向停车场方向走去。

停车场上也很热闹，有的来着，有的走着，大体和我们一样，行色匆匆。有两拨年轻人，可能要离开的和要进去的偶然遇见了，便围在了一起说话，嗓门很高，时不时迸发出无所顾忌的哄笑。从旁经过时，他们突然静了下来，一起看向章老师。章老师注意到了，报以微笑和轻微的点头，那样子就像所有备受尊敬的长者以恰当的方式表现长者那特有的虚以待人的风度。我们在他们的注目礼中走了过去，之后，他首先放缓了脚步，“什么叫天赋？天赋是摆在那儿看的还是拿来用的？这一点非常关键，决定了天赋的真正意义。”言辞有些突兀，而且极富针对性。他似乎也意识到了，于是放缓了语气，但目光仍是那种高压的姿态，“你们都说我有美食家天赋，可我连个番茄炒鸡蛋这样的家常得不能再家常的菜都没有做过，我能算美食家吗？我看，充其量算个老饕，再说得难听了就是吃货。我的天赋去了哪里？实际上还在我的肚里装着，你说，这能叫天赋吗？我看，什么也不是。行动是天赋的唯一表现。呵呵，小楚，你摇什么头？是不是说到你的痛处啦？哈哈！”

大学毕业，我在一家企业里干了两年美工，后来企业效益滑坡，工资发不下来，便在媳妇的撺掇下辞职下海开办了画廊。那时画廊的生意很好做，只要有胆量，再加上一定的人脉，便可以大把大把地挣钱。所以，我的精力和时间几乎都用在了交朋友、拉关系、吃吃喝喝上来，专业早就不知丢到哪里去了。打我们认识他就劝我把画画捡起来——也不知在我随手涂抹的小画里看到了什么，他就肯定了我具有绘画天赋，让我往这个方向努力。他那时就和我谈过天赋和行动的关系，强调行动的重要性。今天旧话重提，我觉得是他还不知道我已经捡起画笔开始画画了的缘故，以为我还是当年的那个闲工夫都用在吃吃喝喝上的艺术青年而给予的旁敲侧击。

我很想把实际情况告诉他，可又碍着李三宽在场，张了张口，觉得还是等我们两个人的时候再说为好，因为，我知道他一定会提出很多问题，而且我也有很多问题问他，不被打扰才好，于是把话又咽了回去。这时，李三宽接话道："对，行动，没有行动，躺在金山上也是穷光蛋。"

"嗯，相当透彻！"

得到章老师的肯定，他便得意起来，"就是嘛！想吃包子，不张嘴能行吗？"

"李老板，"我故意提高了"板"字儿的尾音来强调他的身份，"这恐怕是两回事儿。"

"一回事儿。"章老师替他回答，停顿了片刻，接着说，"投情于此，付诸行动，行动是证明天赋的唯一途径。就是皇帝也不例外。你们知道明朝有个极有艺术天赋的皇帝吗？呵，那可是九五至尊的皇帝呀，就喜欢木作。木作是什么活？又脏又累，可他就喜欢，而且付诸行动。结果证明，他不是一个好皇帝，但他却是个好木匠，而且是极具天赋的好木匠。天赋是行动的动力，行动是天赋显现的必由之路。他的作品无数，据说件件都是精品。我曾在琉璃厂见过一件大件的漆器，从工艺、纹裂老旧程度以及形态上来看，应该是明代宫廷里的东西，直觉告诉我，那极有可能就是出自这位皇帝之手。可惜当时手头紧，犹豫了，没下手，结果，要下手的时候，已经被人拿走了，不然，你们就有机会一睹风采了。我经常就这事儿反思，反思我的行动力，反思我是否具有收藏的天赋，小楚，你说，这究竟是天赋的问题还是行动的问题？我觉得，还是行动的问题。犹豫、迟钝、外物干扰、卑微的自信都是行动力的刽子手，都是断送艺术活力的最直接的因素。拿今天来说吧，我们看到的便是这样一个已经付诸行动的艺术家，说他不具有天赋？这个结论是不是下得太早了？当然，人的禀赋有异，最终成就也高低不同，归于造化吧。"

章老师口才本来就了得，成名后，在原有的基础上又多了一份固执，有时，他的观点根本不允许反驳。不过，他也不是那种争得面红耳赤、非要论出高低的人，大多数时候就是这样，娓娓道来，立于高点，消解对方于无形，即使他的论断也存在问题，但在这种情况下，也少有人与他争论。方才这番言论，说了理又带着驳斥，让我体无完肤又留了面子。我虽然心有不甘，但也知道，如果就这个话题再说下去，再招来一顿批驳也不是不可能。他刚刚停止，我就连忙表示认可，告诉他，我也付诸了行动。

他看了我一眼，好像没有弄懂我说的什么。

“哈，章老师，那个木匠皇帝我知道，是明熹宗朱由校，木匠里的‘南波湾儿’（老大的意思）。”李三宽在一旁抓耳挠腮有一阵子了，这会儿有了机会，便踊跃地说道。

洛城四季分明，时值四月，早凉午暖，那天天气又好得出奇。李三宽西装领带，周正的板儿正经，在展厅里的时候应当还好，可到了外面，太阳当头，问题就来了——我早见他额头冒汗，说话当口已然顺着两鬓、脖子往下流，浸湿了衣服领子——真替他热得慌，他却无动于衷，就像根本没这事儿一样。章老师出来门就脱去了便装，搭在手臂上，白色的棉麻衬衣下摆系在西裤内，平展有型，凉爽洒脱。

“对，就是明熹宗朱由校。”章老师看看李三宽，笑笑说道，“很了解嘛！”

“俺是小木匠出身，十四岁拜俺舅学艺，俺舅对俺说：好好学，咱这一行出过皇帝。俺舅说的就是他。”

“呵，原来还干过木匠！”章老师说，“八十年代，家里打家具都要请木匠师傅，你做的是这活吧？”

“对呀，干的就是这活。俺二十一岁出师，出师第一单是市里方局长家的活——捷克式——当时咱北方匠人会干这式样的没几个。开始，方局长看我年轻，信不过我，可活紧，实在找不到人了才用的俺。说实在的，俺是初出茅庐不怕虎，接活的时候憋着一股子劲儿，可活接到手了，心里就毛了——心里没数能不毛嘛。不过，俺从小就有股子知难而上的犟劲儿，再大的困难也轻易不会服输退缩。章老师，您刚才讲的那话咋说嘞，‘行动证明天赋，天赋支持行动，缺了谁都不行’，俺就是这样想的，不干，你咋证明自己有能力嘞！俺晚上请来南方师傅做指导，帮着画大样，白天自己下料，最后也算圆圆满满地交了差。你们不知道，这里头最难的是请师傅这事儿——花钱，磕头作揖，好吃好喝好伺候，恨不得给当亲爹来供着。就是这样，人家能留一手就留一手，挤牙膏一样往外挤，就怕俺学会了去蹭他的行。那中间作的难，可以说几辈子的都给受了。”他吐了口气，咧嘴一笑，“不过，值得！那一炮打出了名气，下来的活都排着队等着俺。”

“嗯，看得出来，你是个有能力又注重信誉的人。”章老师停下来，又问道，“后来怎么就改行干建筑去了？”

“是啊，世道变，人也要变。”李三宽胸脯一腆，说道，“后来，城里人都不打家具了，俺就改了行，靠着那段时间积攒下来的口碑，改去工地上打工——方局长帮俺介绍去的，他是俺的贵人。开始时俺只带了十几个人，摸索出了经验，人就多了，最多时，手下一千多号人嘞！还干老本行——木工。前些年，建筑形势大好，借着劲儿，成立了公司，稀里糊涂也算发展起来了。现在也搞项目开发，兴啥干啥呗。”

“嗯，很励志！”章老师夸赞道。

“咳，是呀！”他开心地笑起来，“去年有个作家要以俺为原型写个什么小说，俺给挡回去了。没事儿干吹乎这些干啥，不是党的好政策，俺凭啥？不能拿着平台当能耐，连个大小头都分不出来吧！”

他一会儿普通话，一会儿地方话，一会儿严肃，一会儿诙谐，凌乱里透着明了，明了里带着凌乱，很有“藏锋没骨”的味道。

“天佑福人！”听他讲完，章老师说道，“齐老，齐白石，也是木匠出身。可见，木匠这个行业出人才哪！好了，我就不多说了，有机会我给你讲讲明熹宗朱由校的过人之处，那里面其实藏着很大的道理——”他突然停住，问我道，“只顾说话啦，小楚，你开车没有？送我去市政府。他们要派车接，我嫌麻烦，没要。”

听他这样问，我俩不禁相视一笑——只顾说话了，也不问所以然就跟着他走过了半个停车场，倒像是闲庭散步。

“这事儿用不着麻烦——”李三宽已忘记我姓什么了，看着我抓耳挠腮。

“姓楚。”章老师提醒道。

“对对，看俺这记性。”他咧嘴一笑，“这事儿就不要劳烦楚老师了，俺叫司机送你，那不，门口的那辆奔驰。”李三宽回身指指，说道。

不知道为什么，当时我觉得他说“奔驰”的口气特别夸张、特别刺耳，好像奔驰是个多么了不起的玩意儿似的，陡然间就让他骄傲得不知道是老几了。我瞥他一眼：嘚瑟啥你嘚瑟！不就是个包工头嘛！咳，说到这儿我要说明一下，人家其实并非像我感觉的那样，而是我有问题。有段时间，我被接二连三发生的事情几乎压得喘不过气来，先是画廊倒闭，接着为了贪图一点高息收入，又让人骗走了一笔巨款（对我们家庭而言），妻子一气之下丢下我也去了国外，她走的时候几乎带走了我们所有的剩余积蓄。虽然妻子在那边有一份收入还算可以维持他们娘俩生活开支的工作，但孩子教育方面的开支却还需要我来填补，也就是说，这方面仍需我在国内想法变卖余留的存量字画来予以改善。你想，在字画市场持续走低的情况下，我的财务状况对我所造成的是怎样的压力。一个人，如果长时间处在高压之下，精神上出现些问题好像也是必然的。我的问题主要表现在妒忌、敏感这两个方面。曾经那个场面风光的楚老师，一下子变成了穷酸可怜的楚老师，那种从高处跌落下来的感觉，即使我再能为自己宽心，也不可能不黯然神伤而不受其影响。座驾的问题尤其让我心头不得平衡——原本那些跟着我混的小老弟现如今都像模像样地开上了有脸面、有档次的新车，而我仍旧是那辆老别克，相形之下，情何以堪。说实在，若非必须开车，我宁肯打车出行。

“谢谢啦！这次就不麻烦你了。回来和小楚还没有好好说过话，路上是个机会，我们可以好好聊聊。小楚，不会给你添麻烦吧？”章老师笑着征求我的意见。

猜不透他的想法，或许他是实话实说，或许就是不想坐那牛哄哄的奔驰车。以我对他的了解，在这种场合下，即使他想坐那车也未必能去坐，因为那样就太伤我的面子了；伤人面子的事儿他轻易做不出来，何况还是对我。我淡定地笑笑，闪念之间就已拿定了主意：管你怎么想的，送你，送定了！就冲这位的嘚瑟劲儿，这趟腿我就必须跑。当然，发自内心地说，我确实也想和章老师单独多待一会儿——起大早跑来见他，图的不就是能和他聊一会儿嘛！

“哪里会有麻烦，我正求之不得呢。正好，车子就在那边，”我指指前侧，“不过，我的车子可不如李老板的，章老师不会觉得……”

“什么呀！代步工具而已，小楚，你怎么变得世俗起来了。”他说着，已向我指的方向不带任何迟滞地走去。

我记得清楚，章老师没走出去几步即认出了我的车子。“我一眼就看到了，”他指指我的那辆老爷车，径直走到跟前，手指敲了敲车头，笑着说，“‘别克君威’。见到这辆车就联想到过去那段惬意舒适的日子，那些年，这车我可没少坐。有一次，我……呵呵，小楚，还记得吧，把你折腾的。”有次他喝醉酒，吐在车里，确实把我折腾得够呛。“唉！弹指一挥间，十几年一晃就过去了。李总，你知道当年买得起这个级别别克的都是些什么人？那可都是当时事业上非常成功的企业家。时势造人，从这辆老爷车上，你能看到昔日的‘贵族’对时尚的理解。”

“是的，国外的贵族就爱耍老爷车。”

不得要领。

章老师微笑着瞅他一眼，不置可否地“嗯”了一声，而后补充道：“老爷车之所以被人喜爱，不仅仅是因为时髦，主要的，是它代表了一段历史和记忆，或许还有情怀那些东西。”

尽管俩人的对话都有抬举我的意思，可实际上，我的问题是已承受不起这样的抬举，我仿佛产生了幻觉：两个手持两把缺了刃的刀子的陌生人向我直奔而来，不分青红皂白，在我胸前瞬间刺出几个血窟窿，我看到血像间歇泉一样向外喷涌，带着刺鼻的腥味儿……但我还是保持着现实的清醒，淡定自若，甚至微笑，甚至做一个巧妙的肢体语言给予迎合。但，骨感的现实一如表皮光鲜而内里劣质的万花筒，颜色老套的花色已不足以抚慰我新伤旧疤覆盖的虚荣心。最终，我还是感到了羞惭，我的脸开始发热，那肯定是血液冲顶带给神经末梢的直接反应。

我把遥控器开启开关连续按了两番，尖锐的提示音如我所愿地打搅了他们的说笑，他俩看我，我指指车门，示意他们：车门已打开。那天，我记得我是这样处置的，非常灵活的处置。

之后，张昆仑出现了。

3

不记得他俩又拿我调侃了什么，反正都是些对我而言毫无意义的话，记得或是记不得，对我而言百无一益。我打开驾驶位车门，看着他俩乐呵呵地去到右后门侧，也就在李三宽俯身替章老师拉开车门时，一个大嗓门突然在我身后喊道：

“老同学！”

随之，恍惚一个球状体滑过车头又停转于对侧，最后，用尽全力地停在了他俩的面前，“球体”随着呼吸伸缩起伏，发着“哼哧、哼哧”的声响。李三宽收手站直了身子。

“嗨呀！果然是你。”吁吁带喘的一个五六十岁的胖男人，“章建歌——老骚！果然是你！”

“你是?”章老师一副诧异的样子。

“我，张昆仑——艺校老同学。怎么，不认识我啦?”

我的目光追其而止，原本感到很好笑，但听到他说他是张昆仑时，竟然由不得自己地多看了他几眼——真没想到，在这里能见到这个人，关键，他还是章老师的老同学。

张昆仑的身板属于骨相类似的那种完美组合：圆乎乎的，圆乎乎的身子，圆乎乎的手臂，圆乎乎的臀部及短腿；奇特的是，五官里的三官半也随了去：两点圆而黑的眉毛，圆鼻头，圆耳，时圆时长的一张嘴。唯其一双眼睛长得又细又长，露出一线眸子乌黑精亮。如此，也难怪我产生了错觉。然而，静看之下，他的体态其实是吃了个头和穿着的亏——原本不算太胖，硬是生拉活拽成了胖墩儿。

那天，他穿了件浅褐色的不太合体的老式夹克衫，衣襟儿敞着，内衬的一件褐红色的紧身印花T恤便凸显了出来，偏是他又把T恤下摆束在了裤腰里，愈发把不算很大的肚腹弄得出奇的大。一条 LV 皮带与李三宽的相映生辉。

“张昆仑？”

“你是真不记得，还是假装不记得？我说，唉！你让我咋说咧！”张昆仑情急之下把腋下的夹包拿下来，放在肚子凸面上（方便使用，肚子向前挺了一些），夹包随着肚子起伏，但没有影响他拉开拉链。他取出一张照片后，侧身靠在章老师旁边，指着照片儿说：“你看，这个是你，这个是高其昌，这个是谁？我嘛！是吧，我们一起春游时的合影，你咋就把我忘了？贵人再多忘事，也不能忘掉老同学吧！”

章老师接过照片又仔细端详了一阵儿，问道：“你是和高其昌一个班的吧？”

“是呀！”

“你叫张胜利的嘛，改名字了？”

“你现在不是叫章岘阁嘛！和你一样，改了。”

章老师脸上微微一红，遮掩地把照片正反面儿翻转地看了看，递还给张昆仑，“发福了，若不是脸对脸站到这儿，还真的不敢认呢！”他应酬地笑笑，“来看画展？”

“咳！来凑个热闹。”张昆仑收起照片，脸上带着花儿一样的笑容向后趔趔身子，目光在章老师身上打转地审视片刻后，说：“嗨呀！同学里面，没啥变化的就属你啦！潇洒气度，倜傥风流，不愧我们艺校全体同学的骄傲！”

“您是学兄，就不要给我戴高帽子了，我可承当不起。”

“您承当不起谁能承当起？——大画家，大师！我张昆仑唯你马首是瞻！”

章老师苦笑着摇摇头。

当时，我看他俩的样子就像“剃头担子一头热”那情形：一个平淡得如嚼蔗渣，一个不亦乐乎得如饮甘露。说实在的，我都被他俩难为得不忍再看下去了。于是，我关了车门，两手插进裤兜，低下头，找见一枚带有棱角的石子用鞋底子踩着在水泥地上趾来趾去，任其“吱啦、吱啦”的响声刺激我的耳膜。不过，我还是节制地掌握了力度，掌握在我刚刚能听见的程度。时间在十几下“吱啦”声中度过，当我抬头看他们时，俩人正在拥抱。正常的，出现这样的场景即意味着交谈可以结束了。我又拉开车门，只等着章老师上车后就开车走人，可事情并未按我想象的方式进展。

“快三十年没见面啦！一晃眼儿，我们都成老头子了。”拥抱过后，张昆仑两手交叉放在肚子上，歪着头，像欣赏一件古董一样地看着章老师，脸上满满的狐媚的笑容，言辞间似不尽的感慨，“听说你今天要来，我一大早起来就准备过来，谁知半道上市里一位领导来电话叫我去他那儿一趟，你说，领导叫，我能有啥办法！不去不行，这不，拐了个弯儿，时间就耽搁了，好歹总算没有落下遗憾，赶寸地在这儿见面了；只怕再晚一会儿，就要‘失之交臂’喽。”

章老师面带笑意，点点头，没有说话。

“章老师，那边儿，时间还来得及吗？”我见机催促道。

章老师抬手看看表，然后面带歉意地对张昆仑说：“你看，我们刚见面就要分手，真是没办法呀！我中午约了件事情，实在是不走不行了，不然——”

“怎么？见到老同学了还要走？”

“要走，身不由己呀！”

“咳，你这身份、地位，啥人物能叫你‘身不由己’？听我的，啥事儿撂下，中午，一品楼我做东，叫几个老同学，咱们好好聊聊，咋样？这两位老弟也一块儿过去。哎，建歌，你也不给我们介绍一下。”

章老师牵强地把我俩介绍给他后，要介绍张昆仑时，仅说到一个“张——”便卡住了。

“——昆仑。”

“对不起，对不起！”章老师一边看表，一边说道，“老同学——张昆仑。”

“再不走，恐怕就来不及了。”

李三宽肯定也不待见这个张昆仑。他不但无动于衷章老师的介绍，反而见缝插针、从中作梗，语气中透着明显的排斥感。张昆仑也没把我俩当回事：他扫了一眼李三宽，目光便又回到了章老师身上；对于我，他连看也没看一眼。我不屑于给他陪站，侧身坐进了车里。

“老同学，后会有期！”章老师顺势客气地再次告辞。我发动了汽车，而李三宽也适时地拉开了车门，车门横在了张昆仑和章老师之间，像一道屏障，章老师得以不受干扰地坐进车里。但张昆仑并没有就此心甘，他黏在了车门上继续攀谈。

“看看看看，老同学，你下次回来，一定给我一个电话，我给你派辆奔驰车——你这身份，出门可不能掉份儿了。”

“现成的奔驰车，章老师不坐。”李三宽一哂，接过话去，“章老师，您也太低调了，看，老同学都看不过去了。”

“谢谢，谢谢！太谢谢你们了！”章老师笑着说道，“实现某个目的，我们可以有多种方式，没必要拘泥在形式上，过分的……”

“老同学一向低调。你们知道不？他可是我们同学里正儿八经的官二代，从小坐小车、住洋楼，听他显摆过没有？没有吧？这就叫低调，真正的低调。”张昆仑提高语调截断了章老师的话，“现在有辆奔驰算个啥，有钱就可以买到。三十年前，有几个能坐上伏尔加的？不看你多有钱，得看你多大的官！”停顿了一下，“我坐过，沾老同学的光。”

我在车里坐着，看不到张昆仑的表情，但他的话还是让我心头一飙，因为在此之前从来没听章老师或是高老师提起过此事，如果其言属实，那这二位的城府未免也深得太不见底儿了。我回身看章老师，章老师却在笑着摇头。他的神情令人费解，没有任何表达。

李三宽大约被张昆仑的气势整得蒙了头，好一会儿，只听到张昆仑在东拉西扯，而他却再无一言。

那一会儿，我真后悔停车时聪明地把车停在了阴凉处，没想到竟为这样无聊的绕口提供了一个舒适凉爽的环境，而且，看起来还会无休无止。我不想在无谓的等待中耗费令人心疼的燃料，索性关掉了发动机。

“什么时候回京？”张昆仑问。

“明天一早。”

“咳，赶恁紧干吗？老同学们都说想见你，尤其其昌兄，见一次问一次。他呀，没见过他念叨谁，唯独你。多待两天不行吗？知道不，我那儿可有你几幅早年的作品嘞，想不到吧！一幅钢笔白描关公读春秋，一幅水墨雄鸡报晓，一幅仿李可染的《万山红遍》，一幅……呃！对了，还有几张咱们的合影，一张你的侧身照。前几天听说你要回来，我专门找了出来，你呀，鹤立鸡群！天生就是大师的材料。怎么样？想不想看看？下次回来给我打个招呼，我请你去家里，再叫上几个同学，你嫂子有几道拿手菜，让她做给咱们吃。再者，你必须去见见你嫂子，这些东西能保存到现在，全亏得她——守财奴，啥都不舍得扔——谁想到，守了一堆国宝。”

“那得谢谢嫂子了，亏她这样守财。”

显而易见，张昆仑并不知道高老师与章老师那种特殊的关系，他自以为聪明地东拉西扯，听得我都忍不住笑出来了。但章老师却异常平静，没有质疑，没有情绪，平平淡淡地微笑，就如他说的是真的一样，没有一丝半毫怀疑的表情。

“家有丑妻，如有一宝。两头我总得落一头……”

“张兄，时间确实不允许，不然，我现在就要跟你去家里了。这样，我们留个电话，以后去北京了可以联系我。李总，您也记一下。”

张昆仑直起身掏电话，“啥事儿这么紧急？”

“罗市长在等他呢，再不走就迟了。”李三宽气气势势地替章老师回道。

“哦！”

张昆仑好像忽然明白过来什么大事那样，慌忙向后让开，“你咋不早说！赶紧走，赶紧走。”但接着又说，“对对，把电话留一下。”

留过电话以后，张昆仑又依依不舍地寒暄了几句，我才得以启动车子。在停车场出口处，我朝刚才停车的位置看了一眼，出乎意料地看见那两位面对面，仿佛久别相逢的老朋友那样，面对面握着手。张昆仑一只手来回比画着，也不知在给李三宽白话什么；李三宽快意地笑得前仰后合，与方才相比，俨然已是另外一个人。刚才还是龃龉的一对儿，转瞬便如此这般了，我真不知道该佩服他们中的哪一位。在反光镜里，我偷眼看看章老师，他也在看他们，还是那平淡的神情。

停车场无人看管，无秩序进出的车辆彼此互相干扰。有一会儿，我才从拥堵中驶出。

“以前认识我这个老同学吗?”我刚轻松地吁了口气，就听章老师问道。

“不认识，但听说过。”通过后视镜，看到他低着头，胳膊用力拧动，像是在搓弄手上的什么东西，“听人说，他以前做装修，这两年才转到书画界，是个很活跃的人物，时常会弄出点爆料——这么个小城市，圈子里有个风吹草动，不出三天便会尽人皆知。”

“哦?”

“不过，我可不敢恭维您这个老同学的人品。”

车子进入一段宽敞的路面，而且车辆行人也很少，我可以分配出更多的注意力去看他，他也在后视镜里看我。我的话显然引起了他的兴趣，他停止了小动作，双手交叉合抱在胸前。

“事情是这样，去年他想在协会里谋个位置，给老金送了一幅名家的字画。呃，老金是上一任协会主席。谁想到年底换届选举，老金出人意料地被选了下来。可能是担心字画白送了，上了慌，不等尘埃落定就去登门造访讨说法。老金二话没说，当即把画退给了他。”

“老金这个人我知道，去北京找过我。对，刚才还见过他，他不是现在的名誉会长吗?”

“是啊，所以说，他也忒操之过急了！换谁怕都做不出来。先放下还有变数不说，单从人情世故上来讲，怎么着也得等人家不舒服劲儿过去了、时机合适了再说，他倒好，赶急地照伤口上撒盐去了。这种事，也亏他能做出来了！可好，没多久，文件下来了，老金改任名誉会长，而且办公室不挪，章疙瘩不交，实际上是个太上皇的角色。你想，下来他那事儿还能办成吗？只是这样也就算了，偏偏老金还是个脾气大的主儿，喝多酒了，不管人多人少，便要指桑骂槐地出息他，难听话都让人家说绝了。据说有一次他也在桌上，人家骂，他连个屁都没敢吭。”

“咳，这个老张，也真有他的！不过，有机会了我得说说老金，得饶人处且饶人，就那么一点儿事情，也不能老是揪住不放不是?”他和了把稀泥，接着却问，“知不知道老张送的哪位名家的字画?”

“不清楚，这些也是我拣着听别人说的。您想了解，我去打听一下。”

“了解它干什么，我只是随便问问。”他说道，接着好像来了谈兴，语气突然一变，带着轻松愉快的样子，“哎，小楚，别受我的影响，谈谈你对今天画展的印象。”

“不怎么样。”我想都没想，脱口而出，“作品不够成熟——皴、线、墨色太过单调，缺乏变化；还有着色，也很失败，有一种浮华、献媚的感觉。当然这是我个人的看法，我不喜欢罢了。”

“难道就没有一点可取之处？比方说，今天的场面。”

“场面没的说了，够气派，够热闹，但作品也要跟得上。场面大而作品弱，给人感觉反差太大。打个比喻，就像二人抬的小轿进了紫禁城，任你如何敲锣打鼓也难撑得起场面。艺术这东西仅凭吆喝不行，还得看实力。”

“嗯，高论。”他说，“不过，小楚，不要骄傲啦！”

“仅仅是个人看法，骄傲可不敢。”

“呵呵，孺子可教。”他说，“还是我说过你的，看问题不可片面，当你片面地看问题的时候，其实你已成了问题人，何况还是艺术问题。首先，你要建立一个清晰的认识：艺术往往起于悖论。一开始我和你的观点一样，甚至可能比你还要激烈，但在看过今天的展览以后，那些激烈的看法便消融了，因为我看到了一个新生的艺术形式，就像发现了新物种。”

“您指的是今天的场面吗?”

“不完全是，但也非不是。你呀，好吧，我们还回到你举的例子上来。我也认同有不协调之处，正常来说，它存在的本身就是一个问题，但我们谈的是什么？是艺术，艺术是干什么来的？艺术对我们能产生怎样的作用？它又能解决哪些问题？这些问题恐怕我们从来都没有透彻地思考过——不论现实的，还是形式上的，我们可能还停留在表面肤浅的认识上。当然，它本来就不是一个简单的问题。打个比方：你把一个杯子放到桌子上去看，它定然是一个杯子，那么下来，还是同样的杯子，把它放在一片平坦广袤的土地上——杯子何其小，天地何其大。你再看，它还是个杯子吗？答案肯定不仅是杯子了，因为环境已赋予了它新的生命。呵，是不是很抽象？”或许他讲话时一直在盯着我，我从后视镜里看他时，目光正好与他深邃的瞳仁相撞，“其实，你略微想一想就明白了，这个杯子与它周边的环境已然构成了一幅完整的艺术作品。简单点儿说，如果有一位摄影师愿意围绕它拍一组摄影作品，融入时间和空间的元素，那么，你想象一下，它会否美不可言？它小吗？它大吗？一切皆因艺术。”

我俩的观点有相同之处，但不得不说他已升华，更全面，更有高度，艺术味儿更足。我对着倒视镜点了点头。

“注意，红灯。”章老师突然提醒道。

我连忙踩住了刹车。只顾听他讲话，走了神儿，居然红灯都没看见。

“不用急，慢慢开，安全第一。”

“呵，分神了。”我歉意地说道，“怕你要赶时间。”

“赶也不用赶这一会儿，是吧！”

“是、是。”我笑笑说道。

等红灯的时候，我们却沉默了。

车子过了路口，有一阵子，章老师才又开口说道：“其实，这些年最痛苦的事情就是如何解决艺术观念的问题，有时候解决了，不知道已解决；有时候被束缚着又不知道被束缚着。只有我们谈话时，才感觉到整个人都被打开了，我愿意享受这种感觉——畅快淋漓！”他吁口长气，似乎要一吐胸臆，但却再次沉默下来。直到又经过一个路口，再说话时，转了话题，“出去这些年，家乡的变化真大呀！一年一个样子，如果不是常回来走动，恐怕是要‘只把故乡当他乡’了。哎，小楚，我还回来生活，你觉得怎么样？这段时间不知是为什么，突然厌倦了在外的生活，如果可能的话，真想回来，回到生我养我的这座城市，这里有太多我熟悉的东西了，有时候做梦都在想啊！”我猜想，他一定还在盯着看我；我快速地瞅了一眼后视镜——他却看着窗外，神情格外专注。

“您能回来，当然太好了！这样我们又可以像过去一样时时在一起说话、聊天，有时候，真的，有时候特别怀念那段日子。”我说。

“其实我也很怀念，但眼下也只是说说而已，一是下不了决心，再一个，京城那边还有些缠手的事儿一时半时脱不开身，回去看看吧。条件成熟，必然回来。”

“真的希望你回来，要是高老师知道你有这样的想法，不知道要高兴成什么样了。”我说。

“哦，是吗？”

“肯定的。”我憧憬着未来，说道，“高老师今天不知会不会过来看画展，好久没见他了。”

“这个老高！”语气里带着怨气，好像他不来是不给他面子一样。

我记得，我们又聊到了古人，聊到了“荣归故里”这个话题。

“‘荣华富贵，不归故里如锦衣夜行’，汉高祖刘邦当年随口一说，断不会想到会成为后世之模范。不过，小楚，我回来可算不上荣归故里，倒是‘返乡’这词儿对我更合适一些。”

“其实，不论‘荣归’还是‘返乡’，核心的是你回来了，这才是最重要的。”

“是啊，关键是回来了。”

“那么，尽快回来吧！”

“好，回去努力。”他轻快地答应道，即转了话题，“哎，小楚，刚才在展厅的时候好像听你说你已开始画画了，什么时候能办个画展？规模不一定搞得这么大，能够展示才华就可以了。”

我也是近几年才又捡起画笔的，虽然有大学时的基础，但毕竟放置时间太久，想要达到某种水平，自我感觉还需要假以时日。“刚开始画，暂时还没有办画展的计划，如果有计划了，您一定要来给我主持。”我说。

"这是必须的。"

"好，有您这句话，我会加倍努力。"

"呵呵，"他忽然笑了起来，"你也算是'少壮不努力，老大徒伤悲'了。很早就对你说过，有时间的话还要坚持画画，还记得你当时怎么回答我的吗?"他略微停顿，接着说，"你说，你要当好鉴赏家，为我们搞好服务就行了，是这样说的吧？怎么样，现在后悔了吧?"

"是啊！那时候画廊生意如日中天，心里满满的成就感，哪儿还想到做其他的事情。时间都浪费了。那时有的是时间。"

"现代社会的发展日新月异，稍微地松懈，稍微地懈怠，便会落后于人，更不要说停滞不前了。不过，现在还不晚。"他说，"有句话怎么说?'开卷有益'是吧！只要你努力去做了，多多少少都会有所收益的。当然，还要有一个好的方法，这点很重要。"

"我会努力的，但，对于'方法'却很困惑。"

"人与人之间的个体差异很大，即成的方法对每个人并非都适用，尤其在艺术方面。我的方法，或者说是经验吧，很简单，就是随心而往。我一开始也没给自己设定什么方法，想怎么画就怎么画，想怎么写就怎么写，说实在的，当时为此可没少吃苦头，可我坚持了下来，坚持的结果就是形成了我自己独有的风格。我也曾困惑过，也曾彷徨过，甚至也曾对自己完全丧失了信心，每当遇到这样的情形，我就放下画笔，喝两杯，然后再想想凡·高，想想人家的经历，想想人家成功的历程——曾经的榜样在那儿摆着，为什么要放弃自我！我也师古，但绝对没有把它们当作参照的标准，师古仅仅是为了丰富我的思想内涵，由此而转化为某种意识元素。将来你也会有这种感受，当这类意识元素积累到一定程度的时候，它会在特定的时间、地点、环境下，再在特定的条件反射下而表现在作品之中。你看，我有什么方法？实际上是没有方法的方法。你虽然上过美院，有一定的绘画基础，但现在仍等同于刚刚起步，刚刚有了一点儿积累，这时候，我最担心的是你一开始就落入俗套而为自己戴上了一道枷锁。这个枷锁是无形的，看不见，摸不着，但对艺术家来说它是一道桎梏，它足以束缚你的手脚，束缚你的大脑，使原本最活跃的原始创造力变得黏滞而缺乏活力。所以，你要谨防出现这种状态。不过，这些话都是一己之言，算不得真理，还是前面说的，根据个人的情况探索一条属于自己的道路，也可以说是方法。时间短，讲得潦草，有空了就这个话题好好聊聊，或许，我们都能从中明白很多东西。呵，今天见了面就说教了一大堆，反感了吗？这样吧，将功补过——把你认为比较成熟的作品寄到北京几幅，我看看，给你出出主意，如果能有助于你早点儿举办画展的话。”

“可以可以，太感谢啦！”

“这有什么感谢的，过去你不也帮助过我嘛！”

那些年和章老师见面次数虽然有限，但每次谈话，总体给我的感觉却是满满的期望和帮助。或许这就是我们通常所说的正能量吧。

下来，沉默了片刻后，我问他怎么会有兴致回来参加这样一个展览。

这个话题似乎不太好回答，他有一阵儿没有回答我。于是，我又在后视镜里看了他一眼：他仰头靠在靠背上，像是闭目养神，又像是在思考。过了一阵儿，他终于开口说道：“可能，不止你一人感到奇怪吧。其实，我都为我自己感到奇怪。唉！”他叹口气，“不要问了，一切事情都有发生的道理，就是这么个理儿。我的回答你不一定感到满意，但也只能这样了。”

我笑了笑，大约明白了。

“换个话题吧！”他说。

后座上发出一阵窸窣的声音，我没去看，但我能感觉到他坐直了身子。

“咱们说说这个李老板。呵呵，背后议论人可不是什么好习惯，不过，我们不是没话找话说嘛。你怎么看他？”

“就是个暴发户，而又是个不彻底的暴发户。”我脱口而出。

“喔，暴发户，不彻底的暴发户，怎么解释？”

“你看他那身不伦不类的装束，好好的一身名牌西服穿到他身上怎么看着那么不是味道；还有那条红领带，在下巴底下飘着，还以为是个大舌头吊在那儿；还有说话那劲头……”我忽然像是找到了泄愤点，没头没脑地说起来。其实，后来想想，我都不知道当时为什么说那些话。

“呵，就这些？还有吗？”

“你看他把奔驰车挂到嘴上那得意样儿。有什么了不起，不就是一辆奔驰车嘛！”

“呵呵，幸亏我今天上了你的车，不然，我也要挨骂了。”他在后面笑出声来。

“咳，那怎么会呢！”我突然意识到自己已经失态，“和他也是第一次见面，远日无冤，近日无仇，只是看到他那样感到不舒服罢了，没有别的意思。”我自圆其说道。

“是啊，的确有些不舒服。但是，为什么会出现不舒服呢？”

“我不明白为什么。”

“因为，你没有用艺术的观念来处理世俗世界中发生的事和物。不可思议的是，你又是一位从事艺术活动的艺术人。”

“如果缺乏一定的修为，怕是很难做到。”我带着不服气的语气说道。

“你说得不错，的确需要一定的修为。”语气里似有不快，我看他一眼，他紧锁眉头，侧脸看着窗外，我后悔地缩缩脖子，知道下来必定会听到一通长篇大论。果然，略微停顿后，他接着说道：“通常，我们遭遇矛盾时，往往会采取相互攻击、相互拆台的手段打击对方，甚至不惜头破血流，可问题是，意义何在？两败俱伤，徒劳无益。生活中，不论遇到怎样的矛盾，只要能静下来，思考一下，我认为，总能找到一条解决问题的途径。比方说，彼此看一看，是否还有相互吸引的东西，不论庸俗、颓废、高雅、进步、荒唐、理性等等。不要以为它们是矛盾的就会互相排斥，反而正是因为这些彼此矛盾的事物存在，才使事物的存在更具稳定性，它们共生共存，彼此影响，彼此改造，彼此交织而存在。没有正哪来的负，没有负又何处谈正。本身，我们也就生活在这样一个正负同时存在的世界里，正负的磁场、正反两面的事物、冷和热、动和静等等，正是如此，我们才得以看到一个丰富多彩的现实世界。想象一下，如果有一天，突然发现我们身上干净得连自己的影子都失去了，呵，那是多么可怕的一件事情吧！仅就艺术而言——庸俗艺术、高雅艺术、表现主义、颓废主义、进步主义以及抽象主义，不就是在正负、矛盾之间得以整合而产生的？有些交融得相对和谐，有些带有一定的偏向。由此也就不难懂得，任何极端的认识最终都将失于偏颇，最终为其偏颇的认识所自误。记不得是哪位哲人说的，'当你认为自己是绝对正确的时候，其实，你已行进在错误的岔道上'。小楚，这句话我们可以共勉。"

要说，我确实没有表现出来什么强烈的不满，仅仅表达了不舒服的感受，他却上纲上线地对我批讲了一通，即便他说的话我也能接受，或者说也爱听，但毕竟是言之过重。既然是这样，我不辩解两句脸面上也过不去。"如沐甘霖！"先表明态度，然后，接着说，"哪儿上升到'矛盾'的地步，仅仅算是一点儿看法，不过如此。"

"哈哈，我明白你的意思。实际上，我讲的也只是我们对待矛盾应有的艺术人的态度。不单指你个人，包括我，包括所有热爱艺术的群体，都应该有这样一个认识。"他说，"好像我对你说过，'艺术能够救赎人的灵魂'，小楚，记住这一条就可以了。通常的，艺术家自我的完善以及对后继者的引领和教导是必不可少的功课，这里权且可以称作你所说的'修为'吧。如果这个观点你能认同的话，那么，我刚刚说的话对你依然成立，也就是说，艺术家本身对自己应该有一个更高的要求，具体到生活中的每一件事。"

"我——"

"就拿这个李老板来说，"他不等我解释，接着说，"从表面看，他具备了许多暴发户，也可以说是土豪特征，你的看法非常到位——是个暴发户，而又是个不彻底的暴发户。而他那点不彻底性又是从哪儿来的呢？为什么会不彻底？实际上，从直觉上，你已经向深层次挖掘了，只是，刚刚触碰到一点浅表的东西就折返了回来，接着，不痛快也跟着来了。呵呵，是吗？刚才是不痛快了吧？"

"是有一点儿。"

“如果，再往深处挖掘一点儿，兴许你那点儿不痛快就会消失。道理很简单，因为，越往深处，看到的东西就会越丰富，最起码，你能触碰一下那些造成你不痛快的根源性的东西，究竟是来自自身的还是来自对方？让我来看，问题出在你们双方，你表现在主观方面，他表现在客观方面。还让我为你剖析吗？还用是吧？李老板的‘不彻底’，根究到底，其实就来自于他骨子里的对艺术的追求。他能资助这个画展就可以说明，可不能只是看到他们是同乡的那点缘故，虽然这算是一个前提。”

“是，确实如此。”我说，“如果没有追求，仅凭同乡这一条是不会的。”

“其实，我们每一个人都存在着不彻底性，包括你我，我们能说自己是一个彻底的艺术家吗？答案显然是不能的。甚至，有些时候，世俗的一面更不次于像李老板这样的人。”他轻轻地吁一口气，却又说，“‘然而黑暗又会吞并我，然而光明又会使我消失。’（鲁迅《野草》之《影的告别》）其实，我们也是最容易迷失自我的人群。”说罢，停顿住。我忍不住又去瞄他一眼，他正静静地看着窗外。隔离带里的牡丹花开得正艳。

转过一个弯，再直行两个路口就是市政府，路上的车辆忽然就多了起来。这时，我不得不专心驾驶车辆，因为，不时有不守规则的司机在显示其高超的驾驶技术，左突右冲，规避不及时就会发生剐蹭。我听到章老师不知在后面咕哝了句什么，注意去听时，却又没有了一点声息。我瞄准时机向后看了一眼，发现他端坐着，就像是睡着了似的。

在市政府门口减缓了车速，还没有等我去叫他，他就说了话，“到了。”

我说到了，看他时，他正在揉眼，看表，“呵，还挺快的，比我预期的提前了十分钟。这样，先找个地方停下来，还要等一会儿。”

路两侧停满了车辆，又往前开了很远才找到一个停车位。车子停稳当后，他说：“小楚，你还有别的事情吗？恐怕要等一会儿，去早了会打搅他们的工作。我们都好说。”

“我没事儿。”

“怎么这么多人?”

“市政府嘛，人多也正常。”我扭头看看他，他正左右两头向窗外观望。我突然想到张昆仑在停车场说的关于他官二代身份的问题，便问：“想不到，您还是官二代呢!”

“呵，什么官二代，别听这人瞎说。”他收回目光，苦笑着看看我，“如果真是官二代，当年还能落到画都卖不出去的地步?不过，家父确实也做过官，只是没他说的那么厉害。不说这些了，刚才我们说到哪儿啦?呃，对了，说到了李老板。李老板这个人可以交朋友，有机会了，你多带带他，他给我的直感很有艺术天分，如果有好的平台让他进来，我相信，要不了多久，他整个人都会发生根本性的改变。”他又看了看表，像是不经意地说道，“我们这些在艺术圈子里折腾久了的人，不管出于什么目的，带一下，或者说帮一下李老板这样的人，应该说，有百利而无一害。”

我笑了笑，没有接他的话。前窗外，一个发小广告的小姑娘吸引了我的眼球，她正在往每辆车的雨刮器下面压小纸片儿，很专业，一只手抬手之间即完成了要做的事情。她走到我的车前，看到车里有人，犹豫了一下，但还是没有放过。我没有摇下车窗斥责她，因为我看到她的另外一只袖管是空的——是个残疾人。

小姑娘走过去时，章老师的手机响了起来，铃声响过三遍他才接通。电话是罗市长秘书打来的，他在市政府门口等他。

晚上，章老师没有给我打电话。第二天上午，我打电话过去，关着机，想是回京了。

4

到了约定的时间，我穿戴停当，做好了出门的准备，可电话却一直没有响起。时间嘀嘀嗒嗒地走着，与窗外飘飘洒洒的雪花相呼应，在我心里组合成了一幅令人焦躁的场景。有一会儿，我打开了电视机，电视新闻报道了这场几乎席卷了半个中国的大雪，它在创造了美景的同时，也对生活环境造成了严重的影响——交通阻断，地质灾害，尤其是对电力系统的破坏，景象令人惊异。我在心里默默地批评了自己，批评自己不知忧国忧民，而只有风花雪月、饮酒作乐的享受思想，甚至在心里还默背了一遍《岳阳楼记》，可念头转回来，在这样的情形下，我又能做些什么呢？仔细想想，好像什么也做不了。几次想给高老师打电话询问，可又觉得没有必要——他是个守信誉的人，他答应过的事情尚且严格遵守，何况又是他来邀约的呢。我东摸西触地找了些事情来干，其间也打开了电脑，可脑子里一片空白，敲了几行字又删除了几行字，折腾了快一个小时，几乎还是在原点上浮动，最后，不得不选择了放弃。想要静下心的时候才发现，守住或静下心来其实非常不容易。因为这意味着孤独、寂寞，意味着你要脱离某种环境，甚至是脱离某种属于自己的那部分环境，意味着自己的感官世界将要做出某种与世俗经验相左的选择。但好像只要处于选择状态，静下来几乎就是一种奢望。

泡了一壶茶，默默地候在茶桌旁。桌子上尚未收拾的余有残汁剩水的泡面碗散发着浓郁的调料汁的味道，我喜欢这种味道，深吸若干，当它完全浸染了我的嗅觉器官时，我竟平静了下来，什么也不愿再想了。我喝着茶，欣赏起窗外的雪和雪营造的风景，好像还打了个盹儿，好像有一抹阳光带着树枝的影子投映在了桌面上，而后向一个方向旋转，最后慢慢地旋出窗外。我现在已经不能确定那究竟是梦还是真实发生的，因为，很美，而且炫幻，我的记忆留存了这个过程。

终于，四点钟的时候，电话铃响了，是个陌生号码。

我接通了电话。对方是个年轻人，他说他是李总的司机，车停在大门口，问需不需要进院子里接我。

我侧脸贴在窗玻璃上向外看了看，确实有辆车停在小区大门外，开着双闪。我想起李三宽那次说到奔驰车时的嘚瑟劲儿，不禁笑了起来，我为此又认真地看了一眼那车，离得远，但大体可以肯定是辆奔驰越野。白雪，黑车，加之闪烁的橘红色的灯光，再加之是放在空旷灰蒙的街道上，格外炫目突出。我让他在原地等我，不用进院。

我很奇怪，高老师为什么不给我打电话？难道他不在车上吗？应该先接他、后接我，才符合常理。我挂掉电话后想到，但也只是在脑子里过了一下，因为这本来就不是什么大不了的问题，接过我也可以再去接他。他在我家附近的一个小区，相隔一个路口，很近，只是次序有些别扭。可能是脑子抛了锚，也可能是慌张，以至于穿了一双不把滑，甚至还助滑的牛皮底单鞋（八九十年代，这种皮鞋样式很流行，我的这双即是那时候的存量。妻子遇到清仓大处理，图便宜，一下子为我买回来了四五双，我穿鞋又省，柜子里至今还有一双从未开封的存货）都不知道。我来到楼下，显然我的脑子仍被某种事物占据着，脚踏在已经被踩出冰层的路面上居然没有发现鞋子的问题，反而找到了快乐，我可爱得像只滑稽的帝企鹅，左摇右摆，连走带滑，奔向了大门口。现在回想这段情景，真的觉得奇妙得出奇，我的身子骨居然那样灵活，简直和年轻人一样。我全力刹住滑向车子的身子时，看到一个年轻小伙探着身子在半摇下的车窗里面带灿烂的微笑看着我。他请我赶快上车。但我也注意到，车里除了他，没有高老师。

“高老师?”我拉开车门，“怎么没有接他?”

“高老师他自己去。”司机下了车。

他怎么去？我迟疑一下，意识到这里或许有什么猫腻，便掏出手机想要联系高老师，但这时已不允许我做什么了，司机已来到身后，“高老师家里来了个朋友，他要晚一会儿，有人送他。”他搀扶住我的肘腋，略微提了把劲儿，我就顺势坐在了后座上。这是个很舒服温暖的帮助，下肢几乎没有怎么用力。

车子启动后，掉过头直接驶向了新区。这时我也熟悉了车内的环境：舒适的温度，淡淡的清香，豪华的车饰，还有一串让人大跌眼镜的香囊挂饰，红红绿绿晃荡在倒视镜下，显得极不协调，而且显然也影响视线。我给高老师打了电话，想询问一下他的情况，可拨了两个，都无人接听。

司机是个有问即答、无问无话的实在人，我们交谈了一会儿，似乎彼此都感到了尴尬，我也只好自缄其口，默默地观赏起街上的雪景来，直到车子拐进一个小区的院子里。

“还有人?”我问。

“是，来接一下张老师。”

“哪个张老师？”

“就是张老师，我们都这样叫他。”

我没有想到这个“张老师”会是张昆仑，即使在他打开车门时也没有一下子认出来他，但接下来，他亮了一嗓子：“嗨呀！这场雪下得——痛快！”却让我和那天他在停车场上吆喝“老同学”那一声联系到了一块儿。张老师——张昆仑，我瞬间就对上了号。那次见过面以后，我也曾在一些场合上见过他，有次还头顶着头站在了一起，可他每次都像不认识我一样，甚至对我客气的招呼也只是生生地回予一瞥。

他的装束变化很大，与之前相比简直判若两人：如果说过去的打扮属于社会型的，那么现在，则无可挑剔地属于了文化型。用“士别三日当刮目相看”来描述我内心的惊异，可能再恰当不过了。他上车后摘掉了黑绒线抓抓帽，一个冒着热气、锃光瓦亮的圆脑瓜子就展露了出来。我不记得他过去的发型，但可以肯定不是光头。我们都坐在后排，但他就像未注意到还有其他人存在那样，尽自在自己头上身上检查什么不该有的东西：一滴汗珠，一片雪花，或者不知是否存在的灰尘，甚至熟练地翻开车顶配置的梳妆镜在鼻孔里找到一根翘出的白色鼻毛，而后皱着眉头，猛的一下拔除了。他仍旧夹了一个夹包，不过比过去的要大。他把它放在我俩的当间，划分出一道清晰的“疆界”。他整理过红围巾，又解开了棉布唐装上脖颈处的一个盘扣，之后在夹包里拿出手机，对着窗外拍了几张照片，这才做了个舒展的扩胸动作，安生了下来。

我于相形见绌中居然忽视了他对我的漠视，率先和他打了招呼，问他是否还记得我。

“你？”

他慢慢扭过头，瞄着我，有一会儿，才说：“好像见过。咳，这些年，这记性，越来越差，没有见过几回面，根本就记不得！”说完，视线就落在了他的老北京棉皮靴子上，一点污渍黏附在鞋头，他拧动了几下脚脖子，似乎很难下决心是揩去还是留着。

此时 ABS 防滑系统突然传出一阵噼里啪啦的声响，仿佛教鞭敲打在玻璃黑板上，提醒我集中注意力。他的表现几乎让我无法容忍，那种不屑、那种鄙视、那种高高在上的感觉，简直跟打了我一巴掌一个样。我猛然意识到我的自尊心已被伤害。本来在他拉开车门瞄我的那一眼时，我就应该预见到可能遭遇的后果；曾经的经历还历历在目，竟然因为内心的卑微而予以忽视。我几乎是愤怒地转过头，而后故意使劲用纸巾擦拭玻璃窗上的水汽，看着窗外，感觉肺都要气炸了。

“老高呢？没接他？”他问司机。

“高老师说他自己过去，不用接。”

“这个老高，又生幺蛾子了吧！”他停顿了一下，接着却来问我，“这位老弟，我们认识？”

“哦，对不起，刚才认错人了。”

我保有应有的礼节，回头看他一眼，故意展露一副麻木僵硬的表情。

他眯着一只眼瞅瞅我，目光从我身上移开时，嘴角泛起一丝轻蔑的嘲笑。

很好，扯平了。

我不想再多看他一眼，于是便把头拧向窗外，即便这样很不舒服，而且明显地带着赌气的样子，但我还是这样做了。然而，没要多久，他恣意的鼾声就开始充斥于我的耳鼓，时断时起，仿佛间歇泉。我开始怨恨起高其昌了。有这么个人物参加，为什么不告诉我？不然，我还会来吗？我隐约感到，高老师或许真如张昆仑所说“生幺蛾子了”。因为，我不止一次听他说他对他这个同学的厌恶——高老师向来不就人说长论短，若是说了，只怕唯有张昆仑一人。我猜测，他绝对是因为知道了有张昆仑参加才故意躲开的。如果真是这样，那也太不像话了，至少给我说一声，让我也了解一下情况，也可以有个选择，而不是被架在这里，上不能上，下不能下，没意思得不知道如何是好了。好端端的心情，一会儿闹得一地鸡毛。

动感的雪景与静态的雪景迥然不同，它是凌乱的，不确定的，甚至于混沌，是基于两个不同世界的混同而产生的那种不协调的组合。雪，似乎下得更大了。

出了城区，司机大约想赶时间，加了油门，一路狂奔，即使行驶在蜿蜒迂回的乡间小道上，车速也保持在五六十码以上，以至于我时不时地要握紧门把手，或车棚上的拉手来消解恐慌。不过，这样一来，心情倒是好了起来。前方，穿透雪幕的大灯伴随着发动机的轰鸣声起起伏伏，侧面雪花乱舞，简直和极地大片里的景象一般无二。脑子在幻化中得以放松而陷入昏昏欲睡的状态，但没要多久，便被张昆仑打破了。“李老板——这辆奔驰——这回算是找到了用武之地！嗯，得劲哩——很！”梦呓一般的音调。我又被拉回到现实。

司机没有接话，我也没有接话。

“发动机是V型八缸吧?”他接着说。

“是。”司机回道。

“有劲儿!”张昆仑说道。我在心里也如此感叹。

一阵儿沉默。我本想在油耗、功率、汽车性能等方面向司机讨教，可意识到有张昆仑的存在，便失去了兴趣。

“很远吗?”我开始担心起路程。

“不远，再有五六分钟就到了。”司机回道，“前面那个土岭上就是，下雪天，看不清。”

透过雨刮器清理出的那块带着水渍的前挡玻璃看去，隐隐约约一座岭子，岭子不高，但与周边的地势相比却也算得上突出；岭子上灰蒙蒙的，像是有一处建筑物，又像是一片植物，我不能确定。张昆仑也在看，他把脑袋伸在前排两个座位之间，他那锃亮的后脑勺遮挡了大部分视线，也遮挡了风景。我气得只想给它一巴掌。他瞅了一阵儿，又靠回座位上。

“这还是见山大师给的那个香囊?”他看的竟然不是风景，而是后视镜上悬挂的香囊。

“是。”

“嗯，见山大师可不是寻常人等，他给的东西都带灵性，轻易不敢取下来。去年，王局不听话，把车上挂了快三年的一块灵玉取下来换成了别的玩意儿，结果出事儿了，好端端的，车就翻了，人也……唉！那块灵玉是专门设法事开光后送给他的，不当回事儿，结果……”

“一派胡言。”我在心里说道。

“吾本乘兴而行，兴尽而返哪。”（《世说新语·任诞》中王子猷的一段话）或许他也感到尴尬，自己在包里窸窸窣窣地翻腾了一阵，再收起的时候，既像是自言自语，又像是说给我听，来了这么一句还算雅致的说辞。我几乎要对他刮目相看了。

我已经备好了“何必见戴”，只等他看我一眼，或是就这个话题展开一下，就借机说出来，然后，打道回府。但等来的却只是一声哈欠和哼哼唧唧的河南梆子戏。

车子进入了一个村庄，顿时打破了外面的宁静，也终止了张昆仑的哼唱。几条土狗不知从哪里冲出来追在车轮后面狂吠，在一个转弯处突然就又没了踪影。当我的注意力还放在那几条土狗身上时，发动机再次发出强烈的轰鸣声，而后爬上一个陡坡，一幢青砖灰瓦的仿明清建筑倏然映入眼帘。

“到喽！”车还没有停稳，张昆仑即做出了反应，他大大咧咧地伸伸懒腰，戴上抓抓帽，想打哈欠却没有打出来，显见是要摆出一副拿大自得的样子，“路上走了多长时间？腰都要断了！”

“差不多五十分钟吧。”司机说。

“平时哪儿要这么长时间，三十分钟足矣。”

“是。”

“老弟，车开得好！和坐在按摩椅上一样。”张昆仑说，“刚才那一觉，舒服！”他再次伸出一个懒腰，末了，恣意地、底气十足地“咳”了一声。

“没出城你就睡着了，”司机说，“一路上没敢开快。”

“呵呵，谢谢老弟！”

说话的工夫，车子已停稳在大门里侧的停车坪上。停车坪不大，能停五六辆车的样子。有两辆车停在那里，车身上覆盖着一层厚厚的积雪，仿佛圣诞卡上的小房子，只是映在青砖墙下，色调偏灰，给人一种清冷寒凉的感觉。

车停稳后，张昆仑率先下了车，司机紧随其后，跟着照顾他。说实在，当我把手放在门拉手上时，就犹豫起来，犹豫是否下车。直觉告诉我，高老师不会来了，若是这样，我还有在这里待下去的意义吗？我再次拨打了高老师的电话，还是无人接听。我看了看窗外，竟然有种诡异的感觉袭上心头，令我感到诧异。我木呆呆地看着他们移动的背影，看着他们脚下留下的脚印，直到司机独自返了回来。我已不再奢求什么围炉鉴飘雪、什么风雪诗话了，只求早点结束，早点回家，如果时间允许，定要去找高其昌算账，罚他陪我喝酒，还得他埋单，在小酒馆。如果一开始没有出来，此刻，我恐怕早已坐在那里了，即便没有酒友相伴，我想，我也能喝出风花雪月那般的情调，最起码，酒酣之时，和老板娘调侃若许，再拣两句风骚的诗句卖弄，看她娇嗔嗤笑，自是一番人生解颐。

“楚老师，可以下车了。”

我正在胡思乱想，司机从外面拉开了车门，一阵冷风进来，不禁打了个寒战。

“家里突然有点事情。”我说，“能代传个话给你老板吗？我得马上回去。”

“我可传不了这话。”司机撇撇嘴角，笑着说道，“既是来了，咋也得见个面。那个……其实，你别给张老师计较，他这人就是那样儿，熟悉了就知道，人其实可好。”

我不知道他说的“人可好”是怎样的一个好法，但肚里这点小心思，竟然没有逃过一个年轻小司机的眼睛，真是要多别扭就多别扭。我连忙解释强调确实有事儿，但身子却已随着司机恰当的搀扶向外挪动，及至半推半就站直了身子，心气也稳定了——既来之则安之。人都来了，还怕见面不成？想我当年在各种场合出入的时候，他们在干什么？恐怕——我挪动了一下脚步，随即鞋上的问题就暴露了出来，脚下一滑，身子就斜歪在了车门上。就在这时，一阵夺人魂魄的犬吠声呼啸而来，仿佛电闪雷鸣一般，在身侧不远的地方。我借着失衡的劲头以最快的速度跌坐在车座上，手搭车门拉手，再有一点异常，我就会关上车门。这时，我隔着车窗玻璃看到，在一两米外昏暗的墙角处，一红一黑两只硕大的、毛发贲张的藏獒狂躁地在笼壁上扑咬，它们大口地喘着粗气，同时发出狺狺嘶叫。惊魂初定后，我才在大拇指粗细的钢筋焊成的结实可靠的狗舍和司机的呵斥声里找回了存在的感觉。

“去特么的！”我狠狠地但不失幽默地解嘲地骂道。

多少别扭仿佛在这骂声中找到了疏通的管道，心情一下子舒畅很多。长期养成的可以叫习惯，而偶尔养成又改不掉的也可以叫习惯；习惯没有特定的成因，只有顽固的结果。我可以肯定，从那以后，这句变形的脏话就成了我遇到不顺心事情要产生心理淤积时的口头禅。后来与张昆仑协作办展期间，他数次享受过之后，便和我理论了一番，批评我，说这样子不像文化人，让我纠正。我说我以前根本不会说脏话，全都是因为他。他让我讲清楚。我说根本没法讲清楚，讲清楚了，面都没法见，我说这是变通，是从他那儿学来的。这样的解释显然很扯，他绷起脸，警告我，不要和他捣蛋。

现在回想起来，我当时产生的那诡异的感觉其实不无缘由：一是，两只近在咫尺像小牛犊一样的藏獒居然都没有看到，但它们存在的气息必已传达于感官，就像面临险境的鹿，在猎豹发起进攻的那一刻，间接地察觉到了危险，却被甘美的水草吸引而忽视了；二是突然消失在道路拐角处的那几条土狗，实际已经给我传达了类似震前预警的暗示，在前面存在着比它们更加危险的东西，只是我没有养过狗，不熟悉狗性，反而因此分散了注意力。

我推说脚上打滑，又重新站了起来，司机紧忙搀扶住我。这时，停顿了片刻的吠叫声又重新响起，那种低沉的嘶吼远超土狗那惊栗狂吠，直抵心底。我发现我的腿脚已经僵硬，几乎不想往前再走一步。

“楚老师，你这鞋？”他像是才发现问题，看着我脚下，说道，“这鞋子，没根儿，不把滑。”

我也注意到了鞋的问题，倏然间，仿佛找到了万恶之源——这算什么事儿吧！几双鞋放在那里，不穿那，不穿这，偏偏穿了这双龟孙子——特么的，这不是鬼使神差嘛！虽然在他的扶持下不用担心滑倒，但这样的依凭真的让我感到尴尬之至，所以，我把“特么的”也用到了极尽，脚底但有不稳便要骂一句，走到大门前时，我都不知道骂了多少句了。司机怎样看我？管他呢，只要心里痛快。

“谢谢你！不然，不特么爬过来才怪呢。”我语带双关地表示了感谢。

但在大门前，在几步合起来有半人多高的石砌台阶前，刚刚放松下来的神经又再次紧绷了起来——青石条铺就的踏步上积了层不算很厚的雪，显见是清理过又落上去的，雪下面隐隐透着结冰的感觉——直觉告诉我，这里隐藏着巨大危险。我难以理解，他们为什么要把台阶造得这样高、这样繁复、这样缺少安全感——似要仿造寺院，却没有寺院的那种安详恬静的效果；想要仿照古衙门建筑，规制又不对。真是不伦不类。“特么的”又到了嘴边，忍了忍，咽了回去。张昆仑留下的脚印清晰可见，从他丝毫不乱的脚印上可以想见，他曾以多么稳健的步调上到了上面。我低头看了看深埋在雪窝里的双脚，踯躅片刻，正要抬脚，李三宽迎了出来。

“楚老师来啦，楚老师来啦，呵呵，望眼欲穿呀！”未见其人先闻其声，我抬头看时，李三宽笑哈哈从门洞里大步流星地走了出来，胳膊肘里夹着一卷白色浴巾之类的东西。他连连摆手，让我等等，而后停步在台阶边缘处，弯腰抖开浴巾，铺在踏步上，大约计算过，差一个踏步正好铺出条“安全通道”来。“这不就没事了！你这孩子，干啥事儿就不知道动动脑子，今天要是敢把老师们摔住，看我咋收拾你！”他直起腰，对还在埋头整理边角的司机训斥道，“明天去市里了，记得买块儿地毯铺在这儿。”

李三宽的变化不大，与记忆保持了一致，但装束却与之前大不相同。不知道是他影响了张昆仑，还是张昆仑影响了他，他俩穿得几乎同款，而且也搭了条红围巾在脖子上，在他敞开的对襟棉衣里面青灰色毛衣的映衬下，显得格外亮眼。我喜欢这样的色彩对比，但因为和张昆仑雷同，我却不以为好。他站在台阶上面，我站在下面，仰望他的时候，青砖广梁大门映在其后，当间“野居山房”原木松绿雕字的横匾衬托在头顶，仿佛仰望一尊罗汉。

他也在打量我。我从他突然收敛的笑容、困惑的眼神里捕捉到了一种陌生的信息，但也只是发生在瞬间，还没等我去解读其含义，他便又恢复了笑哈哈的样子。

“咳，这台阶哪儿都好，只遇到下雪天就成了问题。说起来俺还是搞建筑出身，弄出这个效果，简直都成了笑话。楚老师，你慢点儿，小心点儿。”他侧身下来一层台阶，弯下腰，伸出一只手让我扶靠。

他的热情温暖了我的心。我向他点点头，表示过谢意，便在自尊心的支撑下，抛开伸手即可摸到的那手，小心地迈上了第一步台阶，但就在这时，脚下就打滑了，身子晃了几晃，几乎就要滑倒。司机在一旁一直保持着高度的警惕，虽然没有搀扶，但也摆出了搀扶的架势，当我刚刚出现失稳苗头，他的手，也可以说整个人就已支撑在了下面。安全了。但这一惊，却似灵魂出窍，脑子里变得一片空白，以至于是如何站在李三宽面前的都不知道，只是在意识清晰后，我发现，我的手竟在李三宽的手里握着，握得很紧，生怕滑脱了似的。我连忙道谢，抬头看他时，竟然发现他脸上带着神秘的微笑，好像瞅了我很久，只等我看他。

“楚老师，”他手上用了用力，“你要行大运啦!”

“什么?”

“你要行大运啦!”他又重复了一遍，语速有所放缓，带着铿锵之声。

我还是没有明白他的意思，盯着他，等他做进一步解释。

“告诉你吧!”他在我手上又使了下劲儿，这次，我感到骨关节都在错动，“这台阶是七步，七步，啥意思知道啵?——七上八下。七往上，八往下，七上八下；五行八卦里七属金，金为财。七这数可不是一般的数，大吉数，大富贵。咋样？好吧！自打建成，还没有见谁在这上头含糊过，都是一步一个脚印上来的，这叫什么？‘敬畏’是吧！但今天，你更特别啦!”他激动得都有点语无伦次，“我看，我还是告诉你吧，免得你犯心思——你是让这小子扶上来的。知道这一扶是啥意思啵?”

我摇摇头。

“扶摇直上嘛！哈哈，扶摇直上！”他在我手上再用了一把劲儿，好像在刻意提醒，我也应该有所响应，一同分享这非同寻常的好事。本来，即使我没有完全明白他的美意，从礼节出发，讲两句好听话，回报一下人家的美意也是应该的，但这次骨骼错动带来的痛感几乎让我失声喊出来，我不得不为了我的手，为了男人的尊严，集中精力防范他，哪儿还有心情和他互动，尽管我还在竭力支撑、强带微笑，但样子一定很难看。他停顿了一下，接着又说：“我一直盯着这茬子事嘞，就看谁被第一个扶上来，结果是你，楚老师！”他沉浸在自我的感受当中，另一只手也握了上来。我很怕他会两手一起用力，“碰巧了，碰巧了！”我忙说，“都怪这双鞋子。”我主动地用力地握了握他的手，便想尝试着挣脱，但他依然握得很紧，丝毫没有放手的意思。

现在，我回想到这个片段，便想到了章老师。那次在胡子画家的画展上，他的手也是这样被握着，我想象不出章老师是如何承受下来的，如果他也用了同样的力。当然，他不可能不区别对待。

“要的就是碰巧。”他说，“天意如此。”

“扶摇直上”对当时的我没有多少吸引力，因为那段时间，我更注重于独立的自我，任何偏离于此的观点和方法都为我不齿，我只想在唯我中完善自己，在唯我中找回被蹉跎掉的时间，至于“直上”还能接受，而“扶摇”倒是可有可无。当然，这是一个偏激而又不成熟的阶段。之后，随着学习的深入以及逐渐建立起的自然的观念趋于成熟，我便发现，这段时间的状态是多么令人可笑。

“是的，确属天意。”

我表现得异乎寻常的平淡。

当时，我没有想到这或许是主人为客人刻意设计的类似于吉兆的彩头。之后，大约有一年多的样子，我在一次朋友聚会上，有个不常来往的朋友，微醺之后，炫耀他碰上了这样的好事，话说得明明白白，事情就发生在“牧野山庄”（后来更名），而且就是门口那七步台阶。他说他那天中午在市里喝多了酒，下午去的那儿，被醉醺醺地扶了上去。我说他是故意喝醉酒才去的，他就不高兴了；我说他是被架上去的，不是扶上去的，不算“扶摇直上”，他就发火了，要和我撕袍断交。我觉得他很可怜。

我记得，那会儿雪还在下，零零落落，有几片雪花落在他眼眉上，化成雪水，流进鼻翼的窝缝里，仿佛天然的蓄水池，自然地流入，而后停留在了那里。他看着我，眼神有些茫然。

和一个大老爷们儿这样近距离地执手相对，感觉尴尬极了。我下意识地做了个用肩膀擦拭雪水的动作，提醒他擦擦脸。我想，我的脸上也一定有融化的雪水，只是我感觉不到——乍暖又寒，面皮处在麻木的状态。

他也意识到了，解嘲地哈哈一笑，松开了手，松开的刹那，又用了一下力，我理解为：你总该夸赞点什么吧。

“李总，您真的太用心了，这么一个简单的细节都被你把握得这样到位，可见，英雄必有出处。”我忽地想到前面进去的张昆仑，“但这彩头恐怕我还不能独享。前面刚进去了一个，充其量我算第二。”

“是吗？”李三宽收住笑容，看司机。

司机见没他的事儿，正要过去，听问，忙说：“我要扶张老师，他没让，他自己上来的。”

“是吗？”

“是。”

“你看，这就是天意。”李三宽又高兴起来，转而对司机说，“好了，这儿没你的事儿了，你去后面厨房看看准备得咋样了。”

司机答应了一声就去了，脚步轻快，那样子直让人羡慕。

“这茬子事儿今天就算道破了，往后再有就说不清有没有水分了。有些事儿，该是谁的就是谁的，跑不了。”他背抄过手，看看脚下，又看看天色，却轻叹了口气。

我微笑着点点头，含含糊糊地表示了认可和谢意。

不知是不是我的表现不够火热，他的脸色慢慢地开始凝重起来，而后，就像是忘记了我的存在，独自转到了台阶边齐，眯眼向远方眺望，全然不顾飘落的雪花在头顶肩头渐渐堆积。

我很诧异于他的“雅致”，没有打搅他，不过，我似乎也被眼前的景象吸引了。那真是大自然最神奇的馈赠。

黄昏前的景象更加灰蒙，此时，处高望远，目之所视，苍茫涤荡。脚下的村庄覆盖了层雪，高低起伏，梯次延展，最终化为朦胧；偶尔浮现的炊烟仿佛画卷里不经意的却极为精彩的一笔涂抹，缥缈而悠远，仿佛寂静里轻轻拨动的弦，幽然，余音袅袅，轻柔地为飘雪所牵绊，宛如随那弦舞动的舞者，一瞬儿，媚了骨，折了腰，至原野而相携……来路上，我对经过的风景已有了大体概括的认识，只是没有想到，换了一个角度再来看，竟然是这样一种不同的感觉。如果说一开始是粗线条的勾画，而眼下则是大手笔的泼洒，交相辉映，画面感极强。我默默地在心里勾画了一幅草图，希望回家后描写在画布上。

一声隐约的犬吠从村子里传来，引得那两只藏獒又狂躁了起来，顷刻之间，叫声此起彼伏，寂静的山谷仿佛忽然充满了活力。我们也在各自的世界里回到了现实，相视一笑，向彼此传达了似乎相同的信息。我刚刚活泛了一下手脚，想就眼前的风景感慨一番，还没有说出口，就听他冷不丁地冒出一句：

“冬见三白。”

我不明白他所指何物，但也装出明白了的样子，点点头。

“楚老师，知道这是啥意思？”

“嗯？”

“咳，就知道你不会知道。乡下老话，翻译成大白话，就是冬天里下了三场大雪。一场雪，一场白；一场白，一床被；‘小麦一冬三床被，来年枕着馒头睡’。城里人不种地，看雪看的是景致；乡下人可没有那雅兴，看雪看的可是收成。我们常说瑞雪兆丰年，啥是瑞雪？这就是瑞雪。”他伸出大手，接着飘落的雪花，忘情得就像小孩子玩耍一样，“那些年，家里穷，冬衣不避寒，遇到刮风下雪天气出不去门，一家人就窝在家里。我们那儿啥都缺，就是不缺树疙瘩，坡上遍地都是。那东西别地儿用不上，烧火取暖却是好东西。平日家里准备了一大堆儿，晾得干干的。入冬开始烧到开春。那东西耐烧，差不多大小的，一个就能顶着烧两三天。点着，沤着，一屋子烟。烟暖房，暖和！有年冬天，下大雪，和这场雪差不多，屋里点了俩树疙瘩也不觉得暖和，没办法，全家老小就都挤到了被窝里，人挨人，扎住堆儿就有暖和劲儿了。”他好像忽然就冷了一样，裹了裹敞开的衣襟儿，接着说，“那时候小，不懂下雪的好处，就不分青红皂白地咒骂，俺爹听见了连蹬了俺好几脚，让俺赶紧去给老天爷认错，让俺求老天爷原谅。俺犟了句嘴，就被俺爹一脚踹到了地上。俺爹把俺拎到灶王爷面前，把俺按跪倒后也陪俺跪下，让俺认错，俺不认，他就替俺认，‘小孩子，不懂事儿，灶王爷，你别生气，求求你，捎口信儿。天要冷，雪要大，来年大白馒头来上供……’最后，按着俺磕了三个响头才算拉倒。”他指了指自己的额头，“你看，这青脑门子就是那时候落下的——烟灰磕到皮里去了。”

确实脑门上的颜色要比其他的重一些，略青，不过要认真看才能分辨出来。我在记忆里搜寻了一下，那次见面时没有留下丁点印象。

“老爷子也真能下得去手！”

他苦笑了一下，“俺爹罚俺三天不能洗脸，抵消大不敬的罪过。三天后，俺娘给俺擦脸，发现了问题——这块儿青，擦掉了一层皮也没有擦净。俺娘说俺破了相，担心大了找不着媳妇，给俺爹好闹了一场。闹也白闹，定局了。”

“其实，也挺好。”

我审视了一番，从美学角度来看，也并不妨碍什么，反而有种不怒自威的感觉。

“现在可以这么说。在家里上小学的时候，村里有个比我大一岁的孩子给我起外号叫‘青面’，青面獠牙的青面。我和他恶狠狠地打了一架，把他也打成了青面。呵呵，不过，那是个白脸，打得再狠，好了，还是白脸。他现在跟着俺干，整天怨俺，说俺当时留了一手，没给他打成青面，不然也当大老板了。”

“命里该有的自然会有，不该有的，有也没有。”我说。

“嗯!”

他瞅了我一眼，那眼神儿就像要在我身上瞅出什么毛病似的，而后即转移了注意力——像木头人一样，一动不动，仰面迎着飘落的雪花，专注地看向山庄后那座被雪覆盖了的岭子，那神情，就像是在朝拜什么。山谷里偶尔吹过的风撩起他的红围巾，在胸前左右拍打，仿佛风里扬花。我眼波游弋地陪他站了一会儿，揣摩不出他这样做的意图，是冷落我？还是那岭子上确实有什么可看的东西？但无论如何，这样站着都不是一件轻松的事情。我感到浑身冰凉，手脚几乎都失去了知觉。

“多么朴实的父亲，他老人家还健旺吧?”我打破沉默，顺前面的话题没话找话地说道。

“哦,”他像是突然被叫醒了一样，转头看我，笑着说道，“对不起，对不起，让你陪着俺……他老人家前年就不在了，不管咋说，赶趟地也算享了几年福。”说完，眯眼又望了望那岭子，叹口气，“人也埋在了这儿，临不在留下话：要在这里帮我看家护院。”

我做了个“原来如此”的表情，下意识地向那岭子上看了看，发自内心地感叹道：“真是个伟大的父亲!”

他好像不太接受我的说法，苦笑着摇摇头，而后注意到了手心里的雪水，摇晃了几下，侧立起来。等雪水流下后，甩了甩，在棉衣上擦拭的时候，眼睛忽然一亮，双手就势儿撩起棉衣反掐在腰眼儿上，问了其实一开始就该问的话题：“你看咱这儿的风景咋样?”

我要说风景的时候，他在讲故事；我对故事发生了兴趣，他却又谈起了风景。一会儿的工夫，三百六十度，翻来倒去转了个圈。

“好地方!”

说实在，我的反应能力实在是跟不上他跳跃性的说话方式，左来右去，只能这样随口附和。

“呵呵，不错吧！为选这地儿可费了功夫。”他瞅我一眼，得意地说道，“在这一架岭上一共看了四处地方，处处都是好地方。我更倾向西边的那一处。”他随意地往西边指了指，我顺着他的指处看去，白茫茫的，什么特别的也看不见。“老张，就是前头进去的张老师，我们意见不统一，他指的这儿，说得整堆儿的好，把我弄得也没主意了。后来请来个风水先生，人家给选在了这儿。依照俺的想法，说啥也不会选在这儿——离村子近，麻缠事多，去年就让村子里堵了回道，要修路钱。钱倒没几个，就是事儿让人心里不顺。除此之外，你别说，真还没啥毛病。”

听他的口气，他和张昆仑已不是一般的朋友关系。我很好奇，是否仅就停车场上那一面，他们就发展到了今天这个地步？张昆仑的交际能力我已经领略过了，而这位，目前来看，应该不是那种见面熟的主。我胡乱琢磨着，点点头没有接他的话；另外我也觉察到有融化的雪水流到了头皮上，冰凉的，很不舒服。他好像也觉察到了这个问题，拉着我向里走了两步，但立刻又停了下来，停在恰好还能越过门楼脊线看见后岭子的地方，仰仰脖。“院子开建后，有次也是下大雪，我过来看，这才发现了这先生的过人之处，有眼力。下来有机会了，我介绍你俩认识，这可是个高人。”他擦了一把脸上的雪水，谈兴依旧，“你看这架岭子，两头翘，中间低，这不就是个大元宝嘛！咱这庄子正好就安在元宝腰肚线上；平时看不出来，只有遇见了大雪天，盖上一层雪，才能一目了然。这叫啥？隐财！看得见的，取；看不见的，就是在你脚下也白搭，是吧！啥叫风水？这就叫风水。”

他谈的不是风景，是风水，显然我仍要跟着他的频道转换。只是，我于此知识匮乏，拿不出什么在行的见解来。“舒服就是好风水。”我随口撂了一句。

“嗯，说得好！”他说，“章岘阁章大师也是这么说的。”

“章老师来过？”

经他一说，我也想起来，这话确实听章老师说过。有次，在一座庙里游玩，他说，天下风水庙占尽。我说，不仅如此，而且相当舒服。他总结道，舒服就是好风水。严格意义上说，这话应该是我俩共同合作的结果，应当共享“知识产权”。但在这儿，他已先入为主。章老师到过这儿我很感意外，其实，最感意外的是，他这次回来竟然没有联系我，心里多少有点儿酸酸的。

“年初院子落成时就请了他。但他不在国内，说是去欧洲做什么学术交流去了。六月份回来，专程来了趟。”

“哦，是吗?”我说，“六月份？呃，我好像出门了。”

“他回来谁都没见，在这儿吃了顿饭，第二天就坐飞机去了香港。真是个大忙人哪!”

“是啊，确实很忙。”我说，接着，我装出才发现我们还站在雪地里那样，“你看，我们都成雪人啦!”

他也像忽然发现了，笑着说：“嘿呀！只顾说话了，走、走，赶紧进去，这样子要闹出病来了。”话虽这样说，但行动却十分迟缓。我们才要挪动，他却又停了下来，指了指“野居山庄”的牌匾，又想说什么，看到我自顾自地已往里去了，便哈哈一笑，替我拍打着身上的积雪也跟了进来。

他这般殷勤，让我有种受宠若惊的感觉。跨过门槛，我紧忙表示了感谢。

孙大爷也曾对我这般殷勤过。有次回家，后背不知道在哪儿蹭了块灰，从他身后经过时被他叫住。他在剪花，我以为他没有看见我，便没有和他打招呼。他用拿着剪刀的手指了指我的后背，看我不明白，就过来帮我拍去了。那感受和这次一样，受宠若惊，当即承诺送他一盆兰草。他对我的承诺嗤之以鼻，向我不耐烦地摆摆手，让我回家去。我回到家里还在为这般热情心潮涌动的时候，门铃响了，来访者是孙大爷。他端了一盆市面上常见的廉价兰草，面带谦卑的微笑。我把他让进客厅。那是他第一次进我家，显然，我家里墙上、桌面上悬挂摆放的字画和艺术品超出了他的想象，直到坐到沙发里有一会儿了还在东张西望。我接受了他认为我喜欢兰草的馈赠，为他倒了一杯。他接住茶杯后就和我聊上了天，从养花开始，引出他家的家务，最后扯到了他的大儿子，他为他的生意担忧。我陪他叹了通气，却也没有多说什么，因为那段时间，我们家的画廊也面临即将倒闭的命运，人家的担忧何尝不是我的担忧，天涯同命，惺惺相惜。过了两天，他又按响了门铃，这次是因为他老伴没打招呼就把他的一件穿了很久的背心送了人，两人干了一架，来找我唠嗑疏解胸臆。清官难断家务事，我借口要出门，客气地打发走了他。一次热情的接待、一次客气的打发，本来对于正常人来说这样再恰当不过的处置，却恰恰给他传递了一种含糊不清的信息：我并不反感他的到访。之后，我们家的门铃屡屡被他按响，最后发展到夫妻俩一起到访，甚至当着我的面在我们家争吵。妻子去加拿大前和他们夫妻谈了一次，这种烦扰才戛然而止。这件事给我留下了很严重的心里阴影，但凡遭遇超常的热情，我便会想起“世上没有无缘无故的爱，也没有无缘无故的恨”这句妻子替我解决完问题后教导我的话。

孙大爷和李三宽绝不是对等的两种人物，不可同日而语。但越是这样，就越显得超常，越是让人难以接受，我心里七上八下的，无所适从。

按四季划分，李三宽有四套被他讲俗套了的故事，但最精彩的还数冬季的这套。每有首次到访的客人，他必然迎出来，在大门前，在那个台阶上讲述季节里发生的故事；为了使故事更生动，更具吸引力，每次都有所变动——根据来客的特性量身打造，做一些细节性的调整。比方说，如果来客是女性，主角儿便成了母亲；如果是男性，则把重点放在了父亲身上；老少也有所不同。客人们都喜欢听，因为那的确很生动、很励志、很正能量、很吸引人。“旷世三家”开展那年，我是山庄的常客，因为要介绍一些艺术圈里的朋友给他认识，有幸把故事听过了四季，听过了无数遍，但每次我都装作从未听到过一样，随客人一道沉思、一道感叹、一道询问最后的结果。我觉得总有一天他会识破我那假情假意，然而，直到最后他都没有识破。或许他根本就没想识破，也没必要识破。

5

来到门廊下面也并不感到轻松。那里虽然没有飘雪，但过堂风却格外强烈，有种冷不自禁的感觉。我与他相视一笑，便忙着拍打身上、头上的落雪；他在一旁用种怪样的眼神打量着我，让我很不受用。也是为了回避，我刻意仔细地在身上拍打，甚至不放过一片水渍，那样子，恐怕都要赶上张昆仑了。

“得亏这会儿下得不大，不然，都要弄成雪人儿啦!”他随意在身上拍打两下后，便说道，“楚老师，咱们快有两年没见过了吧?”

“岂止两年。”

“是吗?你看我这记性!”就像忽然遇到什么特别令人失望的事情，他的眼里飘过一层荫翳，突然就黯淡了下来，但语气依然火热，“楚老师的大名可是如雷贯耳呀！章大师多次提起你，说你当年如何了不起，这一见……好像以前就见过面——呃，对了，在‘一品楼’，和省建公司王总一起，对对，你是王总的朋友。你看，说着说着，这就对上号了。”

显然认错了人，不过，我也不想点破。

“李总，听高老师说，您找我有事?”

“哦，确实有事儿！不慌，等会儿再说。”

我们相互客气一下，漫步来到影壁墙前。

“上次见面，忘记留电话了，不然也就不用绕圈子去找你了。俺没文化，艺术上更是一知半解，但俺就好和你们文化人、艺术家在一起。高老师高其昌可是俺磕过头的老师。”他边说话，边在墙壁上的一个开关上按了一下，顿时，眼前一亮。

“没有比高老师再适合的启蒙老师了，他精于传统文化和艺术，谦虚认真，善于鼓励，名下的徒弟不计其数，像您这级别的大老板，恐怕之前还没有过。”我就高老师的人品、学识、能力不无夸张地夸赞了一番，也不忘夸赞他有眼力，夸他拜在高老师门下学艺，来日必有成就。最后，我说：“高老师这人，肚里真能盛东西，收了您这样的大老板，居然没有听他透露过一字半句，若是放到别人身上，恐怕都不知道该怎样炫耀啦!”

他认真地听我说完，仰面哈哈一笑，而后，对着照壁墙做了个“请看”的手势。

照壁墙由青砖雕刻而成，形式质朴大方，墙头和砖雕凸出的部分镶饰了灯带，此时，在一层落雪的掩盖下发出熠熠的幽光，别有一番韵味，但双龙戏珠的雕刻和原有的质朴之气不相统一，显然冲减了一部分生活气息。我好奇地用手指在积雪上抠开了一个缺口，瞬间，灯光耀眼地直射出来，一下子把门洞下面照亮了许多，于是，我用手指又扫下来一段雪，让灯光透出得更多一些。这时我也注意到，走在了前面的他，正回身看我，眼神仍是怪怪的，好像要在我身上找到什么东西似的。这眼神让我感到很不舒服，想到前面他说了一半的话，便问："您刚才说'这一见'大概还有下文吧？大失所望，还是一见如故？总不会是——"其实，我猜他是在似曾相识上犯嘀咕，但我也没想跟他挑明，因为我还想保留一点神秘感，用蒙娜丽莎的微笑征服他。

他又哈哈一笑，看着我说道："没想到，楚老师还是个仔细人！"我们并肩向里走去，在翘檐处又停了下来。外面仍飘着雪，遮盖着零乱的脚印。"文化人好啊！一句没有说完的话都能听出几个意思来，这往后还叫俺这些大老粗敢不敢说话啦！其实啥意思也没有，断片了，说到那儿，脑子就空白了，不知道该说啥了。"他看我的眼神还是那样怪怪的，只是这番话说完后稍微收敛了一些。我对此一直耿耿于怀，总认为他对我的最初印象不是很好，有看法，不如他的意。后来和他徒弟楚梦娇扯闲磕，借着开玩笑旁敲侧击摸底细。楚梦娇竟然也用那相近的怪怪的眼神瞥了我一眼，问我是不是犯小心思了，想事想歪了。她说他就是这个坏毛病，不论和谁见第一面都是这样，好像要把人扒光了看一样，职业病！当木匠当的——把人当木料来挑。"碗里的水，木匠的眼儿"，她说这是李三宽的口头禅，形容眼力的重要性。

走出门楼，离开照壁墙的遮挡，院子的布局便一目了然，东西两处厢房，迎面面北安置了上房，是处三合院。我看不出设计意图，便问他为什么没有四面合抱。

"你从哪边儿来的？"他反问道。

"西边儿。"

"这不就得了，"他看我走路不稳当，便抓住了我的胳膊，"挡什么也不能挡贵气。来客都是贵人，贵人带着贵气，敞开一面，迎贵人，敛贵气，不好吗？"

“这恐怕又是风水先生的主意吧?”

“楚老师，看不起人了哟!”我们停在由花卉植被分割出的南北、东西两条路径的交叉口，他松开了抓着我胳膊的手，像在门口一样，把手掐在腰上，学着某种风趣的口吻说道，然后环顾四周，很舒意的样子，“楚老师，你猜猜，这院子是谁设计的?”

我摇摇头。

“想不到吧，设计师就是俺。”他得意地说，“干了半辈子建筑，盖处院子还要找人设计，那不也显得咱太不中用啦！不过，一分为二地看，请不请人做设计确实不一样，至少不花冤枉钱——就那处正房，扒了盖，盖了扒，折腾了三次。另外，你看这院子，整得太宽敞了，没办法才整了这一院子花花草草，不能太空，不然，和官衙也没两样了。”他拉我一下，提醒我看东厢房那边，“这是一大败笔，也是一大妙笔，能看出来不?”

其实不用提醒，拐过影壁墙时我就看出来东厢房有点怪怪的，这时也看出来它原来采用的是单脊卷棚屋顶，这种屋顶在北方本来就很少见，且与另外两栋单脊直顶的房子形成了鲜明的对比，极不协调，难怪有种怪怪的感觉；如果不是天色开始昏暗，且屋顶覆盖了厚厚的一层雪统一了彼此，恐怕我早问过他是怎么回事了。不过，这样感觉似乎还好一些。我心想，败笔就是败笔，何来之妙?我指了指两边的屋顶，“分成两期盖的吧?”

“不错，是两期。先盖的东边，后盖的正房和西厢房。当时不知是咋了，特别相中那样式，可盖成了，咋看咋不是滋味。不一致倒不是主要的，主要的是看着小里小气。不是俺爹骂俺作败，早就扒了重盖了。”

“妙笔均自意外，”觉得有意思了，我逢迎道，“那么后来呢?”

“房子都起来以后，我还在寻思着怎么绕过俺爹给改过来，直到有一天，俺爹在西边晒暖，他对俺说，不知道是咋了，只要往那儿一坐，脑子眼儿就特别清亮。我以为他是怕俺作败，想点子来劝。我暗自好笑，但面子还要给，于是俺就往他旁边给俺准备好的躺椅上一躺，照他那样子闭上眼，装装样子。可躺下就呼呼地睡着了，还做了个梦。梦里梦见一个道士模样的人带着俺到一块四面精光的地上，地中间有个深不见底的黑窟窿，他把俺一下就推了下去。那段时间，俺正为一块地块纠结，不知道该不该下手，这梦不就是在提醒俺那是个坑嘛！俺放弃了。事后证明，放弃是对的，不然，那损失可就大了。打那以后，俺是有想不通的事儿便要在那儿睡一觉，醒来就都通了。奇妙吧！”

我做出惊奇的表情看着他。

“后来，风水先生过来给俺判明了原因——东主文昌。‘高一尺挡一尺，低一尺得万丈。’正好卷棚屋顶比直脊屋顶低一尺，就像一尊香炉，文昌之气无阻无碍扑面而来，在这边迎住，脑子咋能不清亮。造风水不如碰风水，无心碰上了就不能动。你说，这是不是一大妙笔？”

“有这样奇妙？天晴了，我一定来受用一次。”

“你就不灵了。我是主人，唯我得之。但‘扶摇直上’放到俺身上就不灵。”

此时，西厢房的屋门突然打开，一位身材高挑、身着粉红色汉服的女子出现在门口，手扶门框，看着我们。由于背着灯影，看不清楚她的容颜，但仅从肢体轮廓上便能想象得到，那是个大美人。她看我们仍站着不动，便招呼我们尽快到屋里去。她的声音很好听，奶声奶气，很像某个女明星。

李三宽连声应承着，又抓住我的胳膊，紧走了几步来到屋檐下，其实再有一步就可免受落雪之苦了，但他却停了下来，用脚划拉开一条青石台阶上的残雪，问我看出来什么没有？我看了看，隐约有文字投映出来，还没有看清是什么，他便拉着我走了上去，“迎风台。”他说。

“李老师，你不怕冻着，也想想人家楚老师怕不怕冻着，昏灯瞎火，头顶飘雪，也亏得您那好兴致！”那女子等李三宽说完，便笑着数落道。听她开口喊的是老师，但口气却像个当家的。我狐疑地看她一眼，而这一眼仅于她眉宇间留下了极深的印象：幽微，似带馨香。

“你李老师那身板儿，这点雪算得了什么，这会儿就是天上下刀子怕也奈何不了他。”在那女子身后，张昆仑跷着二郎腿团在椅子里，脖子伸得老长，说道，“快进来吧，有话慢慢说，晚说一会儿，谁还能把你嘴塞上了不成？你没事儿，别把人家楚老师冻出病来了。”

“张老师也太小瞧人啦！”我不冷不热地回了他一句，接过那女子递给的毛巾，背对屋里拍打起身上的落雪来。热风从屋里涌出，即使隔着棉衣也能感受得到。

毛巾只有一条，我三下两下用完要交给李三宽时，发现已经没有这个必要了——他用两手拎起棉衣对襟猛劲儿地抖了抖，即抖干净了身上的雪，而头上的雪则是那女子帮他揩去。李三宽指了指我的头，提醒我还没清理，我才又尴尬地转回身。

“楚老师今天得了个大彩头。”我清理完，还没有转过身就听李三宽在我身后说道，“不过，我不能告诉你们，因为，这事儿还得保密一阵儿。”

“不就是你的七上八下嘛！”张昆仑说。

“哈哈，”李三宽和那女子都等在门口，他接过我手里的毛巾递给那女子，便又搀扶住我，“楚老师这双鞋子既难为了他，又辅助了他，这就应了那句话，‘塞翁失马，焉知非福’。”

这样被他照顾，我感到很难为情，同时我也觉察到那女子正在一旁打量我，我看她一眼，即慌乱地回避了开去。说实在，我确不是为她眼神里有什么特别的东西而慌乱，而是久闭在家的我已经适应不了与人对视，何况又是这样一个女人。但我很快就意识到这样的回避会给人留下缺乏自信的印象，应该马上纠正，于是又去看她，并报以微笑，她也回以了微笑，我觉得她笑起来很好看。而后，我才回了一句含含糊糊带有自嘲意味的话，至于说的什么，我也弄不清楚。

“这样式的鞋子，我爸也有一双。”那女子带着调皮的样子说，“他特别喜欢，上公园必定穿上。我们觉得奇怪，担心他滑倒，不安全，便怂恿我妈把鞋藏了起来，不让他穿。他找不到鞋子，急了眼，问他，才知道了缘由。原来，这光底子鞋子最适合跳交谊舞，一拧身子，轻轻松松转三百六十度的圈儿。楚老师，今晚是不是有备而来？一会儿请我跳一曲华尔兹？”她抬抬手，指着茶案前中间的一把椅子，做了个“请”的动作。

“咳，这哪儿是跳舞的地方！”

“想跳舞？有地方。”张昆仑大大咧咧地接过话，“这下面的地下室就是卡拉OK房，能唱能跳，好着哪——”他在“哪”字上拖出一个长音，听上去很刺耳。

进来屋门，顺着山墙摆放了一张形式感很强的原木整板长条大茶案，张昆仑坐在把门的椅子上，接话时背对着我们，一只手搭在椅背上，一只手有节奏地在茶案上敲击，一副拿大的样子。我从后面看了一眼他去了抓抓帽的光脑袋，挥了挥手，马上要做出一个教训他的假手势，但我立刻意识到身后还有李三宽和那女子的存在，意识到这样的小动作实在有失楚老师的身份，于是，紧忙在半空中改变轨迹，最后落在自己还存有雪水的头发上，狠狠地搓弄，任水星飞溅。该是有水星溅在了他的头上，我用眼睛的余光看见，他猛然扭头，看了看我，然后用手在他的光头上抹拉了两下，便又恢复了那拿大的坐姿，感觉也没有表示什么明确的或是含糊的不满，倒好像是很理解的样子。据此料定，此人纸老虎一只也。我相信，我的小动作一定没有逃过李三宽和那女子的眼睛，因为，当我心虚地去看他俩的时候，他俩好像刚刚交换过眼色，那女子在窃笑，而李三宽则故意端出一副视而不见的样子，侧脸看着顶棚，擦拭顺鬓角流下来的雪水。我很不自在地对那女子笑了笑，而后在她的指引下，坐在了与张昆仑间隔了一个位置的椅子上。

我想坐出有派头的姿势来，从气势上压倒张昆仑，可拧来拧去也没有找到感觉，最后则是弯了腰，拿起一只建窑茶盏，装着鉴赏的样子，来回把玩。李三宽坐在了里面茶案顶头的椅子里，红围巾映在光可鉴人的台面上，留下两道红色的游动的影子，即使我不去看他，也能感到他的气息像面墙一样压了过来，带着强烈的张力。那女子坐在茶先生的位置上，和我面对。过来前，她关上了屋门。

“纯粹的素食主义者审视杂食者人群时难于理解进食杂食所具有的实际意义，而杂食者也不乏对素食主义者清寡嗜好的摒弃，很显然，他们为各自的习惯和信仰所引导、所局限，由是而产生了隔阂，心理学把这种现象叫作……”现在已经回忆不起来从哪儿引出的话题，也不记得我为什么要说这样的话，我侃侃而言的时候，突然发现他们的目光充满了困惑，就像发现了只怪物一样，我立刻意识到我的语境出现了问题，偏离了主旨，脱离了环境。我停顿了一下，摆出一圈“你们懂吗?”的眼神，转了话题，“现实就是这样，像这样一场雪，有人喜欢，也有人不喜欢，有人以这种形式喜欢，有人以那种形式喜欢，其结果自然来自于不同的思维方式。比方说，高老师……哦，高老师什么时候能到?”

室内茶香氤氲，大约是什么名贵的红茶。

我说话的时候，李三宽一直在用毛巾擦头，时快时慢，快时，便影响到了我，脑子就开始混沌，表达模糊。而最后，他又用了力气，毛巾与头皮急速摩擦下发出怪异的声音，直到我停止说话。

“弄了一头雪水。”他看我一眼，而后像是被我提醒了一样，问那女子，“高老师什么情况?”

“他说家里有事儿，不来了。”

“不来了？老张……”

“你别看我，我可没招惹他!”张昆仑说。

“你没有招惹他？那是谁招惹了他?”

“谁知道？你问楚老师。”

“问我？您没有搞错吧?”我没好气地回怼了回去。想到他不过是纸老虎一只，便又加了一句：“莫非高老师‘何必见戴’了?”如果张昆仑熟悉这个典故，我们一定会对视哈哈大笑，既显得有情趣，又可冰释前嫌。但他仅仅是回了我一个好像只是针对前一句话内容的、不冷不热的、似乎也没有什么实料的眼神，而后端起茶盏，低头想什么事情。那女子对我投来惊讶的目光，李三宽问我这话什么意思。

我把张昆仑在车上讲的“雪夜访戴”的典故大体重复了一遍，末了，我说：“‘何必见戴’是结尾的一句话，也就是说，没有必要再见面了，回家去吧。张老师恐怕就是借此暗示高老师‘何必再见面’的吧!”

“两回事、两回事!”张昆仑连连摆手，“那是个仙儿，咱攀不上。”他对我投以笑脸，好像我这番话抬高了他的层面，获得了很大面子似的。

李三宽不知从哪儿摸出一个金属打火机，“啪”地撂在茶案上，等了一会儿，又掏出一盒中华牌香烟，拿在手上，老半天才说：“唉！高老师的为人，没的说，就是这脾气，真让人没半点法子。”他掏出一根香烟想往嘴上放，忽然又想起我来，一边让我，一边说道：“楚老师，你们熟，肯定也了解。”

我摆摆手，谢绝了。

“要不是他这点儿臭脾气，就弄住大事儿啦！没办法，人的命、树的根，该是啥样就啥样，谁也帮不了！就拿这字儿来说，”张昆仑接过话茬，指着对面墙上悬挂的一幅红木框镶玻璃面儿“诚信为本”的横幅榜书，手举得很高，但手指却是弯弯的，带着明显的弧度，“人家看得起你，你就好好给人家写，不签自己的名，不压自己的章，好像就怕跟自己扯上啥关系一样，为啥？你不知道吧？”

李三宽点着了香烟，低头看着茶案的某个地方，吐出个烟圈，听问，抬了下眼皮，却没有接他的话。

“我就知道你不知道。不知道就不知道吧，省着你知道了心里犯硌硬。”张昆仑说。

我经营过高老师的字画，看一眼就知道那是高老师的手笔没错。高老师的榜书多数情况下都不落自己的款，他厌烦这种直接提醒式的艺术表现行为。这是行内人都知道的事实。书生意气，原本也算不上什么大不了的事儿，可到了张昆仑的嘴里，就好像里面藏着多大的不可告人的秘密一样。我觉得很不可理喻，便扭身背对张昆仑去欣赏室内的奢华的红木家具来。说实在的，我并不欣赏这类缺乏个性的以红木为主题的室内装饰，即使心里也要发出一声感叹，那也不过是为主人的财富而感叹，何况又是在回避一个令我不悦的话题的情况下。

但是，张昆仑似乎在我这儿吃到了甜头，定要得到我的认可一样，在身后拍了拍我的肩头，说：“兄弟，你说，是这回事儿吧？”

“你可能不了解他，他不是你说的那样的人。”我转回身，侧看一眼仍是一手搭在椅背上、一手搭在案子上横坐在椅子上的张昆仑，淡淡地说道。

“我不了解他？你们听听，这兄弟说我不了解高其昌！”我即使没有去看张昆仑，但仅从他音调的变化，也能想象出那是一副怎样轻蔑的表情。他的手指在桌面上快速而又类似痉挛地敲动了片刻，之后，握成拳头，轻轻砸了一下案子面儿，说：“你知道俺俩啥关系不？同学，呵，这种关系你能说我不了解他？我太了解他啦！”

“你了解你自己吗？”

“和我有什么关系？”

“子非鱼，安知鱼之乐乎？”我用标准的普通话掷地有声地说道。

屋里忽然静得仅能听到空调机嗡嗡作响的声音。我看见张昆仑开始萎缩，开始渺小，仿佛暴晒在烈日下的缺水的秧草，慢慢卷曲，慢慢枯萎；而时间也像静止了下来。

“好！精辟！”李三宽打破沉默插话进来，嘴角缭绕着烟雾。

我粲然一笑，慢慢地拉开了鸭绒衣的拉链，这时似乎才感受到了屋里的温度。

“楚老师说得对，你是你，我是我，各是各的，非要弄得我是你、你是我，那行吗？我看不行。”李三宽把烟头使劲地按在烟灰缸里，说道。那烟头苟延残喘地冒出几缕青烟后，不甘地熄灭了，仿佛一段生命的结束。他又在烟盒中抽出了一根烟，叼在嘴上，当他打着火要去点燃的时候，却似想起来什么，猛然停下，而后，目光从我身上扫过，即关了火机。“你看你看，只顾说话了，还没有给你们介绍呢。”烟卷就像指挥棒一样在他嘴上随着字节跳动，指向我，指向那女子，指向张昆仑。

那女子就是楚梦娇，李三宽开玩笑管她叫梦特娇，一个知名的服装品牌的名字，她是他的徒弟，习学绘画。他把我和张昆仑都捧得很“高”，笑侃张昆仑为张大帅，无兵无卒，混迹江湖的光杆司令；介绍我是大学教授、艺术家、收藏家、知名画家和文学家。我觉得他还要再给我戴几个高帽子，只是帽子用完了。“总之就是家。”烟卷在短暂地停止跳动后被点着了，随着一团烟雾喷出，他说道。

气氛变得活跃起来。我问李三宽找我有什么事，他说不慌，一会儿再说。张昆仑肯定不知道他找我的事，瞪着眼睛想打探清楚，但我俩似乎保持了默契，故意摆出神秘的样子结束了交谈。张昆仑挠了挠头，不知是什么事想不通，还是想把事问清楚，带着精光的小眼睛转来转去，最后，停留在楚梦娇身上，忽地轻拍一下桌子，“你看，正说到要紧处呢，这就让你们岔开了。”

“说嘛！”楚梦娇皱着眉头，笑道，“没人拦着你呀！”

张昆仑大约接受不了楚梦娇那样子，啧了一声，绷着脸责问楚梦娇怎么跟“大帅”说话的。如果不是自称大帅，就以为他真的生气了。

楚梦娇扑哧一笑，一连声地催促他赶紧说。

“这要从哪儿说起呢——”张昆仑卖了个关子才说道，“几年前，李总，那时咱们还不认识，我组织了一次高端艺术论坛。”

“论坛?”楚梦娇疑惑地看看他。

“对，论坛。”他停了停，“其实也算不上论坛，就是由我牵头，组织本市，哦，不只本市，还有外地的几位知名的画家、书法家和相关的重要领导在一起探讨艺术发展的问题，当时叫艺术沙龙，后来也叫过论坛。建歌（章岘阁）联系不上，没有参加，其他的，上得了场面的都来了。你看，多好的机会，别人打破头想进来都进不来，老高可好，一句没时间就把我打发了。说实在的，不是看在老同学的分上想拉他一把，他哪儿配得上我去邀请。哼！狗肉不上桌的料。”

“注意口孽！”李三宽说。

“咳，这不是说着说着就上急了嘛！”张昆仑做样子在脸上轻轻扇了一下，“要说，你成事儿不成事儿与我有何相干，各过各的日子，各喝各的小酒，井水不犯河水，好赖都是自己的事儿。这不是看着他现在的情况难受嘛！前段时间听说他儿子买房子，问他要钱，他拿不出来，儿子把他的一个青花瓷都给踢了，父子俩闹着要断绝父子关系。”他吸溜，喝了一盏茶，还要说什么，李三宽打断了他，“有这样的事?”

“我前天听说的。”

李三宽把烟头按在烟缸里，吁口气，“高老师这脾气，说他清高也对，说他不食人间烟火也对，真让人没办法。不好向别人张口，还不好向我张口吗？梦特娇，你记得这事儿，明天见他了问问，缺多少，先从我这儿支过去，先把问题解决了，有啥将来再说。”

楚梦娇点了点头。

“是嘛！有这样一个大老板徒弟，这点儿钱算得了什么！”张昆仑一哂，连讽刺带挖苦地说道，“下来你要帮的还多得很哪！炒股需要资金，你帮不帮？车旧了要换，你帮不帮？喝酒没钱了，你帮不帮？”

“你说的是高老师吗？”李三宽严肃地问道。

“我说的是他那宝贝儿子！”张昆仑也加重了语气，“听说那小子前年在股市上就赔了两百万，可能还不止这个数。”

显然夸大了的事实，作为知情人，听起来很可气，于是，我觉得应该站出来为高老师争回些面子。我说：“你说的这些都有，但并不像你说的那么严重。踢了个瓶子是不假，但不是青花，一个汉罐而已；炒股也不像你说的赔了那么多，顶多一百万。”

“呵，这有什么区别？”张昆仑嘴角一撇，“一片纸都是他的命根子，何况一个罐子，还有出手的那些藏品。”说完直盯盯地看着我，带着“你知道吗”的挑衅意味。刚刚融洽一点儿的气氛又让他搅得澥汤喇水。

高老师确实如他所说，我无言以对。

他肯定的口气，让我以为他十分清楚高老师的事情。如果换个人，我可能就此会探讨一番，借此显露一下我与高老师不同寻常的关系，显露一点就文物收藏的高见，简直到了不吐不快的地步。因为仅隔一年，高老师出手的那批藏品市场价就翻了一倍，相当于损失了一百多万，这一直是我心里的痛点，只差有人提起。不过，鉴于对象是他，我还是强忍了下来。后来和张昆仑在一起筹备“旷世三家”书画展，他打听起高老师出手的那批藏品都是些什么、成交价是多少时，我才恍然大悟，他原来只是知道了一点皮毛，准确地说，只是有所风闻。也就在那段时间，我发现了他一个令我厌恶至极的毛病——通过尖厉刺耳而又貌似肯定的语言和肢体动作套取准确的信息，而后据此发挥，四处宣扬。我也发现，我已中了圈套，而且不止一次，不止局限于高老师一人。其中，这次我为高老师挽回面子无意透露的两个细节，被他利用得最为频繁，成为所言属实的佐证。严重的是，在我俩关系恶化以后，他更是毫不客气地把信息源也予以公开，让人以为我和他一样爱嚼舌头。高老师有段时间回避我，拒接我的电话，或许就和此事有关。实际上，他对所有人都是这样，包括章老师、李三宽。我注意到章老师对他这套似乎百毒不侵，往往一句“真的是这样?”就完事了。李三宽似乎也百毒不侵。我记得那天我俩对话的时候，李三宽看也没看我们，自己点上一根烟，吐着烟雾，想心事的样子，仿佛置身事外。不过，当时我并没有注意到这些细节，我的注意力虽说不完全在张昆仑身上，却因为他不断地制造问题，又不得不分配一些注意力在他身上。我注意到，他的目光从我身上移开落在李三宽身上后，表情就发生了变化，人变得讪讪的，就像有些出息的小弟看见了老大，强拿架子充好汉。他站起身，从我身后转到李三宽旁边，在烟盒里抽出一支香烟，站在那儿，点上，也像李三宽一样，吐出一团形态极为相似的烟雾。

李三宽挥挥手，把他撵了回来。

“家家都有本难念的经。”张昆仑坐下后，楚梦娇给他换了盏热茶，叹口气，说，“高老师仙风道骨，望而厌俗，想不到，家里却是这个样子。”

“像他那样溺爱孩子的，不是这样子还能是啥样子？栽什么树苗结什么果，撒什么种子开什么花，到这地步已经是好的了。”他有些愤愤地说道，“有次在一起吃饭，一桌人都看不过去——十四五的孩子，还要他给他夹菜，不夹就不吃。这种孩子也不知道带出来干啥，不嫌丢人！”话说完，瞄了眼李三宽，好像被烟眯着了眼，抽出张纸巾在眼上使劲地擦拭。他拿烟的样子很别扭，不像会吸烟的人。

“都像你儿子一样，”楚梦娇说，“人中龙凤！”

“嗯。”李三宽似乎也赞同楚梦娇所说，但面部表情却是冷冷的。

“楚老师，你没见过张老师家的公子吧?”楚梦娇对我说，“那真是千里挑一的帅哥，像明星一样，人前一站，别人都别活了。”

张昆仑乐了起来，“那算个屁呀！一张皮而已。”他站起身，抓起抓抓帽，扣在头上，跷着兰花指整理整理衣襟，也不知动了哪根神经，竟伸手在我肩头上拍了拍，“楚老师也是一表人才。”

这话并非好话，我斜看他一眼，没有接他的话。这时我想起来，高老师也曾说过张昆仑有个什么貌比潘安的儿子，语气很不以为然，好像还拿隔代遗传调侃了他。我没有见过张昆仑的爱人，不知道长得如何，单凭他的模样，真难想象他的儿子是怎样的一个美貌法，这时也听楚梦娇在感叹不知他的儿子到底像谁。对这类问题，张昆仑肯定也已麻木，哈哈一笑，接过话去，说像他，说他年轻的时候也是一表人才，在艺校和章老师并驾齐驱。他说他媳妇对这说法最认可，可以为他做证。大家俱都一笑，知道他在胡侃。

“高老师高古，想必年轻时也不一般。”我故意拿出高老师压他一头。

“他？拉倒吧！这些年不是留了把胡子，他能算什么。”他连蹬带提把椅子往后挪了挪，“高古？有用吗？这是现代，不是古代，有本事穿越回去，看那点高古到那边顶什么用。”语调很平和，但明显上气了。

“你站在那儿干吗？”李三宽问他道。

“上厕所。”

“上厕所就赶紧去，甭站得跟树桩一样。”

“话还没有说完嘛！”张昆仑退后一步，挪到椅子后面，“仙风道骨也好，高古也好，前提条件是，你是有市场吗？没有市场，全都是虚的。”他停顿了一下，“好、好，李总，李大老板，你别这样翻眼看我行不行，最后两句，说完不说了。你说，我们是不是为古人担忧？是不是咸吃萝卜淡操心？你看，和他同时期的那几位，哪一个不比他混得好！不说啦吗，话说得多余。”

“既是多余，还说啥？”李三宽敲了敲桌子。

“咳，对不住，对不住，忘记他是你师父啦！”

李三宽向外摆摆手，然后，低头拨打起手机。

“咳，我也是实话实说嘛！好、好，不说了，上厕所。”他说着往门口去，嘴里却还在嘟嘟囔囔，“这屋里当初为啥不做个厕所，这刮风下雨下大雪还往外跑，真不方便。”他拉开了屋门，“嘿”地惊叹一声，停下来，转回头，带着惊奇的神情，“雪停啦！你们甭在这坐着了，出来转转，哦，这会儿带楚老师去展览厅参观一下，让人家给你指导指导，提提意见。”他看没人接他的话，摇摇头，扬长而去，门也没给带上。片刻之后，一段《打虎上山》的片段传了进来，接着是那两只藏獒的吼声，再接着是村子那边群狗的回应，倏然间，一幅鸡犬之声相闻的田园景象。

李三宽拨通了电话，接电话的可能是那个小司机，他不耐烦地问他在干什么，又问什么时候才能准备好饭菜，最后说要在茶室这边吃饭，让他们先过来人收拾一下。屋里有张红木八仙桌，上面凌乱地放着扑克牌、水果、瓜子、果壳之类的东西，看情况，下午才有人在那儿玩耍过，未收拾，他为此有些不悦。

“老张这人，刀子嘴、豆腐心，看他嘴上刻薄，其实心里软塌着嘞。”李三宽放下电话，看了一眼楚梦娇后才想起来替张昆仑圆场，“他说他的，你做你的，别和他一般见识。开始，我也受不了他那股劲儿，看到就烦，后来人熟了，就啥事儿也没有了，人很好。”

我心说像他这种人即使好得没边儿了我也不会和他交朋友，但嘴上却说“随他便吧”。

屋内开着空调又放了盆炭火，温度很高，我很早就拉开了鸭绒衣。此时，凉气阵阵袭来，倍感舒爽。我偏头看向了外面，一个色彩斑斓的世界映入了眼帘：多种颜色的射灯、灯带由下而上交织在一起，与地面上未曾扰动的、枝头的、假山石上的雪加上房屋为背景，共同编绘出一幅类似于行画的漂亮画面。这样的造景方式我不是十分认同，觉得特别空泛，有悖于自然的美学观点，但是我也承认，它确实很漂亮，很抓人眼球，可能主人要的就是这些。我在心里轻轻地叹了口气，这时楚梦娇说了话：“哇，好美呀！真是人间仙境！哎，我们别在这儿坐了，去院子里看雪景吧。师父，你看楚老师，都快坐不住了。”

我不置可否地笑了笑，回头看他们一眼，又看向室外。我发现，从我这儿看出去，门框仿佛一个画框，天然地框出外面的画面，“你们看，这门框就和画框一样，如果……”我想借助印象主义画派的观点，谈谈山庄的园林设计存在的问题，现在已记不得我当时说了什么，或者根本什么也没说，便被一阵儿椅子腿儿与地面擦碰的响声打断，之后，李三宽宽大的背影就出现在了画框里，之后，楚梦娇也出现在里面。“梦特娇，你看到没有，那边儿的那几棵潘松像不像骆驼？那边儿的像不像凤凰？那边儿那群羊……那边儿那棵桂花树挂上雪……”李三宽指指点点，楚梦娇则十分默契地配合，她或踮脚尖，或扭动身体，像蝴蝶舞动着翅膀。

他们俩人就占去了五分之三的画面，而且左摇右晃，实际上，我是在看他俩的背影。如果仅是楚梦娇一人的话，可以想见得到，那定然是一幅绝美的仕女倚雪图，只可惜……视线再次扫过李三宽，突然发现他的臀部宽大而饱满，由此，不知怎么了，我竟于其上叠加了酒馆老板娘与他极为酷似的那宽大的臀部，继而就产生了错觉，觉得自己身在小酒馆，已然一盘猪头肉、一盘花生米、一杯老酒，醉眼惺忪，等她转身与我调侃、唠家常。我端起茶盏，却发现茶水冰凉。这时，我也意识到在背地里看人家的屁股是件极其龌龊的事情，忙回头，寻得公道杯，自斟自饮。一泡新茶，细尝慢品间，品出了不一样的人生。

“嗨，师父，咱俩只顾在这儿放羊赶骆驼的，让人家楚老师独个喝茶。趁这会儿没事儿，带楚老师去展览厅参观一下？”

大约在添上第三盏茶的时候，我才在五味杂陈中被关注到。

6

我再次被李三宽的热情所笼罩。他三步两步来到我身边，不管我愿意不愿意，便搀着我的胳膊窝儿——与其说是搀了起来，还不如说是拎了起来。之后，我便如他手里的风筝，随着牵引的方向时紧时慢地前行，根本无视我无须帮助的请求。楚梦娇也参与了进来，她倒像是逢场作戏，即便我的注意力完全集中在她扶我的手臂上，也无法感觉到她的力量所在。我被架在他们俩人中间，一边吹气如牛，一边呼气如兰，但我却只能选择眼前的被指引的景致心不在焉地观赏，因为，无论牛的草味，还是兰花的芳香，都越过了我，在某个空间交会，中和为另外一种味道——我既想知道又不想知道的味道。

展览厅和茶室遥相呼应，当间连着一条由各种植物、盆景、石头摆件预留出的庭院小径，一直到了展厅门口，我才得以喘口气。回头看看来路：雪地上三行从对面延续过来的脚印，鞋形清晰可辨，分别标识出它们的主人，凌乱处则是我们停留过的地方，分不清彼此。

展览厅由三间厢房一顺贯通，大约二百余平。从外面看，它仍是三间房子，有门有窗，而里面看则是完整的一体。灯光已打开，室内亮如白昼。在李三宽的引导下，参观首先从东山墙一道通长布置的加有防盗设施的红木玻璃橱窗内的展品开始。说实在的，即使他不这样引导，我也会被职业习惯所驱使直奔这里而来，因为，这是我熟知的领域，当年做画廊时也是这样：橱窗特别的亮度、特别的安全措施和色彩都明白无误地表明这里有特殊的宝贝。

“这里面可都是镇宅的宝贝，你看这幅，看出来没有？呵呵，徐悲鸿的奔马图嘛！这幅是齐白石七十八岁时的游虾图，这两幅是吴佩孚吴大帅的字儿，那边儿的一幅是冯玉祥的字儿，再那边儿的是清朝雍正年间的河南督抚，叫什么来着？叫——”到了展柜前，他便如数家珍似的给我一一介绍起来，但在一幅落款田抑光的字前却卡了壳，手指点了几点，还是没有想起来，于是说，“反正是个大领导。俺师父夸他清正廉洁，爱民如子，是个好官。俺敬重他。先前挂在正当间，不知咋就碍了梦特娇的眼，偏要移到这边儿。”

“咳，您可真是贵人多忘事！”楚梦娇也不生气，瞥他一眼，笑着说道，“上次宣传部的徐部长过来，人家提的建议，你也点过头了，怎么就怪到我身上了？”

李三宽回头死盯着楚梦娇，有一会儿，我都以为他过分的时候，他却如同想起来了什么似的，一拍脑门，一连声说了几个对对，“是有这么回事，呵呵，冤枉你啦！徐部长好像对这人评价不高，是怎么说的？”

“酷吏。”楚梦娇拖着长音回道。

“这么严重!”

李三宽把视线又转到展柜里，狡黠地一笑。原来他在和她开玩笑。

说实在的，凭我的经验，可以断定眼前的这些藏品有很大水分，因为当年各家画廊几乎都倒腾这类东西，低价进高价出，很赚钱，我经手的就有二十幅左右，其中尤以吴佩孚名下的最多。我有位书法家朋友，是这上面的高手，临写惟妙惟肖、难辨真假。一开始都当真品卖，后来当看到货源不断的时候，才意识到里面有猫腻。当然，这也只能在心里想一想，桌面上是不能说的。我抱定了只看不说的方针，随他频频点头，听到他特别强调的部分，便给予一个更为夸张的表情。或许配合得太过头了，他突然停下来，奇怪地看着我，说：“楚老师，你在这上面是专家，说说看，有啥问题?”

“问题嘛，主要看渠道。”我说。

这些年，赝品字画市场萎缩，渠道有限，知道了渠道便知道了真伪。

“从一位民间藏家那儿求来的。”他说，“老张的朋友。”

好了，可以说明一切了。

“民间东西，怎么说呢? 有好的，也有差的，良莠不齐，不是此中高手，上当受骗就难免了。”我绕着圈子来阐明观点，“像您这种情况最难办，自己去采办吧，没时间，委托别人吧，又不放心，所以，最好的解决办法便是请专业机构鉴定。拿到证书，什么问题便都解决了。”

他严肃地看了我一眼，背抄起手，像是思考问题似的盯着自己脚尖看了一阵，之后，问楚梦娇道：“你怎么看?”

“怎么说呢?”楚梦娇眨眨眼，也如他那样背抄起手，“这里面有个时间差的问题。鉴定后再买，价钱就要变动，开个天价，不卖了都有可能；但不鉴定，买到假货就在所难免，确实是件不好掌握的事情。”

“你怎么看?”他又转向我。

“的确如此。”

肯定了楚梦娇即说明我前面抛出的实际上是个伪命题，起码是个不够严谨的命题，但我却不能否定她，因为她说的实在是再实在不过的行里行外一听就明白的大实话。我不能强词夺理，那不是我的作风，何况还是这类人人都明白的道理。我略带尴尬地对一直盯着我看的李三宽笑了笑，还想就此再解释点什么，他却也笑了，笑得怪怪的，让我很不舒服，但随即他就收起了那种笑容，安慰我似的拍拍我肩膀，示意我接着参观。不过，他才挪动了一两步，便又停了下来，饶有兴致地讲了个故事。他说他在许昌干木匠活那年，有个当地的老乡跟他借钱，人家给他介绍过几场活，出于面子，另外还有一幅古画做质押物，他没多想就借给了他。但那人拿到钱后就消失了，以后多少年都没见过。直到有一年，公安局突然把他叫去，说有人把他告了，说他拿走了人家一幅传家古画，让他立刻交出来，不然就要拘留他。告他的人就是那位老乡。人家说找他找了好多年，没办法才报的案。本来人家把钱还回来，他把画交给人家就完事了，但他觉得这事很蹊跷，便谎称那画已经找不着了，想探探究竟，谁知这一探，就探出了大问题。人家当即就翻了脸，说那是价值上百万的国宝，让他赔。他装着赔不起，和人家周旋，然后悄悄把画交给了公安局让拿去鉴定。结果是假画。公安局把那人扣起来一审，竟然是个诈骗惯犯，在别处已经得逞。带着去家里搜查，一模一样的东西搜出来十几幅，都是他自己做的假。

“那时谁知道吴道子是谁呀，就是加了小心才没有弄丢，不然，俺这亏就吃大了。”他最后说。

“这事我听说过，没想到，你就是那个老板。”我说，“那老乡后来可不得了，成了大家，最好的时候，作品一幅难求。”

“嗯，听说了。”

“他料定了你不会保存那画，才报了案，也是遇到你了，不然……”我感到意犹未尽。

“不是料定了，是实在找不到我了，加上也确实不知道俺的情况，否则，就当时俺那形势，吓死他也不敢来招惹。”他哈哈一笑，“陈年往事，说来一笑。你刚才说到鉴定，我就想起来这事了。现在，又不打官司，又不卖画，你说鉴定它有意义吗？一点意义都没有。不像卖猪，非要给猪皮上盖个戳，不着，就没法证明猪没毛病，就没法在市场上卖。俺这是自家的猪，自己吃，自己心里有数就行了，盖不盖戳都一样，是这么回事吧？”他看看楚梦娇，“现在这块归梦特娇管，对错她说了算，对了是我的面子，说明我用人得力；错了，丢的是她的人，顶多说我不会用人。楚老师，这方面你多教教她，你是专家。”

“我也是门外汉，顶多算有经验，若是看得上这点经验，我们互通有无。”我说，“如果以后遇见什么好东西了，一定推荐给你。”

我动起了小心思，想把家里的几件东西卖给他们，我现在急需筹集一笔数目可观的钱给儿子付学费，妻子多次来电话催促，或许这真是个机会。我看了眼楚梦娇，恰好与她看我的目光相遇。我觉得她不但漂亮，还特有气质。她笑着对我摇摇头，是对我说的那话，好像也是对我的眼神，却什么都没说。

接下来，我们谈到了艺术品收藏的意义，这都是我熟悉得不能再熟悉的话题，我于高处经验老到地给予了阐述，最后用李三宽盖戳的话题加以佐证投资艺术品的意义所在，他被我夸得哈哈直笑，说道：“你这话说得好！投资艺术就是投资财富。啥叫财富？财富可不只是金银财宝，不是一头大肥猪，财富是家风，是文化，不只是物质的，还是精神的，是吧！咳，你俩别看俺笑，是不是俺不配说这话？”

“哪里不配，”我说，“只是有点似曾相识的感觉。”

他露出一个孩子般的笑容，“其实这都是章大师说的话，俺只是照搬照抄。”下来他又就他说过的话做了补充说明，其核心意思就是养性、影响下一代，总结却是莫名其妙：“说起来容易做起来难哪！我想的都好，只怕没人领这份情，一厢情愿。”

“开卷有益，”我说，“关键你已有了开始。”

“是，”他说，“章大师也是这么说的。”

普普通通一句话竟然也被套在章大师的语录里，我真感到有点憋屈。

“我倒是开卷了，但那这几个小兔崽子不知道开不开卷，不知道能不能对了他们的脾性，不然，还是别开这个卷好，多学门败家的手艺还不知道是福还是祸呢。”他接着说道，话很突兀，好像比我还憋屈。

这是家事，我不好插嘴，看他自顾自地转到一边看画，我便去看楚梦娇。楚梦娇大约料到我要看她，早已在一旁看我，看我看她，露出个知情人的苦笑。后来和楚梦娇熟悉到了无话不谈的地步，便借个由头问起此事，这才明白，其实他的那番感慨不无缘由。那段时间，他正在为他大儿子的事情伤脑筋。他的大儿子从小在农村跟着爷爷奶奶，上初中时候才接到城里，是几个孩子里唯一吃过苦的。夫妻俩感情上觉得有亏欠，所以，在吃穿花用上格外宽容，本来家里也有钱，也不在乎这点事儿，结果，竟养出来个能花钱的主儿。头几天，父子俩才干了一仗。儿子嫌头年才买的奥迪 A8 款式不好，想换辆跑车，给他支应了一声，他没理他，结果，儿子就去找了当会计的娘，直接从财务上支取了买车的钱。一家人瞒着他，直到见到才知道，一气之下，给了大儿子一巴掌。儿子虽然没敢顶嘴，但一直躲着不见他。那天，他还在为这事苦闷，思想上纠结，言谈中免不了就带了出来。了解了这些，也就理解他下来所说的穷富三代观了。有句话，我至今记忆犹新："一代也罢，三代也罢，千秋万代也罢，有一条我算看明白了，要想把事业传下去，没有文化，一了百了。"他说，这才是他投资艺术品的真实目的。他想让子孙们从这上头得到启发。最后还说了句颇具意味的话："留金留银，不及宋纸一片。"我被他的幽默逗乐了，便揶揄地拍他马屁，夸他是一箭三雕：金银财宝有了，文化、艺术也兼顾了，这买卖赚大发了。

他哈哈一笑，又在我肩膀上拍了拍。这次下手很重，就像警告我要讲规矩似的。

楚梦娇也是一笑，"楚老师，你不知道，师父在这上面的见地可透彻啦！给子孙们留金留银那点儿俗念可不是他的想法。"

"说不上透彻，"他说，"算是个想法，最终能不能起效，还要看他们自己的造化。"

"呵，这可不是想法了，"我说，"这已经是个大规划了。"

"嗯，这很重要。"梦特娇说。

我看看李三宽，他也正在瞅她。

"哎哎，你怎么这样看人？我可没有别的意思，别想歪了啊！"

“没大没小的，成何体统！”他语气很严肃，但眉眼间却带着笑意。

“得得，我还是把嘴闭上吧。”楚梦娇嗲声嗲气、佯装委屈地说道。

展览厅只有一部空调，我们进来时，楚梦娇就已给打开，但功率有限，室内依旧很冷。或许是此缘故，楚梦娇总是走在前面，如同催促进度一样——她那身看起来十分单薄的汉服恐怕难于抵御这样的低温。我动了怜香惜玉之心，有意与她保持了一致。况且，我对这几件展品也毫无兴趣，认认真真看，走马观花看，都是做样子，他们不问我的意见正好，若是问了，我还真不知道怎样回答呢。我也不想在此耽搁时间。这样就把李三宽忽视了。转过一面墙，在一个独立的仅展示了一幅徐悲鸿的奔马图的小展柜前，楚梦娇停下了脚步，想要说什么的时候，才发现师父落在了后面，便做了个鬼脸，紧忙返回去拉着李三宽的衣袖把他拉了过来，就像拉了个生闷气的小孩子，嘴里絮絮叨叨：“你呀，真是没法说你，一到关键时候就拖后腿，快点快点，楚老师可是专家，听听他怎么说。”

我猜这幅作品一定是经她手收藏的，不然，她也不会是这副做派。据此判断，刚才看的那些就应该是张昆仑的作为了。我心思转动了一下，就动了泄私愤的念头。恰好李三宽也说机会难得，既是说了都说说，他喜欢听各方面的意见，语气还算诚恳。

“我开画廊那时候，主要经营当代艺术家的作品，高老师、老金的作品在我那儿放的都有，像徐悲鸿这样的大家，其实接触得很少，说到他们的很难到位。若有不当，权当玩笑。”习惯性地开了头，做了铺垫，防备话说过头了没有回旋的余地，“其实，收藏人最大的痛点不在于收了什么，而在于收的东西对不对，是真是假，这是最不好掌握的，所以就想听别人的意见。一来二去，问题来了，因为那些意见，不尽都能说到心坎上，于是，犯心病就少不了。搞收藏，这是道劫，渡过去了就过去了，过不去可能从此就与此无缘了。我非常支持李总收藏养性的观点，等你不在这上面较真的时候，实际已经过了这道劫。这是我的亲身体会，也是好多藏家的体会。不过，有种情况最能帮助新手树立信心：到手的某件藏品，别人都认为不对的，偏偏就对了，一次便捡了个金元宝。就像集邮买了错票，错了反而好啦，反而价值连城啦。至此信心来了，往后谁都影响不了你。其实有些时候，我们就生活在悖论当中，对错之间的转换真的让人眼花缭乱。像那边那幅齐老齐白石的画，注七十八岁写之，非常罕见，通常的，都是八十以上。请行家看，说三道四的肯定少不了。但人不是机器，有性情，性情这东西最没定数，随时随地都会闪耀异样的光芒，何况像齐老这样的人，偶尔出几幅异品根本不算什么，物以稀为贵，你可要收藏好了。”我不等他消化掉这段话，便又接着说，“吴大帅的墨迹，因为是民国时期的，传世的较多，咱这儿有不少人收藏。我见过几幅，参照他们的来看，笔意、印章都没问题。他的作品里，往来文书类的或许更有收藏价值，而且还包含了文化方面的内容，如果有兴趣，我留意一下，帮你收下来。”我手头就有两幅这样的藏品，而且经过专业机构鉴定，有鉴定证书，我想借机推销给他们。我当时肯定也做了期盼式的等待，但他们没做任何表示。

“冯玉祥的字儿也是这个道理。这幅奔马图……”我接着说，“我曾见过两个版本：一个刊登在早年的《人民画报》上，一个刊登在五十年代苏联时期的画展宣传册上，若是能找来这两本书比对一下，只要是其中的一幅，其价值……当然，像这样的作品应该不止这两幅，我的意思是说，有分量的收藏，若能建立在一定的佐证之上，那就更有意义了。”

“这两本书好找吗？”楚梦娇问。

“省级以上的图书馆或许能找到。”我说。

李三宽瞥我一眼，没有说话。

“今天能够看到如此珍贵的藏品真让我眼界大开，不说别的，仅凭这两幅画，您就可以成为本市艺术品收藏界的领军人物。当然，这和您的境界、您的远见卓识是分不开的，真的想不出还有谁能超越您。”

我说这番话其实是为了讨好楚梦娇，虽然表面上是夸李三宽，但落脚点却是在她身上，因为李三宽前面说过，这里归她负责，也就是说，这些画应该是她收入的，肯定花了大价钱。这样的马屁很有分量。现在回想起来我之所以这样，都是因为心里的那点小心思——想把我那两件吴佩孚的字卖给他们——一直在作祟，结果太急切了，说出来的话连丁点儿文化人的水准都没有把握。

他俩笑了起来。

“楚老师，你们这些艺术家呀，讲话也太讲艺术了。”楚梦娇说，“不说别的，你直说，这幅画是真的还是假的？”

“我说了算数吗？”

“算数，起码在我这儿算数。”

“在真理面前，我们要有一颗敬畏之心。”我笑着说道，“又要扯到鉴定上去了，其实这是辨别真假的唯一标准。我嘛，人微言轻，不论下怎样的结论将来都是笑话。”

“又一个狡猾分子。其实呀，楚老师，您能把话说到这种程度，我就已经很高兴了，起码部分地肯定了我的成绩。比起来那些只说好听话不讲真话的人，您多多少少还透露出了真的一面。高老师，我的师爷爷，文化人吧，道德修养高吧，可要从他嘴里讨点大实话比登天还难。”她学着高其昌的样子，“嗯嗯，看气象应该没有问题；嗯嗯，大道天成，物以人杰。爬到梯子肩上都够不着。”

我喜欢她这时的样子，表情很丰富，很调皮；那富含青春范儿又兼具叛逆精神的又黑又粗左右摆动的两条小辫儿让我产生出错误的判断，让我误认为她的年龄只在三十岁上下。即使后来于偶然中知道她的实际年龄已经超过了四十岁，我依然在相当长的时间里保持了这种错觉。我经常拿此和她开玩笑，“扎小辫，穿汉服，不惊人，不罢休”这样的玩笑，往往会激起她开怀暴露其成熟程度的笑声，我也于笑声中倏然发现那错觉的存在，也因此，玩笑开过几次就不愿意再开了，我想留住那最初的美好的感觉。楚梦娇原在市内一家企业医院做护士，她解决了李三宽恐针症的问题，同时不限于此的能力也被李三宽发现而把她挖了出来，现在是他的专职徒弟加秘书。

“高老师专长不在此，这点你可能错怪他。”我说。

“那也没必要绕弯子呀！”

“你想欺师灭祖吗？”李三宽这时说道，“就是绕弯子了也是在教导你。上次去看画展，你不也是‘大道天成’挂在嘴上吗？才在别处显摆过，到这儿就忘了。”

听起来李三宽语气很重，但面目却很和善，很有师父范儿。他“教训”完徒弟就示意我接着参观。“楚老师，你看，这几位画家都熟悉吧？”他说。

东墙上大约有二十来幅作品，打眼一看，多为本土画家的手笔。过去都接触过，有的还很熟，我对他们的绘画风格也算了如指掌。但我没有即刻发表观点，而是随着他的引导，走马观花地看了一遍。我特别留意到，在这面可以算作主展墙的墙面上并未看到章老师的作品，这让我感到十分奇怪，因为听他的口气，我感觉他和章老师关系已相当可以了，在这里有一两幅他的作品展示才属正常。

“您这里怎么没有章老师的大作？”在展厅应门高其昌的字画作品前，我忍不住问道。

“有，没挂出来。”

“为什么？”

“本来有三幅，一幅花鸟、两幅字儿。”他说，“才挂上去两天就被朋友看中摘走了两幅。没办法，好朋友，喜欢了，想要，不给也不行。余下一幅就收起来，不然，早晚不保。”

“送人啦！”我诧异地张大了嘴巴，“你真舍得！”

“舍得也得舍得，舍不得的也得舍得。”他含蓄一笑，“干哪行说哪行，干我们这行……楚老师，这里面的弯弯绕绕你不明白。”

如此小瞧我，反而让我感到一阵轻松。我淡然一笑，仿佛就是不明白一样。其实这类送礼的伎俩，我过去不知帮那些老板干过多少次了，里面的弯弯绕绕不说完全清楚，最起码也清楚个八八九九，无非是有的放矢，少花冤枉钱，再植入了人家“要”的因素，巧妙地加重了礼品的分量。一般情况下，收礼人只要敢开口要，就说明人家已经认可了你，下来的事情就好办了，花小钱办大事。

我们在高老师的作品前停留了一会儿，转向门口这边来的时候，意外发现，在敞开的屋门后面有幅被遮挡了一半的画作颇为眼熟，心中一动，紧步过去，拉开门，当一幅竖幅四尺整张泼墨山水呈现出来时，我几乎惊讶得喊出来——竟然真的是章老师的作品，而且还是经我手卖出的那四幅作品中的一幅。买家是同一人，自我介绍是大学老师，他说他非常喜欢章老师的作品，多次恳请我介绍他们认识。撇开章老师坚持隐藏身份的因素，这也犯生意上的忌讳，所以我没有为他们搭这个桥。但这幅画怎么跑到这儿的？我很好奇，便问李三宽。

他或许不太理解我对一屋子名人字画都没有兴趣而独独在意了这一幅，盯着我看了片刻，才无所谓地说道："前阵儿有个小兄弟想在我这儿弄点儿活干，送我的，他说是他们的家传。"

"他是哪里人？"

"我们老家的。"

"父亲是教授？"

"啥教授！"他笑着摇摇头，"杀猪的。"

"他爷爷呢？"

"也是杀猪的。他们家只有他没有子承父业。"

根本靠不到线脉上来，我狐疑地又把视线投在那幅画上。这是章老师早年的一幅金粉泼墨山水，大块的墨迹上泛着星星点点的金光，潇洒恣意的线条无不映透着章老师那独特的绘画风格和技巧，即使撇开别人根本学不会的章骚体边款，也能确定这是他的作品无疑。我想不明白，它经历了怎样的一个历程落于屠户之手又来到了这里？

"喜欢这画？"李三宽在我身后突兀地说道，"喜欢就拿走，算我送你的见面礼。"

我被他偌大的许诺吓了一跳，随即也明白，他不识货，我若顺势接受了这份大礼，如同打劫；而且这种许诺想要落到实处，还有一些不确定的过程，东西没落到手落一身臊，也不是不可能。我摇摇头，笑着谢绝了他。而他似乎也像早料到了，哈哈一笑，便讲起自己是如何地关照这个小弟的事情上来，好像他不曾许诺过什么，我也不曾拒绝过什么似的。在他讲那些的时候，我贴近了画面仔细查验，希望找到一点线索。当年在画廊正出正进的字画作品背面右下角的位置都加盖有我的"楚留香”或是“留香画社”的闲章，但这幅画上却没有。我顿时糊涂了，弄不清是忘记盖章了，还是章老师另有所出。

在圈子里，章老师的这类早年作品，价格已然不菲，他们不识货、不知情也就罢了，难道他身边的朋友也不识货？尤其是高老师，他可是章老师的铁粉，对他的画风、细节了如指掌，难道……我百思不得其解。

“高老师见过这幅画吗？”我问他。

“挂这儿没几天，他还没见。”

我心里一阵释然。

“张昆仑呢？”

“天天见。”我的问话显然提示了他，他开始认真起来，“怎么？这还是大家的手笔？”

“是的。”我说，“张昆仑没说过什么？”

“什么也没说。”

我想不出来张昆仑是什么情况，便想跟他开个玩笑，“你看这像是谁的画？”

李三宽有个习惯，只要有人向他提问，他若是不知道怎样回答了便会端起大老板的架子，头微微抬起，目光柔和地盯着你，似成竹在胸的样子，但嘴里却只有“嗯、啊”这两个不明含义的语气词。和楚梦娇也是这样。不过，那天我是第一次见他这样，还真有点适应不了。

“看出来了？”我追问道。

他又“啊”了一声。我注意到了他的变化。

说实在的，我当时错判为他了解真相，故意逗着我玩，心里很生气，就要调侃他两句的时候，楚梦娇却说了话：“哎，师父，我来猜猜，行不行？”

“嗯！”

“张大千，对吧？肯定与他有关。”

简直差了十万八千里，不过，经他这样一说，再看画，确实也有那么点意思，好像是临学来的那样。但这种印象只在脑子里存在了片刻便被否定了。因为，章老师的绘画特点还是比较突出的，如果说有什么雷同，那也只能说，雷同的只是泼墨技法，除此没有一点干系。就是这样，我在心里也对楚梦娇的艺术修养高看了一眼。

我和李三宽几乎神态相同地哈哈一笑，就像老师对学生。直到这时，我仍以为他了解真相，甚至都怀疑楚梦娇也了解真相了，他俩是在演戏给我看。但等他一开口，我便知道，是我高估了他。

“嗯，我看也差不多。”

他看我一眼，想在我这里得到验证。

“您也这么认为?”

“像是他的一个徒弟什么的，我有印象，就是想不起来他叫啥了。”他用食指关节顶在太阳穴上揉了揉，好像这个问题很让他头疼。我看着他自作聪明的样子，简直无语。

“这是章老师早年的作品。”在楚梦娇再次追问下，我交了底。

“章大师的?”楚梦娇诧异地发出疑问，“落款不对呀!”

“那段时间，他用的就是‘许里舍人’。”

“为什么?”她追问道。

“为什么? 这再正常不过啦!”我说，章老师对他那段卖画的经历讳莫如深，对此，我不宜多说，“文人风流，一个笔名算得了什么。”这时我看到他俩交换了下眼色。

“徒弟，楚老师是这里的行家，他的话不会有错。”李三宽说话的时候通过半掩的门向外看了看，转回身便问楚梦娇，“前两天，那货说要幅画，说的是这幅不是?”

“没明说，但听意思应该是。”

“哼! 这家伙!”李三宽耷拉着脸，摇摇头，沉默了片刻，再说话时，岔开了话题，“楚老师，这些画家都熟悉吧?”

“嗯，基本都熟悉。”

我猜他说的那货应该是张昆仑，很想闹清楚，然后借机黑他几砖，可人家不说了，我也不能再问，只可转到他的话题上，况且这也是我熟悉的话题，乐得回答。“岂止是基本，都太熟悉啦! 撇开高老师不说，那几位也都是好朋友。曾老师那人最有意思，接触得最多，他可是个酒仙：酒过七成妙语连珠，酒过八成气吞山河，九成的时候就要游龙走笔、泼墨挥毫，精品往往都是在这个点儿上产生的。不过，这个时候一定要把握住，再多喝一口都不行，不然酒、墨就分不清了。您收藏的这幅，我看只是八成——狂放劲儿好像还欠着一点儿，没有完全释放出来。那一幅是江老师的新作，和以前比，他的画风转变很大，若不是看落款，真不敢相信是他的作品。咳，江老师那人，惧内，在圈子里出了名啦。他的印鉴都在他老婆那儿收着，想送朋友幅画也要看他老婆的脸色，有一次……”我滔滔不绝地讲道。

我讲的事情都是艺术圈子里的老事儿，李老板很感兴趣，他一直很认真地听我讲完，才似问似答地说：“都不错吧?”

“当然不错啦。”

折回去又折回来，我们走走停停地到了屋门另一侧。这时，楚梦娇紧走两步拦在前面，面带红晕，张开双臂，踮了一下脚尖，犹如芭蕾舞步，粉红色的汉服飘起来，起一个旋儿，弄出一朵绽放的鲜花。

“嗨，等等，我有重要话要说，”她说，“嗨，你们不要这样瞪着我嘛!”她低头在身上看了看，随即像是明白了什么似的，莞尔一笑，“参观结束前，最后这部分，我要提个严肃的要求：楚老师，从现在开始，你要实实在在地说话，说心里话，不能兜圈子，不能讲艺术，行吗？不然，在这儿结束咱就结束，回那屋吃饭去。”她指了指外头，面色坚定。

屋外无风，倒觉得屋子里风起云涌。

“对对对，徒弟说得对。”李三宽乐呵呵地说道，“我也听出来楚老师的话有些绕圈子。甭绕，有啥说啥，不分田，不抢粮，没什么大不了的，我都能接受，实实在在地说。”

我应允了他们，但心里却是七上八下地犯嘀咕，不明白他俩突然冒出来的认真劲儿源自何事。

楚梦娇又提醒了一句“你要说话算数”后，让开了身子，一幅四尺条的兰草映入了眼帘。说实话，打眼之下我还以为是清代画家金农的作品，可定睛细看，一眼就看出来是临摹的新作。画面干净，字体娟秀，映透着女性那种柔弱恬静的气息，美中不足之处是笔意迟滞，该是生手为之。这幅画并不难评，诸如气象一新、兰馨拂面、古风新容等等，这类词儿随口说来，既可以达到雅言美评的效果，又不显得敷衍。可有前面楚梦娇的那段过板，我竟语滞起来，不知道说什么好了，及至看清落款，知道作者是楚梦娇时，更不知道该怎么说了。这时楚梦娇说道："楚老师，说话呀！"

"那个……你刚才那样一说，我都不知道说什么好了。"我调整了一下，"道理是这样的，不管我的话说得实在还是不实在，只要没有说到心窝里去，那十有八九都是不实在。'知无不言，言无不尽'得有个前提，就是先要恕我无罪，不然，打死我也不敢多说一句。"

"好、好！恕你无罪，随便说，随便说。"李三宽笑着急切地说道。

"狡猾！"楚梦娇瞥我一眼，又转向李三宽，"看你幸灾乐祸的劲儿。"

"首先，要夸你师父。"艺术评论，知无不言、言无不尽是大忌讳，只要没有绝对的威权，尽言即意味着要得罪人，这一点，我再清楚不过了，虽有那样一番话做铺垫，但若说到实质性内容，还是要从好听处来。我扭头看一眼楚梦娇，她仍保持着说"狡猾"的表情，"能做到因材施教才是当师父的最高境界。"我对李三宽点点头。

"咳，我这个师父其实徒有虚名，她那两下子都是从她师爷爷那儿学来的，说和我有干系，就是笔墨纸砚是我供给的，就这么多。"

"咳，不管有没有干系，你这师父我认定了。"

听他俩说笑，我也理清了思路，等他们又看我的时候，我便由"首先"到"其次"再到"再者"，洋洋洒洒地做了一番评述，从侧面拍了马屁，又在玄妙处给予了批评。其实，评论初学者的画不难，只要在感觉、天赋上做好文章就应付得了，实在话都放在技法、功力有待提高上便可万事大吉。

他俩不停地点头认可。

接下来，我们又看了那面墙上余下的六幅六尺整张的竖幅字画。

四幅行草书法、两幅泼墨山水。就四幅书法作品而言，仅能用刚入门来评价，我判断，书者必是习学一两年的新手；但两幅山水却气势如虹，无章无法恣意为之，当不失为好作品。

“觉得怎么样？”楚梦娇嬉笑着问道。

“我觉得……”我就要把我的看法如实说出来时，看了眼楚梦娇，她的神情不免让我多了一个心眼儿。于是，我走近了一步，弯下腰，状似看画，实则仔细地看了落款和印章，这一看，连我自己也要笑出来了，居然是李三宽的大作。

“总的来说都很好。”

我首先做了肯定，后又略一思忖，“深远、宏阔，这样的感觉即使大家也难以具备。”一般来说，这话用在成功的大老板身上都不为过，因为，他们大多具有丰富的人生经历，历练出大气豁达的性格，且完全是自然的，根植于骨髓的，但在职业艺术家中往往少有存在，而且学来者居多，所以，我并非为了讨好他才说了这话，事实上的确如此。“现代艺术最主要的、最突出的，就是强调个人个性的张扬，强调个人精神的表现，当然，这话放到传统书画艺术上也依然适用。比方说这两幅山水，看似无章无法，其实在泼、抹、勾画、描写间，无一不在表现作者内心对山水、对空间最为深刻的认识，即使个别地方生硬了一些，但也不失为……”我停顿片刻，故意吊了吊他们胃口，“有想法的好作品！”接着我又指向书法作品，“这四幅书法作品相较于画作，凭良心说要弱一些。问题就在于一味仿古、一味追求王羲之的境界，反而落入了俗套。但也不该由此非议。随大流，从众，能说不好吗？可问题来了：性格洒脱的人下笔既有其意；而性格迟滞的，心性相左，就误入了歧途。高老师对我说过，临好帖、临对帖很重要；而章老师却说，心性、发挥自我很重要。你们看，我们熟悉的这两位大家就此事的认识都统一不起来，那么，他们谁说得对呢？让我说，都对。不过更多时候，我更倾向于章老师的观点，他的观点看起来很抽象，但若领悟了，却能起到事半功倍的作用。再说这几幅字儿，若是作者能把绘画的感觉糅进书法创作中去，我敢说——呃，我看这几幅作品是一个人，叫——”我装着没有看清，又弯下腰仔细端详，“叫李三宽，这名字怎么恁熟，是——哎呀，对不起，对不起，是您！”我故作恍然大悟状，“班门弄斧，班门弄斧！李总，您千万不要介意！”

“咋会咧！听君一席话，胜读十年书。”李三宽哈哈一笑，说道，“醍醐灌顶，是吧？徒弟，词儿没有用错吧？说实在的，我也对这几幅字儿不满意，可不满意在哪儿，又说不清楚，楚老师这样一说，就明白了：原来攒了一把劲儿给人家陪标去了，出力、花钱不讨好，末了还要落话把儿让人家笑话，是不是？”

“怎么又说到陪标上去了，三句话不离老本行。”楚梦娇娇笑着看他一眼，说道。

我不明白“陪标”的意思，便看楚梦娇。

“陪标就是已经内定的标，招标只是走过场，完善手续。去和人家争这样的标，花钱出力落笑话，做了好事还没人来领情。”楚梦娇解释道。

“呵，是这样，李总的比喻也太到位啦。”我说，“其实，写字这事儿能做到古为本、己为彰，相得相补，自为易用就可以了。这是我个人的观点，仅做参考。”

“好、好、好！古为本、己为彰，讲得太好啦！”李老板突然握住我的手，“咳，你看，只顾说话了，正经事还没说嘞。策展人这事儿，就你了。”

策展人？什么意思？我纳闷地看看他俩，一时摸不到大小头。他的手比我的要大出来一号而且很粗糙，被握着实在不是一件舒服的事儿，于是，我委婉地抽回手，装着脸痒要挠的样子。

“是这样，楚老师，我这不是年后要办个画展嘛。”李老板倒也没在意，收回手，两手来回搓了搓，看上去很认真地说道，“这事儿我和章大师说了，章大师说办画展要有策展人，他特别隆重地推荐了你。我看了，你行，能看出你有两把刷子，也能降住俺，你可不能推托。说起来俺写写画画也有两三年了，朋友们关心，问我啥时候能办个画展。其实办不办这玩意，我倒无所谓，不当回事儿，因为都是自己玩嘞，不是非要整出什么大名堂。可丑媳妇早晚都要见公婆，这一关，躲不过，这就没法儿了。前几天，我一咬牙，办，有啥不敢办的，管他好赖，拿出去亮亮，大不了当个笑话。你说，人长得丑，又怕笑话，那还活不活啦!”他拨拉拨拉头，笑呵呵地看看我，又看看楚梦娇。

“楚老师，我师父就是这人，不干算拉倒，要干，就一定干成、干好。看他嘴上谦虚的，实际呀——心里头扎实着呢!”楚梦娇打趣地说道。

“不错，徒儿说出来的话师父就爱听。”

他俩一来一去逗了几句乐子，等他们不说了，我说：“李总，虽说我以前办过画廊，可策展人却从来没做过，没经验，事情办砸了可怨不着我。”实际上已答应了他，但接着，我又说：“慎重起见，我觉得，我们都再认真考虑一下才好。”

“没啥考虑的，我相信章大师，他看中的，不会错。”他有些不耐烦，之后似乎也意识到了这一点，又说，“上次和王总一起吃饭，你给我的印象可深刻了，对吧？梦特娇，我用‘深刻’这个词儿，对吧？”楚梦娇点点头。“你敢讲实话，能把事儿摊开了讲，有想法，有思路；不像有些人，整天就会说好听的，一碗一碗迷魂汤给俺往肚子里灌，恨不得把俺灌成阿斗。你说是吧，徒弟？”

“哎，说正经事儿呢，怎么又找起我的碴儿啦!”楚梦娇俏笑着说道，“严肃点儿。”

“好，好，严肃点儿，严肃点儿!”

他抬抬手，示意参观结束。

我们一起出来，鞋底子接触到那留着脚印的雪地时，我似乎瞬间摆脱了某种无法描述的烦闷的氛围，找到了乐趣。我走在前面，在那三行脚印里找到自己的那行，在保证稳当的前提下，尽可能让鞋子精确地契合在里面，于是，那脚印便被赋予了新的形态：相向叠加的底面儿和相向扩大了的偶有缺损的边缘，一如脑子里盘旋回转的李三宽最后所说的那些话，在破损的边缘寻找完整的逻辑。

“哦，对了，章大师那边已经讲好，他会来出席画展开幕式。楚老师，怎么样？这规格说得过去吧？”李三宽在我身后说道。

“呵，是吗？这面子可真不小！”

或是李三宽说了什么，或是楚梦娇又说了什么，或是脑子转到了章老师那天说的“这个人可以交朋友”的话上，总之，那当口注意力就出现了短瞬间的缺失。当我清醒过来，明白发生了什么事时，我已四仰八叉躺在了雪窝子里，眼冒金星，气都快喘不上来了。但，这还不是最坏的结果。

7

翌日午时，我和章老师通完电话，习惯地用右手挂断电话时，竟发现右手腕肿得像个发起的馒头，我花费了很长时间才想明白了原委，显然昨晚的那一跤摔得不轻，以至于伤及手腕。我试着触摸了一下，感觉并不是十分疼痛，又试着端起那个残留着泡面汤汁的碗，而这次，痛感如期而至，且难以忍受。我慌了神儿，一下子想到了很多可能出现的，最好的或是最坏的结果：两三天内就会不医而愈，或是伤筋动骨一百天，百天后不医而愈；再就是手术、打石膏，经过一番医治而恢复如初；乃至截肢变为残废，乃至危及生命。我在最好的和最坏的结果之间徘徊，在最好和最坏之间的治愈途径里抉择，心情仿佛游荡于一条很深很深的巷子，有时阳光明媚，有时又暗淡无光，而巷子似乎又总是在折转中走不到尽头。其实，我知道，我的所有忧虑都源自于一个问题——我还能不能画画了？我决定向一位朋友询问，他是圈子里的百事通，是个热情人儿。他讲的过程、结果和我想到的一样，由最好到最坏，充分而专业地给予了涵盖，不过，他也提出了严厉的要求：必须马上就医。至于其他的，他说都不是现在要考虑的事儿，说我摔傻了，缺根弦儿。这似乎算是巷子的尽头，转过一个折角便可望见，还算明朗。

我想找人陪我前往，在翻着电话簿分析现有的保持联系的女友里哪一位具备陪我去医院的可能性的时候，看了一眼对面那窗，恍惚间见那女子身着红衣闪现了一下即消失了，我不能确定我看到的是幻觉还是真实。我给第一位可能性打了电话，她也是我最想见的人，我渴望在她的关怀下得到心灵慰藉，然而，她说她昨晚喝多了酒，头疼脑裂，自身难保，难于奉陪；第二位可能性告诉我她没有时间，如果可能的话，晚上来看我，但接着又说算了吧，不想碰见那可恶的老头；第三位干脆就不接我的电话，我拨通了两次，两次都在“嘟”的一声响过之后而以忙音终止，像是被列入了黑名单——她闺蜜提醒我，说我在她的情人目录里排在第八位，七上八下，要争取第七，否则将被淘汰——那么，或许已被淘汰？我于凄恻中出了门，到了大街上才发现我刻意挑选的主要以防滑为目的的登山靴根本派不上用场，因为车道和人行道已经被清理，城市管理者尽职于他们的职责，他们更多的只关心城市的功能，而非风花雪月之类那套玩耍的事情，他们才不管我的期冀、我的情怀、我曾为此付出了什么。铲起的雪块无规则地堆放在路边，等候宿命的形态的改变；而事实上，在一些阳光不被遮挡的坑洼处确已有几乎是黑色的雪水汇集，即便阳光还没有穿透云层，但发动机的尾气，以及各种各样的包括我散发出来的热源，以及城市环境本就具备的物理效应已然在促使这种改变的发生。昨天我还为之冲动、为之向往且又充满诱惑的那个冰天雪地的世界，如今仿佛一场支离破碎的梦，支离破碎地苟延残喘在边缘地带来展示昨天的故事。我诧异于变化之快，而更让我诧异的是医院的骨科门诊竟然是这故事最大、最具影响力的延续点或者汇集地，竟然以看似不同而实际上均源自于一种原因的疾患形式且在彼此的讲述中延续；尤为加重了我的诧异的是于嘈杂、熙攘、人头攒动的黑调子之中还有若干红衣女子点缀其间，当然，肯定还有若干其他的五颜六色，但我似乎只专注于红色，像专注于一幅绘画的点睛之笔——我怀疑在那若干红衣女子中，不排除有那女子存在。你知道，仅是这念头闪现就已让我心跳加快，何况又幻化，仿佛就如真的存在那样。然而，我却从来没有看清过她的面容，甚至模糊的也没有，此时，仅凭那曼妙的身姿和我也说不清的红衣是没有办法确定她存在与否，我并未因此而放弃，反而更加专注，直至引来了若干个鄙视的一瞥之后才意识到我的无聊。如果她真的存在于她们其间，我肯定，我会与之搭讪；一个多月来的隔空相望，或者说偷窥，在我心里已然拉近了与她的距离，仿佛长久的相思，唯有美好的存在。我相信她能安抚我心，即便搭讪无果。

在待诊的长廊，坐在我旁边的一位伤的部位与我相同但不同手的患者，与我做了伤情比对，从肿大的程度上来看，他要比我严重；隔着他的是位女子，她也参加了我们的比对，她伤得很轻，依照我俩的观点，她根本就不需要就医，她接受了我们的观点，但她依然坚持要看一看。他们都有人陪。不久，他们就回到了他们自己的话题上，在扬声器刺耳的叫号声中打发时间；我则陷在地上纷沓的脚步与高低嘤咛的呻吟声中想着自己的心事来打发时间，而想得最多的，无疑是章老师与我在中午的那个通话，还有就是我对昨晚发生的那些无聊的事情的懊恼。

今天的通话与以往不同，显得有些啰唆，且是因为我的缘故。

章老师的爱人许丽红拨通我的电话的时候，我正在为宿醉带来的强烈的呕吐感而痛苦懊恼。所以，我既没有看来电显示，也没有认真辨别声音，便随口问了一句："哪位?"

"许丽红，章老师的爱人。"

"啊，您好，您好！"我一下子清醒过来，"昨晚喝多了，现在……一下子没有听出是您。有什么吩咐？您说。"

"呵呵，没关系，章老师找你，我把电话给他啦。"

"好、好。"

章老师打电话找我，大多数时候都有这个过板；先由他爱人许丽红给我拨通，而后再转交给他，转交过程需要三到五分钟。许丽红曾为此很生气地给我解释过，她说为这事儿，俩人可是没有少生气：明明在创作，脑子里却走弦儿似的让她和某某联系，联系好了，却又让人家等，等他画完刚刚冒出的某一笔灵感。有次，催了他，他发了一通脾气；有次没有听从，等到他又想起来的时候，也发了一通脾气。从那以后，他让联系就联系，大不了浪费点儿电话费就是了，总不能为了这点儿事情闹得不高兴。我在等章老师接电话时，可能叹了口气，我可不是为他们的事儿叹气，我是为没有消退的酒劲儿和身体的不适叹气，为自己不懂节制稀里糊涂地喝醉了一场叹气。那会儿，我还没有发现手腕上的问题，如果发现了，恐怕已不仅仅是叹气了。

“小楚，遇到什么不开心的事儿啦?”听筒里突然传出章老师关怀的声音，“是不是昨晚的酒还没有醒过来?”

“哦，章老师，您好!”我忙提起精神，“您怎么知道我喝醉了?”

“呵，我怎么知道，看来真的醉得不轻，给我发过短信都忘啦!”

“是吗?给您发短信了?”

“不信，看看你的手机。”

章老师的手机多数情况下都处于关机状态，其实，出于礼貌和对他的尊重，即使明知道他开着机，我也不会轻易地打电话，我怕因此影响到了他的创作，当然，如果他正好在创作的话。一般的，我找他都是短信留言，“合适”的时候，他会打电话过来；遇到有特别紧要的事情，就直接打他爱人许丽红的电话，不过结果相同，同样是要等，只是时间会稍微短那么一些。昨天酒醉，一定是在路上给他发了短信，所以，他才有此一说。

“相信相信，昨晚醉得不轻，都断片儿了。”

“小楚子，这样很危险啊，给我发个短信说两句过头话也没什么大碍，但是，拉着人家女徒儿的手不放可就是大事儿啦，我提醒你，这方面要注意了。”半开玩笑的语气，“李老板上午给我来了电话，说你昨晚喝醉了酒。喝了多少呀?你的酒量我清楚，一般情况下不会有问题。”

章老师娓娓道来，好像说的不是我而是别的什么人似的，即使这样，我头上还是“嗡”的一声响了一下，燥热眩晕，汗湿脊背，“是真的吗?竟然这样丢人?”

“呵呵，有则改之，无则加勉。李老板也是跟我开玩笑说的，不过，这种玩笑还是少让人家开为好，你说是吧?”

“是是是，这人丢的，都丢到家啦!”

“其实，你也不用放心里去，听他的口气无非是小有‘失仪’，只要未失大节就无关紧要，哈哈!”他调侃道，不等我说话，接着又说，“昨晚，李老板又是打电话又是留言，询问我手头有没有我那些年的作品，说是什么厅长想要。你知道，早年的那些东西所留无几，将来若是办回顾展少不了，所以，现在说什么也不会拿出来的。你那里要是还有，可以和他对接一下。”

“不应该呀!”我说，“我在李老板那里见到了一幅，不识货，险些送了人。我已经给他说明了，又来您这里……”

“哦！他有一幅？什么题材的?”

“泼墨山水——雨后春山图。”

“哦，这类题材那些年画得比较多，可能是其中的一幅吧。”他停顿了片刻，“不过，我记得，当时出手的不会超过十幅，都是精中选精，想再找回来一幅都找不来。李老板真是福缘宽广呀!”

本来我还要就真伪问题和他讨论一下，听他这样说，显然已没有必要了。

“是呀，有人送他画，还有人在关键时候出现，替他守画，这不是福缘是什么!”我说，“不过有件事我觉得很蹊跷——张昆仑见过这幅画，却不认得是您的作品，实在是说不过去。莫非他有什么企图?”

“猜测的事情不要乱说，这是和我，和别人就不合适啦!”他说，“他不认识也有可能，因为不是人人都该知道我的事情，是吧？不过，这件事好像和张昆仑真有点关系，你看，他短信里是这样说的，等等，我给翻出来……”等了片刻，他读道：“‘我最近正在参与一个大项目的竞标，里面有个关键人物，是张昆仑老师的关系，人家知道您，想求一幅您早年的作品……’老张要认识我那些画就不会这样绕弯了，你说是吧?”

“我糊涂了。”

当时，我确实是一脑子糨子，酒精烧的，事情闹的，总之，糊里糊涂。

“何止是你!”章老师似乎很认同我的话，“不过，该糊涂时就糊涂。是这样，李老板想做个人画展，我推荐你出任策展人，这是我出席开幕式的前提条件。我很担心他们组织不了这类活动，弄得四不像，我去了就不是很合适。这道理我不说你也明白，所以才推荐的你，你做事，我放心。”

“我可从未干过这个工作，若是把事情办砸了……”

“呵，你什么时候变得这样不自信了？这可不是我认识的小楚子！”他打断了我，“放手去做，不明白、不清楚的地方可以问我。首先是要大胆，其次是要有充分的准备：找本策划专业书，再多关注一下优秀的展览。以我对你的了解，你能办好这件事。”

我略有犹豫。

他接着又说：“话都这样说了，还没有信心？好吧，我就再给你多说几句。第一，李老板不会让你白干，他会付一笔酬劳给你，而且数目不会让你失望；第二，你要知道，地方上的展览，对策展要求不是很高——有所创意，有所突破，就能达到一定的效果。上次，哦，对，你也去了，就那个小胡子的画展，也只是在‘高大上’上下了点儿功夫，影响就不同凡响，若是再往好处策划一下，你想，效果会怎样？第三，对你来说，这也是个很好的机会——在家里待了两年了，再待下去就待傻了，该出来做点事情了。”

他说话的时候，我梳理了一下和李三宽接触的细节，隐约有种感觉：我们之间的协作不会很顺畅。

“其实就画展策划而言，的确也不是什么大不了的事情，但，李老板那边儿感觉会不好伺候，我是指性格上的差异，我想，这会给我们带来冲突。”

话说出来，就意识到我完全是凭着主观臆断而满嘴跑火车了。到目前为止，没有任何明白无误的迹象表明人家不好伺候，至于性格，他是大老板，我是破落的小业主，没有差异，鬼才信呢！只是他看我的眼神，忽然拿大的神情，偶尔落寞的神态以及那双大得让人反感的大手，还没有经过肠胃消化。“带来冲突”的说法，可能就源于此。我意识到我还处在醉酒恢复期，脑子还有点混乱，于是，赶忙站起来，让脑子清醒一些。那时，右手曾触碰到沙发，也隐隐感觉到了疼痛，但我没有在意，因为我的注意力全部集中在和章老师的通话上。

“你是指？”他说。

“一时也说不清楚，只是一种感觉吧。”

好像我的话让他很不以为然，我听到他在电话那边叫许丽红，让把茶水给他，之后是静默，大约一分钟才又听他说："嗯，你说的情况我能够理解，坚持自己就是坚持自己的观点，而观点的冲突最难调和。可话又说回来，看起来难以调和的、充满了矛盾的事物，它们往往又存在着最紧密的相辅相生的关系，就像水和火——看起来互不相容，可没有火，我们就要喝凉水；没有水，火的价值就体现不出来。我想说的是，能够充分地把握矛盾才是迈向大成就的关键。小楚，假使你是一把火，你是想烧开一壶水还是一锅水，还是大江大河？问题不算太复杂吧——你有多强大，你就能做多大的事情。"

脸上感到阵阵燥热，等他停住，我连忙表态道："明白了，明白了，我恐怕是纯粹啦！"

"纯粹也不是不好，关键要看是在哪儿纯粹。"

"是，我一定摆正位置。"

"这就对了！这样吧，下来看人家怎么说再做决定。如果人家态度积极，你可要全力以赴喽！"

"行，没问题。"

我们又互相客套了几句，感觉这次确实要结束的时候，他却出乎意料地转换了话题："小楚，春节后我们或许会经常见面了。"

"那太好啦！"我说。

他又说："先不要高兴得太早，因为，还有几件事需要解决。第一，要把京城的房子处理掉；第二，家里的房子也得装修，落实到位，恐怕还要花阵时间。"

我问："怎么下定决心要回来了？"

他说："前阵子吃早饭时特想吃一口二喜家的牛肉汤，馋啊，抓心地馋，就这样，下定了决心。你觉得是不是很好笑？"

二喜家牛肉汤在我家附近，我和老板很熟。早些年，我们经常相约在那儿喝汤醒酒。

"怎么会觉得好笑呢！西晋有个南方人在洛阳当官，秋风起时想起了家乡的莼菜羹，于是就辞官不做，回家吃菜羹去了。您这样，岂非晋人风貌！"我说。

他说："'人生贵适忘，何能羁宦数千里以要名爵乎？'是啊，过去看这个故事时，满肚子还是'志存高远'，现在轮到了自己才突然明白故事里那份真实的感受。呵呵，这话只能对你说，若是说给别人，恐怕就要被人笑话矫情了。其实，说一说，一吐胸臆，心里就特别舒服。"他长吁一口气，最后说："装修房子的时候少不了还要麻烦你。"

我说："甘愿效劳。"

想到这儿，我想起只顾为腕伤焦虑，居然忘记查看给章老师究竟发了什么样的短信。我为我的混乱感到可笑，但短信内容更让我感到可笑：

章老师，您好！好久没有联系，十分想念。刚才在李三宽李老板那儿喝了酒，喝多了，我现在坐他们的车在回家的路上，到这会儿了还给您发短信，真是不知天高地厚。但我心里很烦闷，很想跟你讲几句话，如果方便，请回电话。如果不方便，就不要回了，反正我已习惯了您这样。此致，敬礼！您最最忠实的追随者小楚子。

"什么乱七八糟的，真能胡扯八道！"我脱口骂道。

我理了理思路，头晚的事情慢慢也清晰起来。显然，我是被卖弄口才换来的高帽子弄昏了头，已然忘记身在何处、与什么人喝酒了。想想那会儿的表现，真是傲娇、恣意得不知道自己是谁了，指点江山，嘲笑江湖，就连从未曾说过的"想当年"，忆述当年风光的那类话都说出来了。而他们三个显然也利用和把握了我的恣意，顺杆子遛鸟就把我灌醉了。尤其是张昆仑，根本不管死活地给我灌酒，也就奇怪了，我怎么就不讨厌他了？或许他对我施了什么法术，不然，我怎么可能和他频频举杯呢？也就是和他碰了最后那杯酒后，我发现他看着我坏笑，我还说了他几句什么赌气的话，接着，脑子就出现了空白，是不是就在那个时候拉了楚梦娇的手？咳，真是丢人丢到了家。

8

百事通是那天唯一给了我精神慰藉的朋友。下午四五点钟的时候，他打电话来询问医治情况，当他得知我还没有看上医生，在表示了诧异后，就动身来医院找我了。他帮我找了关系，加了塞儿。本来病人们若都按规矩老实排队的话，我可能早就看过医生在家里躺着了。我的胃里一阵一阵地翻腾，时不时涌出一口酸水，头也开始作痛，其实，我怒火中烧都到了快如火山一样爆发的地步了，但我还是保持了克制，因为我了解自己这方面的实力，想凭借非“文明”的方式维护自身应得的利益简直是件可笑的事情，因为我的嗓门不够大，体形不够魁伟，脸皮似乎也薄了一些，所以，我能做到的只能是比拼“文明”的方式——想办法托关系加塞。但这天情况太特殊了，不是特别过硬的关系根本无济于事——我打了不知多少个电话，皆无结果。眼看离下班时间越来越近，而且病人不但未显减少，反而在不断增加，如果照这样发展下去的话，极有可能看不上医生；一个下午白等、白跑也就算了，关键晚上一旦伤情恶化的话，那又该怎么办？我看到一个比我晚来了至少一小时的病人仰着高傲的头颅从我面前经过，进了诊室，就再也无法克制了，腾地站了起来，冲着那人的背后喊道：

“还有规矩没有啦！”

“有，”百事通到了，他挡在我面前，双手按在我肩膀上，给了我一个坚定的眼神，“没有规矩会能行！”

我理会了他的意思，虽然仍喘着粗气，但内心显然已趋平复，身子随他手上下压的力量又坐回到椅子上，回之以感激的眼神。在他打来电话之前，我也曾想过找他试试，可又觉得在这件事情上他未必能帮上忙，也就放弃了。但事实是，他的办事效率非常高——从他和我打照面到扬声器里叫我的名字，前后用了不到十分钟的时间——他只打了一个电话，报了科室、姓名，一句废话都没有，仿佛他就是院长一样。

谢天谢地，只是骨惊之类的轻伤，不至于有太严重的后果，医生看在熟人的分儿上特别关照，打了可打可不打的石膏固定手腕以帮助我尽快恢复。我在接受医治的时候，百事通给高老师打了电话，他和他也很熟悉，他约他一同喝酒，他定了个题目叫“宽心酒”，意即为我宽心的意思，很暖心的题目。不过，我心里有数，酒钱是由我付。百事通从来不请客，况且人家刚帮过我，让人家付钱道理上就讲不通。高老师已有安排，他让他转达了对我的问候，并说要来家里看我。晚上只有我和百事通两个在小酒馆喝了酒。小酒馆门口有堆儿堆积得半人高表面污垢不堪的残雪，我进门时在上面狠狠地踹了一脚，踹出了一个很深的透出一圈白色的脚印；百事通跟在后面，说了句：“你摔住和人家这堆雪有啥关系？”百事通生性喜欢看人好，不喜欢看人赖。他衡量人好赖的标准简单实用：帮了你，你就得有所表示，表示了便是哥们儿、是好人；否则，便不是哥们儿，是赖货，以后你再找他帮忙，就得事先把事后交代清楚——如何表示，怎么表示，认真得很。百事通的朋友遍及三教九流，各行各业，旁门杂通，样样俱全，所以碰上有急事找他，往往能起到事半功倍的作用。但是，也不知道在什么事儿上他给我留下了印象，总觉得他的本事上不了大层面——小打小闹还凑合，真刀真枪就不行了。这次的事儿之后，我或许要改变看法了。我要了瓶自个儿都不舍得喝的中档白酒，又在必点的卤水耳丝之外加了一盘卤水牛肉、一份干锅大肠，这都是他特别喜欢的。我发自内心地要给他一个让他满意的交代。反常抬高的消费，引得老板娘惊讶一瞥。

高其昌隔天来家里探望了我，并带来一保温壶高夫人亲自调理的骨头汤，他为他那天的失约表示了歉意。他编造的失约理由很苍白，带着明白得不能再明白的说谎的成分，但这肯定是他故意露出的破绽，专等着我来识破，假如视而不见，那就要被他看作不解风情了，这会让他很失望。

“理解！”我说。

他笑了。为了感谢我的“理解”，他亲自为我盛了一碗骨头汤，并且意味深长地看着我吃干净为止。

“你看，让你受伤了。”他说。他说话的样子就像他要为此承担责任似的。

在家门口，我们道别的时候，我想起来李三宽说的要帮助他的话，于是便试探地问他家里的事情解决了没有。他愣了一下，然后一笑，说都解决了，还特别强调了一句：“本来也没什么事儿。”

李三宽在百忙之中也抽出了时间来家里探望我，是高老师告知了他。他带来几大兜壮骨舒筋的补品和营养品，他为未能照顾周全表示了歉意，也为我的健康充满了期待。我们说话的时候，楚梦娇简单地为我收拾了一下其实在我眼里根本不用收拾的客厅。她是参观房子无意间打开了我刻意关上的卧室的门，惊呼一声后才开始收拾的，但她显然也意识到了工作量之大而为我叫了家政公司，并预先支付了预算内的清洁费用。楚梦娇穿了一身合体的职业装，她忙前忙后的时候，她几近完美的身材诱惑着我的眼球，我的眼球总是以这样那样的理由在她身上搜寻。我也不知道要搜寻的什么，可能，就是“美”感吧。

“劳动是最美的。”

不知是出于掩饰还是看到李三宽看了手表的缘故，我抛出了这个话题——我想为我的眼球找到停滞的理由，也想干扰李三宽告辞的节奏。但起到的效果却是促使楚梦娇停止了收拾而为我叫了家政公司。一切安排好之后，他们告辞的时候，她戚然的眉头才舒展开，香馨的笑容里带入了苦涩的味道。

“家里还得有个女人，这样子，不像回事儿。”李三宽中肯地说道，然后看一眼门外。

“还得有个女人？你没有搞错吧！”楚梦娇撇着嘴笑着说道，“楚老师可是有家室的人，再有，可就犯重婚罪啦！”客厅里挂着我们家的全家福，楚梦娇认真看过，赞叹过妻子的美丽。这一说，是明白人的话。

“哦——”李三宽自嘲地笑了笑，“你看，你看，我是……楚老师不是受伤了嘛，得有人帮一下，是吧？”

“好啊，我建议把公司办的小西施派来，你看……”

越扯越远，我做了一个疼痛的表情，终止了他俩的调侃。后来布展的时候，我见到了小西施，人随其名，模样确实不错，而且我们也很说得来，我为此绮思万千、幻想连连。但工作之余，她就像换了个人，对任何无关工作的信息都不予回复。

在被关怀中步入了春节，而我关怀的对面的那扇窗户，春节前却始终黑洞洞的，再没有开过灯。

那篇已命名为《距离》的文章至今仍停留在构思阶段，我总能为延迟找到理由，这次是腕伤。

9

春节过后，对面的那扇窗户再次开启的时候，更换了主人——一对小夫妻带着两个孩子。他们只在第一天晚上敞开着窗帘开了灯，之后，或是注意到了来自对面的干扰，就紧闭了起来，甚至一连数日都不打开一下。可以确定，那女子搬走了，她搬走了一处风景。

那枝被落雪和枯叶合力折断的梢头，在断口旁又萌发出几个如同黄豆一样大小的绿芽儿，先是结了一个孢子，之后绽开，冒出了几片嫩芽。我的手腕已基本恢复正常，心境也随那绿芽儿、随去掉的石膏夹具从郁闷中恢复了生气。新年伊始，美好的期望也开始萌发。

春节期间我没有见到章老师，我以拜年的名义去电话询问，他说他在国外看儿子，春节后直接回京。画展的事情他没提起，我也没问。我想这件事可能就这样过去了，他们可能已找到了合适的策展人，或者也可能放弃了展览计划。说实在，我对此也没有多大的兴趣，日子略长，已然忘记还有这场事儿了。现在，我最大的愿望就是画好自己的画，为自己办一次画展。我一改过去拖拖拉拉、慢慢悠悠的生活习惯，而如一台上了发条的机器猫，疯狂加力，疯狂泄力，坠入到忘我的创作中去了。每天，几乎要在工作室待上八个小时以上的时间。可一天，楚梦娇给我打来了电话，她代表李三宽邀请我去“野居山庄”做客。我的生活节奏由此又被打乱了。

这次，我决定自己开车前去，拒绝了他们派的车，我要把时间掌握在自己这里，虽然额外增加一点燃油开支，但我认为值得。时值春暖花开，我想带上相机，路上若是遇到好的景致便拍一些，创作需要这样的影像素材。自驾不用考虑影响别人，想停便停，想拍多久即拍多久，还有就是不愿和张昆仑同车的心气儿——醉酒的事儿我始终迁怨于他，乃至对他更加厌烦——极有可能他也在被邀之列。

原定下午四点钟见面，按路程计算，不超过三点半出发就可以按时到达。可我动了踏春的念头，不到一点钟就开上我的“老爷车”出发了，但实际到达时间仅比约定的提前了三分钟。说起来可笑，因为被一条岔道上远近不一的几树花色诱惑，我竟沿着乡间小路一路走出去了十多公里，若不是李老板来电话询问，我还不知道要往前走多远呢。

实际上，我在欣赏景色的同时也在思考画展的方案，有时，经过某一个路口时，或也产生过纠正回来的想法，可由于过深的思考，竟然由着自己一次次地错了下去。倒是返回来快要到“野居山庄”的时候，一个较为完整的方案已了然于胸。我信心满满，自认为妙不可言。

鉴于李三宽的画作风格单一的特性，我认为采取小型学术交流展的方式举办画展更为妥当。有这样的想法，根源上还是来自于章老师曾经给我讲过的“关于艺术环境与艺术本身之间关系”那段论述；对应地，提升了作品的内涵，弥补了作品的不足，而且也不失新颖性和独特性。再者，于他的生意上考虑，多少也起到结识或是稳固伙伴关系的作用。太好了！我在心里自我陶醉道。

“你们觉得怎么样?”在“野居山房”的茶室，喝着茶，我既兴奋又很讲方式地把方案简要讲述了一下，但他们的反应却出乎了我的预想。那会儿，只有我、李三宽、楚梦娇三人。和上次相似，楚梦娇坐在对面泡茶，李老板坐在了我的左首，也就是上次张昆仑坐的位置，屋门开着，从我这里越过李三宽的肩头看出去，一树蜡梅开得正艳，雀儿起落，叽喳有声，映衬着灰墙蓝瓦，淡云远天。

楚梦娇认真地听我说完，什么话也没有说，低头泡茶；李老板开始也在认真听我说话，可到后来，却把脸转向了屋外。我觉得可能是我的想法有所欠缺，于是灵机一动，又做了补充：“也可以和画展同时举办酒会、音乐会、茶话会，当然，头天，重点邀请社会名流和政府官员，之后再向社会开放。地点最好放在这里，东厢房作为展览厅及酒会、音乐会的场地，这里茶话会。我刚才进来时大体看了看，邀请五六十人，场面就很好看了。另外，你们也开动脑筋想想办法，有好的丰富场面的点子也都放进来。不管怎么说，那边省下来的场馆租用费都放到这儿，吃饭、喝酒、司仪、乐队，这些闲杂开支全部算上也不一定花得完。”

“钱不是问题。”李老板仍是看着外面，说道，“主要是要达到效果。”

“效果必然是一流的。”我信心满满地说道，“另外，家里若是还有你亲自打制的老家具也可以拉来，划出一片空间做装置艺术，内容上是个补充，可以起到锦上添花的效果。”

李三宽转过头，看我一眼，想说什么却没有说，低头，拈起茶盏，放到嘴边，又放下，对楚梦娇说道：“老张啥时候能到？”

“刚才问过，大概快到了吧。”

“嗯。”他站起身，要往外去，突然又想起来我，转身，带着武断的口吻，说，“走，楚老师，我们去院子里转转，那儿几棵蜡梅今年开得真不一般。”

他的态度让我感到很不舒服，犹豫了一下，想要找话拒绝。他似乎也觉察到了自己的无礼，换了口气，“走、走，我们一边儿赏花，一边儿等着老张，等他来了我们再商量，人多力量大，是吧？”他看我仍旧坐着没动，居然过来扯住我胳膊硬生生把我拽了起来。楚梦娇仍坐着没动，他看她一眼，“啧”一声，带着不满意的口吻说：“徒儿，走、走，咋恁不凑趣嘞！”

“好，陪你赏花。”楚梦娇含笑说道，站起来，一起要往外去，却听着院子里忽然传来一嗓子：“哎哟，这几树蜡梅，这么漂亮！老高若在，必命他吟诗一首。”顿时，鸦雀无声。过了片刻，张昆仑从影壁墙的端头现出身来。他还是一身新式唐装，带有标志性的红围巾依旧飘摆于脖颈两边，手中却多出来两只文玩核桃，打着旋儿来回搓弄，就着方步，一步一顿间搓弄出一个回旋；一步一顿间一个回头，再赏梅，再赞叹，状似角儿出场。即使我再排斥他，可见到他这副讲究出来的样子，在心里还是给了他一个赞，甚至在心里还为他打起“呛嘚嘚嘻嘚呛”的鼓点，直到他驻足在了门口。

“相思一夜梅花发，忽到床前疑是君。”仿佛意犹未尽，再次回望，吟咏过诗句，这才从紧跟其后的司机手上接过公文包夹在腋下，跨步进门，“春光无限，太好了！路上拍了几张照片，耽搁了点时间。”迎面撞上李三宽时，好像才注意到我们，一愣，慌忙把核桃揣进衣兜里，双手拉住李三宽的胳膊往座位里让着，说："坐坐坐，都坐，自己人，自己人，甭弄得跟迎接领导那股劲儿似的，是吧！坐，坐。"

轰的一声，我们一起笑了起来。

"张老师大驾光临，我们当然要起身待命。"李三宽站得笔直，调侃道，"您老有什么吩咐，尽管道来，俺这厢为您去办。"南腔北调。

"得得得，"张昆仑把头拱在李三宽的肚子上，看上去十分用力地把李三宽往椅子上推，"李老板，我的李大老板，您就别拿我老张开玩笑了，赶紧坐吧您。"

不管怎么说，张昆仑一来，屋里便有了生气，不是那么沉闷了。他俩热乎的时候，我和楚梦娇对望了一眼，就要坐下，这时，张昆仑却撒开了李三宽，"楚老师，嗨呀，楚老师呀！"他移身过来握住我的手，狠狠地握了握，接着又像是突然想起来了什么，紧忙松开，"哎哟，忘了忘了，伤的是这只手吗？没事儿吧？咳，节前说去看你嘞，可……你不知道，我这人本事不大事情多，昏天黑地、稀里糊涂就忙到了年三十，这不就耽误了。但是，我可是一直关心着嘞，年二十九去省里，路上还问李总你怎么样了。李总，是吧？"

这样子的大转变，让我很不习惯。"谢谢，托您的福了。"我揶揄地回道，随他看李三宽时，李三宽已坐了下去，摆弄着手机，好像有什么事情拿不定主意似的，根本没听他说话。

"你看，是吧。"他用得到了证实的语气说道，而后退后了一步，上下打量我，和那次打量章老师的样子一样，"楚老师，知道不？我们可是师出一门。上次老张言语不恭，您可不要介意呀！"

"没有什么不恭吧！"我说，"挺好的嘛！"

"您是宰相肚里行舟船——大人不计小人过。咳，他们都知道我这臭脾气，扛杆子入城门——直来直去，有什么说什么，嘴不把门儿。不是年纪大了，我非给自己缝两针，看还把门不把门了。"

这个热度，简直让人不知如何是好了。

"不过，真有啥不得劲儿的，怪也要怪他们两个，谁让他们不给我讲明白嘞！"他拍了拍我的上臂，"我是觉得你器宇不凡，打听后才知道你是章大师的徒弟，咳，这不是大水冲了龙王庙——一家人不认一家人了嘛!”

他口气很重，我偏头看看门外，外面光亮炫目。

我想大家都会感到奇怪：张昆仑怎么就突然转变了对我的态度？其实，我当时也觉得很奇怪，但就理不出头绪，直到画展筹备工作展开后，我才多多少少地闹明白，他的转变不乏小心思作祟的缘故。当然这只是我的猜测，放到明面上也说不通，但事实证明，他就是这么想的。这要和李三宽赋予我的审批、监管权挂上钩。他分工负责采购工作，预算开支的百分之六十几乎都要经他的手花出去，原则上，这些开支事先要经我同意，事后要经我审批方可报销，但他友好的态度发挥了作用，我仍在享用他的友好的时候，他已擅做主张，发生了大笔开支，关键是，这些开支明显有问题——远远高出了市场价。直到他来找我签字报销时，我才意识到已经被装到了某种圈套里，而且套得牢牢的。我对此表示了异议。他本来笑得如同弥勒佛一样的脸立刻就拉了下来，“哎，老弟，这事儿可不能怪我，”他说，“我说用老方家，你说老方家不行，要用好的；用了好的，你又说钱花多了。你到底什么意思？怀疑我老张从中得好处了不是？有话你就明说，别在那儿藏着掖着。”一次在酒桌上，我确实说了他说的那些话，但我话里有话，也强调了价格问题，现在他不说后面的，只说前面的，我当然不能接受。“不错，我是说过，但价格问题我也说过，你起码和我通个气，现在这样，算什么？逼我就范吗？”既然拉开了脸，我也不客气。“行，你爱签不签，你瞧不起俺老张，俺老张还懒得给你跑腿嘞!”他指了指我手上的发票，撂下句“你看着办吧!”转身就走了。我当时被气得火冒三丈，二话不说，拨打了李三宽的电话，告“御状”。但也凑巧，李三宽正在开会，他挂断了电话，回复短信说稍后再联系。我又给章老师打了电话，一反常态地，章老师直接接了电话，他问清了事由后，仅说了“你要抓住重点。重点是什么？全面组织、策划”这么一句半话就挂断了电话。

晚上，我和百事通约了喝酒，一来解解闷，二来向他讨主意。他的主意倒很简单，死杠到底，绝不退让。他的话很合我的胃口，为此浮了一大白。不过，这明显又和章老师的说法大相径庭。于是，我道出了疑虑：“恐怕不妥。”他说：“总不能让他把好处全得了吧!”说实在的，自始至终我都没有想过要在这件事上获取好处，我只是认为，职责所在，既然让我审批，我就要为此担起责任，这是我的脸面，我不想落下一丘之貉的嫌疑。这方面的观点我和百事通显然差异很大，甚至是格格不入。他笑话我装，不懂得把握机会。为了证明我的纯洁性，我和他争得脸红脖子粗，差点儿翻了脸。这时，在柜台里旁听了有一阵儿的胖子老板凑了过来，一瓶酒蹾在了桌子上，一碟猪拱嘴也跟着攒了上来，然后拉把椅子坐在了桌子头起，“咱先喝杯酒，喝了了，我给你俩说道说道。”他拧开瓶盖，自斟自饮了三杯入席酒，哈口酒气又给我俩添上，碰过杯，又一口干了。再次添上酒后，他端了端酒杯，又放下，似有所难地低头“唉”了一声，再抬起头时，眉头也皱了起来。他的眼睛很小，露出的瞳仁却透着精光。“这件事，我在里面都听得明白，楚老师，怪你！这上头，你占着三条不对。”他停顿一下，端起酒杯自饮了，而后接着说，“第一条，你没有定制度，没有制度就没有衡量的标准，没标准，谁对谁错，咋理论?”我说有制度，只是没有白底黑字写下来，没想到会这么复杂，含糊了。他说，那等于还是没有。“第二条，没有招投标，”他接着说，“现在都兴招投标，这一步你走了，说到天边儿你都对。”我点头同意了，却又觉得听他这样白话有伤面子，便问他，店里的采买都招标了没有。他瞪我一眼，又说了第三条，“明摆着，你是出来挡人家财路的，还想让人家给你好脸，可能吗?”这一条和百事通观点一致，他们两个握了握手，一起干了一杯，他接着又说：“事儿就是这么个事儿，你认真了，他就得认真，你含糊了，人家就跟你含糊。说到底你也有错，官司打到老板那儿，各打五十大板，没一个好东西——”他兴致勃勃还要往下说，老板娘大约听不下去了，从柜台里过来，揪着他的大耳朵笑着骂道：“看你能哩，都不知道你鼻子里能插几根葱，人家楚老师也是你能白话了的人，去去去，赶紧去厨房看看，火候差不多了。”老板娘拧歪了他的嘴巴，但他站起身的时候，还是把要说的话说了出来："这事儿，你甭慌，他肯定还要找你，到跟前儿再说。"我笑着催他快去，趁他不注意，给老板娘送上了一个飞吻。

胖子老板的话可谓字字珠玑，下来，随着事态的发展都得到了验证。第二天，和李三宽又见面时，我没有跟他提起此事，甚至他问我有什么事儿找他，我也是支吾了过去。但我的脑子却一直在这事儿上转悠，我确信胖子老板说的，他一定会来找我，因为，发票还在我手上。我把自己放入到几个可能发生的方案里进行演绎——侠义的、传奇的、说情论理的乃至江湖打斗的，但是无论怎样演绎，我发现我都伤痕累累，都像丢盔卸甲的兵卒。最后我想，与其这样，还不如就把这事儿推出去，推出去不就了了嘛！我觉得眼前一亮。又过了一天，张昆仑找到了我。他先是给我认了错，说他那天出门时让他媳妇我嫂子，为点儿鸡毛蒜皮的小事胡搅蛮缠给气住了，情绪不好，请我原谅，而后又转到了签字的事情上来。我说我考虑过了，我的职责主要是策划，其他的，李老板也没有明确下文让我负责，既是这样，这个字也就不太好签了，我让他直接找李三宽签字就可以了，多我这一笔是多余。这是考虑清楚的有进有退的方案，说起来轻松自如。很显然，张昆仑不想要这个结果，因为这样一来，问题就复杂化了，不好解决了。他不愿意走到这一步，便主动妥协，说价格的事儿还可以再商量，商家也答应，可以往下再降一点儿。到此，我也不想再多说了，因为我已想明白了胖子老板所说的"两败俱伤"——深处想了想，真的不好说。我怕他再次把我套进去，和商家谈判的时候，我特意拉上了楚梦娇。一来，多一个帮手多一份力量；二来，我做出的成绩总要有人来见证，总要让人知道我还在履行着职责。商家做出少许让步后，我没再深究；楚梦娇笑呵呵听张昆仑诉说完毕他为此付出的辛苦努力，也点了头。事情就这样过去了。这事儿发生之后，张昆仑对我的态度也没有发生太大的变化，见到我，还是像前面那样，先如弥勒佛一般堆起笑脸，而后才说事情，只是所说事情愈来愈琐碎，到最后，就连买一盒螺丝钉也要来问清楚要什么品牌、多少钱合适，好像他从来就不曾有过什么权利那样。我被弄得不胜其烦，最后一句"你看着办吧"，他便又自作主张起来。好在这都是些零星开支，碎布头，烂板子，谁也没有当回事儿。当然，这都是后来布展的时候发生的事情，在这里说，显得有些嚼舌头，还接着前面的说吧。

我都不知道自己什么时候成了章岘阁的徒弟，他这样不分青红皂白地给我定性，给我弄得很不自在。目光从室外收回来的时候，我注意到，李三宽和楚梦娇都在盯着我看，好像看什么稀奇物一样。说实在的，我虽然尊称章老师为老师，可从最初交往到现在，我们从未攀扯过师徒关系，何况，他画国画，我画西画，即使讨教过很多理论方面的东西，但据此也不能算作是他的徒弟了。据我所知，章老师从来不收徒弟，他对待那些主动拜在他名下的所谓的徒弟，既不肯定，也不否定，都是含含糊糊的。他是想把我也并入此类中吗？那就是转弯抹角小瞧我了，那种生拉硬套的事情，我可干不出来。

我想撇清一下，张昆仑却不容我开口："你看，大人大量是吧！一接触就看出来啦!"

他拽着我胳膊让我坐下，又说："建歌名满天下，他门下的徒弟也不得了，官做得最大的就不说了，最小的也是局长。楚老师凭的是学识、技艺，虽然没有官衔，但地位不低，相当于孔夫子跟前的颜回。"我刚想到他这样拍我的马屁也该给李三宽留点面子的时候，他把话就转了过去，"本来还该有个子贡，可他老人家看走了眼，硬生生送给了老高，让老高得了个大便宜，你说是吧，李总？哎，年前老高家里那事情都解决了吧？咳，这老高，可摊上了个好徒弟。"

"行啦，坐那儿吧。"李三宽指指最里面的位置，说道。

"看看，这就叫仁义，做好事不留名。"他拍拍我肩头，往里去，又说，"楚老师，你不知道，李总要是听我的，管他愿意不愿意，直接把头磕了，既成事实，看他还有啥说的，这你们不就是同门师兄弟啦！对我这个老同学别讲规矩，越讲规矩他规矩越多，最后，他都不知道自己有啥规矩了。大师嘛，都是这样。"

"听着你的，日子都过反了。"李三宽手指定位在了那座位上，看他到了椅子前面，才又说，"坐下来再说，憋不出毛病。"

“中，听您的，坐下来说。”他把公文包竖着靠在椅背上，边坐边说道。

“据我所知，章老师好像没有收过一个徒弟，照你这样说，倒像是弟子八千一样。”我揶揄道。

“呃，是吗？”他低着头，在衣袖上掸了一下，而后才看我，脸上带着笑容，“要不，你咋说‘好像’呢！”

“不是‘好像’是什么？”楚梦娇一边给他倒着茶水，一边说道，“我也听说章大师没有徒弟。”

“听说，是‘听说’是吧！”他喝了口茶水，好像是被烫着一样，拧着眉头，有一会儿，才又说，“往后听我说，就不会是‘听说’了。我和大师是什么关系，还要我说吗？他的情况，在咱几个这儿，我最有发言权。这事儿，我不和你们抬杠，见了大师，问他。楚老师，您和别人不一样，说这话就太不应该了，不说你想不想拉扯这关系，单说他带你这些年，言传身教，不是师父胜似师父。非要磕头作揖，走走过场才好？有那个必要吗？本来今天要跟你攀同门来着，但照这样一说，我就是一厢情愿、多此一举啦！”我记得，我当时被他这通话说得无言以对。毕竟他的话基于一定事实，且又于此之上又上纲上线到了某种道德高度，我在心理上先就自认理亏，更不要说本来就不应该说那样的话了，因为能够做章老师的学生本身就是件很荣耀的事情，别人攀还攀不上呢，而我还往外推，何况还有李三宽要拜他为师的事情在那儿，这不是当面打人家的脸？后来张昆仑就此事唠叨我不解风情，抬高我，不领情，不配合，弄得他跟捣鬼一样，他说从没见过像我这样的不通人情世故的呆鸟。

“攀同门？”李三宽大概看不过去他这样压我一头，把话接了过去，“你凭啥？”

“凭啥？同学，算不算同门？他是章大师的弟子，算不算同门？那么，我们算不算同门？”他如同被将了一军，忽然提高了腔调，“同门还没有攀呢，若攀了，我该是……其实，有些事儿认真不起来，攀了同门也是兄弟，不攀同门也是兄弟，我们往后就以兄弟相称。”

我“哼”了一声没再理他。

省去不说的话里留了机巧，暗含他是师叔伯，长我一辈的说法。这样的玩笑实在无聊至极，拿到街头巷尾、市井之上凑合着还能听，放在这儿，真是不值得理喻。

“哈哈，”张昆仑似乎早就料见了这个结果，他眯眼看着我，高兴得不亦乐乎，“呵呵，你看，我没说别的嘛，就是兄弟！”

“老张你也忒能胡诌了。你们那样的同学也算‘师出同门’？照你这逻辑，姓孙的和姓侯的也是一家了！”李三宽调侃道。

“得得，李老板，你这就是糟践人了。得亏今天孙处和侯局没在这儿，不然，饶不了你！”张昆仑摆摆手，一脸正经地说道，“艺校是不错，我们是不是一个老师教的？是吧，你说我们算不算师出同门？这跟孙、侯那说法能是一回事吗？根本就不是嘛！”他点了点茶盏，示意楚梦娇添茶，“我俩不但是师出同门，还拜过把兄弟。”

我把已经扭向门外的头又扭回来，像审查犯人一样，盯着他上下看了一阵儿，我觉得我的目光足以让他心虚而停止胡诌——实在难以想象，像章老师那样的人也会与人搞江湖上拜把子兄弟的那一套。但他看我了一眼，带着毫不遮掩的骄傲，“当年，我们最要好的十八个同学歃血为盟结为异姓兄弟，我年纪最大排在首位，建歌最小排在末尾，我是大哥，他是小弟，当间的十六位不说，他这个小弟是我最关照的。有次，我们学校附近有个叫黑蛋儿的当地一霸，在校门口欺负了他，他跑回来跟我说，我二话没说，召集了十八兄弟就杀将了出去，那阵势，你们没见过，让人闻风丧胆。黑蛋儿那货实际上是个尿货，听到风声，早躲起来了，不然，不打断他两条腿不会拉倒。后来找人来说和，保证以后不敢了，这事儿才算完结。那时候都年轻，火气大，跟炮捻子似的，真要打出事儿来……想想都后怕。如今，兄弟们天南地北跑得到处都是，想见个面不易啊！咳，上年纪喽，开始念旧喽！说实在的，真的很想把兄弟们再聚到一起，叙谈当年，只是又谈何容易！建歌不说，大忙人，难得回来一趟，还有六弟、八弟，一个市长、一个厅长，也是难得见上一面。呃，对了，这次画展，我来出面邀请，主要是六弟、八弟，如果他俩能来，这面子，可以了吧！李总，这都是一辈子的朋友，你也和他们认识认识，将来去他们地界上发展，不是现成的路子？”

想到他和章老师那天在停车场上碰面的情形，可以想见他的话里仍有十足的水分，说实在的，那会儿，刨底儿、出他洋相的话都到嘴边儿了又咽了回去，即使我已腻味得到了无法忍受的地步。我和章老师也提起过张昆仑，他对张昆仑的认识一直以来都让我感到困惑。他说，孔子弟子三千，贤者七十，达者三人。圣人尚且如此，何况我们这些泛泛之辈呢。他说他也喜欢与那些和自己相似的人相处，舒服、没有冲突，但带来的后果却是认识的趋同最终为其所局限，是道无形的篱墙，隔离开新事物、新知识，是故步自封而不自知的自以为美好的开端。记得那是胡子画家画展后的一次见面，其间间隔了快一年，当时我俩在我的工作室喝了整个下午的茶，他有什么事儿要离开时我无意间不屑地提到了张昆仑，他就说了这番话，显然，这话是针对我而说的。接着他又说，张昆仑很有个性，就像个带刺的刺猬，憨态可掬，惹人喜爱，据说也是一道美味。他问我：我们应该如何对待这样一个尖刺和美味兼具的可爱的家伙呢？他为自己的比喻感到惬意，乃至哈哈地笑了起来。当然，他也强调了他是一个地地道道的野生动物保护者，拒食野生动物。我说，好吧，向您学习，拒食野生动物。他又说，他说的不是这个意思。其实，我也明白他的意思，但就要断章取义。

他俩的谈话仍在进行。

“行，你说到做到。”李三宽说。

“这有什么难的？把时间定下来，我现在就打电话。”

“定在春秋两季，不冷不热，便于出行。”

“让我说，趁着热劲儿，就定在四月十八号——死要发。”

“感觉是不是有点仓促？”

张昆仑“啧”了一声，把端起的茶盏放下，“还有一个多月的时间呢，来得及。上次老肖的展览，从准备到开展，总共用了二十天不到的时间，我给他从头到尾地招呼着，不是也办得不错嘛！”

“嗯，我去看了，还算可以。”李三宽说。

"什么叫可以?"

"场面小了点儿。"

"他肯出钱吗?就他那仨核桃俩枣,能办成那样也得亏是我给他招呼了,不然,还不知弄成啥样呢!"

"楚老师,画展你去看了吗?"李三宽突然问我道。

老肖是新城区的美协主席,半道落户的外地人,转职业画家之前做陶瓷批发生意,前些年,生意做得风生水起,是个成功的商人。据本人介绍:从小在家乡的陶瓷厂里画瓷瓶,有绘画功底,也喜欢绘画,后来做生意,耽误了;近几年,生意难做,有了空闲,又轻车熟路地捡了起来,未承想,一发而不可收。有基础、有才情,普遍评价不错。我当时也接到了群发信息邀请,因为不是一路,所以就没有委屈自己莅临现场。

"哦,那段时间在外面写生,错过了。"我说。

"取长补短,优秀的画展还是有必要看一看的。"张昆仑说。

"是,要看。"李三宽似乎很赞同他的说法,抬手敲了下桌子,想要对他说什么,却又转向了我,"呃,楚老师,你再把画展想法说说,让老张听听,提提意见,集思广益嘛!"

"我的想法不算成熟,肯定存在问题,权当是框架,需要继续完善。"按照"集思广益"的基调客套了一番,而后一长一短又讲了一遍我设想的方案。末了我说:"从艺术角度出发,预期效果应该相当不错,但是,如果我们的出发点并不是出自艺术的考虑而是在其他方面,想在其他方面有所获得,恐怕还要重新考虑。"我在说话的时候,张昆仑从兜里掏出一个已经打磨得很光亮的文玩核桃和一把牙刷,专注地"刺啦刺啦"地打磨,那样子,好像我说的话根本不值一听似的。受此干扰,本来要详尽解释的也没心情去说了,能简单就简单,到最后,干脆模棱两可、凑凑合合地打住了。

"完了?"张昆仑仍刷着核桃,抬头问我。

"完了。"我说。

他暂停了片刻,又低头刷起核桃。

“老张，说正事儿呢，把你那核桃先收起来，行不行！”李三宽的语气有些不耐烦，“都是忙人，凑到一块儿就认真点儿——赶紧，有啥建议赶紧说。”

“我刷我的核桃，又不影响说话。”张昆仑虽是这样说，还是收了起来，然后坐直了身子，双臂交叉合抱在胸前，“我说什么并不重要，关键还要听楚老师的嘛！”

“该说说，别磨叽。”

“非要我说？”

“说吧。”

“好，那我就说说。”张昆仑喝一口茶，而后郑重地把交叉的双臂支在桌面上，身子前探，盯着我，“楚老师，你的设想乍一听，很好，但好，不代表在这儿就实用。第一，适用不当。章大师回来办展，没问题，肯定适用，为啥？人家名满天下了，没必要再去弄那些社会影响什么的东西，小范围，雅致，有社会名流参加就可以了。但，李老师这里的情况恰恰相反，他现在最需要的、最应该博取的就是社会影响力。第二，别人要不起来的场面，我们能，为啥？不缺钱嘛！别人想做做不到，我们能做到而不去做，这不是抱着金饭碗饿肚子嘛，图啥？”他像是要得到认可似的瞅瞅他俩，而后又盯着我，“总结这两条，我个人建议，还是要往排场处搞。李总这样的身份，不鸣则已，一鸣惊人。如果第一炮打不响，往后就‘鸟尽弓藏’吧。”

“鸟尽弓藏？”楚梦娇忽然乐了起来，“‘鸟尽弓藏’能用到这儿来？张老师，你不会又是‘这么大个字儿连个人都不会写了’吧！”

他瞥了楚梦娇一眼，眼珠子转了一圈儿，自嘲地一笑，摆出一副正儿八经的样子，接着说：“角儿，就要有角儿的样子，出场就得惊艳四座。”他坐直身子，随手去掉抓抓帽放在身后，再把目光投在我身上时，像是突然想到了什么，转瞬换了一副愧疚的样子，探身拍拍我肩头，“嗨呀，兄弟，你看我这人，就这脾气，一说事儿就不想别的了。你看、你看，我们这不是同门相煎嘛！我可是就事儿不就人，没有丁点儿别的意思，真没办法，这副德行，有时候得罪人都不知道是咋得罪的。兄弟，您多担待啦。”他合抱双拳，在椅子里深深一揖。

“你说的有道理，但也要看到，李总的作品风格稍显单一了些，大的场面容易冲淡展览效果。”我说。即使张昆仑对我恭敬有加，且也要照顾李三宽的接受程度，我还是不留情面地陈述了自己的观点。其实这也是骨鲠在喉一直想明了直说而没有说出口的话。说出来，一阵轻松。

“不错，是这么个理儿。”张昆仑看看楚梦娇，又看看李三宽，若无其事地端起茶盏一饮而尽，然后，吁口气，说，“我们其实都是来帮忙的，最终拿主意，还看李总，对吧？我们抛砖引玉了，你也表表态。”

他的语气有点奇怪，尤其在说“抛砖引玉”的时候，语调拉得格外长，像是强调此事，又像是拿此说笑，阴阳怪气，带着嘲弄人的味道。我看他一眼，心里却没有任何不舒服，因为我觉得我已尽到了情分——该说的全说了，至于听不听，实际上我已经不在意了——不在此浪费时间，回去干自己的正经事儿去。我想等李三宽说过话，就找借口离开——道不同不相为谋嘛。那一刻，脑子里热热的，甚至把章老师都抛到了一边儿。但李三宽却保持着沉默。

我俩对话的时候，李三宽一直在认真听，他表情严肃，从他脸上看不出有一点儿倾向性。此时，他斜侧着身子，一只臂肘搭在桌面上，身子略向前倾，脸偏向上，斜对着天花板不知在想什么。

越过李三宽的肩头，可以看到门框圈出的画面里，晚霞于东厢房屋顶灰黑的瓦楞上留下一抹昏黄的光，仿佛刻意抹上去的一样，在背景灰蒙的基调上显得格外亮眼。以画家的视角，我认为，这是个带有浪漫主义色彩的画面。我为自己还有这样的心境而好笑，我大概是笑了笑，或有其他什么小动作，李三宽坐正了身子，回头，顺着我的视线看看屋外，转回来后，说：“听你们说呢，咋又让我说咧？”他看看楚梦娇，“徒儿，你也说说。”

“这事儿我一窍不通，让我说，白搭。”

“好，你们都说完了，那我就说说。”李三宽动静有些超常地挪动一下椅子，然后斜对着我靠在椅背上，看我在注意他，吁口气，一副欲言又止勉为其难的样子，“要说，这个展办不办都行，没啥意思的事儿，但是，年前风声放出去了，说出去的话，泼出去的水，不是想收回来就能收回来的。一帮朋友打哄抬轿倒也不会咋样，想搁到哪儿就搁哪儿了；关键有几位领导，还不是一般的领导，特别上心，过了年就问这事儿筹备得咋样了，说到时候一定来给捧场。这不，昨天，秘书长还来电话问，可上心了。到这份儿上了，你们说，不办行吗？”

“是嘛！春节的时候，初四，呃，不对，是初六，常局叫去吃饭，桌上还说起这事儿来着，人家关心得很，说啦，开幕式那天，要给你送个大花篮嘞。”张昆仑插嘴道。

“要办，办得平不差还不如不办，反正就是这一回，办他个排场劲儿出来。”李三宽对张昆仑点点头，接着说道，“刚才我也想过楚老师的方案，说实在的，我倒是很倾向于这弄法，轻松有味道，也合我的脾性，但，事儿就怕被架到那儿，上不来下不去，你不照着那样来就不行。是吧？楚老师，恐怕你也有过这样的难为事儿吧？”

我点点头。

“是嘛，事儿放谁身上，谁知道难处——身不由己呀！”张昆仑说。

李三宽喝了口茶，放下茶盏，面对我，说：“楚老师，咱们都是明白人，话不用多说，方案就按老张的考虑；场地，我已和展览馆的伍馆长打过招呼，不会出问题。那地方你应该知道，没的说，宽敞大气，交通方便，也够档次。我看，也只有这样的地方才能施展你的才能，是吧！有几位文艺、书法、绘画界的重量级人物我都打过招呼了，开幕式那天都会来；领导那边上面有规定，不好参加开幕式，但私下里会过来。万事俱备，只欠东风。楚老师，下来就看你啦。不要考虑钱的问题，咱这儿啥都缺，就是不缺钱，只要能花出去，花得合理，就中。明白了吧！拜托二位啦！”坐着向我和张昆仑抱拳一揖。

一番话暖人心脾。我刚刚打消了告辞的念头，那边，张昆仑又把话接了过去，“痛快！咱市里能有此大手笔的怕也只有您李总了。”他也学着李三宽的样子，坐着回了一揖，说道，“李总放心，俺有八两力绝不会只用四两。我得强调一下，全局由楚老师说了算，我跟着做好服务、跑好腿——俺也就这点能耐，再大的没有了。”

“一切行动听指挥。楚老师，我也算一个，有事尽管吩咐。”楚梦娇说道。

“说实在的，我对组织大型展览缺乏经验，李总，你看——”

“兄弟，你是章大师力荐来的，这时候你撂挑子，中，你给章大师说，他同意了，我们再做打算。”张昆仑首先来个下马威，接着脸色一转，“兄弟，我的好兄弟，别再多说了，李总又不是个小气人，他不会让你白出力的。”

“我不是这个意思，我是……”

“楚老师，张老师说得对，我师父这人最好打交道了，您还没有看出来？”楚梦娇笑着起身，双手端起茶盏，“来，以茶代酒，先敬你一杯。”她的动作有些夸张，好像要强调什么我不知道的事情那样。我心生疑惑，诧异地看她一眼后，便要起身。

“好啦，你先坐下吧。”李三宽一手按着我不让我起身，一手对楚梦娇摆手，示意她坐下，而后说，“楚老师，刚才已经说得很明白了，我也是骑虎难下——这次画展必办不可。原因嘛，我就不说二遍了。”他说，“书画界我最佩服章老师了，谁的话都可以不听，但他的话我一定要听。他推荐的你，就说明你最合适，你要推托，这叫我们下面该咋办？这忙，你要帮，至于费用，你开个价，多少都行。”

无论如何，都无法消受这样抬举人的场面。我摇摇头，拿起茶盏，装着喝水，还没有说话，又听张昆仑说：“兄弟，你看人家李总把话都说到这个份儿上了，还说什么，再说就是打人脸了啊！”

“楚老师，别说了，你这个朋友我交定了。”李三宽拿起茶盏和我一碰，“你现在就是我的大内总管——总策划师。画展成功与否就看你啦！老张、梦特娇跟着你跑腿，外联、采购方面的事情交给他俩，前提是，在你的领导之下。就这样定了。”

“兄弟，你看看李总的魄力，”张昆仑啧啧称赞道，“难怪事业做得恁大，骨子里带着呢！”

楚梦娇点点头，做出一副认可的样子。

我心里很清楚他们之所以给我这样大的面子，根本的还是章老师的缘故，若非章老师极力推荐，恐怕上次见面之后就可能把我排除在外了。我不觉得我的能力有什么问题，而是觉得我们之间的观念存在很大差异，而观念上的差异往往又是最难调和的，尤其在艺术方面。我知道，我想说服他们的唯一办法就是妥协，向他们的观念靠拢，除此之外，不会再有什么好的办法了。

“我看，如果画展能够请动章岘阁老师与你联展，我给你们策划一场‘旷世二人展’，肯定不失为一个最好的方案。”强烈的荣誉感促使我开动脑筋，当这个念头闪现的时候，我就急不可耐地说了出来，好像憋足了的膀胱，闸门打开便一泄而出。但，很快我又后悔了，因为没有与章老师沟通就自作主张给人家出主意，显然犯了朋友交往的大忌——推荐我来，不等于什么都可以随便做主。不过，好像也顾及不了那么多了，毕竟我是一个最怕输在别人眼神里的有着超俗“自尊心”的男人，我要为胎死腹中的方案挽回一点儿面子，同时再踢过去个皮球让他们为难去，反正搬请章老师的事儿我不会出面，也不该我出面。但我看他仨时，却发现，他们正在窃窃偷笑。

“这下我们总算想到一块儿了。”李三宽与我目光相遇时满意地点点头，“不过，不是二人，是三人展，另一位是高老师，我已征得了他们二位的同意。你刚才说，叫什么二人展？就叫什么三人展好了，这名字对胃口！”

“旷世三人展。”楚梦娇说。

“对，旷世三人展。”

“什么？你们都商量好了？”

怎么能这样作弄人？我黑起了脸。虽然，我这张娃娃脸从来就没让人惧怕过，但我相信那一双瞪大的眼睛还是颇具一定的犀利的光芒——我曾在镜子里与它对视，没有一次不败下阵来。我把那犀利的光芒投在了楚梦娇的茶盏上。

“对不起，对不起！”李三宽连忙起身，拿过公道杯为我添上茶水，“昨天才和章大师、高老师说好，这不是还没有来得及跟你讲的嘛！你要生气就冲梦特娇去，是她出的主意，瞒着你，她想看你能不能想到这上面来。徒弟，这下满意了吧！惹得楚老师生气了吧，来来来，还不赶紧和楚老师碰杯水，以此谢罪。”

“楚老师，我可没出坏主意啊！”楚梦娇说，“确实是没来得及跟你说呢，没想到，您说到前头来了，你说，这怎么能怪起我来了？”

“是是是，梦娇说的是实话。”张昆仑说道。

我看看他们，忽然醒悟，刚才笼罩在他们之间的那种怪里怪气的气氛，原来是因为隐瞒了这个大手笔而暗自得意。张昆仑脸蛋红扑扑的，笑得如花儿绽放，仿佛刚刚中了头彩，抑制不住的喜悦挂在脸上。

……

晚饭，我再三推辞，但终究抵不过他们热情的挽留。酒过三巡，想起是开车来的时候为时已晚——计划好的事情，却又变成了累赘。不过，李老板早为我想到了，他劝我安心喝酒，他说他这儿不缺司机，别说一辆车了，就是十辆八辆也能给弄回去。火树银花，莺语鸳声，良宵美食，尽然佐酒。何以解忧，唯有杜康。其实，若是抛开张昆仑那点儿毛病不谈，他让人舒服起来的滋味的确还是很容易接受——劝酒会劝，话媚不艳，看你说话时的眼神儿热烈而富有情感，不似上次。这顿饭吃得轻松惬意。微醺之时，语入佳境，你来我往，却似“大珠小珠落玉盘”那般“噼噼啪啪”有声有色。至末了，夜深人乏、不得不散时，却是惺惺相惜，折柳千枝，执手言别。李三宽送我们出来，看到我的老爷车，忽然就想了起来。“嘿呀！我想起来了。”他拍一下脑门，“咱俩是在我那小老乡的画展上认识的，你送的章大师，对吧？我没有记错吧？看到这车，立马就想起来了。还有你，老张，咱们就是在这车旁边儿认识的，对吧？你看，我记性不好，你咋也没记性呢！”

“你才没记性呢！”张昆仑眼珠子一瞪，笑着说道，“我不是也是看到它才想起来的嘛！”

“人以物贵。”我说，“若没有这辆老爷车帮衬，怕是这辈子也不会想起我是何方神圣了。惭愧、惭愧！兄弟无能，换不起新车，让老哥哥们见笑啦！”

“呵呵，楚老师不高兴啦！”

“笑话，谁不高兴啦，你们吧？家藏老玉，羡慕去吧！”酒后的感觉真好，我竟以寒酸为荣。

因为要拼凑某个演艺名人的空当，备受瞩目的“旷世三家”大型书画展放在了四月二十八号开幕，比预期推迟了十天。实际上，我在整个画展策划过程中起的作用并不是特别关键，大的方面由李三宽和张昆仑来定，小的方面我来描眉画目，的确是无趣而又烦琐的事情。唯一能够独立显示才华的，便是我写的展讯和替章老师代笔的画集序《独留清气满乾坤》这两篇辞藻华丽的文章了，于此也算对得起人家不菲的薪酬、对得起章老师那份诚挚可敬的人情了。说实在的，其间的面子还是赚得很足，他们始终尊称我为“总策划”，章老师也时时“屈尊”与我通话询问进展情况；张昆仑见我先是笑得如弥勒佛一样套一番近乎，而后便递上采购清单让我签字认可；楚梦娇主要负责外联工作，见面很少，不过，闲下来时，若是她恰好又在，聊聊天儿，确是最好的休息，而且，我感觉，她也喜欢和我聊天（小窃喜）。偶尔夜晚失眠的时候，也会想到自己的画展，想到章老师的殷切希望，想到朋友们的鼓励，想到自己的拙笨，想到远隔天涯的家人，五味杂陈，知其有，而不知其所以有。

开幕式盛况空前，来人之多远远超出了我的预期，但在那段时间里最让我感兴趣、最想一睹他如今尊容的人物却始终没有出现，那就是胡子画家。我问了李三宽，李三宽似乎很不介意他是否出现，他先问我问他干吗，接着一哂，说他也不知道那小子现在干啥去了，他说自从那次画展结束后他就没有再见过他。我为他的话感到诧异。也不知他从我脸上读到了什么信息，顿了一下，又对我说，这种人，你最好不要接触。他没有具体所指，我也没有多问，但这却成为一个问题一直存留在了心里。及至我想把胡子画家引入到我的文字里来的时候，我才意识到，我的存留其实有着很现实的目的——直觉告诉我，他一定是个很好的人物素材。后来，我多次在李三宽那儿刨根问底，可李三宽守口如瓶，我在他那里能够得到的除了叹气，就是白眼，其他皆无所获。

不管怎么说，画展还是很成功的，我本人也算收获满满，尤其是在开展那天还意外地见到了 H。真没想到她和李三宽居然也认识，而且看起来关系还相当不错。他带她一起来找我的时候，她拉着他的胳膊，大步流星，就像妹妹拉着哥哥，脸上都洋溢着明媚的笑容。她显然也没有想到会遇见我，更不会想到我还是策展人，第一句话竟是问我："你怎么在这里？"好像我不应该在这里一样。不过，我倒觉得这话由我问她才对，因为，我太了解她的情况了：上学的时候旷课，毕业以后做生意，业余时间好像都花在了打麻将上。而且，我清楚地记得，她那两次去家里，对墙面上悬挂的字画艺术品好像没有发生一点兴趣，说得严重些，甚至看一眼都没有。如此这般的生活轨迹和趣好，忽然对画展发生兴趣，怎么可能？我甚至忘记了她是美术专业毕业的，甚至要通过我俩是大学同班同学才能推理出这个结论。但李三宽却当着我面称她为老师，差点没惊掉我的大牙。

那天所有人都忙得不可开交，当然，最忙的还数李三宽，因为有一多半观众都是他的朋友或者业务关联单位的代表，他要和他们握手，要和他们寒暄，要倾听他们当面赞誉他的艺术成就；其实更重要的是，他要知道，他们来过，特别重要的朋友他还要陪同始终。楚梦娇、张昆仑负责一些特殊的熟识的圈子里的朋友，而我接待的重点则放在了已有购画意向或也称作收藏家的那些。H 便属于这一类。李三宽太忙了，仅介绍 H 的过程便三次被人打断，末了，他好像也不知道介绍到哪儿了，索性不介绍了，对我说声"拜托"，便要离开，这时，他似乎又想起了什么，转回身又对 H 交代道："具体的跟楚老师说，他代表我。"说罢，指了指门口就走了。我注意到，有位大人物出现在了展厅门口。他离开后，我俩相互回以矜持的笑容表达了对彼此的问候，之后，她就问了我那句话。

"奇怪了，我怎么就不能在这里？"我说。

"没说你不能在，只是觉得很意外。"她粲然一笑，"你不是也有同感？"

“有那么一点儿。”我实话实说地回道，然后简单地把我的情况给她做了介绍。

“总策划！你太厉害啦！”

她翻开我挂在胸前的工作牌看了看，做出一个不可思议的表情。她还是那么漂亮，令人心神不宁。

“真没想到能在这里遇见你！”

我傻傻地说了句显然显露了心迹的话。

“其实，我是代表公司来的，准确地说，是代表你的‘男同桌’。我们是战略合作关系，有很多业务来往，这场，一定要捧的。”她挪动一下身子，看我仍站着没动，便又说，“怎么？不想陪我看看？”

“当然、当然。”我尴尬地笑道，紧步追上她，然后不无调侃地问她什么时候当上老师啦。

她也不无调侃地说你不是也当上总策划了嘛。她神秘地瞥了我一眼，接着就忍俊不禁地笑了起来。她说有次跟李三宽吃饭说起她是美术专业毕业的，他便称她为老师啦，老师、老师，叫得头皮发麻；这还不算，还要求她的墨宝。“多少年都没有动一下笔，哪儿还会画画呀！”她来回摆着手，就像要摆去什么荒唐的东西。

李三宽特意把有买画意向的单位和个人安排给我接待，是因为我做过画廊，有售画经验，有特长发挥。事实上，我的确也是最适合的人，或许这也是我的最终价值所在，而且这活对我来说干起来并不累，也不必很动心思，因为这都是事先谈妥了的售卖交易，到我这里不过是走走过场，应走的程序走到，只要让买家高兴、心里舒坦就可以了。画展上要售出多少幅画，是章老师事先提出的参展条件，他说得很明白，如果只是展览，没有销售业绩，是件很丢人的事情，这将降低他的影响力，尤其是在自己的家乡。他用多米诺骨牌的例子说明其后果的严重性。至于高其昌和李三宽的作品，章老师也提出要有销售业绩，他说他们是一条绳上的蚂蚱，谁也不能不蹦跶两下。李三宽对此并未感到为难，他跟我商量这事的时候，一副成竹在胸的样子，那多得让我感到喘不过气的预计销售额对他来说似乎只是场毛毛雨，轻飘飘的，没有一点分量。

“我好说，卖两幅意思意思就行啦，但章老师和俺师父，他们这块可不能含糊。”他叮嘱道，然后转动了一下眼珠子，“计划内的，给你按百分之五提取佣金；计划外的按百分之二十。怎么样？忙活这一场还算值得吧！”他不经我同意就把雇佣制变成了提成制，虽然收入相当，但这种做法令我十分懊恼，有种不受尊重的感觉。他递给了我一张清单，那上面列出了买画人的姓名和单位以及相对应的作品名称。

但我记得清楚，清单上并未看到有H和他们公司的名字，所以刚上来，我只把她当作普通的观众或者潜在的计划外的买家对待，只是奇怪的是，如果不是买家，李三宽也不会亲自把她交给我。“难道什么事情弄错了？”我犯着嘀咕，狐疑地看她了一眼，没想到，她正好也在看我。

“你今天怎么怪怪的？”她撇撇嘴，笑着说道，“一副心不在焉的样子。”

我们驻足在章老师一组竖幅六尺对开的泼墨荷花作品前，作品一共有三幅，一幅青绿泼洒，一幅赭石勾画，一幅全水墨。三幅组合在一起构成画展最亮的亮点，而同样可称作亮点的是标签上不菲的标价。一拨一拨的观众在此驻足，在此赞叹，他们在感受了艺术之美之余，也为那不菲的标价唏嘘不已，但当他们发现了玻璃画框上贴的红标签后，便开始讨论该是多大的老板才能出得起这样的价钱。其实，这也是我想知道的。H对红标签也产生了兴趣，但她却不明含义，便问我那代表了什么。我告诉她，那叫“披红”，代表被订购了。她神秘地笑了笑，拿出张纸条递给了我。纸条上写着三幅作品的名称，其他什么也没有。我一下子有点蒙，盯着她看了一阵子，才回过神来，“你是买家？”

“我？打死我也不会花这个钱。”她向周边瞅了一眼，靠近我，悄声地说，“你就不想知道买主是谁？”

“那还有谁，男同桌呗。”我肯定地说道，“但，我这边的清单上没有他的名字呀！”

“他弟弟的。”她抛出一个飞扬的眼神，“他不想出这个风头。”

头天，这三幅画的订金就已打到了代理画廊的账户上，我为此还撰写了一篇短讯，在开幕式结束后通过扩音器向观众发布。我把他弟弟描绘为懂艺术、懂收藏的成功企业家，但主要目的还是宣传章老师。

“他为什么不来？”

“临时出了点儿变故，没有过来。”

“他看过画吗？”

“看过照片。”

“只看过照片就下手啦？”

“怎么，不行呀？”她看看左右，才带着埋怨的神情看着我，小声说，“你小点声，唯恐天下不乱。这不是来捧场的嘛，捧场就要有捧场的样子，是吧？你还不知道他那脾气，大大咧咧的，多大的事儿都不当回事儿。”

这时，又有一拨观众围过来看画，我俩叽叽咕咕的样子显然引起了他们的好奇，奇怪的眼神在我俩身上扫来扫去。我礼貌地对他们点点头，便碰了碰她的后腰，叫上她离开了那个展位。

“但，这么大的数目，怎么也要认真一点儿吧。”我边走边说道。

“那就不是他啦！”她笑笑说道，接着用手指指了指身后，“哎，你给我说实话，那画值那么多钱吗？”

“买都买了，还问这些干吗？”

“我想知道。”

“值，当然值啦，只是——”我想告诉她其实内部还有折扣，但想到他们已付过订金了，再多说反而不好，于是话到了嘴边就变成，“艺术品消费本身就没法用金钱来衡量，否则，艺术就失去了它本来的面目。”

“不能用金钱衡量？”她皱起了眉头，“那用什么衡量？”

“用心。”

“呵，”她笑了起来，“那把钱退给我吧。用下心就有了，何必花钱。”

“我不是这个意思……”

“好啦好啦，我知道你不是这个意思。”她打断我道，“不过，我得找李老板，他必须给我们打个对折。”

“那他就要贴钱了。”

“我不管。”

我们用二十分钟左右的时间看完了展览，她自始至终就作品没有发表任何观点，偶尔停留在某幅作品前，却像是特别在意画框一样，贴近了看，用手踯磨，但同样什么也没说。在贵宾休息室，喝着凉茶，她却突然问我，他们那三幅画的画框是否是真花梨木。说实在的，画框是什么材料我也不知道，因为那都是张昆仑去采购的，他说什么就是什么，我没有过多地过问，而且，我心理上对这样奢侈地配置画框也有抵触，认为这样会影响画面效果，但这是章老师定下来的方案，我虽有看法，也只能放在肚子里静观其变了。可作品上墙后，效果却超乎所料地好，不但没有拉低作品，反而抬升有加，有种耳目一新的感觉，我对章老师简直都佩服得五体投地了，而最佩服他的可能就是高老师了。布展当晚，很晚很晚他都没有离开，他眼神迷离地转着圈儿看，从远处看，到近处看，好像看不够似的。和传统的国画装裱方式相比，这的确是创造性的洋为中用的变化，引领为当地的一种时尚。因为还没有抽出闲暇去研究它，所以究竟是什么材料，我到最后都没有弄清楚。面对她的提问，我竟如同外行。

“主要看作品，那些都是装饰，”我做出教导人的样子，“你可不能舍本逐末哟！”

“好啦好啦！”她笑着说道，“别在我面前装老先生啦！我也只是问问而已。”

画展结束后的一天，“男同桌”给我来电话请我吃饭，我借口有事推辞了。他似乎并不介意我拒绝他，跟我闲侃了些别的话题，便突然问了 H 画展上问的同样的问题：“那几幅画究竟值多少钱？”

因为要给我结算提成，我见到过一份销售清单，并特别注意到他们的最终交易价格执行的是五折标准，也就是说他们仅出了一半的价钱就买下了章老师的三幅精品力作，真的是捡了大便宜。事情都这样了，还在这里追问“究竟值多少”也太过分了。我顿时就来了气，于是问他，你的奔驰车究竟值多少钱？他说花多少钱买的就值多少钱。我说这就对了，你花多少钱买画，它就值多少钱。我说这道理很简单，你花钱买了奔驰车，坐上它去谈业务，拉上美女去逛街，风光，有面子，抬高了你的社会地位，值；但用它去拉砖头瓦块，拉大葱萝卜头，那就浪费啦，钱花冤枉啦，不值啦。同样道理，你认为这画美，颐养了你的精神，对你有用，那就值得啦；如果你仅仅认为这就是幅画而已，那你就亏大了，和开奔驰车拉杂货是一回事儿。

“何况，”最后我说，“车子越用越不值钱，而艺术品却是越放越值钱。”

“伶牙俐齿！”手机里突然传来了H的声音。

这是最后一次听到H的声音，从此我们再没有联系过，即便我也时常想起她，想起她那飞扬的眼神，但那也不过是越来越淡、越来越模糊的回忆，仿佛一只飞向远处的蝴蝶，偶尔折返了一点，停顿了一下，却又被我看着了。

画展第二天，展厅里迎来了一组从外地来的朋友，他们是李三宽在商学院学习的同学加朋友，他们特地从远方赶来为他们的李大哥捧场。我和楚梦娇负责主要的接待任务，而我就像是找到了当年的感觉，尽情而恣意地就艺术发表见解，反正我怎么讲对他们来说都是新鲜事儿，我仿佛一个能授人亮睛的神为他们抹去了眼神里的迷茫。

“画展的意义在于展示思想。”

一位喋喋不休且喜欢提问题的女企业家在夸赞了章老师和高老师的作品后，驻足在李三宽的一幅六尺整张泼墨山水前不无惊诧且激动地大夸特夸了一番，而后，一转身，忽然问到我一个颇有高度的问题：“办画展的意义在于什么？”她目光犀利，直指灵魂。于是，我仿佛于灵魂的颤动中也给予了她灵魂一答，未做任何思考。

这和思想有毛关系！

他们的眼睛更明亮了，而且脸上带着显而易见的嗤笑，对我一向尊重的楚梦娇也忍俊不禁地出面为我圆场，说我想说的是意境深远、一花一世界。她那美丽的眼神宛如徐徐清风，扫过他们的脸庞，引得若许颔首点头，先是对她，后是对我，那种忽然明白了的感觉俨然写在脸上。

“那么，”她等楚梦娇讲完，点点头，又问我，“画家是用手画画，还是用脑子?”她的手掌在画面上画了两个圈，最后在那圈的高点上停顿了片刻，一截粉白的肚皮在红腰带和白卫衣之间展露出来，瞬间吸引了所有人的视线，“当然，脑子和思想还是有区别的，哈?”她在整理衣襟时补充道。

显然在拿我调侃，但我却没有意识到，或也觉得这根本就不是问题，而且脑子还被前面的那问题缠绕着，只想着如何再做解释，争取脸面，于是，随随便便地就回了一句：“当然是用手啦!”

“也就是说，和脑子无关了?”

“呵，怎么会无关呢，它们本来就是一体。”

“一体? 一个在这儿，一个在这儿。”她分别指了指自己的手和头。

“呵，你指的是头。”

“有区别吗?”

“当然有区别，一般情况下，头是这样的，而脑子是那样的。”说到头时，我指了指自己的头，但说到脑子时，指的仍是自己的头，只是把指尖捣在了上面，做出要捣进去的样子。

“好像没有什么区别吧?”

所有人都笑了起来。我在他们仿佛看小丑一样的目光里意识到，如果再顺着她引导的方向回答，必然越来越混乱，必然要闹出更多的笑话。于是，我说：“呵，复杂了。我们最好换个方式来解释这个问题：好比一辆汽车，你能说车轱辘比发动机更重要吗?”以问题还之于问题，这才是最好的方略。

她收起犀利的目光，笑了起来，“这是我的问题，还是你回答吧。”

“答案很简单，如果说车轱辘重要，那就要推着走；如果说发动机重要，那就要抬着走。整体的事物，非要拆开说，问题的本身就是问题。”这时，我就第一个问题也理清了思路，“但是，发动机好坏决定了快慢，轱辘的好坏决定了安全性、可靠性。发动机就是思想，轱辘就是行为，思想决定行为，作品是行为的结果，那么，显而易见，归根到底，观展，观的就是思想——你所看到的艺术家的作品其实就是他的脑路图，是心的结晶。但不可否认，它是抽象的，并非一目了然。”

那晚，李三宽为他们举行了盛大的招待晚宴，一张二十人的大餐台座无虚席。觥筹交错之余，女企业家的问题仍旧层出不穷，不过，被提问的对象已经转换为李三宽，那犀利的目光已然掺入了百合花的味道，散发着腻人的芳香。“李大哥，您从企业家直接转型为艺术家，跨界之大、转变之快，简直让人眼花缭乱、目不暇接。那么，是什么促使你做出了这个转变？因为某个人？因为某件事？或者是被某种力量所召唤？”

楚梦娇瞄了她一眼。

李三宽大约早就习惯了她的问题，面对轰炸泰然若素，既做出一副认真听取的样子，又似心猿意马——在频频点头中加入目光、手势，招呼客人吃饭喝酒。

“我问你问题呢！”女企业家却不将就，“认真一点儿好吗！”

“呵呵，你的问题永远和你的爱马仕包包一样多，红的绿的，大的小的，背的挎的，那才叫眼花缭乱、目不暇接嘞！”李三宽早把一盘XO帝王蟹转到她的餐位前，不无关怀地请她取用，但她只是扫了一眼，便把目光坚定地钉在了李三宽的脸上，没有一点儿让步的意思，“请回答问题。”

李三宽哈哈一笑，手放在了电动转盘上，仿佛要借助转盘来转动脑子，果然，当那盘帝王蟹转到楚梦娇面前时，两个粗大有力的手指落在了上面，转盘停了下来。他转过头，目光盯在他侧旁的女企业家脸上，“今天真遗憾，”他说，“章老师和高老师被市领导叫走没法参加咱们这场晚宴，如果他俩在的话，哪怕有一个在的话，都会给你一个满意的答案，不过……”他又转回头，狡黠地对大家一笑，抬起手指，看着转盘又转了起来后，说道：“不过，我也不想回避这个问题。”他拿起筷子，又放下，接着说，“小时候，我们村子里有头灰背白肚皮的小毛驴，不拉车，不耕地，只拉磨。拉磨的时候，脸上蒙着块碎花布，一步一动，十分滑稽。小孩子好奇，趁大人不在就给揭了，结果，驴转晕了，一头歪在了石磨上，弄撒一地粮食。为这事儿，俺爹一鞭子甩到俺脊背上，一条红印子半个月才下去。挨打归挨打，问题归问题，俺一直惦记着这事儿，瞅着俺爹不生气了，便问他是咋回事。俺爹说，咋回事？活明白了呗！明白啥？明白它天天走恁多路竟是围着个磨盘转圈圈；委屈，想不开，血压高了，就晕倒了。”他哈哈笑着放下筷子，目光从同样哈哈笑的听众脸上扫过，最后又把脸转向了女企业家，“有些事呀，你不明白的时候，什么都好；明白了，就晕倒了。所以，做就好了，不问东西。”

最后一句是章老师鼓励他的话，没想到被他诠释得如此到位。

……

大为意外的是，画展给我带来了新的发展机会——有很多展览机构在画展结束后主动找我接洽，请我出任他们的某个活动做总策划。有一段时间，我为此忙得不亦乐乎，仿佛又回到当年办画廊时红火的情形。但就在我换了新车，撸起袖子要大干一场的时候，妻子却在加拿大出了车祸，伤得很重，生活几乎不能自理，她来电话让我过去照顾她和孩子。我去了半年。在那边，照顾他们之余，我最感兴趣的就是参观各种各样的展览，以吸取更多的理念和经验来丰富自己；再一个，就是开始了那篇《距离》的写作。一天，夜深人静，我伫立在皑皑白雪中，又想起那个下雪的夜晚，想起家里的房子，想起对面的那个灯光下的女人，想起这次画展和那段时间的经历，我构想出一段自以为惊艳的金句，于是，文字如泉，慢慢就展开了。我是这么写的：对有些人、有些事，因为有了距离，反而没有了距离；对有些人、有些事，因为没有了距离，反而有了距离。距离，有时实实在在，有时虚无缥缈，有时仅仅是缺乏现实意义的计量单位；距离是房子和房子之间的间隔，是相望而不能触及的远方，是一棵树的阻隔，是阳光走过的路径，是落雪的归宿。若是这样，心，或许是把不经意存在的尺子……

第三章 《2018》

一

这里，其实我要说的是两件事：一件事是“章府家宴”，一件事是主题为“2018”的我的个人画展。仅就事儿本身来说，二者之间的关联性不是很大，甚至是两个不相干的独立的个体。但是，因为有一个贯穿始终的人物而使它们联系了起来，也因为她，而使之成为彼此无法割舍的统一的一个整体。她是吴美绎。

我在《乏鸟》里也曾提到过“章府家宴”，不过，受篇幅的限制，在那里你所能看到的，其实只是一个大概的轮廓而已，实际上，更丰富、更深层次的东西仅仅从那些个轮廓上是看不透彻的，况且，还有一些最想提及而未提及的内容。这就需要我来做进一步的描述了（到这里，一下子就冒出来很多要写的东西了，假使用个“比如”什么的词开始，肯定下来便是几百字甚至几千字的描述，暂放一放吧，让我把废话说完）。当然，我还不想背离《乏鸟》的基础，我想，我也只能在原有的基础之上再细致、再扩展，否则，你看到的就会是一部美食篇了，那可不是我想要的结果。好了，可以说“比如”了。

比如说，我在《乏鸟》里写过一道菜，叫“醋汁土芹”。我在那里仅是描写了用料和调制的方法，其他的、精微的基本没有提到，而谈美食，止于此等同于肤浅，即色、香、味面面俱到，也不过是入门级的水准，充其量是在“一般”二字上做得像个样，距真正的美食理念其实还差着老大一截子呢！这算是我个人的一点儿见识。我之所以有这样的见识，不得不说，和章岘阁章老师有着直接的关系——从他那里了解到还有许多影响美食可往往又特别容易被人忽略的其他的，如就餐形式、就餐环境、人文要素、时间空间、个人嗜好等等诸多因素。虽然我只是处在旁观者的角度来看这件事，却也明白了一个很重要的道理：在我们看来再平常不过的事情，但要深入其中稍做细致的拆分探究便会发现，它已不是简简单单的“一般”那样子了，是门学问。章老师把他这种深入细致探究事物的做法叫作“格物致知”。就拿“章府家宴”的情形来说吧，如果依了小白老师和吴美绎的标准，“醋汁芹菜”的色、香、味，甚至奢华，都已达到了极致，让我看，用“过分”二字来评价也不为过。但，这也只是我们认为的，最终的，还要通过章老师的认可，或是通过他“格”乃至“致知”的标准。

像章老师这样的大师级人物，平庸，是他永远不甘的事情。

“就这样上来啦！”

去年秋天，洛城的房子基本收拾利落后，章老师便举家从京城搬了回来。或许是因为家里软件设施没有到位，或为了调整菜品，再或是为了答谢我和高其昌老师在装修他们家房子中所付出的操劳，“章府家宴”第一餐实际上仅邀请了我们两个人。下午我俩去得很早，和章老师一起喝茶聊天，直到小白老师（她已改名叫许小白，我尊称她小白老师）邀请我们入席时，方意犹未尽地移步到餐桌前，这时就听章老师冷冷地说了这样一句话。

“怎么了？”小白老师被他问得一愣，下意识地回道。

“怎么了？”他瞥了她一眼，“色没色、相没相，我看放到苍蝇小店里更合适。”

“美绎在上海也是这样做的，怎么，不行？”小白老师回敬他一眼，回道。

“我们这是家宴，拿不出水平来还不如不做。”

“你说该怎么整？定个调子，我和美绎商量着去整。”

“我都做完了……”章老师脸色黑黢着，想说难听话却没说，“多动动脑子，对待问题流于寻常是不行的，必须有超越，要卓尔不凡。真不知道这么多年……”

当面教子，背后教妻。章老师拿捏着，词句内敛，但气色不善。他在外面说话向来是和颜悦色，真没有想到，他在家里还有这样的一面。

“行、行，我没用，我给你叫个有用的来。”小白老师说着，回头便对厨房里喊道，“吴美绎，你出来一下。”语气里也带着不耐烦。

“知道啦!”里面应道，接着走出来一个风姿绰约的“中年”女子，她用围裙擦着手，笑着对我和高老师点点头，样子极雅致，带着大家闺秀的范儿。她到了桌前，歪着头看了看桌面，似乎不太介意地对章老师说：“在里面就听到你在欺负我们丽红，有什么你说嘛，如果都能像你一样有眼光，我们都成大师了。要是那样，谁欺负谁还不定呢！是不是，丽红?”

或许来得早，或许来得悄无声息，我们在阳台上喝茶，居然不知厨房里还有这么一位。

小白老师在一旁矛盾地摇摇头、点点头。她们两个，一个内敛，一个外向，一个温柔，一个娇媚，个头高低胖瘦又很相近，站在一起，便是一道风景。

吴美绎开始说话，章老师脸色便霁和起来，到她把话说完，他像什么也没有发生过一样，已然是我熟悉的那个章老师了。“得，救兵来了。”他说，“我也没说什么，老夫老妻了，说话随便一点儿而已，叫你一来，我就成欺负人了。”他摇摇头。“像这道菜，”他指着那道“醋汁土芹”说道，“用料、调制本来都很了得了，可是，装盘、色相却一点也不讲究，你们说，前边的那些‘了得’还有意义吗?”他对她说话时，眼里充满了柔情。

章老师情绪变化的每一个细节恰好落在我的眼里，此时，已由不得我不去认真打量吴美绎了。毋庸置疑，她是一个见过世面而且极有涵养的女人，这一点不难从她的言谈举止中看到；她有着颀长而又丰满的体态和俏丽而不失端庄的面容，或许为岁月关照，稍施粉黛之下，便很难从外表辨别得出她的年龄。那天，她穿了一身深蓝色运动便装，腰系粉底碎花围裙，干净利索，像一个美食秀的厨娘。这里我特别想提一下她的嘴唇，怎么说呢，因为那是我见过的最好看的唇形，而且，仅用好看来形容恐怕也太吝啬了，可确实又找不到更为贴切的词汇。这样子来描述，你们一定会笑话我，甚至怀疑我，是不是审美出现了偏执。告诉你们，我是学美术的，对美，我有清晰的辨别力——这样说吧，她不论在说话、微笑还是闭合，都有一种吸引你的亲和力，或者说妩媚，或者说娇嗔，再或者……或许是我的目光在人家身上停留太久，她看我一眼，莞尔一笑，很自然的，然后，对章老师说：

“能再具体点儿吗？”

“好吧，我就具体点儿。”章老师用手指弹了一下那盘子的外边儿，说道，“这盘菜的主料浅绿、微黄，色泽娇嫩，那么，在装盘时就要考虑用厚重的器皿衬托，柔于强上，柔者更柔。现在，你们把盘子用成白色，质感、颜色之间形成的对比偏弱，这种弱对比，其实是没有对比，结果就是混沌，主题不突出，是这样的吧？”他看看我和高老师，接着说，“这和画画一样——主题不突出的画面永远都是缺乏生命力的。把这个白盘子换成日式粗瓷餐具，最好还是深色的，你想象一下，感觉是不是会好一些？呃，还要添一点红色——俗话说，红配绿，骚不够嘛！”

“说着说着就不正经起来了。”小白老师白他一眼，说道。

“嘿，我不正经？说句大实话就不正经啦？老高、小楚，你们说，我哪点不正经啦？”章老师故作严肃地说道。我和高老师都笑了笑，把头扭向一边。这样的话，没法接。

“去吧，你们去那边喝茶去吧，”吴美绎含笑端起菜盘，说道，“我们整改好了叫你们。一会儿啦，你过来看看，别又是不满你的意了。”

“不看。”章老师语气决绝地说道，“我相信你们的能力。”

和章老师接触得多了，渐渐发现了他的一个讲话特点，比方说，像刚才这样的情况，我觉得他其实也说不清楚究竟怎样搭配才是最好，不过，有一点可以肯定的是，他内心里已然有了一个带有方向性的抽象的、不确定的标准，只是这个标准怎样转化为现实，现实又是个什么样子，他也说不清楚。于是他就说相信你、你有能力等等，这些看起来是鼓励人的话，实际上也可以说是把问题推了出去。往下，至于结果，实现了他的标准，他可以高高在上地表扬你；反之，似乎和他也没有什么关系，而且再批评两句也不是不可以。当然，他这样也没有什么不好，只是让我觉得，听章老师说话，真的是一门高深的艺术享受。

我们没有再去喝茶，而是来到画案前，章老师命题《归去来兮》，高老师吟诗书写。高老师写的是一首四言古体诗，具体内容我记得不太清楚，前半段大概是追思一番晋人及陶渊明的风骨，后半段则是绕着弯子带开玩笑地拍了他老同学的马屁。高老师这边放下笔，章老师便拿他开了一通玩笑，明明诗中所指是他，他却硬是要套在高老师的头上。高老师自然不甘接受，又续诗强调，你来我往。我在旁边打趣儿说笑，一时其乐融融。

“你们过来吧。”

正在兴头上，却听到吴美绎在那边招呼。章老师句子到了嘴边儿上，被这一声招呼影响卡在那儿了，他瞅瞅吴美绎，嘴巴几张几合，最后，对我俩笑着一摆手，说：“走，诗好不能当饭，饭好不能当诗，有诗有饭才不枉为人生。”便率先挪动了身子。

这次在餐桌前，章老师没有停顿便坐到了靠里面的一张椅子上，看来他已拿定了主意，不管她们弄出什么样的结果都是要开吃了。我和高老师客套一二，一左一右，分主次坐在了章老师两边。菜还没有上桌，吴美绎看着我们坐下，这才回去一手端着一个广口的黑钵、一手端着一个白色的小碗过来，她把黑钵放在桌面上，微笑着没有说话，似在等着做出评价——土芹段码放成整齐的一个方块摆在钵器中央，有两三根散落在一边，和上次相比，除了器皿更换外，再就是形式上暗含了“天圆地方”的隐喻，其他的似乎也没有什么可圈可点的了。或许，那个小碗里还有文章吧，我猜测着看章老师。章老师大约也猜到那小碗里的文章，他双手交臂，支在桌面上，微笑地看着吴美绎说道：

“你不把文章做完，我怎么评价？”

吴美绎笑着摇摇头，“真狡猾。好吧，你们闭上眼，可以了吧！”她带着上海口音说道。

就像完成小孩子玩儿的游戏那样，我们随着章老师一起闭上了眼睛，随着一声瓷器碰击声响过后，她说好啦。又睁开眼时，这样说吧，眼前的那盘菜已然不能再称为菜了，而应该称它为一幅画——一层浅浅的淡紫红色的汤汁萦绕在芹梗周围，两瓣浅黄色的菊花漂浮其上，色彩层层叠叠、交相辉映。“太棒了！”我在心里赞叹道。

“这就完了吗？”似乎还没有达到满意，章老师追问道。

“没有什么了呀！”吴美绎疑惑地回道。

“真的没有了？”章老师再次追问道。这时，小白从厨房里探出半个身子来，一哂，说：“没有开灯呢。”

“啊——对、对、对。”吴美绎恍然大悟，抿嘴一笑，转身紧走几步去到厨房门口，开启了墙上的开关。

章老师的目光随着吴美绎的身姿一起转了过去，桌子上方正中央暖色的罩灯亮了以后，他并没扭回头，而是继续看着她，微笑着，眼神里好像在说，看，你大意了吧！到这里我要强调一下，这多年来我一直都是这样，当章老师讲话的时候，我都是非常专注地看着他，听他讲每一句话，因为他的神态和语言搭配得是那么的和谐，在我眼里就像是达到了“神人合一”的境界，这是我一直想学却又学不会的东西。但我不会因为学不会而放弃任何一次学习的机会。不过，这次我却觉得很好笑，为了掩饰，我不得不把想笑而不敢笑的脸转向了桌面。

再看那幅作品（因为那盘菜在我眼里已然是作品了，就权且称作作品吧）时，不能不说，灯光产生的效果还是非常明显的。首先，它作为桌面上唯一的一件物品放在那里，显得格外突出。其次，前后对比之下，原来有些灰粉色的调子已经不再存在，继而是更加明亮的、更为清晰的画面效果，而且，变换角度，又可以看到不同局部反射上来的亮亮的光点儿，而汤汁也变得更加红亮。

“老高、小楚，怎么样，感觉不一样了吧！”章老师得意地看看我们两个，那样子，仿佛一下子回到了青葱岁月，“层层跟进，想不惊艳都不可能。”

“怎么样，算是过关了吧？”吴美绎问道。

“嗯，岂止是过关!”章老师说，“说说，你怎么想起用大红浙醋来了?”

“不是你说的，红配绿骚不够嘛。”

“呵呵!”

这时，高老师干咳一声，看着菜盘，若有所悟地吟咏道：“‘荷叶罗裙一色裁，芙蓉向脸两边开。乱入池中看不见，闻歌始觉有人来。’王昌龄的这首《采莲曲》或许最能配上这幅画面。再有‘碧玉红颜总相宜……’”说着说着，竟慢慢慌乱起来，“啊，不对不对，我是说，这个绿色和红色搭配得实在好，没有别的意思。”

小白一手端着一盘菜站在高老师身后，听他突然变得颠三倒四起来，便轻咳一声，说：“红配绿，骚不够。这不是你这个老同学刚才说的，怎么就不对了?高老师，你是不是话里有话说呀!”

“嗨呀，丽红，我真不是那个意思，我是说……”高老师越发慌乱了，他扭头，瞅了一眼小白，忙又转回来，低头看着桌面，小声说，“你看，丽红、丽红，红就是你嘛，是吧!”

“你大声点说，我耳朵背，听不见。”小白的语气很平静，像一个老师在教导孩子。

“我是说……”高老师已然口吃起来，“我不是那个意思。”

“谁也没有说你有那意思，你自己要解释，是吧!”小白老师放下菜盘，看一眼高老师，做个鬼脸，一笑去了。

小白，全名许小白，原名许丽红。名字是章老师给她改的，这事儿在《乏鸟》里已经说过，这里就不再说了。她曾弹得一手好琵琶，说起来也算才貌双全，只是这许多年甘心蛰伏于章老师的羽翼之下，天长日久，才华淹没，即使过去的老友也少有人提及。她没改名的时候，我叫她丽红老师，现在改口叫小白老师。章老师的那些老同学依旧老口，高其昌算是其中之一。不过章老师对此也不计较，爱怎么喊就怎么喊，从来也没见他刻意跟谁纠正过。

小白老师和高老师对话的时候，章老师像是个懵懂的听众，他微笑着看看这个、看看那个，一副置身事外的样子；高老师那阵儿慌乱似乎消耗了不少能量，这一会儿低着头，用手背擦着眼睛，额头有些许汗珠。他们的样子，我都觉得很好笑，还没有笑出来，却听章老师说："小楚，你觉得很好笑，是吧?"他不知什么时候，目光已停留在我身上。

"没有，"我还是笑了出来，"你们说话像打哑谜一样，我一点儿也听不明白，不过，形象都很生动，很有意思。"

"他们是为一个故事斗嘴，故事你不知道，所以不明白。得，你引个话题，让我们大家都明白的。"章老师话说得很轻松，只是深邃的目光里似乎含着一丝湿润。

这下轮到我慌乱了，恰好，小白老师刚刚摆上的两个盘子进入了我的视野，"章老师、高老师，你们看，这两盘菜回一下炉，品相提高了不少，是吧?"一盘是糟虾仁——片石状的盘子一端，十几个雪白而微红的虾仁没有规则地垛在一起，兼有点绿，两三片玫瑰花瓣随意散落，很具诱惑的调子；一碗豆腐丝拌豆苗，碗是那种淡青色的小碗，下面衬托浅米色暗花纹的碟子，极雅。

"嗯。"高老师点了点头。章老师像是仍在想着什么事情，有一会儿才说："这道醉虾仁是吴姐的绝活，到现在我也不知道是怎样烹制的，特点是在味道上。而这道豆腐丝拌豆苗，看起来普普通通，但你们不知道，为了这点儿豆腐丝，小白要专门去咱们老区的菜市场定做——我们提供的山区高海拔小黄豆，手工制作，吃过一次，可以颠覆你对豆腐的认知!"他像需要预热到位的发动机，此时已进入了工作状态，"你们看，高要求，出高品质，是不是?现在再看这几道菜——改变很大吧!"

"是不是什么?又想抢夺我俩的劳动果实吧?"吴美绎又来上菜，她瞅一眼章老师，笑容可掬。什么事儿让她如此开心?我心里疑问道，却不自觉地随她笑了起来。

"没有没有，"章老师坐直身子，仰头看看她，"你们的劳动果实我怎么能抢得走。'抢'是性质问题，言之不当。"

"在你的指导下!"吴美绎一边调整着盘子间距，一边说道，"你不是经常这样说的吗，不是吗?不要老是这样瞅我，赶紧回答。"

“那这也是事实嘛!”章老师笑得很开心。追逼之下，语言简俗，这可不是我认识的章老师。

“嗯，指导我们航向的是伟大的章岘阁老师。”这时，小白老师也从厨房过来，打断了他俩的对话，她又在桌上摆了一盘菜，说，“六个凉菜都齐了，你们可以开始了。”说罢要过去，章老师摆手拦住，“也没有外人，吴姐、小白，你们也坐下一起喝两杯。”

“我们不来掺和你们吧。”小白犹疑地说道，她看吴美绎。吴美绎倒很痛快，“行，反正也不是外人，喝两杯就喝两杯。丽红，来坐这儿，一会儿再烧热菜。”

那天，令我印象深刻的另一道菜是个叫作“蜜汁莲藕”的甜食，说到这里，你一定会觉着好笑了，再普通不过的菜品了，怎么也会有深刻的印象?这样给你说吧，我之所以这样强调它，是因为它确实有超出寻常的品相和味道：首先，莲藕的颜色是酱褐色的，而糯米却色泽白润，一层浅米色透明的蜂蜜汤汁浇在其上，散发着柔和的光亮，如同一层透明的流动的釉彩；菜量很小，也就是七八片的样子，但用的器皿却是一个类似陶器的黑色的大盘，两片大约是薄荷叶的东西散落在盘底的汤汁上，大片留白，颇有禅意。其次，我可以这样说，它的味道是我吃过的所有的蜜汁莲藕里最独特、最好吃的，究竟怎样的好吃?你知道，味道是个很抽象的东西，无论你怎样描写，其实都难于使所有人满意，那么我就客观一点儿，仅从口感上来描述：第一，莲藕入口不是软酥的，而是带有一点筋筋的感觉，拌有浓郁的焦糖味；而米很糯，带着黏滞感，咀嚼起来回味无穷。第二，暗藏了果脯酸甜的味道。吃第二片时，我刻意地观察了一下，发现有零星细碎的果脯颗粒黏附在蜜汁之下。第三，蜂蜜汁显然是经过了特殊处理，里面暗含着一点点薄荷那样的凉爽，很淡，似有似无。你想，把一、二、三加起来同时咀嚼，那是一种怎样的感觉!我禁不住想要大加赞美。但看吴美绎时，却发现她似乎已经盯着我看了有一会儿了。

吴美绎坐在我右边的位置上，她斜着身子看着我，眉眼是赞许的，而嘴角上带着那种上海女子独有的毫不含蓄的嘲讽的微笑。

“好吃!”我嘴里嚼着第二片蜜汁莲藕，看着她，叽里咕噜地说道。我想我当时的样子一定很窘。

她仍看着我。

“真的很好吃!”我再次夸赞道。

“好吃，我的也让给你喽。”吴美绎笑着说道。

“我的也让给你。”小白老师也来拿我打趣儿。

“不了不了，再吃就要腻住了。”我摆手说道。实际上，后面吃的这片是在慌张、急迫的条件下进行，可以说，几乎是囫囵吞枣地下到肚里的，的确有种甜腻的感觉。

“小楚，这道菜可是吴姐的拿手绝活。”章老师说道，“吴姐，怎么做的？给大家介绍一下。”

“介绍起来挺麻烦的嘞。”吴美绎笑了笑，说道，“它不是我发明的，你知道的啦。”她用手指点了一下小白胳膊，小白点了点头。“那几年，我在天缘寺住过一段时间，哎，你们不要这样子看我，我可没有出家，只是心情不好，想在那里清静一下。天缘寺的缘真师太是我在上海上小学时的语文老师，我听说了，特意去那里找的她。来吧，我们一起喝杯酒，”她像是进入了某种惆怅的思绪之中，举起杯，邀我们一起喝了，放下杯子，才又接着说，“缘真师太是个情种，年轻时候和她的一个男同学恋爱，两人到了谈婚论嫁的时候，‘文革’开始了。师太出身资本家，男同学却根红苗正，结果可想而知。分手后，人家就和别人结婚了，而师太一直未嫁。本来事情到这里就已过去了，可后来，改革开放，那个男同学去了国外，几年时间混成了‘小提琴大师’又回到了上海。他去找了师太。后边的事情很复杂，不好讲，我就不讲了。总之，师太再次受到伤害，看破了红尘，便去天缘寺出了家。”她自己给自己斟满一杯酒，拈起来，看看大家，笑了笑，表情很复杂，“师太本来做得一手好菜，出家后时间富余，就更加悉心地做了研究，这道‘蜜汁莲藕’在她的菜谱里属于上乘之作，但也最耗时，最费功夫。”看不出是有意还是无意，她的手些微倾斜，任酒从酒盅里流出，流过手指，而后滴下去，在白色的餐巾上形成若干略显深色的斑点儿。她叹口气，接着说："说到这些心里就堵堵的，还是喝酒吧。"她举杯将剩余的酒一饮而尽。我感觉她或有祭奠的想法，只是隐藏了不愿意让人察觉。

大概这个不算完整的故事依旧能够打动人，一起喝过酒，所有人都陷入了沉默。

"原来出自禅菜，我说呢，看到它，脑子里忽然就有了那种玄妙的感觉。"高老师拿着空酒盅，来回在手里捻动，他率先打破了沉默，"情寄于物，物则不忤。心用到了，事情总是不会违背你的。"

吴美绎瞅着高老师，点点头，又摇摇头，很矛盾的样子，站起身，粲然一笑，"丽红，我们去做热菜。一会儿喝多了，菜就做不好了。"

小白老师随她站了起来。

"仅仅耗时、费功夫就达到这样的感觉，这么简单？一定还有什么绝招，是吧？"终于找到适合我的话题，于是，我仰头看着吴美绎，追问道。平时我也爱捯饬美食，围绕这个话题我有一定的优势，况且"蜜汁莲藕"的做法，于我也是要解开的神秘答案。

"那是当然！"吴美绎带着诡异的笑容说道。

"食材很重要。"我说，"您用的是七孔红藕，口感应该绵软才对，但——"

"你看，只顾听你讲故事喝酒啦。"章老师突然打断道，"忘记给你们介绍了：这位是小楚，美院高才生，专攻油画，擅长人物题材。吴姐，要是你想要画像，找他好了。吴美绎，禅菜大师，小白的闺蜜，我的老同事。"

"你好，楚老师！"吴美绎笑着礼貌地说道，没有要和我握手的意思。

我手扶桌案，连忙起身，回道："你好，吴老师！"

她两手抱着小白老师的一只臂膊，身子斜倚着她，上下瞅瞅我，貌似一个审视小学生的老师。"好吧，这道'蜜汁莲藕'我可以教你，但前提是给我画一幅肖像，怎么样？不会感到吃亏的吧？"她正儿八经地说道。

"不会不会，像你这样的模特，打着灯笼也找不着，能为你画像，我求之不得。”话说完，我下意识地看看章老师。章老师看着她们在笑，不过看起来笑容有些僵硬。再看高老师，高老师像是置身事外的隐士，低着眉，自顾自慢慢地品尝菜肴。我突然冒出一种出言不逊的感觉，便开始扭捏起来。

“哎，你看他干吗!”吴美绎说，“这事儿不用经他许可。”

“不是，吴姐，我不是这个意思。”忙乱间，我竟随了章老师的口。

“什么吴姐呀!”吴美绎说道，“我拿他一点儿办法也没有，明明比我大，偏要吴姐、吴姐地叫，不老也被喊老了嘞!”她摇摇头，无奈地指指我，对章老师说，“你看，楚老师跟着你也来了吧，真是没办法!”

“盗亦有道。小楚，咱们讲规矩，‘吴姐’你不能叫。”章老师说，“我这样叫是有我这样叫的道理。据典：《西厢记》里张生比红娘大，他是如何喊红娘的?‘姐姐’嘛!是吧，我没有胡说吧?哎，高老师，没有错吧?”

高老师笑笑，点点头。

“高老师，助纣为虐总少不了你!”小白在后面推了一把高老师的肩头，说道，“他想说啥，你不知道?哦，对了，你刚才还说什么‘总相宜’的嘛!他哪天要是把美绎收房了，我可告诉你，你首功一件!”

高老师低头眯眼，把玩着手中的酒盅，小白所说如同“浮云尔”。

“美绎，走，我们去烧菜。”小白似乎对高老师的表现很满意，一乐，做了个鬼脸，拉着吴美绎去了厨房。

记得那天的每一道菜都是美食，我们吃得干干净净，但酒却喝得不多。最后，小白老师拿手的丝瓜海米汤面给晚宴画上了完美的句号。

吃过面，又转移到茶厅喝茶，几盏茶下肚，顿感浑身舒坦，于是，我笑着说：“刚才还是晕晕乎乎的，这一会儿，完全醒了，跟没喝过酒一样。这碗面，可做解酒神面。”为了肯定这种感觉，我又左右晃了晃头。

“是酒好!”高老师说，“十年的茅台，上得快，下得也快。哦，和吃面当然也有关系。”

我和高老师聊了一阵子那晚的美食，感到没有什么可说的时候才发现，章老师已经沉默很久了，他凝神看着窗外。透过落地玻璃窗，可以看到一幅非常漂亮的夜景。我正在猜测他专注于其中何物时，却听他说："你们说，我听着呢。"

"这幅夜景，谓之'灯火阑珊'似乎过了些，那该是……"高老师是个很会聊天的人，他总能在情景元素里找到话题，而且适时地留出话意，让对方进入角色。

"'华灯零落'更为合适。"章老师仍旧看着窗外淡淡地说道，"多亏了咱们内地的规划师，不善于处理临河商业，这么好的条件，若是放到南方，肯定是一条繁华的商业街，如此也就适用'灯火阑珊'这四个字了。"他转过头，看看我俩，摇摇头，一笑，说："不过，正因如此，我才决定装修这套房子。我可不想住到闹哄哄的商业区里去。"

"嗯，灯火转换之间，已然道尽兴废事。"高老师说，"老区那边就找不到这样的环境、这样的清净地儿。"

章老师斟上一盏茶，拈起来，送至嘴边，停顿了一下，却又放了回来，"古人想干什么总能给自己找出点理由。就拿'隐逸'这事儿来说吧，原本'隐'就是藏起来让人找不到你才是，偏是还要弄出来个'大隐、中隐、小隐'的说法来。于是乎，居于朝堂之上的也叫'隐'，住在闹市之间的也叫'隐'，而真正的躲到山间野外的'隐'末了还落上一个'小'字儿。思想之下，言古何宜?"他抛出了个大题目。

"您现在的状况可以算作'中隐'了。"我说。

"我算个什么？一介草民。"

"只这一谦恭，便跳出了'小隐'那份恣意。'采菊东篱下，悠然见南山。'能做到陶渊明这般恣意、悠然的，世间能有几人?"高老师像是很随便地说道，当我以为他要顺着这个话题往下深入进行时，他却突然转了话题，"哎，你的书什么时候才回来？我可是等着看呢!"

"呃，"被高老师提醒，章老师像是突然想起来了似的，对我说道，"高老师不说我都忘了，小楚，明天还要麻烦你带几个老实可靠的棒劳力过来帮忙，书托运回来了，满满的一个小集装箱。"

有半年时间，我都在为章老师的房子忙活，除了跑腿买些零星的材料外，便是做好一名监工的工作。章老师在本市的“小人物”朋友不多，而这些不多的里面，可以出力又能得到他信任的恐怕也就我一个。

“没问题。”我说。

“明天我也过来。”高老师说。

“高老师一定要来，开箱上架，没有你，真不能让人放心。”

“明天，我还用来吗？”这时吴美绎也过来问道。她帮着小白老师收拾完餐具、厨房，此时已换过衣服，看样子是准备告辞。小白老师抱着一只小狗跟在她后面。

“如果没事儿就过来嘛，多一个人多一份力量。”章老师对吴美绎说道，“明天室内环境一变，还要看看你的美食作品在新的环境下能否经得住考验。”

“咳，你就是哄人来给你做饭吃嘛。”吴美绎一笑，说道，“没事儿，明天我过来，不过，会晚一些。”她说着话已转过身去，逗了逗小白抱着的小狗，又回头说笑了几句即告辞走了。

章老师送走吴美绎，回来又坐回到藤椅里，即打开了话匣子。

“小楚，辛苦了半年，明天才是出成绩的时候。”他适意地环顾一下室内，接着说，“今晚吃饭的时候，你们会有一种空落落的心情，有吧？我刚才就在想，这是怎么了？是什么事情影响了心情？现在，突然明白过来——实际上，整个装修的最重要的概念还处在缺失的状态——书架上是空的，墙壁上也没有字画，也就是说，我们今天实际上是坐在一个没有灵魂的空壳子里面吃了一顿饭，还能处之若素……你们认同我的观点吗？”

装修方案是章老师在京城找的一位装饰界的大腕儿给他做的，很大胆，很有创意，尤其在空间的设计利用上几乎超出了我的想象。为此，我曾提出过我的建议，希望保留底层的部分房间以提高紧凑感，避免空洞，但他直接就给否定了，他让我照着做就行了，不问东西。我说行，将来别怪我没有说过。现在他说这话，我觉得他后悔了，但还要找点其他理由证明自己没错。我想象不出他所说的“灵魂”是怎样的形态，因为在此之前，我还没有见识过他的藏书和藏品，以为会有很多，但也不会多到哪儿去。我笑了笑，说：“我基本上同意您的观点，不过，既是这样了，就想想如何补救吧。”

“高老师，你呢?”章老师神秘地笑了笑，目光移向高老师，等了片刻，然后问道。

高老师像是在体悟章老师的话意，侧身看着室内的某个地方，有一会儿才转过身来。“哦，是这样——”他停顿了一下，说道，“现状确如你说，书架是空的，墙上也没有字画，再就是，绿色植物也应该跟上。绿植是不是已经安排了？不然，明天我去花卉市场去置办一些回来？哦，杞人忧天，这方面你肯定已有考虑。说实在的，我看着屋里的空白点也觉着有点揪心，赶快整到位吧！刚才吃饭的时候我就在想，这整到位了以后屋里会是什么样子？是宫殿？是书房？是博物馆？几个画面来回在脑子里转，可想来想去还是想不出来个结果，倒弄得菜不香、酒无味，咳，亏待了美食，亏待了十年茅台。”他是唠家常的口气，可神态却像在做学术报告，板儿正经。

“明天就可以看到结果啦!”章老师神秘地笑了笑，“高老师，别说你，就是我也不是十分确定最终是什么样的结果。不过，轮廓已经有了，既不是博物馆，也不是书房，更不是宫殿，而是它们的综合体。书房和博物馆的元素多一些，宫殿嘛……有一点，但不多——一点意象的东西。”

“真的难以想象。”我说。

高老师面无表情地点点头，而后又侧身，盯着他方才看的那个位置沉默不言。

受他影响，我和章老师都往他看的方向看了一眼。两张红木沙发的对角处，一张亚麻布铺面的小方桌，桌上一个看上去很普通的青陶瓦罐，是个整理到位的部位，相对周围的色调十分抢眼。我俩一笑，转回了头。

“老高，你看那桌子是吧?”章老师问道。

中午的时候，章老师给我来电话，让我下午来时带一块他讲好尺寸的亚麻布，原以为是画画用，我还特意选了含麻成分高的好布，谁知来后才明白，竟然是用来铺桌面儿的，而且是七十年代那种人人家里通常都会有的小方桌，再普通不过的东西。早知道用途，一块普通材质的画布就可以打发。我把布铺好、罐子放稳当后，小白老师还在一旁取笑说，两样东西加起来都未必有布值钱。章老师当时在整理画案，他扭头看她一眼，不轻不重地说了句：信球！地方话里，“信球”往往用于笑骂，有开玩笑又有责怪的意思，但从章老师嘴里出来，就纯粹地像个昵称，那种爱到尽头不知道如何去爱的感觉。我想笑，却要忍着，而且还装出一副没有听到的样子。

接着是高老师来了，就像现在这情形，他进来门就对这片该是整理到位的部位发生了兴趣，他先是看罐子，而后发现了下面的小方桌。令我不可思议的是，他像发现了什么宝贝似的，把桌角掀开，蹲在旁边端详摩挲。我看不过去，问他何以至此。他站起身，盖住桌角，笑笑说他只是喜欢这东西，别的也没说什么。我了解他的性格，他不愿意说的也不必去追问，问了他也未必会说。我猜想，大约会和他们共同的什么事情有关，不然，何至于二位如此喜爱？章老师问他，接下来，肯定会有些“料”倒出，我竖起了耳朵。

高老师慢慢转正身子，还是他那种惯常的波澜不惊的样子，“看到这张桌子，就想起小时候的很多事情了。我们在上面做作业、练字儿，也吃过饭，后来，可没少围着它喝酒……真没想到，你居然还收藏着。我们家的那张，连丁点儿炭灰都找不着！”他轻微地叹口气，笑了笑。

“收藏，不一定非要是那些价格不菲的东西，只要有故事，就有了价值，就有了灵魂的归属。”章老师颔首一笑，说道，“今天上午我才从老房子那儿给拉过来的，李总派的车。他那小司机见拉的是这两样东西，你不知道他觉得好笑的样子，看我就像看怪物！管他呢，爱怎么看就怎么看，反正给他解释也没有用。哦，那个瓦罐你也应该有点印象吧？最早当面缸用，后来，老爷子给改成了花盆，是吧？有印象了吧？今早意外发现的，真不敢相信，竟然还完好未损。大概是老爷子清洗干净收拾起来的。”

“你呀，性格上好多都随了你父亲。”高老师说，“记得。最先种的是假樱桃，后来种的是兰草。”

“是啊！老爷子在摆弄那些花花草草的时候，他那种专注认真的劲头，对我肯定起到了潜移默化的作用。但离开老妈的支持，可能我就是另一个我了。”章老师说，“那时候，我要写字，家里没毛毡——其实也没人懂——母亲想都不想就把家里的一条旧毛毯拿出来铺在那小桌子上面让我折腾。最开始，我折腾完了还要清洗，后来干脆当毛毡用了。你有印象吗？军绿色、少皮没毛的。”

“有印象，我第一次在毡上写字就在那上面。幸好我们都是拿报纸练习，若是宣纸，恐怕就没法用——太厚，欠平整。当时，那可是金贵东西！”

“结婚后我还见过，后来就没影儿了。可能让小白扔了。”章老师说着，突然想起来了什么似的说道，“咳，这二位不知道又说上啥了，话匣子打开就没完没了。”他看看表，“至少出去半个小时啦！”无奈地摇摇头，又沉默下来。

高老师低头把玩着手里的茶盏，也随之沉默。

共同的故事，共有的灵魂。

记得我们在等小白老师回来的时候，我把话题又引到了美食方面，但他们两个似乎失去了谈兴。高老师仅是点头附和；章老师依旧沉默，并且又开始欣赏起“华灯零落”的夜景了。那会儿，我像是得了话痨，什么也不管，可着能想到的尽自唠叨，直到我去强调“荤素搭配”问题的时候，高老师才说了句他也有同感之类的话，这时，章老师转回头，用他那深邃的目光盯着我，面带微笑。

“没吃饱，还是缺荤口？”章老师问道。

“饱是饱了，就是感觉太素，有种意犹未尽的感觉。”我说。

“你呀，无肉不欢！”章老师又转看高老师，“老高，你怎么看？”

“我和小楚一个看法。”

“是为别人着想的吧？”

“不全是。我也喜欢吃一点肉食，如果想多喝酒的话。”

“嗯，我和你们的看法差不多。”章老师给我们的空盏里添上茶水，

“如果有两道荤品，整体感觉会更饱满，我不是没有考虑过，但问题是，美绎只会做这类素食禅菜。就鱼、虾那两道菜，还是她前段时间专门在上海拜了位名厨学来的，为这事儿没少受难为，很不容易了，再捯饬肉食，怕是……再说吧，我再想想。”

“我看，这样就挺好。”高老师有了新的观念，“既然美绎只会做禅菜，那么以禅菜为主构成‘章府家宴’的主体风格岂不是更好？而且，家里的装修风格也属于这一类，统一起来，让我看，也不是不可以。”

“‘章府家宴’？这里哪儿能称‘府’？小门小户，托不起那么大的名声。”

“论规制，确实称不上‘府’。”高老师皱着眉头又想了想，“不称‘府’，称‘宅’‘家’？那也太别扭了。‘章宅家宴’‘章家家宴’？呵，成私房菜啦！还是这个‘府’字凑合着用吧，人能撑起来，虽小，乃大。”

章老师拈着茶盏在唇前，听高老师说完，才慢慢地呷了一小口含在嘴里，既像是在品味高老师的高论，又像是在品味茶味。有顷，喉结起伏过后，他才摇摇头，笑着说道：“文化之于人是个支持，人之于文化也是个支持，相互作用，使之共同成长。‘府’字虽大，人小了便为‘宅’；‘宅’字虽小，人大了就成了‘府’。这就是文化，由不得自己做主，随它去吧！”他放下茶盏，“与高人聊天，总有获益。”

我看章老师有端茶送客的意思，便看高老师，但他似乎来了谈兴，自己给自己斟上茶水，却没有动，而是靠回椅背上，手扶下巴，若有所思地说：“中华文化博大精深，识一字而知一片，通一文而……”话刚开了个头，听着户门响了一声，接着一只小狗一蹦三跳地蹿到了章老师的脚前，摇头晃尾，“哈哧、哈哧”地喘气。小白送吴美绎回来了。

看着章老师抱起小狗逗玩，高老师显出了无奈的神情；我拉下他的衣襟儿，说时间不早该回去了，便站了起来。章老师抱着小狗也站了起来。

二

我和高老师都住在老城区，而且相距很近，回去时，我们同路。

那天考虑到喝酒的因素，我没有开车。我们一起出来小区大门，高老师建议走一段路再打车，我欣然同意。

到这里，你或许要问章老师与吴美绎到底是什么关系吧？实际上，这也是我那晚最好奇的事情。我想，高老师一定知道底细——基于他和吴美绎的熟悉程度，我这样判断。我们一起走了很长一段路后，我终于经不住好奇心的蛊惑，问了他这事儿。虽然背后打听人的隐私是件很不光明正大的事情，何况，要打听的又是我一向尊敬的章岘阁老师，但最后，我也不知道是怎么了，居然到了骨鲠在喉、不吐不快的程度。

“我想你一定会问我。”高老师对此好像早已料到，他这样一说，倒让我脸上热辣辣的，有种做贼心虚的感觉。可话已出口，想收也收不回来。高老师没有看我，尽自快步地走，我紧随其侧，但我们却彼此保持着沉默。有一阵子，我觉得高老师就这个话题不会多说什么了，他却突兀地说道：“问世间情为何物，直叫人生死相许。”那语气，就像说自己一样。

仲秋夜的气温已多少带了些寒意。我们沿着滨河大道快步行走的时候倒也没有感觉得到，此时，正走在跨河大桥的中央，河风一吹，竟打了个寒战。我不由得裹紧了罩衣。上了桥面以后，高老师的目光便投向了河面，我看不到他的面色，但我从他凝重的体态里可以感觉到，他正在回忆着什么，而且内心也处在很大的矛盾当中。他或许感觉到我在观察他，开口说话的同时，扭头看了我一眼。“就在这里，”高老师放缓了脚步，最后，停在一个桥栏墩子旁，“大概就是这里吧，”他说，“三十多年前，也是个秋天，也是这样的一个夜晚，建歌差一点儿就从这里跳下去。”

“建歌？你说的是章老师吗？”

我跟着他也停了下来，随他一起看向河面。河水幽暗，灯光下反射着粼粼光斑。我心头突突地跳个不停。

“是的，就是他。”

“为什么？”

“为了吴美绎。”

“为了吴美绎?”

“是的。”高老师也裹了裹外衣，收回目光，看看我，说道，“走吧，我们边走边说。这里风大，凉意侵髓，到底是秋天啦!”我们又开始走起来，但这次走得不快。

原来，章老师和吴美绎是一对初恋情人，虽然他们在一起的时间不长，但，爱得水深火热。后来，在吴美绎父母的干预下结束了那段恋情。她父母反对的原因并不复杂，因为在此之前，吴美绎曾和她们厂子里的一位厂领导家的小儿子相过亲，她没有看上人家，但人家特别属意她，加上她的父母坚决地要攀附这高枝，她顶不住压力，便分了手。后来就出现了高老师所说的“跳桥”的那一幕。

“那天，就在我俩刚才经过的那个工地附近的川菜馆喝的酒，早几年新区开发时扒掉了。他那天一口气喝了两大杯，大约有半斤多的样子，很快就醉了，但还没有醉得不行。他说了很多话，讲他们俩的过去，讲她为什么移情别恋，讲自己怎样地喜欢她，讲他生不如死的心情，讲着讲着，他哭了。”高老师轻声地叹了一口气，接着说，“其实，他们谈恋爱的时候，你知道，我们所有人都认为他们俩是再合适不过的了，用‘郎才女貌’来形容，一点儿也不过分。建歌美院毕业以后，在他父亲的要求下回到厂里，那时候，他的艺术天赋就已明显地显现出与众不同的特质来，他对艺术的理解以及表述都是很独到、很精辟，真的，你知道我有多佩服他，说出来好笑——我想，即使给他端屎倒尿我都愿意，只要他愿意给予我指导。当然，我只是这样比喻——他怎么会让我干那些事儿呢！不过，在当时的环境下，能够懂得他的人少得可怜，尤其在厂矿那种更为现实的环境里。即便如此，他略微显露出的才华也足以让所有人惊叹不已。他和吴美绎就是在那个时候相识的。”讲到这儿，高老师像是突然意识到了什么，一笑，说道：“你看我这脑子，讲着讲着就讲远了。”大约是在调整自己，他加快了一些步伐，又说，“下来，他还要喝酒，我拦住了，说什么也不让他再喝一口，他很生气，起身就出了酒馆。我在后面结完账，撵出来时，外面根本看不到他的人影。我怕他醉倒在哪个地方，在附近四处寻找，最后，当我找到桥头时，看到桥中央有很多人，就是刚才我们停过的地方。那天晚上和今天一样，街上人很少，所以，即使离得很远，我一眼也看见了。我没有停顿，立刻向那里跑去，直觉告诉我，一定是他出事了。”他的步伐又加快了许多，像是在重演那天的情景，“当我到了跟前，其实，还没有到跟前，我就听到他在号啕大哭，喊着：‘让我死了吧、让我死了吧！’”高老师突然停住说话、停住脚步，接着又走起来，只是和刚才相比慢下来了一些；我聚精会神地听着，脚步随着他或快、或停、或慢。他又说：“多亏一位从旁边经过的警察，把已经爬上栏杆的他一把拉了回来。”

“和这位警察还有联系吗？”

“没有，当时没顾上问人家，等我安抚住建歌时，人家早已经走了。建歌为这事没少埋怨我。”高老师轻轻摇摇头，“我把他送回家后，就去找了吴美绎。”

“吴美绎怎么说？”

“美绎倒没说什么，当即就要和我一起出来。但她的父母，唉，我不好去评价了，怎么说，太不像话啦！说什么也不让他们女儿出门，说的话你不知道，要多难听有多难听。算了，我还是不给你学了。美绎那天要出来的态度非常坚决，最后，以要回到建歌身边相要挟，她父母才服软，很不情愿地同意她跟我出来。”

“你就在旁边吗？”

“那会儿我已被她父母撵到门外，我听着他们在屋里争吵。当时已经很晚，大约是十一点钟的样子。争吵惹来了许多邻居的关注，他们想进去劝说，可在门口听听，听明白了缘由，就都摇摇头去了。”

“那也真够丢人的啦！”

“她父母要是知道丢人就好啦！”高老师的语气显然带有了情绪，“她所谓的男朋友，根本没法和建歌相比，她爸妈看中的无非是他爸爸在厂里当副厂长，主要还是实权派——管房子、管人事。美绎肯定是迫于家庭的压力不得不同意下来的，因为有了这门亲戚，她的哥哥、弟弟和妹妹的工作、住房等等问题都可迎刃而解。没办法，当时她家的状况就是这样，要么牺牲她为家庭其他成员谋‘幸福’，要么就让他们各自去承受生活的不公平。美绎选择了前者，显然这是不得已的选择。当然，也不排除有虚荣心在作祟。”

“张昆仑说章老师也是住小洋楼的干部家庭，怎么就不能帮忙解决她家的那些实际困难?”

“听那个张昆仑胡扯八道。”高老师一哂，说道，“建歌的父亲只是一个科级干部，人特别老实，在单位里没有实权。吴美绎家的事情他根本帮不上多少忙。”

“咳，这个张昆仑。”我说，“美绎出面，章老师就会好些了吧?”

“我们出来后，顺路又叫上了丽红，哦，就是建歌的爱人许小白。她俩是闺蜜，好得像一个人似的。吴美绎提议叫上了她。”高老师笑了笑说道，脚下的步伐又开始加快，“我们三个来到建歌家的时候，建歌还在家里闹腾着。他父亲怕他出门，把家里能叫来的亲属都叫来了，那时房子都小，大屋里坐满了人，小屋里，他姐姐和姐夫陪着他。那么多人，束手无策，谁也说不上话。我们进去，只听见他在含糊不清地喊美绎的名字，嗓子都喊哑了。美绎当时就哭了。”高老师长吁一口气，“我和他姐夫、姐姐退出来以后，美绎和丽红留在小屋里陪着他说话，一会儿就听着里面平静了下来。家里来的亲戚看着没事了，便都回去了。我没有走，直到凌晨四五点钟的时候——大概是那样吧——丽红来大屋里叫我过去，我再看到他时，他平静得跟什么事情也没有发生过一样，静静地躺着，看着我笑笑，说了些‘让你见笑了，辛苦了，谢谢了’之类的话，然后说让我送她们回家。我看看美绎，美绎点点头。我那时发现美绎的眼睛红肿着——我敢肯定，她一定是从头哭到尾。不过，我很奇怪，丽红的眼睛也是红肿着，她陪着也能哭成这样？送丽红回家的路上，丽红只说了一句话，至今我还记得清楚，她说，像建歌这样优秀的人，不该让他受这样的委屈。我当时就有一种感觉：丽红会成为建歌的媳妇。当然，丽红也是一个非常优秀的女孩，当时追求她的人，一个加强班都不止。”

“后来，果然如此。”我笑着说道。

“我们从建歌家出来，下了楼，你猜怎么了？吴美绎的爸妈还在楼下等着呢，他们也不知道是关心女儿，还是有其他的想法，总之，在楼下等了很久。她妈妈的腿已经僵硬得不能走路了，见到自己的宝贝姑娘过来，身子一软，差点儿栽在地上。也算是可怜天下父母心吧！”高老师摇摇头，“他们一起走的。”

“美绎的老公也一定很出色吧？”其实，我从美绎的状态上已经可以判断出，她的丈夫只是一个普普通通的人，而且，夫妻之间还会有很多隔阂。我这样问，还是出于好奇心外加想得到一个肯定的答案。

“如果出色——”高老师看看我，摇摇头，“不关我们的事儿，还是不说他们吧。”

下来，有一阵子，高老师没有再说话，我觉得我今天问的问题也太多了，而且都是有关别人的隐私，这不是个好习惯。于是，我也不再说话。我们沉默地走了一阵儿，直到他再次开口：“有时候我在想，建歌是很有才华的，而他能达到今天的成就，应该说，这两个女人功不可没。从那天以后，建歌像是变了一个人，沉默寡欢，每天除了工作就是在家里看书画画，同学圈子里，除了偶尔和我联系，其他人几乎都不来往。其实也就是在那个时期，他的技艺、才华才得到了大幅升华。丽红那段时间一直陪伴着他，后来他们就结婚了。丽红很有包容心，对建歌很好，最主要的是不管建歌在什么样的处境下，她都能坚定地维护他、支持他，尤其是建歌处在最低谷的那段时间。”

高老师说的低谷，是章老师去京城前的那段时间，他辞去了厂里的公职，专心在家里画画，但他的画作却少有卖出。

“是的，那段时间我们经常在一起。”

高老师点点头，突然停住脚步，“美绎在生活上给了建歌挫折，但却促使他在精神世界里寻求更深刻的慰藉。唉！人哪，这一辈子，咋知道干哪件事儿是对的，干哪件事儿又是错的。”他感慨道。看起来他是为美绎和章老师之间的事情概叹，但给我的感觉却像是为自己，起码不排除有这方面的成分。谁知道呢，每个人都有每个人的秘密，有些公开了，供别人来慨叹，有些没有公开，那么就供自己慨叹吧。高老师看了看手表，笑着说："楚老师，我们居然走了两个小时的路，你看，十二点半了。"

"两个人说着话，也不知道累，不知不觉时间就过去了。"我笑着说，"我好像从来没有走过这么远的路。"

"是啊，我也是。"他说，"我到家了。"他看了看街对面的一栋房子，"那么我就不陪你了，明天见。谢谢！"我们停下来的地方，是他搭我便车经常上下车的地方，平时下车的时候，他都要说一句"谢谢"，那天显然是老习惯，忘了并没有什么该谢我的，但他并没有意识到。而我似乎也没有意识到，因为我也习惯性地对他说了句"不客气"。

分手后，我们往不同的方向都走出去许多步了，高老师又突然喊住我："楚老师，明天多叫几个人过去，人少了恐怕干不了。"

"好，知道了。"我大声回道。

我没有弄明白高老师所说的"多去几个人"到底是几个人，就我个人的认识，有两三个人足以满足需要了——一个家庭能有多少书呢，往多处说，七八箱足矣。我想到了小时候，邻居家搬家，他们家的男主人是个高级工程师，专业类的书籍很多，也不过两大箱多一点，那时，我都觉得多得不得了了。所以，第二天，我仅带了两个学生去了章老师的新家，这是主观方面的因素；被动的因素是"老实人"不好找，千挑万选，只有这两人比较合适，再想多出来一个都难。章老师那些书籍的价值我是清楚的，万一弄来个不老实人，丢了东西——我可不愿担负这样的责任。

而实际上，在打开集装箱时，我便明白高老师所说的几个人是几个人了——一个中型的集装箱里几乎塞满了打了打包带的纸箱。我苦笑着看看两个学生，他俩也在看我，我们都意识到，下来要完成的是怎样庞大的工作量——试想一下，装满书籍的箱子该是什么样的分量——而事实上，大部分箱子都要由两个人合作才能勉强移动。

事已至此，再去叫人已不可能，何况也无人可叫，干吧。

从上午十点多钟一气干到下午两点，我们才把大小三十二个箱子搬运到屋子里。力气活完全由我们三个来完成，高老师负责统计看东西，章老师有时会跟着重要的箱包上下跑两趟。小白老师负责做饭，打扫卫生。

吴美绎是下午三点多钟到的，那会儿，我们刚刚吃过午饭，她进来门便惊叹道："哇，嘎许多箱子！"那天，她穿了一身浅灰色的正装，一手拎着个白色的小包，一手拿着一个折起的墨镜——极雅致的职业形象。她像是故意在展现自己一样，停留在门口，笑着和我们打过招呼，这才低头在箱子之间寻找下脚的地方，小心翼翼，仿佛要蹚过一条溪流。我那天的反应出奇地快，虽然我累得一点儿也不想动，可我仍是以最快的速度去帮她挪开了几个箱子。她从我挪出的间隙中走了过去，也从我的面前走过。气流中突然就有了紫罗兰的香气，像瀑布一样，垂落下来。

"谢谢你，楚老师。"她到了厨房门口，才转身对我说道。

我笑了笑，说："很乐意为你效劳。"说话时，我瞄了一眼章老师，他痴痴地看着吴美绎，带着一种说不清含义的微笑。

小白老师在厨房门口迎着，微笑着，什么话也没有说。

"丽红，今天太窝囊了。"她向我微笑着点点头，搀住小白老师的胳膊说道，"上午让邻居的一个大姐拉着去听了场什么健康讲座，咳，别提了，全是胡扯八道。我看那帮搞讲座的十有八九都是骗子，听他们说得好听，其实从头到尾就一件事儿——买药、吃药。买了他们的药，吃了他们的药，长命百岁。我好好的，吃什么药！如果买的是青春永驻的药，嗯，肯定，我会毫不犹豫地掏钱给他们。"

"还要青春永驻呢，再驻，怕要当老妖精了。"小白老师与她开玩笑道。

"真能当老妖精就好了，到时候专勾你家章老师。"

"呵呵，别做妖精梦了，我们得抓紧时间了。"高老师大概累坏了脑子，这种明显带有情绪的话也能说得出来，而且还是对吴美绎。但他显然也意识到了，在餐桌旁站起身后，又说："美绎来得正好，不然，今天这活就干不完啦。楚老师，你带一个人挂画；我带一个人把书上架；章老师仍然居中调度。就这样，我们开始吧。”说是来得正好，却并没有给她安排什么事情。

“具体让我干什么？”吴美绎没好气地问道。

“你嘛——”高老师看也不看地说道，“你这一身打扮，真不好给你安排事情。”

“看你说的，我换身衣服不就得了。”

“那你就编到我这一组。”

“行，”吴美绎笑着说道，“接受高老师的领导。”

他们两个说话时，我，其实不仅是我，应该说是我们几个，都可以很自然地看着吴美绎。吴美绎大约早已习惯了被欣赏的目光，她谈笑自如，就像一个训练有素的模特，任有多少个镜头对着她，也能做到依然故我。不过，的确自她来了以后，室内的气氛立刻就变得轻松活跃起来，她不时开出的玩笑，不时发出的指令，就像徐徐清风吹散了一屋沉闷。章老师出不了力，一开始干活就绷住了脸；高老师多数时候是严谨、谨慎的样子，或者说，他那天就像一个大管家，小心认真地看护着他老同学的宝物，除此之外的话题一句也没有；小白老师不怎么爱说话，更别说活跃气氛的那些话了。所以，吴美绎一来，我们所有人的干劲儿好像一下子就高涨了。

她的声音一直在回荡。她一会儿和小白老师说笑，一会儿又指挥起高老师，再一会儿去搬书的时候会在我后面站站，然后说几句帮助我调正画框的话——其实这是章老师的工作。有一段时间她没有说话，章老师好像就不习惯了，说：“吴姐，怎么不说话了？”吴美绎说：“口渴，嗓子要冒火了。”

晚上十点多钟，我们干完了所有的活。章老师全面验收后，表示满意。这期间，好像是市里的一位领导给章老师打来电话，安排人送来了一车绿色植物，在我们忙活的时候，来人已帮着摆放就位了。现在，室内的情况和昨天相比已经不可同日而语，所有人，我说的是所有人，都对眼前的景况发出了由衷的赞叹。

那晚，章老师开了两瓶茅台酒犒劳我们，但饭菜却是极家常的盆盆菜，样子也不如头天那样讲究了，不过味道格外合口。饭是小白老师做的。章老师举出明朝开国皇帝朱元璋落难时吃“珍珠翡翠白玉汤”的故事来讲解环境因素对美食的影响，他越是那样说，我们吃得越香。最后，小白老师又不得不加了两个菜，这才满足了我们的食欲。

吴美绎没有留下来吃饭，干完活，换过衣服先走了。

因为有一些零零碎碎的收尾工作需要我来做，所以，在章老师最初搬回的那段时间，我经常去他们家里，赶巧的时候，也能享受到章府的美食。烹饪美食依然是由吴美绎来承担，她的作品越来越符合章老师的要求了。我有时也发表发表意见，提出一点儿建议，不过，都是很婉转地掌握在吴美绎可以接受的范围内。我只知道章老师正在整理写作一本叫作《岘阁嚼根录》的书，或许，他是为了和实践相印证，才对菜品质量有如此严格的要求。从严谨的角度出发，他这样做还是值得的，吴美绎这段时间的烹饪技艺也有了大幅度的提升。起初，我以为她不辞辛苦地来这里烹饪美食只是为了接受章老师的熏陶以使自己变得更为出色，而事实上，远不止此，我隐隐约约地感觉到，其中应该还有感情的因素、报答感恩的内容等等，不甚确切，只是一种感觉。

我和吴美绎都有互相添加微信的意愿。一次，我的工作提前做完，去厨房给她们帮忙，我提出和她加微信，她很高兴地答应了。我提出申请，她同意，可她发来的第一条消息却是一句很暧昧的话——认识你真好！后面带个调皮脸的图片。我疑惑地看她，她抿着嘴微笑着，也在看我，但眼睛不停地眨巴，像是在想什么事情，又像是在逗乐子。她当时那样子，一下子就使我慌乱起来，我忙把手机揣到兜里，找个借口跑到屋里喝茶去了。我并非守规守矩的本分人，出现那样的慌乱，其实只是因为她和章老师之间那层特殊的关系，算是小人之心吧。可能是多虑了，我再次拿出手机看时，她已撤回了那条消息，代之以握手和 OK 的图片，附带了一句：认识你真好，但，不认识你可能更好！记得你的承诺。我心里又是一阵慌乱，平静了之后，却嘲笑起自己简直是一只呆笨可爱的小丑。

“彼此记得才好！（调皮表情）”我语意双关、略含暧昧地回道。

她却只回复了一个字儿：哇！

三

帮着做完了所有的事情以后，我几乎没再去过章老师家里，倒不是我不能去了，而是我并不主动地要去。和先前一样，没事的话，我从来不会主动和他联系，权且算是一种臭脾气吧。况且他画的是国画，我画的是油画，除了艺术观点，其他共同的地方的确很少；他对我的指导纠正我无法接受，我对他的建议提醒他不屑一顾。我们应该都注意到了这些冲突，所以，保持一定距离或许是不错的选择。当然，若是接到邀请，我还是愿意前往的，毕竟和他谈话仍是一件令人神往而又愉悦快乐的事情。但失望的是，他确也没有再邀请我。

我想为吴美绎兑现我的承诺：为她画一幅肖像。但一想起她在微信里说的“不认识你可能更好”的话，便立刻失去了要和她联系的兴趣。本来也是一件又出力又费时的事情，何必呢！想想，她的确也没有告诉我“蜜汁莲藕”的制作方法，这样，也算是两不相欠了。就止于此吧。只是，我们在朋友圈里彼此还能看到对方的信息。

假如，我和吴美绎有一人拉黑对方，那么，就不可能有我们在上海见面这回事了。

今年清明节那天，我出发去上海参加一个朋友的油画作品展。列车启动时，我发了一条消息在朋友圈里，吴美绎意外地为我点了赞，接着，又私聊：是要来上海吗？我回道：是的，已经出发，夜里十二点左右到。停了很久，就在我以为她不过是随便问一句而已时，她又发来信息：我在上海。看了你发的展览介绍，很感兴趣，能带我去看看吗？（笑脸）。我没有任何迟疑地回道：没问题，如果你有时间，我们明天早上十点在展览厅门口见，来时根据展览介绍上的位置图导航过去（笑脸）。她回了个 OK。我说：好的，明天见。她再次回了 OK。

那天，天上飘着蒙蒙细雨，温润的，是短时间很舒服，而长时间待在里面却会弄湿你的头发、衣服的那种；在车窗里看去，宛如不堪承重而坠落的雾，于黑夜里，与各种灯光构成了流动的景象，浪漫而又凄美；枯燥的旅途加之单调而又重复的车轮的振响……这是个最易勾起对女人回忆的最好的情景状态。是的，我在想吴美绎。很长一段时间，脑子里滚动的全是她的样子，或娇笑、或俏丽、或调皮、或沉静、或认真、或是如柳枝一般倒在小白老师身上的样子，还有就是有关她的故事和故事里的疑点……就是那样吧——从相识的第一眼到手机微信里最后的一个终止符，重播的影像。我对车窗上映出的我的影子傻傻地笑了笑，我觉着我确实有点傻，傻得像一个青葱小伙！不知过了多久，忽然听到身后一个稚嫩的声音在背诵杜牧的《清明》：

清明时节雨纷纷，路上行人欲断魂。
借问酒家何处有，牧童遥指杏花村。

我向后转过一点儿角度，通过车窗玻璃折射出的影像，可以看到一个小女孩坐在妈妈的怀里，她也看着窗子，或也是在看窗子玻璃上自己的影子，眼睛瞪得大大的——那里，是她的世界。

我本来带了一本日本作家村上春树的小说《挪威的森林》，准备在乘车时阅读，但现在我一点儿阅读的欲望都没有，书在背包里，我甚至都不想把它拿出来。窗子上的我对我笑了笑，他在笑我什么呢？笑我脑子里怎么满是吴美绎的样子？或许是吧，我不确定。过了很久，火车经过长江，我睡着了，睡得很香，没有梦。

夜里十二点的时候到了上海，上海也在下雨，比家里那边要下得大一些，雨丝在灯光里滑过，像亚克力的丝线，闪亮而又密集。

从高铁站出来，我叫了一辆的士直奔酒店，酒店是朋友提前订好的展览厅附近的一家四星级的宾馆，距车站很远。虽然车子开得很快，却也用了将近三十分钟的时间。办理完入住手续，进到房间——应该说，房间环境在上海这样的大城市里算得上是可以的了——空间大小合适，装修是前些年流行的波西米亚风格，一张大床，一个由简约双人和单人沙发围出的休闲小岛，设计合理的灯光以及不算高级但也能看得过去的画饰。整体上给人一种舒适宁静的感觉。

简单地洗漱后，我躺倒在床上，正在犹豫不决是看电视催眠还是看书催眠时，手机“嘟”地响了一声，我猜想大概是朋友回复的消息，因为在大堂办理入住手续那会儿，我给他发了信息，告诉他我已平安到达。可拿起手机，打开微信，我得意地笑了，是吴美绎。她问我是否安全到达。你知道，被女人关心本来就是件很得意的事情，何况又是一个大美女，又在异土他乡，又是这样晚的一个孤寂的夜晚。

我回复：已到酒店（笑脸）。并发送了酒店位置图。

她先发来一个笑脸，随后又发来一条消息：如果不问，是不是就不打算给我报平安了？不方便吗？（不高兴表情）

我撇撇嘴，笑了笑，回道：太晚了，害怕打搅你休息。又回道：我独自一人，能有什么不方便？不能多想啊！

她回：哪个多想了，只是稍尽地主之谊关心关心而已，晓得啦！

我回：（感动表情）现在，幸福感超强。

她回：是吗？

我回：是的。

她回：你保证你说的是真心话。（一只眼看你表情）

我回：我保证。

她回：好吧，看在你是一个懂得感恩的人的分上，我去陪陪你。

我愣了一下，一时不知道该怎样回复她。我几次输入都觉得不合适，正在为难的时候，她又发来一条：好啦，不过是跟你开个玩笑而已，不至于就紧张得不知道怎样回复了吧！今晚好好休息，明天早上九点我在酒店大堂里等你。你住的附近有家很好吃的生煎包子店，很好吃的，而且正好在去展览厅的路上，顺路，吃过后我们可以直接去那里，怎么样？愿意听我的安排吗？

我回：快乐（图），悉听尊便。

她回：睡觉（图）。

我回：期待（图）。

她回：微笑（图）。

微信聊天，一般情况下到这个时候便是结束了。不过，我拿着手机又等了一会儿，心里很希望她能再次发来消息，就这样，坐在那里，看着手机屏幕黑了。如果，我发起一个话题会是怎样呢？她会回复或是仅仅回复表情来应付我吗？我不知道。我来回浏览了我们的聊天记录，最终停止在她最后那个笑脸图上，呆呆地看，那笑脸居然就活了，飘起的发、深邃的眼，以及让我痴迷的唇，生动而自然。直到又把她看成笑脸才自失一笑，给手机充上电，钻进了被窝。

那晚，我难以入眠。或许是在火车上把觉睡足了，也或许是和吴美绎聊天刺激了大脑神经，总之，我想了很多办法来促进入眠：读了一阵儿《挪威的森林》，反而有越来越清醒的感觉；数了数十遍一到一百，依然没有睡意；最后打开电视，选了个乏味的、不需要用神的节目，这是最后一招，也是很多失眠人通用的招数。凌晨四五点钟的时候，终于，昏昏沉沉地进入了梦乡。

第二天早上八点半时，吴美绎打来电话催促我起床出门。其实，在她打来电话之前我就已经起床了。我告诉她，九点之前在大堂里见。她说，既然是这样，让我在酒店门口等她，她在来的路上。八点五十左右，我准时等在了酒店门口。昨晚，不知什么时候雨停了，但地面依旧湿着，空气里弥漫着湿爽的味道，有点凉，我裹紧了外套。大约我所处位置附近的人口没有那么密集，路上车辆稀少，零零星星的路人行色匆匆；我观察了一圈儿周围的建筑，多数为八十年代的多层房屋，其中还夹杂着一些地方民居，最漂亮的，就是我住的这家宾馆了。这里大概是郊区吧，往这儿来方便吗？有一段时间没有见过面，她现在变化大吗？我正在胡思乱想，一辆白色的保时捷跑车慢慢地停在了我的面前，我向后退了一步，这时，车窗摇了下来，一个似曾相识的声音随之传了出来：“怎么？怕雨水溅到身上？上车吧，楚老师。”我俯身往车子里看了一眼，真的不敢相信，司机居然是吴美绎。

“呵呵，不敢相信，真是你！”我坐进车里后看着她说道。她那天穿了件中式短款旗袍礼服，紫灰色调，上身罩了件白色线织短衣，黑色打底裤，一双紫色平底皮鞋，整个打扮清新可人。只是，一副时尚款式的墨镜戴在脸上，显得极不协调。

“楚老师，你看人的眼神怎么贼溜溜的，一点儿也不像是文化人儿!”她转头对我抿嘴一笑，说道。可以模糊地看见，墨镜后面那双漂亮的眼睛在直直地盯着我。

“不是不是，我现在还有上错了车那样的幻觉。”我忙遮掩地说道。

“上错什么车了？富婆的吗?”她很开心地笑了起来，“如果我是富婆的话，楚老师，你猜，我第一个要包养的男人是谁?”

“这个问题就不好回答啦，关键是——”

“关键是要搞清楚，我究竟是不是一个富婆，是吗?”她把我没有说出口的话道出，笑得更开心了，“我早就看出来了，你是一个外实内秀的男人，想要让你掉进我的圈套，不下一番功夫是不行的。好了，系好安全带，我们去吃早点。”

“不是生煎包子吗?”

“是啊，生煎包子不算早点吗?”她一副认真的样子看着我。

“是是，概念有些混淆。”我笑笑说道。

“还有问题吗?”像个老师在问学生。

“没有了。”

“那——我们可以出发了?”

“当然可以。”

车子启动以后，我们都没有说话，她像是要专心开车，而我已开始琢磨起这辆跑车来：车里的内饰相当华美，生平第一次坐这样高档奢华的车子，真的不知道该用什么样的语言来形容它了；性能也是一流的，轻微加速，即有一股强烈的推背感。但我最想弄清楚的并不是这些明明白白的东西，而是这辆跑车，她是从哪儿弄来的？难道是她的？或是……一般来说，像这样奢侈的东西，谁会轻易借人呢？我疑惑地看了她一眼。

“这么好的车子，别告诉我是借来的。”

“呵，你以为我会有这么好的车吗?”她笑了笑，“其实也不算什么。”

“呵，这么大的口气！就说哪儿来的吧。”

她迅速地扫了我一眼，“是不是很好奇，吴美绎到了上海会有这样的排场?”她没有直接回答我的问题，停顿一下，又扫了我一眼。我也看了看她，“是啊。”我说。

“告诉你吧，这是我卖身换来的。”

“什么?”

“哈哈，”是那种自我嘲讽的笑声，“你可不能想到别处去了，我可没去傍什么大款。”她摇摇头，接着说，“车子是我们家亲戚的，他们家最早做生意的时候，我帮了很大的忙，可以说，第一桶金就是我给他们捞上来的。你知道，儿子他爷爷退休前是我们厂的总厂副厂长，管后勤——职工发福利、置办年货，我帮着他们家把生意做了快一半儿。几万人的大型企业，你想想，那是什么概念。明白了吧，如果我不是人家的儿媳妇，他们凭啥！不过，话又说回来了，我们这家亲戚的确也是做生意的料，人家挣住钱后转到了房地产上发展，又发了，现在，在上海也算得上一个不得了的家族。”她笑着，又摇摇头，“这样的车子他们家里有好几部，这一辆还算不上是最好的。还好，他们还算有良心，只要我来上海，吃喝拉撒全包，不过，借他们车子开还是头一回——还不是要给你撑面子嘛!”

“咳，先要谢谢啦!”我说，“不过，说话不要大喘气好不好，刚才，犹如晴天霹雳。”我明白，她说的“卖身”是指嫁给那个厂领导儿子的事情。

“呵，有那么严重?”

“当然。”

她撇撇嘴，说：“看不出来你还蛮脆弱的哈!”

“关键是你掷地有声。”我说，“即使圣贤也不能不为之所动，呵呵，是吧!”

“伶牙俐齿!”她说，“以前我还真的没有看出——藏得很深嘞。”

我实在不能算言辞机敏、反应快的那种人，有时候该用木讷、不善言谈来评价我可能更恰当，刚才那句话脱口而出的时候，我都感觉奇怪——我竟对答得如此得体、流畅，好像有如神助一般。真是奇了怪了。

“哼，你没想到的还多嘞!”她接着说，“我在上海还有套房子，而且是大房子，想不到吧！现在估价，起码也值两千万，要是按照我们那边的标准，两千万——还真算是一个富婆嘞!”

“呵呵，的确没有看出来。”

“其实，反过来我也要感谢我们这家亲戚，能有这套房子，从某种意义上来说也算是得到了人家的照顾。2005 年初，上海的房市还没有热起来，他们家在杨浦区开发了一个规模很大的楼盘，那时，那里还比较偏远，房价低，卖得又不好，所以，积存了很多现房；我正好来上海办事，他们就鼓动我买一套，条件是成本价，即使那样，算一算也是几十万。我哪有那么多的钱，当时就回绝了。可他们很有意思，轮番来给我做工作、出主意，说了很多什么未来的财富呀、按揭贷款呀什么的，我一点儿都没有动心。最后，还是我表姨的说法打动了我，她说：不为自己想，也要为你的儿子想吧？将来他长大了，要是回上海发展，起码有个地方住吧！我想，是啊，儿子万一回上海了，连个住的地方都没有，那怎么能行！于是，就先答应了下来。”

“这便宜捡的，太划算了!”

“哪有那么简单!”她长吁一口气，“我拿定了主意，给家里那位‘大爷’打电话和他商量。他连想都不想就否决了，而且还说了一大堆风凉话。本来我也只是和他商量商量而已，他那样一说，倒激起了我的劲头——这房子我非要不可了。我直接给我老公公打了电话，事儿就是这么一件事儿，给你孙子买房子，你出不出钱吧！老公公认了十五万；又给建歌打电话借钱，建歌二话没说给了二十万；再加上我们自己的——家里财政我管着，用钱跟他商量是尊重他，不商量，他也干瞪眼。最后，我说要一次性付清的时候，他们又优惠了两个点。怎么样，赚大发了吧!”她说到这里，得意地晃了晃肩膀。

我笑着对她点点头。那会儿，我眼里的她，是一个充满活力的女孩。

“过了半年，”她继续说，“房价就开始涨了。到年底的时候一算账，你猜，涨了多少？”

“我猜不出来。”

“五十万，整整五十万。”

“呵，那个时候，五十万可是不得了的数目。”我说。

“是啊，这时候，我们家里那位看到好处了，说什么要我把房子卖掉。我没有同意，一来，初衷没变；二来，房子是人家成本价给的，见一点儿利就卖了也被亲戚们笑话。所以，我很坚持。我们为此还大干了一仗。现在好了，他又开始算计将来房子还要涨多少了。真是没办法，这样的人，和他多待上一天都是煎熬！”

“柴米油盐酱醋茶，居家过日子也就这点事儿嘛。”

“呵，你倒看得开！”

“看不开又能怎样呢？”

“看不开，不过。”

“不过？”

“是啊，不过。”她说，“好了，换个话题好啦，许久没见，不要讲这些没意思的，好不啦！”她突然停住，扭头看看车窗外，说，“哎呀，只顾讲话了，走过了。不要紧、不要紧，到前面可以掉头回来，时间没问题，这儿再往前不远就到你说的展览厅了，刚才我从那里经过。”

或许是都怕再走过地方，掉头回来时，我们谁也没有说话，直到到了地方，我们从车上下来后。

“看到没有，街上的人都在看你。”我等她从车子另一侧过来，便小声对她说。

她架起双臂，低头看看自己。“怎么了？我有什么问题吗？”她说。

“问题倒是没有，只是太醒目了。”我笑笑说道。我这样说，其实没有一点儿夸张的成分。她那时出现在那个地点，就像古典绘画里主题突出的贵妇画像——背后是灰蒙蒙的街景，而她又是那样的靓丽炫目。“最好把墨镜摘了吧，别让人家以为你是哪位大明星出来微服私访呢。”

“有那么夸张吗？”她似乎毫不介意我说的话，指下面前的一家装修精致的餐饮店，“呶，就是这家。上次我回来的时候在这里吃过，很好吃的。”她走在了前面，或者说是我故意要走在后面。我想在后面观赏一下她的身段。你们不要笑我，其实，到那个时候我对她还没敢有一点儿非分的想法，纯粹是从艺术的角度去欣赏——我经常画人物，无疑，吴美绎流畅的身体线条吸引了我。当然，我指的是全方位的欣赏。

坐下吃饭的时候，她仍戴着墨镜，她坐在对面看我老是看她，便说：“昨晚没有休息好，眼圈发青，很不好看啦，你看。”她推起一下镜框，让我看后又放下来，“是不是？我没有骗你吧？”

我点着头把一整个填进嘴里的生煎包子咽下去，喘口气。“其实也挺好的。一会儿看展览你总不会还戴着它吧？那样的话，就看不着真实的效果了——你想，隔着一层颜色，看的又是油画。”我尽量婉转地规劝道。其实，我想要表达的是，戴着墨镜看画展，那样对人家的艺术创作是不尊重的，肯定会引出些看法。城门失火，殃及池鱼——自然，我也会受到连累。

她想了想，点点头，却说：“当然不会戴着它了，怎么可能呢！楚老师，你有点小瞧人了。”

“对事不对人啊！打棍子、扣帽子，是‘文革’作风。”我说，然后，低头加快了吃饭的速度。

似乎是为了不打扰我吃饭，吴美绎没有再说话，我抬眼看她一下，她也在微笑地看着我。她为自己仅要了一碗豆浆、半根油条，油条已经吃完，豆浆还余半碗。我还有两个包子、半碗豆浆，前面吃得快，有了吃不下的感觉，于是，我停了停，直起身子。“你吃好啦？”我问。

“嗯，”她点点头，“好吃吗？”

“好吃，好像有点多了。”我说，然后看看周围，“环境也非常好，不过，生意看起来并不怎么样。”

“这种饭当地人不怎么吃的。”她说，“附近外地人少，所以——”她突然意识到什么，看了看表，“现在都什么时间了，吃饭高峰期早就过去了。”她笑着摇摇头，“不用慌，时间还早，这里过去五分钟都要不了。”

“哎，我还没有问你，你来上海什么公干？”

“每年清明我都会来的。”她说，“缘真师太在这边没有亲人，呃，好像我跟你们说过缘真师太，我的禅意菜就是跟她学做的。缘真师太生前收了很多徒弟，但真正学到她妙义精髓的却只有区区几人，我算其中的一个吧。几年前，我在上海的两个师姐开禅菜馆发财了，便发起活动，在清明这天祭拜师太。如果你早来一天，我就可以带你参加这个活动——规模可以，很多社会名流都来了。”

“实在可惜，错过这样好的机会。”我说，“你为什么不开一个禅菜馆呢？我相信，你会比她们更优秀。”

她慢慢地摇摇头，苦笑着说：“命里该你有，不求也有；命里该你无，求也枉然。我对钱财的事看得很淡，够吃够花，儿子的事情安排好，落得轻轻松松就可以了，若是让我为此劳碌奔波，宁肯没有的好。再一个，我的两位师姐的确是经营好手，她们不但做出了品牌，而且又是开宗立派——你想，同门中人想另立门户，能跳出她这‘宗’、她这‘派’吗？跳不出来的，除非换个城市。”

她说话的时候，我把剩下的两个包子就着豆浆吃完了。“生意经有时真的很玄奥精妙。”我笑笑，说道，“其实，你不愿意做是真的，其他的对你来说怕也不是问题。”

她诡异地笑笑，站起身，随手递给我一张纸巾。“走吧。”她说，“人家从来也没有小瞧过我。她们第一家店开业的时候，我的照片就作为嫡传弟子上了宣传榜，现在还在那里挂着。不过，我很少进她们的厨房，不习惯，而且我也不会去挣那份工钱。遇到特别大的客户，人家又点了我亲自动手，我便要出场；我提取餐费的百分之二十，路费、住宿费报销，反正每次净得不低于两万。”她看我惊愕地看着她，笑得更厉害了，“走吧走吧，看把你吓的，要是告诉你我一年能拿多少，不把你舌头吓掉。”

“那倒也不至于，不过，的确是吓住我了。”我跟在她后面说道。

她没有接我的话，径直朝门口走去，推开饭馆玻璃门时，“咦”了一声，回头看我，“又下雨了。”

“是吗？”我推开另一扇门，“还好，不算太大，不过，会淋湿衣服的。”我脱下外套披在她身上，“来吧，让我们跑到车上。”我说罢看她。她却摘掉墨镜，做出一副生气的样子看着我。“怎么了？”我关心地问她。

“怎么了？我要是滑倒了怎么办？”

“Sorry！Sorry！”我忙伸手搀住她的臂膊，“吴小姐，请！”

事实上，她的身子很轻盈，跑起来的时候，我觉得我并没有给予她什么支持，反而她是一直带动着我往前。

坐到车里后，她兴奋不已。“呵，真有意思！你猜，我现在想起来什么了？”她笑着看着我说。身上还披着我的外套，看上去没有一点要还给我的意思。

“是不是想起来一首歌？”我说。

“对！是哪一首？”

我说：“应该是——”

“先别说，”她拦住我，一只手握住我的手，或许是因为兴奋，手掌热而有力，“我们一起大声说出来好吗？”

我笑着点点头。

她说：“预备，一、二——”

“在雨中——”我们同时喊了出来，看着彼此，一起傻傻地笑了起来。

有一会儿，她松开了我的手。“帮我搜出来播放，好吗？”她说，神情忧郁。

我说可以，并立刻用手机开始搜索，很快，在手机界面上就出现了多个版本的《在雨中》，我征求了她的意见，点开了原唱。她一直等着乐曲声响起，才缓慢地启动了车子；雨刮器轻柔地来回刮洗着前挡玻璃，仿佛一对舞者，融入音乐的节拍。就这样，我们都看着前方，听着那首歌，谁也没有再说一句话。

纵然是这样的节奏，我们还是提前了五分钟到达。吴美绎驾着跑车径直停在了展览厅门口一侧。我的那位画家朋友在门口迎接贵宾，我看见，从车子拐入停车场那一刻他就瞪着眼睛往这边看，那份认真专注，像盯着一件宝藏。当我从车里下来时，他如同发现了爆炸性的事件，迎接过来，连连惊呼："哇，是侬！坐嘎许（上海方言'这么'的意思）牛的车子！"他两眼始终在跑车上流动，"啊哟，楚老师，牛呀！"

"怎么，我不能坐这样的车子？"我开玩笑地说道。

"可以，可以，怎么不可以！"他笑容可掬地收回目光，看着我说道，"昨晚收到信息时已经休息了，结果今天上来就忙得没头脑，看见你，又想起来嘞！"他突然停住，又看向了跑车，我猜想是看见了吴美绎。果然，我扭头看时，吴美绎摇下了她一侧的车窗，也在看我们。"老师，车子停到这里合适吗？"她问道。我下车后，她又戴上了墨镜。

"合适合适，再合适不过了。"他狗摇尾巴似的回答道。

我这样不留情面地形容我的"朋友"，你一定会觉着很奇怪吧！其实，也没什么，男孩子大概都有过这样的反应——带漂亮的女朋友出门，既想显摆，又怕让人看去了。那一会儿，我已"返老还童"；再一个，我们之间的交情非常浅淡，是那种平常得不能再平常的那种，根本谈不上交情。自然地，随口贬他几句也不用顾忌什么。

近几年，我除了画画以外，还写一些字画评论类的文章，有时也为人代写个序什么的，写得多了，在圈子里也算是小有名气。和上海的这位朋友是微信圈里的朋友，平时也就是在圈子里偶尔互动一下，彼此知道对方，却从来没有打过交道，这次，他办画展找到我帮他代人写一篇序及一篇发表在当地刊物上的画评，我们见了一次面、喝了一次酒，充其量也就这么一点儿情分。在这位朋友的一再邀请下，才有了此次上海之行。当然，这也是有偿服务，不会白白替他工作的。我在序里写道："他是一位不以物欲所诱而又充满了超现实主义色彩的激进的画家。"但通过他刚才的言行观察，"不以物欲所诱"这句话是应该去掉的，而且，我也心生厌恶——可能还是"返老还童"在作怪。他已主动地向车子靠近。

"能帮我找把雨伞吗？"她接着说。

“可以、可以，”他立刻答应道，然后扭身往门口紧走几步，吩咐道，“迎宾，赶紧拿把伞来，没看到车上的女士吗！”

吴美绎笑了笑，摇起车窗，等一位穿红旗袍的迎宾在车门前撑开雨伞，她才打开车门从车里下来，手上多了一只紫色的手提袋。我想，关于画展的事情讲述到这里就可以了。如果再讲的话，无非是吴美绎如何惊艳，如何吸引人眼球，如何让人猜忌我俩的关系、身份等等，也就是这些吧，尽管确实发生了，我还是不愿意多讲。但有两点是要说的，吴美绎进到展览厅后即摘掉了墨镜放在手提袋里，她的眼窝是有些发青，只是这样越发显得深邃而韵味十足。不知是天凉的缘故，还是要展示她缴获的“战利品”，我的外套一直披在她身上，直到我们又回到车上。

中午，我拒绝了画家朋友安排的宴请，虽然他说了许多看似真诚的挽留的语言，但我从他一开始的态度和说话时的眼神可以想见得到，他真正想留下的其实是吴美绎，大约是要利用吴美绎的美艳和谁也不知的身份为他撑起面子，至少，眼下就已经起到了这样的效果。事实上，即使我留下，吴美绎也不会留下来，因为，她甚至没有听他啰唆一句话即先行去了车上，意思很明确——要么跟我走，要么我自己走。不过，她带去了我的外套。之后，吴美绎把我拉到了一条满是小洋楼、看上去极富情调的酒吧街上，在一家雅致而富有情调的咖啡厅，我俩共进了午餐。

那天，那家咖啡店里仅有寥寥几桌人就餐，而且，客人们举止有度，话语很轻，偌大的餐厅除了轻柔的钢琴曲外，居然毫无嘈杂的声音；为了便于看风景，我们选坐在一处紧挨玻璃橱窗的位置上，从那里看出去，一段很深、很漂亮的街道收在眼底；雨，时有时无，偶尔雨声与室内的音乐也能形成和弦。

饭后，侍者上来咖啡，品尝过，谈了些关于咖啡的话题，又夸了一番餐品的味道后，正不知要说什么时，一阵紧促的下雨声把我们的视线带到了窗外，也带来了沉默。雨地里，一盆碧桃黯然开放。

“哎，你看那盆花，他们为什么要放在雨里？”过了一阵儿，她首先说道。

“或许是想让雨水冲刷一下吧。”我看看她，她仍看着窗外。

“也不一定，可能一开始就在那里，那么一大盆，移动起来肯定不方便。真可惜，掉了那么多花瓣。”

我注意到，在花盆的四周散落着一些花瓣，很新鲜，一看就是刚刚掉落不久，“洗去了尘埃，却将花瓣打落——公平，真的是无处不在——美好降临的同时，遗憾也如约而至。”我说。伤逝感随之而至。

“是啊！”她转过头来，看我，“风吹动了我的风铃，雨打湿了我的长发。我愿是那枝碧桃，任雨打风吹……”她好像发现了哪儿不对，眨着眼睛，笑了起来。

“我自岿然不动。”我续上她的话。

她摇摇头，仿佛期待着什么。

“如果能与你并列，我愿生出一束硕大的蓬，为你挡风，为你挡雨，你负责盛开，我负责呵护……但能嗅得你的芳香。”我受到鼓励，应口而出，竟然入了诗境，我猛然意识到，“嗨，我们像是合作了首诗。”我也笑了起来。

“呵，是啊！”她合掌，指尖挡在鼻子前面，诧异的眼神里微微带着湿润，“看不出来吧，我也是曾经的文艺青年。刚参加工作那会儿，我很爱读书，有本席慕蓉的诗集几乎伴随了我两三年，就在我包里，一有空便拿出来看。‘所有的时刻都将是一种无瑕的美丽。若不得不分离，也要好好地说声再见，也要在心里存着感谢，感谢他给了你一份记忆……’这一段我曾写给建歌，所以至今都记得十分清楚。”她晃晃头，苦笑地说道，“其实，接下来的这段才是我想要的，‘长大了以后，你才会知道，在蓦然回首的刹那，没有怨恨的青春才会了无遗憾，如山岗上那轮静静的满月。’”她保持着那个姿势，眼睛变得越来越明亮，我觉得，那是泪水在里面打转。

诗于我是个空白，我仅能用理解的目光给予她安慰。我们又沉默了，互相影响地转过头，目光再次停留在那窗外，而那盆碧桃毫无疑问地成为了我们视线的焦点。从头一天下午开始，我好像都处在赶火车的节奏里，急匆匆；忽然节奏转慢，静下来，那种舒意的感觉真的要用

“成仙”来形容了。

“哎，你在上海还有这样的朋友?”不知她看了我多久，我看她时，双手已改换成交叉相握的拳头支在下颏下面，双肘支在桌面上，身子前倾，很近地接近我，眼神里充满了新奇，“好像你们根本就不是一类人。”

“算不上朋友，只是帮他写了一点儿东西。”我说，“收费的。”这样近地和她面对面说话，既不能回避，又不愿回避，我感到一阵紧张，以至于说出的话也显得干巴巴的，不似方才。

“原来是这样呀!”她点点头，笑着靠回椅背，抬起的臂肘使绞在一起的手心翻过来对着我，然后，舒适地画出一个心形的弧线，落在腿上，“还好，还好。我以为你们是好朋友呢!”

我很不爽于她对我的写作能力无动于衷的态度，于是，没好气地说：“嗨，这话是怎么说的，好像你对我的朋友很有看法，不会是他惹你不高兴了吧?”

“哪有，我只是不喜欢他而已。”她笑眯眯地盯着我，说，“他那样的男人靠不住，女孩子嫁给他，有的苦受。”

“呵，你的意思是说，我能靠得住了?”

“你也靠不住，但，至少要比他好一些，嗯，也就是那么一点点啦!”她调侃道，随之却又说，“我看人不会走眼，尤其像你这样的男人。”

我撇撇嘴，摇摇头。

“不信算了。”她歪头看着我，像在洞察一个物体，“你给我的感觉，有时候像是个王老五，有时候又像是有妇之夫的风流书生，就是那样，变来变去的。但是有一点不会错，你不是个喜欢玩弄人的人。”

“挺笼统，能说得再详细点儿吗?”

“详细一点儿?——花心大萝卜，怎么样?”她笑着说，“专门找批的嘞!”

“好好，想在你嘴里刨出点货，看来也是没门。”

“哎，说说你的家庭。”我们说笑了一阵儿，又静静地喝了一会儿咖啡，她突然认真地说道。

“其实，也没有什么好说的。”我看看她，看看窗外，看看窗外的那盆淋雨的碧桃，最后，目光停留在桌面上的一本菜单上，“五年前，妻子就去加拿大陪儿子上学去了，现在已经办理过移民。一年，我们全家人能团聚一回，要么他们回来，要么我过去。没什么说的，就这么简单。你看得没错，说我是王老五也可以，说不是也可以。”

“为什么没一起过去？加拿大不是也很不错的吗？”

我抬头看看她，然后也像她那样靠在靠背上，“我也想去，可我去了那边能干什么呢？没有事业，没有朋友，语言也存在障碍。今年我才五十出头，总不能现在就过去当寓公吧。再就是父母的年纪也大了，身边需要人照顾，虽说还没有到床前床后伺候的地步，但平时说说话，帮他们干一些干不动的家务总还是要有的。至于孩子，他的将来还是个未知数，如果在那边混不下去再回来——谁知道呢！一切皆有可能。”

“孩子妈妈一定很能干吧？”

“可以这么说。我的那点儿家当应该说一大半都是她给打下的。”我又低下头，看着那本菜谱，“我们是师院的同学，她学的音乐，我学的油画，我们都在学生会任有职务，见面多了，有了感情，她就嫁给我了。”

“哎，说你们感情的时候怎么那么平淡，就跟喝白开水似的，一点儿波澜壮阔的场面都没有！”

“真的没有，说出来你也不信。”我说，“我们的婚姻就是那种水到渠成、顺理成章的结果，别说波澜壮阔了，即使冒个泡也是软绵绵勉强闹出来的。或许我们都太理性了吧，就那样，齐步走，一二一、一二一，走着走着，就走成了一个步调。”

“哈——”她笑了起来，“太形象了，你肯定夸张了吧！”

“夸张是有，但也不差哪儿去。”

“我猜，你一定经常给女孩子讲这样的故事。”她止住笑，眯着好奇的眼睛，斜看着我，样子有些俏皮，“经常出来找女孩子的男人都有几套好听的故事——给你一点幻想，找到一点同情，然后就不好说了。

你笑什么，是不是揭穿了你的老底？肯定是的，一看你的表情我就知道嘞！告诉我，你身边有多少个女朋友？老实回答哟！我可不是个容易被骗的人。”

“你都看透我了，我还怎么回答。”我摇摇头，笑着说，“由彼及此，横向思维模式。”

“呵呵，反守为攻，算你狡猾！”她转正了脸，笑着说，“其实，你说的，我相信；刚才我笑你，是因为感觉你对我说话好像也是一二一齐步走的样子——板儿正经。”

“怎么会呢？”

“怎么不会呢！习惯了，你自己很难发现。”她对我严肃地轻轻点点头。

“不会是在暗示我古板、僵硬、缺少情趣吧！”

“真能往自己脸上贴垃圾，如果你是个古板、僵硬、缺少情趣的人，恐怕在这个世界上再找到一个有趣味的男人就难了。我说的是你做事情的步调很像那样子。”

“那么，既然是这样，我就一二一往前走了。”我开玩笑道。

“让你走到茅坑里……”

她说的这句话拉近了我俩的年代感。好像中学时期，我们这个年龄段的同学都开这样的玩笑，而且都是由男同学引出话题，女同学再说出来。时隔这么多年再次听到的时候，仿佛时光倒流。我看着她笑了，我觉得我笑得一定很灿烂。

“佛说，”她止住笑，然后是一副很认真的样子，“有缘，就是‘一见你就笑的’和‘一见，你就笑的’。你觉得这话有道理吗？”

“当然。”我说，“如果见面就哭，那肯定是缘尽了。”

她撇了撇嘴，不大满意的样子。之后她又问起我多久没有见过妻子，我告诉她，我才去过加拿大，在那边住了一个月，章老师装修房子需要我帮忙，赶了回来。我不喜欢那边，正好是个借口。其实，有个实际情况我没有说，在从加拿大回来前，妻子和我认真地谈了一次，她再次提出了离婚的请求，为此她愿意放弃国内的所有权益。她对我漏洞百出的回答表示难以理解，一再刨根问底，最后刨到我为什么不留在那边、她为什么不能回来的时候，她的样子简直就像警察在办理案件，只差拍桌子说“老实交代”了。说实在的，她认真起来的样子太冷艳了，到现在我都不知道该怎样来形容那样子，总之就是那样，具有很强烈的温度感。我看着她傻呵呵地笑了，没有正面回答问题，于是，她就说："不许耍滑头！"之后就笑了起来。我说：“我刚才已经说过了，因为事业和艺术，说到底就是不喜欢那边；她不喜欢这边，固然有她的原因，但主要的还是那段时间的事情挫伤了她的感情，她无法面对。夫妻长期分离终究是要出问题的。”话说到这儿，我们好像都意识到这样的话题实在不合时宜，便相视一笑，心领神会地停了下来。

显然是美绎的缘故，一个服务生对我们特别关注，他有事没事便要从旁边经过，遮遮掩掩，有时与我或美绎的目光相碰，即刻就慌乱起来。再次经过时，美绎叫住了他，“给我们来一壶热饮，呃，红茶加两朵玫瑰。”她笑着对他说。“好的、好的，马上就来。”服务生就像受宠若惊的孩子，瞪大眼睛看着她，随后，连忙答应着去了。

他们难道认识？

“你不要这样看我，跟看贼一样。”我猜忌的心思或是形于表面，美绎看看我，说道，“这条街上经常有明星出入，谁知道他把我当成了哪一位。如果你不让他搞明白，他就会一直在旁边转悠。”她得意地说道。

“实际上，你也确实像个明星。”

“楚老师在恭维我啦！”

“心里话，哪里是恭维。”我笑着端起咖啡，喝了一口，“哎，我一直想问你，你在章老师家里做禅菜也收钱吗？”

“狡猾！”她说，“正在说你呢，怎么就转到我身上了。”

“呵呵，我没什么好讲的。”我说，“在上海这边你这么厉害，章老师那边……”

“他那边纯粹是帮忙，我们都是好朋友，说不到钱上的事情。”她看着我，笑着笑着，却慢慢地止住，脸上蒙上了一层荫翳，“若说到钱，建歌给我的字画，出手即是，照现在的价格，怎么也有百万以上。但我不会出手，他送给我的，我怎么可以拿去换钱。”她的脸转向了窗外，仿佛沉浸在某种回忆之中。看到她这样，我心里突然后悔起来——即使再好奇也不应该去打听他们之间的事情。现在想想，真的很有意思，我们的话题但凡偏离生动有趣的轨道便会有一个调整的细节出现，不论出现在她身上或我身上，自然而然地就出现了。

服务生送来茶水，倒出两杯后，问我还需要什么服务，而眼睛却不停地扫向美绎。我没好气地说两声谢谢，然后又说了一句不要过来打扰之类的话。

雨停了片刻，一抹阳光洒下来，滑过带雨的路面，滑过窗前，又滑过远处的一排水杉的梢头，随之消失得干干净净；街上，游客逡行，或也有趴在橱窗上往里一探究竟的。

“哎，你知道吗，你们两个性格很像。”她突然转过头来看我，面色平静似水。

“或许是我们经常见面的缘故，近朱者赤近墨者黑嘛!”

“不，你是天生具有。他或许对你有影响，但影响的都是表面，内里的还是你自己的。”她摇摇头，笑了笑，“你可能知道，我和建歌是初恋情人，就算是这个缘故吧，有时候我特别想和你在一起说话，就像今天这样。哎，我这样说，你不会生气吧？不管了，你要生气就生气吧，就算是我拉你一上午的回报，两下扯平。”

我笑了笑，表示我不会生气。做章老师的替代品，其实也是件挺荣幸的事情!

她接着说：“建歌这几年变得太深沉了，有时特想和他说一会儿话，可是，看见他那样子，就又憋了回去，你想，是这样不？或许也是怪我吧。”她轻轻地叹出一口气，“你和你太太是工作中认识的，我和建歌也是。我第一次认识他是在一次新春茶话会上。那时，我才调到分厂工会任宣传干事，他刚刚大学毕业分配到总厂工会，和我一个角色。不过，按级别，他是领导。”她笑着仰起脸，看向橱窗的上角，仿佛已身处往事之中，“那天，我们年轻人谁也没有主动发言，你想，将近一百人的会场，黑压压的，谁敢乱说。领导看我们都不发言，他就说，要是这样，点人了——第一个点的就是章建歌。他站起来，自我介绍后准备发言，一开始可能是紧张，他‘嗯、啊’咳了两声，没有蹦出一个有用的字儿，大家都笑了，有的还给他喝倒彩。你猜，大家为什么这样笑？我们厂工会的主席每次讲话前都是这个样子，不知道他是不是有意的，太像了。等大家笑过去了，他又轻咳了一声，不，是两声，然后，脱稿，关键是脱稿，侃侃而谈。他从宣传工作的意义说到了宣传工作的艺术，说到了工作要点，说到了许多具体的要素，举证，示范，语言风趣，脉络清晰，丝丝相扣，引人入胜。会场里鸦雀无声，所有人都在专注地听他发言，没人相信，这是一个工作还不到半年的大学生。我敢说，当时在场的所有女孩子一定都爱上了他，当然，包括我。”她说到这里，停顿了一下，我看到她的眼里有泪水在打转。她依旧仰着头，像是在体味她刚刚讲过的那些细节，“他是一个干净的男孩，我一直用这个词来形容他——那时的男孩子不大注意形象，而他是那种特别注意修饰的人，白净，头发略微卷曲，一身西服便装没有一个褶子。”

“现在也如此。”

“照例，晚上举办舞会。他来得有些晚，当我觉得他都不会来了的时候，他却出现在了门口。他还是白天的那身装束，只是脖子上多了一条深灰色的毛线围巾，很宽、很大，围住脖子又围住了半个下巴，两头一长一短、一前一后搭在身上，那样子清爽得简直就是民国时期的文化青年。他进来后，扎进一群小伙子的圈子里，要么和他们站着说话，要么躲到角落里坐下看热闹，我看到有两个女孩子主动邀请他跳舞，他摆摆手拒绝了。那晚我带着丽红，丽红你知道，年轻时也是一个大美女，像那时的舞会，我们两个只要同时出现，不用说，我俩一定是最亮的亮点。”她抽出两片纸巾，把眼角处的泪水沾去，突然高兴起来，“那天，丽红穿着黑毛衣、牛仔裤，我穿着白毛衣、黑西裤，这是我们事先商量好的装束——相互衬托，美丽夺目。嗐，不怕你笑话，告诉你个秘密：丽红屁股大胸小，穿牛仔裤特别显体形；我胸大屁股小，那身装束对我来说也是最恰当的。每次，舞曲刚刚响起前奏，我们俩便开始旋转起来，意思很明确，不想接受任何人的邀请。第一次，我们从他身后旋过的时候，我看见他旁边的几个小伙子在怂恿他来邀请我们跳舞。第二次，他扭头看了我们一眼，像是毫不在意的样子，很快又把头扭了回去。第三次，他坐在那里和人说话，像个局外人。第四、第五次没什么印象，我很生气——骄傲得也太过头了吧！舞会演奏到第四支曲子，我记得是首叫《蓝色多瑙河圆舞曲》的曲子，我们第六次旋转到他面前，恰好我背对着他……”她停住讲述，看着我，眼睛泛起光芒。

“激动人心的时刻！”

“是啊，你都猜到了！”她高兴地说道，“我突然听到他在我身后说：‘我能请您跳个舞吗？’没错，是他的声音，当时我的心都要蹦出来了。我看看丽红，还没有扭过头，他已拦在了我们的侧面——他邀请的是丽红。丽红没有马上答应他，她说：‘我们跳着呢，下一曲吧。’丽红不知道我那时已经爱上了他。他没有让开，而是再次邀请道：‘你们一直在跳，我若邀请您，遇到的一定还是下一曲。’丽红被这句话打动了，这是舞会结束后她对我说的，她说他的语言充满了磁性。她松开我，接受了他的邀请。”

“把你一个人扔在了舞池，一定很尴尬了！”

“尴尬是小事，关键是那晚我整整哭了一夜。”

“委屈的？”

“或许是吧。”她说，“第二天起床的时候，我骂了一句：‘去死吧，章建歌。’妹妹吓了一跳，问我让谁去死。我说该死的都得死！”

闺阁之语的确很有意思，我呵呵一笑，说：“那后来怎么又翻转了？”

她看看我，好像猜透我已知道他们的故事，笑了笑，“这个章建歌狡猾得很，他采用的是曲线救国的方略。他和丽红跳舞的时候，转着弯儿问了许多我的事情。丽红这个死妮子，脑子不转圈，和盘托出，下来，活生生让他打了一个歼灭战。”

“怎么会呢？”

“第二天上班后，建歌打来电话，他没有直接找我，是找的我们分厂工会主席，他安排他把我们分厂春节晚会演出的服装样式报到他那里，他要过目。演出是我负责，肯定是我去汇报工作。那是我第一次去他的办公室。他所谓的办公室过去是一个旧仓库，因为特殊的工作性质，特意腾出来给他用的，肯定地说，那是全厂唯一的最具特色的办公室。我十点多钟到了他那儿，推开门，问了一声，听到他答应，进去。里面堆满了黑板、宣传画等各种各样的用具，很乱。好不容易，在一个旮旯里我看到了他。那天阳光特别好，他站的地方，旁边有一个大窗，哎，比这个橱窗大得多了，阳光穿过窗户，照着粉尘，然后照在他身上，明亮而又朦胧。当时的景象很有舞台效果，他像一个主演站在唯一的灯光下面；他在一个画架上画画，画面刚刚起了形，他画得非常投入。我在他身后站了有一会儿，才听他说让我找个地方坐下，他说他马上就好。”美绎讲到这儿的时候，两个大妈游客又趴在橱窗上往里看，这次恰好在我们的位置旁，当她们看清眼前有两个人隔着玻璃瞪眼看着她们时，便迅速离开了。显然，她们并未打扰了她的谈兴，停顿了片刻，她接着说：“他那天像是故意要给我使脸色，脸绷着，语气就像我们中学的化学老师——两个氢加一个氧是什么呢？我们天天都要跟它打交道——知道了吗？——对，是水。”她手口并用学她老师的样子比画着，“他是这样子：‘知道吗？知道什么是色彩吗？你们十几个人的编舞穿着一样颜色的服装，你觉着好看吗?’他就是这个口气。‘来这里就是听你指导的，您指导一下不就行了!’我没好气地回了他。‘关键有用吗?’他说。‘你还没有指导怎么就知道没用?’我说。他笑了，问：‘领舞是谁?’我说是我。他看看我，然后说，把你的舞服换成大红色，然后又说，问题就在这儿，你穿粉红的，舞服基本就白做了，换大红色，不过是权宜之计。总之，你要和其他人形成鲜明对比。”她端杯呷了一小口茶。

“太形象了!”我也端起茶杯，笑着说道，“最初我和他认识的时候，他就是这个样子。”

“我学得很像是吧!”她捧着杯子在手里搓弄，“经过一次较量，他的语气就变得好多了，我们又谈了一些细节上的问题。到最后，我要走的时候，他突然向我打听起丽红的事情了，他那认真劲儿，我以为他喜欢上了丽红。”她笑着摇摇头，“我走的时候，他送我到门口，突然又对我说，要请我和丽红第二天看电影，而且，还强调一定要带上丽红，理直气壮，看我的眼神也很坚定。当时，我已完全确定他喜欢的是丽红。”

“章老师套路那么深!”我开玩笑地说道。

“他哪有套路，是胆小，不敢直接和我接触。”她说，“晚上我和丽红通了气，这才知道，他在丽红那里也打听了我——丽红是经我提醒后才意识到的。我问丽红喜不喜欢他，丽红说喜欢是喜欢，但看人家喜欢的是我；我说不一定，他也可能喜欢的是你。最后，我俩定下来，肥水不流外人田，不管他喜欢我俩哪一个，我们都一定相互帮助，把他拿下。我们接触几次后，他就单独约我了。其实，我和建歌恋爱是有障碍的。在认识建歌之前，我妈安排我相过一次亲，对方就是我现在的丈夫。我们见过面后，他去香港公司常驻了一段时间。走的时候来家里找我，说他要去香港，我说去吧，他就不说话了。他到香港后，偶尔也会给我打个电话，说两句不着边际的话，很短。我们那样子根本不像在谈对象，加上我对他也没有什么感觉，便以为什么都过去了。但事实上，人家不那样认为。他是表达能力差，心里有数，嘴上说不出来。我的工作的调整都是他爸爸从中起的作用，天底下的人都知道，唯有我认为凭的是自己的能力。我们家其实也面临着一系列的问题：两个哥哥的住房问题——一个结婚两年了还在外面租房子住，一个要结婚没有房子；妹妹身体不好，又在生产一线工作，吃不消，不调整肯定不行。你知道，在当时，对于每个家庭来说，这都是头等大事。”

我点点头。

“我的恋情被我妈发现后，她就极力反对。你可以想见到我当时在家里的处境和所要承受的压力。在她眼里，我就是一个叛逆、无情、自私者的代名词。”

“那也不能拿自己女儿的幸福来换取呀!”我说。

“牺牲我一人，幸福他们仨。最后为了整个家庭，我不得不做出牺牲。”她凄惨地笑了笑，目光移向窗外，“建歌为我差点死掉，如果当时他真的死了，我想我一定会追他而去。”她嗓音有些哽咽。

我记得，那一刻，背景音乐是一首钢琴曲《你眼中的奇迹》，旋律舒缓、优美，而音量也格外轻柔。

过了一会儿，她用纸巾沾了沾眼角，转过头来对我说：“近几年不知道怎么了，觉着自己越来越脆弱了，让你见笑了。”

我说这样挺好，有苦水倒一倒，总比藏在心里好多了。

她帮我倒上茶水，接着说：“建歌是个正人君子，他是我遇到的最好的男人。他从北京回来后，我们经常在他家里见面，有时家里只有我们俩，想和他叙叙旧，套套近乎，重温一下旧情。可他都是一本正经的，就像两个同事在谈公务。可他的眼神却直勾勾的，有时候，我都以为他会突然对我那样。”她摇摇头，“高老师把他救回来的那个晚上，我去他们家看了他，那是我唯一一次看到他萎靡不振的样子，我哭了，说对不起。他本来强忍着，但……你知道，他是一个感情十分丰富的人……我们抱在一起哭了很久。”

“小白老师在旁边吗?”

“我们那样子她怎好在那里。她也陪着哭一阵儿就出去了。”她低下头，埋在两手之间，一沓纸巾蒙在眼上，“他说他不能没有我，求我不要离开他；我说我做不到，有些事情真的没法解决。他痛苦地用头撞墙……”她已泣不成声。

我没有劝她，就那样默默地陪她坐着。

但很快她就止住了哭泣。“后来，”她的嗓子仍哽咽着，“我急了，我说，我把我第一次给你，就现在。他惊愕地盯着我看，然后说我把他看成什么人了，他不会那样做，要就要我整个人，不只要我的身子。”她深埋着头，没有哭声，但能看到她的身子在不停地抖动。

“是啊，章老师是个十分讲究纯粹的人，这样符合他的性格。”

“你是不是觉得我很卑鄙无耻，为了一点现实利益可以放弃自己的真爱?”她平静了一些，说道。

“我们是同龄人，也经历过那个时期，我可以理解你当时的处境。”

我说，“就像现在的女孩子一样，父母总是希望她们嫁入豪门，过上衣食无忧的生活。”

“我和她们可不一样！”她稍稍抬起头，脸仍蒙着，“我不是为了我，我是为了我们家庭的所有人，最后不得不做出的选择。”

“可以说，是死得其所喽。”我想把语境变得轻松一些，于是那样说，而后我又给她讲了《世说新语·贤媛》里“络秀嫁周浚”的故事让她开心。她认真听了，但听完之后却没有理睬我，而是低头看看时间，说：“忽然想喝酒了，我们喝一杯怎样?”

我说好啊，但也提醒她还开着车子，这个问题要先解决掉。最后，我婉转地提议，可以去我住的宾馆，静静地喝酒，顺便还了我许过的愿——为她画幅肖像。说真的，若不是她刚刚哭过，我一定会说：“要不要来幅写真?”我觉得和她开这样的玩笑绝对不是什么问题，绝对不会出现胖子酒馆老板娘那样的情况。我突然产生了一种认识，就是说那种带有某种隐喻的话，一定要找对人、找对时间，甚至找对场景，否则，即使是再有意义的话也可能被人误解，乃至成为笑柄。

她叹口气，好像不得不接受这样的选择似的，语调缓慢地说：“倒也是个不错的主意，只是……本想带你过来看看，感受一下这里的文化，谁知道又说起了这些事儿，你看，脸也花了。”

“那也不用老捂着，我不介意的。”我说。说心里话，我真想看一看她的素颜，不过，话一出口，我自己都感觉到这话太直接了，简直就是司马昭之心路人皆知。“但是，”接着我又说，“士为知己者死，女为悦己者容。我建议，你永远只能呈现你最美丽的一面。”

“什么话都让你说了。”她破涕为笑，把纸巾握成了一团，站起身，目的很明确地低头看着桌椅之间的空隙往外移动。直到在过道上站直了身子才转过脸看了我一眼，说：“你自己坐一会儿，我去趟卫生间。”

我的目光跟着她，直到她消失在卫生间处的一个转角才转回来，在对面，在她刚刚坐过的地方停留了片刻，便看向了窗外：雨又下了起来，街上景象灰蒙。我突然觉察到，我们已经走得很近很近，下来，我们之间会发生什么呢？我似乎已经预料到了，但也不能肯定。隔了有一会儿，橱窗玻璃上映出了她的影子——她站在我身后无声地看着我。

我扭头看她，“不好意思，走神了。”

“不算什么。”她笑笑，说，“看到什么了？好专注。”

“没有，我发现外面的房子别有味道，如果有机会了，在这里花一段时间写生，肯定会不错。”我站起身，“可以走了？”

她点点头，没说什么。我注意到，她的眼睛红红的。

回宾馆的路上，吴美绎刻意表现出一副轻松的样子，她先是给我讲她的“蜜汁莲藕”的做法，接着又讲了她亲身经历过的一些往事，其中一件事我记得很清楚。她说，她嫁过去之后，一次独个乘坐公交车，莫名其妙地让一位中年妇女臭骂了一顿；她说，那人她根本不认识，但人家认识她，指名道姓，有鼻子有眼儿。对方块头很大、很凶，她强忍着怒火没有接她一句话，因为她看得很清楚，如果不这样的话，结果肯定是自取更多的羞辱。我问她，总要有个缘由的吧？她苦笑了一下说，谁知道他那厂长爹咋样得罪的人家。她说，别说她了，就是她婆婆也有过同样的经历。讲这样的内容，她并未显出什么不快的样子，就像唠起一段再普通不过的家常事。

我们路过一家画材商店时，我下去买了速写本、炭笔和一些简单的用具。或许是在我买东西时，她叫了快送，到了宾馆，快送员已经送来一箱红酒等在了门口。

“没想到，这里还有这样好的房间，宽敞，温馨，如果带上情人——肯定是不错的喽。”她进到房间，打开所有的灯，环顾一番，笑着说道。

“是啊，”我说，“只可惜，昨晚浪费了。”

她回头看着我，坏笑着，似乎在找合适的话来说。我一笑，转身去了卫生间。

等我从卫生间出来，她倒在那张两人沙发里，茶几上多了两杯红酒。“累了？”我问。

“可以吧。”她坐起来，“感觉好放松。”她整理一下衣服，“其实，在咖啡馆也很好，但总不如这样的好，知道我为什么要来这里吗？”

我坐到斜对面的沙发里，笑着回道：“不受打扰，喝酒方便嘛！”

“再给你一次机会，再猜。”

“不会是——”我猜道，“不会是哭起来方便吧？”

“你可真够鬼了！”她笑着举起酒杯，“来，我们先干一大杯。”

喝过酒，她又把酒倒上，看我准备好画具，然后说：“怎么样？我的形象不至于让你没有兴趣吧？”她斜靠在沙发角上，一只手臂在扶手上支着头部，手插在蓬松的头发间；另一只手放在斜放着的大腿上，手指圈成一个兰花，整体懒散，却不失优雅。她已脱去线织外套，旗袍是那种没有袖子的样式，裸露的臂膊白皙而又紧实。

“怎么会呢！”我上下审视了她一番，然后说，“像你这样的模特——极致里的极致，别说有没有兴趣了，即使看上一眼，心里就会发慌。作为画家，怎么说呢……”我说着，已开始动笔，一条流利的线条勾出她一只臂膊的轮廓，接着向上推出头部，而后又反转回来……我异常投入，以至于她开始说了什么都没有注意到。人体基本形态确定了以后，我喘口气，才发现，她看我的眼神有些异样。

“你在听我说话吗？”她稍稍坐直，问道。

“听着呢。”我撒了谎。

“我觉着，你根本没有听我说话。那个什么……”她想了想，像是忘记了前面说的什么，却改口问道，“你怎么不画了？”

“你不停地动，没法下笔。”

她笑了笑。“好，我不动，你接着画。”她说。

“好吧。”我说，“别动，这样躺着，很快就会画好。”

“你也说点什么，不然，我就要睡着了。你知道，早晨七点起床一直到现在，说实在的，真有点儿困了。”

“真要是睡着了也无妨，正好，我可以画一幅睡美人儿了。”我接着画起来。

“我睡了啊！”语气带着嗔怪的味道。女人大概都是如此，遇到想做某件事情却又不甘做的时候，总会用这种语气说话。

我停下笔，仔细地看着她的脸，她也看着我，眉眼间朦胧而又富有内容。忽然间，我脑子里竟然产生了一种奇幻的念头——一种新奇的表现方式，我要立刻把它表现在画作里。我应该没有接她的话，或是说了什么，我根本没有意识，总之，很快，第一幅画就完成了。当我递过去让她看时，我发现她的眼睛瞪得大大的，仿佛处在意料之外的惊愕之中。

“呵，怎么？”我奇怪地问道。

“怎么？你不知道？”

“知道什么？”

她坐起来。“你知道你刚才自言自语、嘟嘟囔囔地说了一大堆，我以为，你会把我画得非常逼真、漂亮，结果……”她说。

“不会吧，我说了什么？”

“谁知道，含糊不清的，反正不会是什么好话。”她说，“什么‘太棒了、好极了、吔、吔’。哎，‘吔、吔’是什么意思？”

我作画时基本都是处于理性的状态，虽然偶尔有酒醉创作的时候，但也完全有能力把控住自己，只是刚才，似乎脑子里出现了一段意识空白。“不会这样吧！刚才是出现了一点儿迷幻的感觉，不过，仅仅一杯红酒也不至于怎样，你这样一说，倒是吓住我了。”

“猪八戒倒打一耙。”她笑笑，用手指点了点我，慢慢地从嘴里蹦出俩字，“狡猾。”而后把手里的速写本又上下颠倒着看了几遍，“怎么说呢，我很喜欢画面里的东西，但也觉得很压抑，说不来是为什么，总之就是这样的感觉。我想，你这样画，一定有这样画的道理吧。”她说着，把速写本又递给了我。

我又仔细地审视了一下仅是粗细线条交相变换的画面，说实在的，可能也只有我能看出有一个女子斜卧在沙发里面。当时，我为之惊讶，因为，在此之前，我从来没有用这样的手法表现过。“说不上道理，感觉来了就跟着感觉走了，结果也超出了我的预料。”我毫不掩饰我对作品的满意，说道。

“‘感觉来了就跟着感觉走了。’我喜欢你说的这句话。”她笑着说道，接着哼了一段我们那个时代的流行歌曲《跟着感觉走》，然后说，“是这个感觉吧?”

“呵呵，或者是吧。”

“为什么是‘或者’？和你说话，不小心就能让你蒙混过关。”

“‘或者’是说，有共同的地方，也有不同的地方；可以是彼，也可以是此。意思就是这个意思，结果要看你怎么理解了。”

“狡猾!”

“嗐，你今天已经无数次说我狡猾了，我真的狡猾吗?”

“你就是狡猾！如果你还是这样跟我说话，我就还说你狡猾。”她俏笑着说道。

说着话，我倒了两大杯酒，递给她一杯，“来吧，我们为‘狡猾’干一杯。”她接过酒杯，什么也没说，看我先喝完，也跟着一饮而尽。之后我们都是这样，每画完一幅画，都要碰上一大杯酒，有庆贺的意思，也有情感上的交融。

进行第二幅的时候，她坐正了身子，在沙发的当间，一个美艳的民国女子。

我继续了第一幅画的表现手法——时空跳跃翻转，不确定的线条随着感官和思维游动。我不知道笔下的画面是一种空间感受，还是对人物虚幻缥缈的认识。但这一幅我却没有出现无意识的现象，整个过程中为了让她保持静态，我有意地讲了一些她会感兴趣的话题，而话题的引入也是从我们所处的室内环境开始的。从波西米亚的生活方式到服饰、建筑装修风格，到饮食文化，当我最后总结到“波西米亚其实已经成为自由洒脱、热情奔放的代名词”时，我用很重的一笔曲线结束了第二幅画作。她始终没有说一句话，即使在我举着本子让她欣赏的时候，她也仅仅是微笑着点了点头。

我们喝过酒，我从手机上搜出《波西米亚狂想曲》播放出来，我说，我们需要一点狂热，让音乐为伴，休息一下。

她长长呼出一口气，像是突然间得到了解脱似的，说道：“哎，这一次可以表扬我配合得不错了吧——自始至终没有动一下。”

“不但要表扬，而且还要好好地奖励一下。”

“奖励我什么？”她笑着问道。

“一杯酒。”我给她倒上酒，说道。

“呵，这也叫奖励！”她笑着摇摇头，端起酒杯，“不过，我还是很愿意接受这个奖励。”

“说实在的，这确实算不得奖励，可是，我还有一颗真诚的对你表示谢意的心，它也在这杯酒里。我想，我这样解释，是不是这份奖励就变得很有意义了？”

“你——油腔滑调。”她仍笑着，眉头略微皱起，一个字一个字地蹦出这句话。

“好了好了，我错了。”我忙给自己杯里也倒上酒，“今天，从来没有过的痛快淋漓！你知道，当画家处于这种状态时，便意味着要出精品、出大作了。谢谢你！真的很感谢！来，共饮此杯。”

“没有一点儿干货。”她噘噘嘴，“干杯！”

第三幅画像是她命令我画的。我们又喝了两杯酒后，她问我为什么停下不画了，我说，已经画了两张，下来该有一个新姿态。其实，这只是借口，真正的原因是我仍在那两幅画的创作状态当中，面对现实，有些困惑。她俏皮地皱皱眉头，问我应该是什么姿态。我说，比方说，写真呀什么的。她笑了，她说我在勾引她。当时，我确实没有勾引她的意思，我只是特别想利用她的裸体来维持那种创作状态。虽然后面发生的印证了她的话，可我知道，所有发生皆因自然。

“你怎么不继续播放音乐？”不知不觉间，音乐已经停止，她停住笑后，问道。

“是要播放，可是，不知道你喜欢哪方面的。”

“来点儿美国乡村音乐，你感觉怎么样？”她说。

“好啊，那也是我喜欢的。”

我在手机上选择音乐的时候，还是忍不住给她讲了小酒馆里的故事。她听得很认真，一会儿皱着眉头，一会儿又用手指顶在那褶皱上轻轻地揉按，怕要留下来似的，却是忍俊不禁，笑得不能自已，最后连连追问我究竟画了那写真没有，问他们现在的情况怎样了。她说她回去后一定要去品尝一下那里的味道，一睹老板娘的芳容。我告诉她，这都成了历史了，因为就在前年，胖子老板得了脑溢血，半身瘫痪，无法掌勺了，老板娘就闭了店，和胖子老板一起回老家了。现在那家店经营川菜，老板、老板娘都是瘦子，不过他们看上去似乎还有些艺术细胞——从胖子老板他们那儿盘来的高老师写的那幅已快不成样子的横匾没有扔掉，经过修理翻新，挂在了一处显眼的地方。他们说，捡了个宝贝。老板遇到有老顾客来吃饭，便打听高其昌是谁。他去家里拜访了高老师，又请高老师来店里吃了一顿饭，他们便互相圈粉了。高老师本来吃不了麻辣的味道，但他却成了那里的常客。我已完全失去了兴趣。

她说起世事无常的时候，我也选定了肯尼·罗杰斯的音乐专辑，当肯尼·罗杰斯的沙哑的歌声开始在房间里萦绕，她说："再画一幅吧，有这音乐陪伴或许会产生新的感觉。"

"好吧!"我欣然接受，因为，音乐已经调动起我创作的欲望。

这次，她侧身而坐，她从头至尾沉默不语。等我停笔，即拿走了速写本，前后观看。"好生动啊！我觉着我活在了画面上。"她说。

"确实，"我说，"从来没有这样子投入过，只是三幅速写，居然也出现了疲惫感。"

"呵呵，饿了吧？我们也该吃点儿东西了。几点了？"她看看我，像是征求我的意见，然后看了看手表，"呵，都八点多啦!"她讶异地说道。

那会儿，我特别不想让外部的人或事物来打搅我们。我说："那么，我们来碗泡面？"

"泡面!"她露出惊奇的神色，"该有十几年都没有吃过了。上一次，还是来上海的路上，饿极了，实在没有别的可吃才吃了一次，不过，味道还是可以的。现在，有吗？"

"有啊!"我很高兴她支持了我的意见，"房间里配备的有，足不出户即可享用。”

“这样就好，那么，你来泡面，让我享受一次你的厨艺。”

“没问题，不过，这可称不上什么厨艺，开水一泡就成了，没有技术含量。”我起身去泡面，说道。

“有这个过程就可以了，要那么多干吗！”她说，“从健康角度出发，泡面还是少吃一些为好，是吗？”

“我也知道，但也没办法。这是我的主要口粮。”

她没有说话。我回头看她，她也在看我。“单身男人的日子不好过，是吧？”她笑笑，说道。

“还算过得去。”

“还算过得去？”她伸头一笑，“打肿脸充胖子的吧，泡面都成主食了。”

“少动烟火，减轻雾霾，为空气环境改善略尽微薄之力。”我装腔作势地说道。

“伶牙俐齿！之前怎么没发现你这个人才呢。”她被逗得一乐，过来帮我泡了面，然后，又端去一碗放在茶几上，杯子里添上红酒，坐了回去。

我随她过来，坐下后，一起喝了两杯之后，突然来了感慨，我说：“红酒加泡面——此生难忘。”

“呵，怎么不说还有美人相伴呢！”她高兴地说道，“异土他乡，故人相见。孤男寡女，一室相望。红酒泡面，终生难忘。是不是这样？”

“是是，想不到，你的文采也很了得。”

“我的语文一直很好，只可惜其他科目不行，不然，我的人生将会重写。”她苦笑着说道。

“当下的，即是最好的。”我为她宽心地说，“看不到、遇不到的都是妄想，没有结果的事情，不去想它反而正好。”

“我也没有说不好了。”她说，“比方说，现在和你在一起喝酒，看你为我画像，这就是当下，这就是最好的嘛！”

“确实如此。”

接下来我们吃了泡面，之后继续喝酒，酒意阑珊的时候，记不得是从哪个话题上引出的，她开始讲起了她和许丽红的一些往事。

“我和丽红年轻的时候是我们厂里的大美人。不怕你笑话我口气大，真的是这样，不信你可以去打听。”

“哪儿用打听，即使现在也是如此。”

“厂里有闲人，他们把漂亮女孩排排队，我和丽红不是排在第一就是排在第二，有的人说她比我漂亮，也有的人说我比她漂亮。其实，我们两个是没有可比性的，她属于温柔娴雅型，我属于艳丽娇媚型的；身材上也不同，下午我都透露过了，她有的我没有，我有的她没有。从美学上说，我俩恰好属于视觉互补最典范的样板。”她笑了笑，样子像是有些醉了，“一次，我俩在单位的澡堂子里洗澡。你知道，单位的职工澡堂是由工会负责管理，有时我们为了避免和人争淋浴头，会提前开放来方便自己或自己的家属、朋友。那天丽红来得很早，我掌握了一下时间，便带着她进了澡堂。因为是提前开放，所以开始里面只有我们两个人。澡堂里很昏暗，只有一只六十瓦的灯泡挂在浴室和更衣间分隔的门框上，而且更侧重于更衣间，所以，浴室里有一大部分都是在灯影里。其实，这样倒方便了姑娘们，姑娘们脱光了害羞，自然而然地都会选择暗影里的那几个淋浴头。我俩酣畅淋漓地享受了一阵冲淋后，她莫名其妙地从她的淋浴头下来到我旁边，摸了摸我的胸，夸我，说她太羡慕了；她的胸很平，发育得像个小孩子的拳头。我觉着很有意思，也摸了摸她的。或许是昏暗的环境使我们变得越来越大胆，我们摸着摸着便抱在了一起，她一只手仍在我的胸上，我的两手放在了她丰满坚挺的臀部，我们就那样互相抚慰了片刻，直到我感到心慌气闷。那时候还没有同性恋的说法，你想，那是公共澡堂，如果我们那样子被人撞见了会是什么后果？我一把推开了她，她像个受惊的兔子，惊恐地瞪着眼睛，即使在那样的光线下，我也能看见她的脸通红通红；我想我的脸也一定很红，我也瞪眼看她。这时，我们都听到，更衣间里其实已经来人了。”

“好悬哪！”

“我们两个对看了一会儿才回过神儿来，然后大笑起来——为了荒唐、为了侥幸没有被人发现，当然，也是遮掩一下紧张的情绪。”

“那你们后来又发生过这类事情吗？”我脱口而出。

她盯着我，那眼神儿有点让人窒息，我不自在起来。大约就是要看我这样，她扑哧一笑，说：“你们男人呀，只要闻到一点腥味就竖起了耳朵！”她又盯我一眼，好像在问，是吗？我摇摇头，左顾右盼。“后来也有过，不过没有那样过分，有时候我隔着衣服摸摸她屁股，有时候她摸摸我胸，都是那种开玩笑的样子。”

“哦，我明白了！”

“明白什么？”她笑着说，“是不是想到别的方面了？”

“我只是明白了，你们的友谊是多么牢不可破。”

“瞎扯！”她笑着摇摇头，说道。

肯尼·罗杰斯的专辑播放完的时候，我们也喝干了两瓶酒，第三瓶打开，我正要往杯子倒酒，她的手机里传出了《蓝色多瑙河圆舞曲》的乐章，我看她，她看我。我问：“我们是要跳舞吗？”她点点头。我放下酒瓶，站起身，学着英国绅士那样鞠躬，邀请她。她忍着笑把左手递给我，让我牵她站起。我们移步到了屋子当间，我刚刚搂住她的后腰，她便趴在了我的肩上——她的腰肢柔软而富有弹性，丰满的胸部挤压在我的身上，脸贴着我的耳根，微微喘出的热气在我的脖颈上打过旋儿后散开。我们跳了两曲（她设定了循环播放），音乐第三次响起时，她突然喃喃地说：“还要我给你做模特吗？”

我说：“好啊！”即使那一刻我是多么地不想松开她。

“那——你要陪我喝一大杯，满满的一大杯。”

我听从吩咐，倒了两大杯酒，几乎把一整瓶红酒平分。我们端起酒杯碰过之后她却犹豫了，她看看我，是那种迷离的眼神。“还是算了吧，如果把你灌醉了，就画不成画了。随意。”她说。她喝了一口酒，放下杯子，去了卫生间，一会儿，里面传出了淋浴的声音。我独自喝了几口酒，重新欣赏了一遍自己的作品，正在考虑是否应该变换音乐的时候，却听她说道：“我们是不是该换个音乐？”她已从里面出来，身上围着一条浴巾，灯光下，裸露的臂膀白皙而富有光泽。

“继续肯尼·罗杰斯?”我说。

“想法一致！今天我们好像总是能想到一块儿去。”她说着，来回走动，关掉了房间里的几盏灯，仅留下床头灯和写字台上的台灯，室内光线顿时变得有些昏暗。下来，她到了写字台前，转过身，面对着我去掉了裹在身上的浴巾。我当时坐在床上，手机播放似乎出现了点问题，摆弄了一阵儿才放出音乐。我抬头看她时，禁不住笑了起来。“咳，还有保留!”我说，“不至于就这样让我给你画写真吧!”她仍然穿着内衣，白色的胸罩、白色的绣花内裤。

“慢慢来嘛，我一下子不习惯。”她微笑着，羞涩地说道。

“这样恐怕不好画了。”

“你这人，真是的，怎么这样不理解人呢!”

“那么，细节就要凭想象喽。”我说。

“好啦，你就想象吧，也许这样更好。”她或许觉得我动作磨蹭，又说，“还要问为什么吗?下面有刀疤，上面也松了，你说那样好看吗?赶紧画，不然我去穿衣服了。”

“好、好，我画、我画。”我迅速拿起速写本，认真审视。

或许是灯光，也或许是站姿的原因，她的身体显示出极为优美的轮廓线条，我调整一下角度，让更多的光有侧重地从她身后透出，在明暗虚实对比之间，我看到的是一尊希腊女神的雕像。那一刻，我发现我已被眼前的她完全征服，我的手几乎是在痉挛状态下迅疾地勾画完两幅速写——凌乱的轮廓线条、简单的明暗对比、一张没有五官的脸。两幅画用了两种画法：一幅细线条重复勾画，一幅粗细强烈对比。无论哪一种画法，在此之前我都不曾采用过。

在准备第三幅时（那天好像总和三这个数字过不去），我随口说道：“现在，我们可以往下进行了吧。”真的是随口，我想每一个人都会有这样的感受，当你专注于某一件特别投入的事情时，语言往往会随口而出，就像遇到喜爱的事物不由得发出感叹一样。我等了一会儿，抬头看她时，我才意识到我说了那样一句话。

她歪头看着我，表情很严肃，过了片刻，她说：“可以，不过，我有个要求。”

“你说。”我已隐隐约约地猜到她可能要提的要求。

“我是什么样，你也得是什么样。”

这种要求过去偶尔也有发生，有时是模特提出的要求，有时是我们自己要这样做，其实，目的只有一个——对模特的尊重。意思大概和国外的天体浴场那样，彼此坦诚，彼此一览无余。所以，她一说有要求，我便想到了这里。我笑了笑，说：“没问题，我们画人体的时候偶尔也会遇到这样的事情。”

“一样吗?”

“不一样，不一样，那是很多人，这是只有我们两个。”我说着，已把衬衣、裤子脱去，仅留下一条短裤。之后，我问：“这样行吗?”

“还行吧!”她满意地笑了笑，然后，去掉了胸罩。

她仍旧是那个站姿：身子微微弓起，两手在两侧撑在桌面上，臀部靠着桌沿，只是这次一条腿向后蜷起，蹬在桌下面方凳的横掌上，膝盖向另一条腿略微斜过去。上过美院的朋友都知道，一个好的模特最优秀的表现，就是在于她能够最自然地展露出自己性格和身体的主要特征来，无疑，吴美绎全部具备；况且，她又是那样完美。不过，我的节奏被刚才的对话扰乱了，在还没有找回感觉之前，我呆呆地看着她。

“怎么，不会画了?”

“不是，我在想应该怎样画。”我挪动一下位置，一束光从她腋窝下的乳房端部照射过来，在那儿形成了一个光晕，只是那么一闪，随即消失。

接下来的速写作品，与其说是在画人物，倒不如说是在画观念，不过，形体依然是往来穿插的主要旋律。由于线条简洁，所以，我的绘画速度非常之快，往往在勾勒出某个重点之后，在某处加重、涂黑，一幅作品就完成了。最后一幅画是她的背影。她一只手按在后腰，一只手撑在桌面，疲惫的样子。

我收笔后，放下画具，走过去，从后面抱住她的身体，两手之下是她的乳房。我轻柔地抚摸，从边缘到乳晕，又到乳头；她那只背在后面的手配合着我的感觉滑向我的下面，慢慢抚慰。

我也去抚摸她的下面，稍向下，便摸到了一道硬硬的疤痕。我想，那也是需要抚慰的，于是，把手停在了那里。

“生孩子留下来的。”她说。

“感觉有点夸张，不至于这样大。”

“不知道孩子的爷爷咋得罪了厂医院给我接生的那个妇产医生，趁机报复。”她握住我手臂，略微用力，试图抽出我的手，“刀口开得大不说，缝合得还特别粗糙，所以，留了这么一个大疤。当时没放心上，以为都是这样，注意到的时候，也生不起来气了。”

“或许也是医术不高，做不了那么精细。”

“你真想得开！”

“为让你开心嘛！为这个找人家，好像也说不出口。”我说。

她“嗯”了一声，接着说：“和我做吧，我特别想。”她的声音很柔，略微有些沙哑。

她帮我褪下了内裤；我吻了吻她的脖颈，顺势也脱下了她的内裤，从后面，跐着疤痕进入了她的体内。这个过程很短，因为，我已有了泄出的感觉，事实上，在刚刚进入后我便控制不住地一泄而出。我想，能唯一带给她快感的，只有我痉挛般的蠕动。

我们没有马上分开；她拍拍我抱着她的手，以此来安慰我。她那样陪我站了一会儿，然后说：“我们还是躺下吧，给你当模特真累！”此时，我也觉得异常疲惫，我用下巴在她肩膀上点了点。“好。”我说。

那晚，我们又做了两次，她很投入，我很轻松，所以，每一次都是在最完美的节点结束。我达到了我的极限。其间，躺着的时候，我们谈到了文学，谈到了她的夫妻生活。

谈文学，是因为我的那本精装本的《挪威的森林》。书在枕头下放着，她翻身时书角顶住了她的肩膀，她拿出，看过封面，便笑话我现在才读那本书。我说，早已读过了，这次出来随便拿了来。她说，她很早就读过了，真羡慕村上青年时代那种自由的生活。我说，村上是作家，你说的应该是渡边君。她在被窝里推了我一把，嗔恼地说，《挪威的森林》是村上的自传体，村上就是渡边，渡边即是村上，他俩是鬼魂附体，知道吗？怎么办了那事儿就不会聊天了？我紧忙道歉，然后问她为什么羡慕人家的生活。她突然笑起来说，我们很像玲子和村上。我说那怎么像呢，玲子要比村上大十几岁，而我们仅仅相差两三岁。

话匣子打开了就难以收住，即使彼此都哈欠连声，她看着我，我看着她，自然地，床上的话题最容易被提及。

“怎么样？比你老公？”我说。

“你？”她一笑，“差远了。”她停顿片刻，平躺了，眼睛看着天花板，“打个不好的比喻：上辈子他兴许就是头野兽，转世折磨人来的。我们刚结婚那几年，他几乎天天都要，甚至例假的时候；他能力强，做起来没完没了，而且还不止一次。‘男人靠吃，女人靠睡’，女人的睡眠很重要，睡不好就老得特别快——黑眼圈就是那个时候出来的。”

“轻微的，不影响观仰。”我说。

“不影响？这是在脸上！”她扭头看我一眼，又转回天花板，“我一直怀不上孩子，婆婆注意到了，她问我，我就和盘说给了她。后来，她们帮着采取措施，这才有了这个儿子。怀孩子的时候，老公公特意让他们单位给他安排到了广东分公司，他两三个月才回来一次，而且时间很短，影响不大。不过，打那时起，劲头也没那么足了。一开始我以为是他明事理，怕把孩子弄掉了，后来才知道，是身子骨在那边给掏空了。孩子五岁大那年，广东分公司解散，他从那边回来，人在家里，偶尔也和我来那么一两次。我们最后一次，大约在十年前了。”

“身体有问题了吧？”

“什么问题！劲头都用到外面去了。这样也好，让我落得清净自在。”

“去天缘寺，和这有关吧？”

“是，”她长吁一口气，“说起来丢人。他从广东回来的第二年，一天晚上十二点多钟，有人来敲家里门，我带着孩子已经睡了，他在另一间屋里玩电脑。他开的门，我听着他和谁在门口叽叽咕咕地说话，出来看，是一个胖女人，三四十岁的年纪，长相很丑，看那样子像是喝醉了酒，靠着门框东倒西歪。我说怎么了，有什么事儿进来说。人家倒是也大方，问我是嫂子吧，不等我再请，就进到客厅，一屁股坐到沙发里，要茶、要酒、要和我说话。她先说她被他强奸了，又说她是他的女人，再后来又说如何如何地爱他，话说得颠三倒四。我说，他是有妇之夫，说这话是不是有毛病。她说，她不管，她就是要和他在一起。这是在我们家呀，真丢不起人，我忍着气请她走人，人家可能是抓住了我怕丢人的心态，就是不走。我不想说那副嘴脸有多恶心，单就是那不要脸的劲儿，长那么大，我还从来没见过。最后，我看我也应付不来，干脆给他爸打电话叫他们来处理。我也痛快，腾地方，带孩子走人。"她侧头看看我，苦笑了一下，"事后，我也没有跟他吵闹，就一句话：离婚。他当然不干了，软的硬的来求我，前前后后折腾了有一年。最后，公公婆婆也出面来求我，不让步不行了。有句话说'时间能解决一切'，真是这样，时间一久，气消得差不多了，自己就为自己找理由原谅他，毕竟是多少年的夫妻，又有孩子，放下要过，放不下也要过，况且，那毛病我也满足不了他。但心病是落下了。我提出来要一个人出去散散心，他心里有愧，没反对。老师在天缘寺出家的事情我很早就知道，说要出去散心，其实是心里已经打好了的主意——去找老师。"

"你在天缘寺住了有多久？"

"从那以后，我每年不定期地去住上一两个月，直到师太圆寂。"

"你的禅菜做得那么好，一定得到了师太的真传。"

"三七开，百分之七十是从师太那儿得到的，百分之三十要归建歌的指点。其实，做得再好有什么用呢！真正能够欣赏、懂得的人能有几个，说得直白一点，多数人花钱都是冲着形式去的，要要排场、赚赚脸面，仅仅如此。"

"这就是现实。所有突出的艺术可能都要面对这样一个困境——为知己者为。"

她没有说话，眼睛仍旧看着天花板，像是在思考我说的话，一会儿，却传来匀实轻微的鼾声——太困了，说着话，便睡着了。

第二天十点，一阵紧促的电话铃吵醒了我们。电话是那位画家朋友打来的，他问我什么时候走，是否要送。我告诉他是下午的火车，有人送。他问是那位美女姐姐送你吗，我说可能是吧。他夸我有女人缘，在上海也认识这样的大美女，并打听美绎是干什么的，说能不能介绍给他认识。我捂住手机，看美绎，她点点头，小声说，让他到“缘真禅菜”找她。我如是传话，他却不知道“缘真禅菜”在哪里，我说，百度搜索一下即可找到。

电话放下后，我们都没有了睡意，但也没有起床的意愿，缠绵了一阵儿，她笑我：“不行了！”我笑了笑，说：“不行了，就昨晚那点儿本事。”她说：“那是那点儿吗！我看，很不得了嘞。”我说：“不至于吧，你能把我这点儿本事看眼里？”她摇摇头，坐起身，然后低头看着我，“谢谢你，你让我找回了自我的感觉。”她俯身吻了我一下，便起床，去了走廊的衣柜那边。我听着她窸窸窣窣找衣服的声音，心里玩味一番她话里的含义，一时也不得要领。“在上海没有男朋友吗？”我说。她在过道里伸出头，看着我说：“你觉着我会有吗？”

“感觉不出来。”

她收回头，只有声音传过来：“不瞒你说，男朋友真没有，但追我的却不少，有的还是身家过亿的大老板。”

“那不挺好？”语气里明显带着酸味。

“好什么呀！”她又伸头看我一眼，然后收回去，“其实，我害怕和他们交往，我不知道，他们一掷千金，牛哄哄的外表下藏着的究竟是怎样的心思，就像他们不知道我华丽的衣服里装着的是怎样的一个身子一样。其实差的就是都没有揭开，揭开来会是什么结果？我不知道，有时想一想，心里就有点儿怵得慌。”

浴室里传来了淋浴的声音——她已开始洗浴。我起来，拉开窗帘，一道刺眼的阳光透过窗纱直直地照射进来——天晴了。房间里亮了很多，昨晚喝过的空酒瓶在地上随意地倒着，蓝绿色双人沙发的椅背上，一条白色浴巾搭在上面，两只红酒杯挂着残留的酒渍，像是在诉说昨天的故事，还有光影里飘浮的尘埃。当我的眼光扫过写字台时，淋浴声却戛然而止，在那一瞬，我忽然间又生出强烈的创作欲望。

四

从上海回来后，我即疯狂地投入到创作之中，创作蓝本依照此次画就的满满一本吴美绎的人体速写；创作灵感延续了那个过程——笔法、画面、场景，以及那里面最具灵魂的东西。那可能是一段最有感觉的时期，短短两个月时间，我便完成了十余幅令自己满意的作品。不过，那时候还没有为自己定下主题，所以，画面中更多的是在情感方面的表现。直到在画一幅大规格的作品，也就是以吴美绎的第三幅裸体速写转生为油画作品的那一幅，我意外地使用了黄褐和蓝灰的色调，这是我很不熟悉的色调，画面画得“很脏”，如果不是脑子里始终浮现着她的影子，恐怕进行不到一半我就会停下来把它当作废品处理了。就是在这样的状态下，我完成了那幅作品。最初，我并没有觉得它怎样好，仅以为好玩而已，画完以后就晾在了一边儿。之后，我便跌入了创作盲区，无论怎样也整不出一幅像样的作品。你知道，作为一个画家，画不出作品，那种苦闷是怎样的吗？我天天喝酒，在工作室喝、在酒馆里喝、找朋友喝，想借此找到创作灵感，当然，有时也是因为想起了吴美绎。有一次，我喝过酒，走到了那座桥上，走到了章老师跳河未遂的那个地方，我想，我如果从那里跳下去，一切苦闷、烦恼可能就没有了，可我为什么要选择同样的一个地点呢？我又想，如果我是一只鸟，站在这个栏杆上，那会是怎样呢？下面是波光粼粼的河水，上面是广阔的天空，那么一跃，是飞翔，还是跌入水中？

我回到工作室，以我在桥上的想象画了一幅画，画面上是一只站在栏杆上羽毛凌乱神情迷离的鸟，鸟的脚下有一抹灰蓝，面前是一片渐变的黄褐，笔法很随意，涂鸦似的。我很惬意于这样的感觉，不仅是因为它和前面的创作风格保持了一致，也是因为我似乎找到了一种表达自我的方式。但创作并非一帆风顺，一些意想不到的事情的出现往往打乱我的节奏：妻子为离婚的事情把我告上了法庭，为过去经销的一幅真伪难辨的老画被公安局多次传唤，一笔替人担保的借款违约……美绎家里也闹得不可开交，她待在上海一直没有回来。我的创作情绪随着这些事情而波动，乃至拖沓到了今年春季才有了些眉目。

画展最后放在了秋季，就是这样，也比我预计的整整提前了一年。首先，这要得益于我随手完成的那两幅画作，因为在那里面我得到了许多提示与启发，从而加快了进度。不过，这是间隔了一段时间以后才发现的。还是在一个下着雨的日子，我独自一人看雨，我想起了美绎，想起了那美好而又缠绵的一天，于是，我把那段时间的作品全部找出，摆满了整个工作室。我想，那也是一种聊以慰藉的方式——看看画面，想一想里面的故事。那两幅画被分别放在了开头和末尾，我不是有意把它们间隔开来的，随手，自然而然地就摆成那样了。在我退到远处欣赏的时候，脑子里忽然就闪现出一个概念——时代的概念——她和他曾经经历过的，和她和我正在发生着的我们的这个时代的故事。从事艺术创作的朋友可能都有这样一种体会，当某种观念最初形成的阶段，其实伴随出现的还有强烈的创作激情，我即是在这个激情澎湃的时段里完成了题目为《2018》即本次展出作品的创作和再创作的全过程。

应该说，我的作品是由两部分组成的，一部分是以人体符号为主的系列，一部分是以鸟和风景为主的系列，虽然整体上它们是一个风格，但表达方式上还是有着较为强烈的反差。那幅人体，后来我命名为《2018》，那幅鸟，命名为《1990》——是故事分别发生的年代。

画展是在一个不起眼的，但整体风格能够和我的作品统一起来的画廊举办，没有开幕式，没有领导讲话，没有刻意地邀请社会名流，简单得就是在朋友圈子里发了一个公告。然而，有两个人我是必须特别通知的，一个是吴美绎，一个是章老师。我心里明白，画展，实际意义上是属于我们三个人的画展。

可能是我第一次举办个展的缘故，开展当天来了许多朋友，他们是来给我捧场的，所以场面还是很好看。我听了许多赞美的话，不过，那些赞美的语言并不能掩饰其下的空洞甚至不屑。比方说，学院的老师朋友会说："好，画面完整，布局合理，如果色彩上再丰富一些——顶级了。"色彩怎么丰富？他不会告诉你，而且告诉你了你也未必接受，这就是油画的特性——每个人对色彩都有不同的感受。社会上的朋友，他们的话总结起来就是："看着美得很，但是看不懂。"高其昌老师的话，最代表他的学识和性格："很有感觉，好，就照这样画下去。"其实，我还是很高兴的，毕竟大家能来给我捧场便是件高兴的事情。来了，听听人家的观点总是应该的，而且，这也是我们举办画展的目的之一。

章老师是下午四五点钟的时候自己坐出租车来的，他在门口给我打了电话，我出来接住了他。

他微笑着等我到了他身前，握过手，说，"终于等到了你的画展，祝贺你啦!"

我道过谢，请他移步看展，他没动，而是环视周围，然后说："画展选在这个地方，符合你的性格——低调、含蓄、不张扬。"他对我点点头，表示赞许。

这是我一天里面听到的最暖心的话，不是它好听，而是它客观，且和我的初衷相吻合。

"另外，"我有些激动，显得前言不搭后语，"我觉得我的这些东西放在这里，好像更搭配一些。"

"协调统一，嗯，这个想法好。"他说，"小楚，我们有几年没有见过面了吧，不来见我，原来是在埋头苦干哪!"

"埋头是真的，苦干还差一点儿。"我稳稳神儿，笑着说，"这次展出的作品都是近段时间才完成的，就我个人而言，还算满意。章老师，我们现在去……"

"好，"他笑着往画廊里走着，说，"我有一种感觉：这里面可能暗藏杀机。"

"什么?"

"我是说，你可能给我一个惊喜，是不是这样？我从你的表情上已经看出来了。"

"呵，喜形于色，藏也藏不住。"我说，"不过，您说的，可能是，也可能不是。不管怎么说，在您面前我都是班门弄斧。”

“呵呵，小楚，你也……”踏进门后，他突然停住说话。

这次布展，按年代采取的是倒叙的排列方式，迎门是那幅《2018》，《1990》则排在稍里面的位置上。我不能肯定，他或是看到了《2018》才停住了说话，但接下来，则可以肯定，《2018》确实吸引了他——他不言一声，缓步向前，久久伫立。实际上，那幅画的画面已经经过立体抽象手法处理，仅在局部保留了人体线条的元素，我猜不出他看出了什么，但可以看出他肯定已被画面打动。我陪在一侧，不言一语，看他，看画，时间就像定格在那里。

不知过了多久，他转过身子，看着我。“小楚，我很高兴看到你能画出这样好的作品。如果抛开技术的因素来评判一幅作品的好坏，你会发现，沟通是最重要的，即作品和观众之间的对话。好比一座桥，你在那边，我在这边，我们需要对话则必然通过它，要么你过来，要么我过去，即便是一条独木小桥，我想，那已经够了。”他的声音很低沉，是对我说，又像自言自语。

他的话没有明确所指，我想，他是想让我来自我评述作品的内涵，或许他已经看出，只是想在我这里进一步得到印证，但，为难的是，话要从哪儿说呢？“是的，您讲得非常好，这是我目前最需要的。”我敷衍地说道。

他笑了笑，说了句“不用客气，看看下面的作品吧”，即移步过去。他看得很认真，在每一幅画前都驻足良久，但却没有再说一句话。经过《1990》，他出乎意料地径直走了过去，草草看过下面作品，返回来时，却停留在它前面。

“为什么是1990？”他神情严肃地看着我，问道。

“或许是碰巧了吧。”

“你要表现什么？”仍然看着我。

“可能是一种情绪发泄，大概是这样吧。”

他转回脸，看着画面，过了有一会儿，他说：“能让我一个人待一会儿吗？我不想让人打扰。”

我点点头表示没问题。

“谢谢，不过，能不能再帮我一个忙？”

我说：“您说。”

“留下这两盏射灯，其余的都关掉，好吗？”

“好。”

我按照他的吩咐留置了对着《1990》画面的那两盏射灯，又在他身边放了一把椅子，然后，叫出工作人员，玻璃大门从外面上了环锁。隔着玻璃门，我看到他站得笔直，双手插在裤兜里，仰着脸，似乎在凝望着漆黑的天花板。我知道，一定是画面上的内容勾起了他对往事的回忆：那个阴雨的夜，那座桥，那几盏灯，那个酒醉的而又伤心的青年……

为了不被打扰，我一直守在门口，可以听得见他号啕大哭，可以看得见他坐在椅子里把头埋在两手之间静静地、久久地沉思……晚上十一点的时候，他走向门口，我慌忙打开了锁。

“章老师，现在要走吗？”

他点点头，没有说话。

“我的车在这儿，我送你回家？”

“啊，不用了，我想一个人走走。”说罢，他头也不回地走了。

章老师把自己独自关起来的时候，小白老师多次打来电话问他的情况，我没有如实禀报，只是告诉她，他在一个人看画，不让别人打扰他。小白老师听后很不以为然，她说，他一定是进入创作状态了，照他说的做吧，语气中很多无奈。章老师离开后，我即刻给小白老师打电话，告诉她人已离开，但拒绝我去送他。小白老师一听，立刻紧张了起来，她让我无论如何找到他，把他送回来。

我开上车，沿着他回家的路线一路寻找，直到来到那座桥的中央时，我看到他和一个青年靠在桥栏上聊天，俩人吸着烟（章老师本身不吸烟），他看上去很兴奋，两手在空气中比画，一只胳膊几乎全部伸在了桥栏的外边。他俩面前停着一辆出租车，车窗开着，车里没有人。我猜想，那个青年可能是那车的司机。我开车过去，停在远处，打电话告知了小白老师。她长吁了一口气，说没事了，让我赶紧回家睡觉，他一会儿就会回来。

将要一点钟的时候，小白老师打来电话，说章老师已经到家。

第二天上午，小白老师出人意料地来到画廊，她找到我，说明了来意。

“这怎么能行呢！章老师喜欢那幅画拿走就行了，钱说什么我也不能要。”我对小白老师说道。

“要是这样，恐怕画也不能要了。”小白老师严肃地说道，“章老师说了，不收钱，画坚决不能拿。楚老师，你们都这样坚决，我一个跑腿的就为难喽。”

“章老师给了我那么多帮助，报答还来不及呢，现在要一幅画却要收钱。这样吧，我收五千块钱，咱们成交。”

“不，十万。”小白老师看着我，很坚定地说，“章老师说了，十万是底线，只能加，不能减。”

“太多了！”

“楚老师，你同意吗？”她说，“钱可以微信转账，如果你同意了，我现在就给你转过去。”

“太多了！”

“好了，别说了，我给你转了。”

手机响起几声提示音后，我知道，我已经收到了钱。

这是本次画展卖出的第一幅作品，说心里话，我非常想做成这笔交易，倒不全是为了钱，主要是为了借此来提高我的影响，并以此证明我的实际存在价值。事实上也产生了这样的效果，章老师出资收藏我的作品的消息不胫而走，在本市书画界，一时引起不小的轰动。

当晚，我亲自把那幅《1990》送到了章老师家里。

美绎是第三天下午来的画廊。再有一天画展就结束了，她说她是从上海专程赶过来的。

我陪着她在画廊看了一圈以后，她悄声问我：“我怎么看不到有我呢？”

我说："整个画廊里都是你，怎么看不到呢！"

"就那些黑乎乎的东西吗？"

"不，还有活生生的一个，难道你看不见吗？"

"咳，你可真能绕圈子！"她笑着说道，"可以给我讲讲我究竟在哪里吗，小楚老师？"

"你在画里。"我又把她带到《2018》前面，然后说，"现在，你认认真真地看一会儿这幅画，然后闭上眼睛，想想画里的细节。"

她照我说的做了，之后，摇了摇头，看着我笑了起来。

"看到你了吗？"我问。

"算是看到了，呃，不，确实看到了！我裸着身子，站在一盏灯前，低头看一朵莲花。"

"莲花？"

"是，莲花。"她很认真地说。

说实在的，我在创作过程中根本就没有产生过莲花这个概念，不过，听她那样描述后，我又看画面，似乎确有一朵莲花浮现在那里，白底儿，淡青色的线。

"小楚老师，我有一事相求，你能答应我吗？"她接着用半认真、半开玩笑的语气说道。

"呵呵，"我被她逗笑了，"请讲。"

"如果可以的话，我想收藏这幅画。"

"好啊！"我说，"本来它就应该属于你。"

"二十万，成吗？"

"成，不过，钱先存在你那儿，等将来有需要了再给我。你知道，男人钱多了可不是好事情。"

她笑着摇摇头，说："一年没见，你变得越来越会说话了，这样下去我会看不懂你的！"我的目光停留在她的脸上。她说话时，总吸引着我。

"呵呵，不至于吧。"我说，"另外，你应该想得到，我还为你准备了一幅画像，你可以一起拿走。"

“画像？在这里吗?”

“在工作室，没有拿过来，如果……”

“不要如果了，我们现在去拿。”

“我是说，如果你不嫌我那里很脏、很乱的话。”

“很脏、很乱吗?”她歪着头，样子可爱得像个小女孩。

“是的，很脏、很乱!”

“呵，我太喜欢那样的感觉了!”

“真的喜欢?”

“真的喜欢!”